POSY LOVELL

Die Gärtnerinnen von Kew Gardens

GOLDMANN
Lesen erleben

POSY LOVELL

Die Gärtnerinnen *von* Kew Gardens

ROMAN

Aus dem Englischen
von Britta Evert

GOLDMANN

Die englische Originalausgabe erschien 2020 unter dem Titel »The Kew Gardens Girls« bei Trapeze, an imprint of The Orion Publishing Group Ltd, London.

FSC
www.fsc.org
MIX
Papier aus verantwortungsvollen Quellen
FSC® C014496

Penguin Random House Verlagsgruppe FSC® N001967

1. Auflage
Deutsche Erstveröffentlichung Februar 2022

Umschlaggestaltung: UNO Werbeagentur GmbH
Umschlagmotiv: Haus: robertharding/Alamy Stock Foto;
Beet, Rasen, Garten, florale Elemente: FinePic®, München;
Frauen: Debra Lill, Magdalena Żyźniewska/Trevillion Images
Redaktion: Dr. Ulrike Brandt-Schwarze
LS · Herstellung: ik
Satz: Mediengestaltung Vornehm GmbH, München
Druck und Bindung: GGP Media GmbH, Pößneck
Printed in Germany
ISBN: 978-3-442-49166-7
www.goldmann-verlag.de

Für die Frauen, die im Ersten Weltkrieg
als Gärtnerinnen in den Kew Gardens arbeiteten
und die Parkanlage am Leben erhielten.

Prolog

London, Kew Gardens, Februar 1913

Die Glocken klangen an diesem Abend noch lauter als sonst, fand Reverend Miller, als er an der Kirche St Anne's entlangging. Vielleicht fühlten sich die Glöckner heute besonders energiegeladen. Er blieb kurz stehen, um wohlwollend dem melodischen Läuten zu lauschen. Außer den Glocken war nichts zu hören, stellte er fest. Nicht die Rufe der Männer, die in der Nähe am Fluss arbeiteten, keine Geräusche von der Straße oder aus dem Pub gleich gegenüber. Nur die Glocken. Er nickte zufrieden und setzte seinen Gang über den Kirchhof fort.

Im Glockenturm selbst war der Lärm ohrenbetäubend. Die Glöckner legten sich ordentlich ins Zeug, sehr zur Freude von Ginny Walker, die für die Glocke mit dem tiefsten Klang verantwortlich war. Kraftvoll zog sie am Seil und konnte dabei spüren, wie ihre Schultermuskeln heftig protestierten. Aber sie hörte nicht auf. Sie wusste, wie wichtig es war, unablässig weiterzumachen, immer lauter und lauter. Als sie den Kopf leicht senkte, fiel ihr Blick auf die silberne Brosche in Form eines kleinen Hammers, die an ihrem Revers steckte. Das Symbol zeigte, dass sie eine Suffragette war, und sie würde alles tun, um ihrer Sache zu dienen. Keuchend vor Anstrengung zog sie erneut am Seil. Sie würde alles tun!

Das Glockengeläut wogte über den Rasen und übertönte die Stimmen der drei Frauen, die vor der Mauer standen.

»Na los, Olive«, zischte eine von ihnen. »Krempel deinen Rock hoch, wenn er dir im Weg ist.«

Grinsend raffte die Frau ihr langes Kleid um die Taille und stopfte es in ihre lange Unterhose.

»Besser so?«

»Mach schon«, drängte die andere. »Guck mal, sie ist schon oben.«

Über ihnen auf der Mauer kauerte eine weitere Frau, die deutlich jünger war als Olive und ihre Freundin Lilian. Sie hatte das Hindernis mühelos genommen und spähte jetzt auf die andere Seite hinüber.

»Alles ruhig«, verkündete sie. »Mir nach!«

Mit einem sanften Laut landete sie auf dem Boden und verschwand aus dem Blickfeld der anderen.

Olive und Lilian wechselten einen Blick, bevor sie sich

sehr viel unbeholfener als ihre jüngere Freundin daranmachten, über die Mauer zu klettern.

Sobald sie auf der anderen Seite waren, legte das Mädchen die Finger an die Lippen. »Geräusche tragen weit in den Kew Gardens«, sagte sie halblaut. »Ein Flüstern kann durch die Bäume wehen, und die Glocken übertönen nicht alles. Kein Wort mehr!«

Schweigend warteten die Frauen innerhalb der Mauern eine Weile, die ihnen wie eine halbe Ewigkeit erschien. Schließlich gab Olive das vereinbarte Zeichen. Die drei nickten einander zu, hoben die Taschen auf, die sie vorhin über die Mauer geworfen hatten, und huschten leise zwischen den Bäumen hindurch in Richtung Teepavillon.

»Da drüben«, sagte das Mädchen, als sie auf eine Lichtung kamen und im Dämmerlicht ein Gebäude vor ihnen auftauchte. »Das ist der Teepavillon.« Sie packte Lilian am Arm. »Nur der Pavillon, verstanden?«, sagte sie. »Wie du da neulich im Orchideenhaus all die Pflanzen zerstört hast, das war nicht in Ordnung. Pflanzen sind lebendige Wesen, anders als Steine und Mörtel.«

»Nur der Pavillon.« Lilian nickte.

Geschlossen marschierten die Frauen schweigend auf das kleine Gebäude zu. Lilian heftete einen Zettel mit dem Aufdruck »Wahlrecht für Frauen« an die Außenwand, während Olive in Paraffin getränkte Lappen aus ihrer Tasche zog. Zwei davon stopfte sie in die hölzernen Türflügel, zwei weitere zwischen die Stufen. Der Geruch des Paraffins stieg auf und stach sie in die Nasen.

»Fertig?«, fragte Lilian.

Olive nickte, aber das Mädchen wirkte verunsichert.

»Ist das die einzige Möglichkeit?«, fragte sie. »Wirklich die einzige?«

»Taten statt Worte«, entgegnete Lilian.

Sie entzündete ein Streichholz und warf es schwungvoll hinter dem Mädchen auf die Lappen an den Stufen zum Eingang. Die wackelige Holztreppe stand sofort in Flammen, höher und kräftiger, als sie es erwartet hätten.

»Au!«, keuchte das Mädchen, als das Feuer das hölzerne Geländer in der Nähe der Stelle erreichte, wo sie stand, und ihren Arm mit seiner scharfen orangeroten Zunge berührte.

»Weg da!«, rief Lilian, riss sie von den Flammen weg und zerrte sie zu dem Pfad, wo Olive bereits wartete.

»Das geht zu weit«, sagte das Mädchen, das Gesicht vom Schein der Flammen erhellt. »Viel zu weit! Es ist falsch, so was zu machen!«

Aber Olive und Lilian schüttelten beide den Kopf.

»Wir müssen ihre Aufmerksamkeit erregen«, sagte Olive. »Vielleicht hilft das hier dabei.«

»Das hoffe ich«, erwiderte die Jüngere. »Ich hoffe aufrichtig, dass ihr recht habt.«

Ein Geräusch in den Büschen ließ sie erstarren.

»Was war das?«, hauchte Lilian.

Alle drei spitzten die Ohren und lauschten angespannt. Waren es Schritte?

»Aufseher«, flüsterte das Mädchen. »Wir müssen hier

weg.« Sie fasste Olive am Arm. »Da entlang, ich kenn einen Weg nach draußen. Folgt mir!«

Sie verschwand im Schatten. Olive und Lilian liefen ihr nach, gefolgt vom Geräusch eiliger Schritte, die durch die Dunkelheit hallten.

1915

Kapitel 1

»Ich weiß nicht recht«, sagte Douglas MacMillan, während er langsam die Reihe seiner potenziellen neuen Angestellten in den Kew Gardens abschritt. »Wirklich nicht.« Er schüttelte den Kopf und blieb stehen. »Was meinst du, Jim?«

Sein Assistent, ein junger Bursche mit einem dichten Schopf dunkler Haare und freundlichen Augen, warf seinem Chef einen belustigten Blick zu. »Ich finde, Sie sollten ihnen eine Chance geben, Mac«, sagte er. »Wir haben bereits mehr als die Hälfte unserer Gärtner verloren und können davon ausgehen, dass noch mehr von den Männern eingezogen werden. Wir brauchen diese Frauen.« Er seufzte und blinzelte in die Junisonne. »Dieses Gespräch haben wir schon geführt, als wir die Anzeige in der *Times* aufgegeben haben. Wir können von Glück reden, dass sich so viele gemeldet haben.«

Mac schnaubte missbilligend. »Ich bin mir einfach nicht sicher, ob sie der Aufgabe gewachsen sind«, knurrte er. »Ein

Haufen verweichlichter Amateurdichterinnen und alter Jungfern.«

Zwei der Bewerberinnen in der Reihe wechselten als Zeichen der Solidarität einen vielsagenden Blick – sie waren es gewohnt, von Männern geringgeschätzt zu werden –, bevor sie wieder Haltung annahmen. Mac setzte seine Inspektion fort. Vor einer der Frauen blieb er stehen. Sie war hochgewachsen und elegant gekleidet, auch wenn ein näherer Blick verriet, dass ihr Rock mehrmals geflickt und ihr Mantel abgetragen war.

»Wie heißen Sie?«, blaffte er.

Sein scharfer Ton ließ die Frau leicht zusammenzucken, dann aber richtete sie sich auf und sah ihm direkt in die Augen.

»Louisa Taylor«, antwortete sie.

»Und Sie wollen Gärtnerin werden? Sehen sich wohl selbst als Gartenbaukünstlerin, wie?«

»Ich bin bereits Gärtnerin. Aber ja, ich würde gern hier arbeiten.«

Wieder schnaubte Mac. »Gärtnerin, soso. Was pflanzen Sie denn so an?«

»Zurzeit hauptsächlich Gemüse. Aber auch Blumen. Ich habe nur Blumenkästen, weil meine Wohnung sehr klein ist.«

Mac nickte, und die Frau fuhr fort: »Ich bin in Kent aufgewachsen. Wir haben Hopfen angebaut. Ich verstehe etwas von Pflanzen.«

»Hopfen?« Macs barsche schottische Stimme klang unwillkürlich beeindruckt. »Nicht leicht.«

»Nein, Sir.«

Hinter Macs Rücken grinste Jim. »Er beruhigt sich schon noch«, sagte er mit gesenkter Stimme zu der jüngsten der Frauen in der Reihe. »Keine Sorge.«

Sie lächelte ihn an. »Bestimmt?«, sagte sie leise.

»Ganz bestimmt.«

Am anderen Ende der Reihe entstand Unruhe, und die beiden wandten den Kopf. Ein unordentlich wirkender junger Mann gesellte sich zu der Gruppe. Seine Mütze saß schief auf dem Kopf, ein Hosenbein steckte zur Hälfte in der Socke, und er atmete schwer.

»Tut mir leid, dass ich so spät komme«, keuchte er. »Bin zum falschen Tor gegangen, und dann hatte ich Mühe, etwas zu finden, woran ich mein Rad anschließen konnte.«

Mac, der anscheinend froh war, einen männlichen Bewerber zu sehen, brach seine Befragung Louisa Taylors ab und wandte seine Aufmerksamkeit dem jungen Mann zu.

»Name?«

»Bernard«, keuchte der Ankömmling, der immer noch außer Atem war. »Bernie. Bernie Yorke.«

»Na schön, Bernard Bernie Yorke«, sagte Mac. »Haben Sie Ahnung von Gartenarbeit?«

Bernie gluckste in sich hinein. »Lieber Himmel, nein, nicht die geringste. Aber ich lerne schnell, und ich scheue mich nicht vor harter Arbeit.«

»Gut«, sagte Mac. »Sie sind dabei. Gehen Sie zu Jim, und geben Sie ihm Ihren Namen und Ihre Adresse.«

Wieder wechselten die beiden Frauen einen Blick, und die jüngere, die mit Jim gesprochen hatte, zog eine Augenbraue hoch.

»Sie hätten sich als Louis vorstellen sollen, nicht als Louisa«, raunte sie.

Louisa unterdrückte ein Lachen. Ihr gefiel dieses leicht verwegen aussehende Mädchen jetzt schon, und sie hoffte, man würde ihnen beiden in Kew Arbeit geben.

»Louisa?« Mac hatte sich ihr wieder zugewandt.

Sie fuhr zusammen. »Ja?«

»Sie sind doch keine von diesen Suffragetten, oder?«

Louisa sah ihn an. »Absolut nicht, Sir.«

»Gut«, sagte Mac. »Die haben vor zwei Jahren den Teepavillon in Brand gesteckt, müssen Sie wissen. Und das Orchideenhaus zerstört. Schlimme Sache.«

»Ich habe davon gehört«, erwiderte Louisa. Hinter ihrem Rücken schlang sie ihre Finger um die kleine Silberbrosche in Form eines Hammers, die sie normalerweise trug und erst kurz bevor Mac zu ihr kam, abgenommen hatte. »Schrecklich.«

»Sie sind dabei«, sagte Mac mit sichtlichem Widerstreben. »Gehen Sie rüber zu Jim.«

Als Louisa aus der Reihe trat, nahm das junge Mädchen, das neben ihr stand, ihre Hand und drückte etwas hinein: eine kleine Silberbrosche, die genau wie die von Louisa die Form eines Hammers hatte.

Louisa schaute sie an. Die junge Frau strich sich eine rote Locke aus dem Gesicht und lächelte. Louisa reagierte mit einem fast unmerklichen Nicken und ging weiter zu Jim, der auf einem Baumstumpf hockte und peinlich genau Namen und Adressen der neuen Gärtner und Gärtnerinnen notierte. Bernie stand in der Nähe und kaute nervös auf seiner Unterlippe.

Während Louisa darauf wartete, Jim alles Erforderliche mitzuteilen, beobachtete sie, wie Mac die anderen Frauen befragte.

»Er ist nicht so schlimm, wie es aussieht«, sagte Jim, als ihm auffiel, dass Louisa seinen Vorgesetzten beobachtete. »Im Grunde hat er ein gutes Herz.«

Louisa verzog das Gesicht, und Jim grinste.

»Sie werden schon sehen.«

Mac war mittlerweile bei dem rothaarigen Mädchen angelangt.

»Name?«, blaffte er.

»Ivy Adams«, sagte sie.

Jim hob den Kopf und fixierte Ivy.

Louisa bemerkte es. »Kennen Sie sie?«, fragte sie.

»Ein tolles Mädchen«, sagte er. »Ein wirklich tolles Mädchen.«

Ivy war klein und schmächtig und hatte eine wilde Mähne roter Haare, die ihr ständig vom Wind ins Gesicht gepustet wurden.

Mit einem ungeduldigen Seufzer fing sie mit ihren kleinen Händen die Locken ein und schlang sie umeinander.

»Tut mir leid«, sagte sie. »So was von lästig! Am liebsten

würde ich sie mir alle abschneiden. Was haben Sie gerade gesagt?«

Louisa dachte, Mac würde gereizt reagieren, weil Ivy so unaufmerksam war, aber zu ihrer Überraschung lächelte er nachsichtig.

»Dich kenne ich doch. Du bist Paddy Adams' Älteste.«

Ivy lächelte. »Stimmt.«

»Wie geht es deinem Vater?«

Sie zuckte mit den Schultern. »Sind schwere Zeiten.«

Mac machte ein bekümmertes Gesicht. »Hierher zu uns wollte er nicht kommen? Ich würde ihm jederzeit einen Job geben. Bei dem, was Paddy über Blumen weiß, kann ihm so leicht keiner das Wasser reichen.«

»Ihr Dad hat in der Columbia Road gearbeitet«, erklärte Jim Louisa. Sie sah ihn neugierig an. Woher wusste er das? »Einer der besten Blumenverkäufer in der Gegend, bis …«

»Er trinkt«, stieß Ivy hervor. »Zu viel. Und wir haben ihn seit Wochen kaum noch zu Gesicht bekommen. Sie wissen ja, wie er ist. Sie würden ihn nicht hier haben wollen, Sir.«

»Ein Jammer«, brummte Mac.

»Er hat mir alles beigebracht, was er weiß.«

Mac musterte sie von oben bis unten.

»Das Wissen magst du haben, aber du bist ein zartes Persönchen. Für körperliche Arbeit völlig ungeeignet.«

»Ich bin klein, aber stark wie ein Ochse«, entgegnete sie. »Geben Sie mir eine Chance, dann beweise ich es Ihnen.«

»Ich weiß nicht recht, Ivy.«

»Bitte … für meinen Dad.«

Einen Moment herrschte Schweigen. Innerlich drückte Louisa die Daumen, Mac möge Ivy die Chance geben, die sie ganz offensichtlich dringend brauchte.

»Na schön«, sagte er schließlich. »Aber wenn's dir zu viel wird, sagst du's mir, ja?«

»Ganz bestimmt«, antwortete sie. »Vielen Dank, Sir.«

»Das ist mein Mädchen«, murmelte Jim.

Die beiden kannten sich also? Interessant, fand Louisa.

Ivy stellte sich zu Bernie. »Ich bin dabei«, sagte sie glücklich. »Eine vom Team.«

Jim warf ihr ein strahlendes Lächeln zu. »Gut gemacht, Ivy!«

»Brauchst du meine Angaben?«

Er zeigte ihr das Formular, das er gerade mit einem Bleistiftstummel ausfüllte. »Steht schon alles da, siehst du?«

Ein Schatten huschte über Ivys Gesicht, nur eine Sekunde, dann verschwand er wieder. Sie sah Jim an, und einen Moment lang schienen die beiden niemanden sonst wahrzunehmen. Es versetzte Louisa einen leisen Stich, als sie sich daran erinnerte, wie schön es gewesen war, auf diese Art angeschaut zu werden. Bevor sich alles geändert hatte natürlich. Sie straffte die Schultern. Allein war sie besser dran.

»Ähem.« Bernie räusperte sich und unterbrach Ivys und Jims magischen Moment. »Und wie geht es nun weiter?«

Jim blinzelte, als hätte er vergessen, wo er war. »Mac«, rief er. »Was jetzt?«

Mac sah in ihre Richtung. »Macht eine kleine Tour

durch die Anlagen«, schlug er vor. »Am besten zuerst das Palmenhaus und das Musterhaus und dann weiter zu den Magnolien, denke ich.«

Jim grinste. »Dann mal los«, sagte er. »Mir nach!«

Gehorsam trotteten Bernie, Louisa und Ivy hinter ihm her. Bernie löcherte Jim mit Fragen zu den Pflanzen, an denen sie vorbeikamen, und selbst die dümmsten beantwortete Jim mit großer Geduld.

»Ich freue mich, dass wir zusammenarbeiten«, sagte Ivy leise zu Louisa. »Ich glaube, wir haben einiges gemeinsam.«

Louisa erriet, worauf sie anspielte. Sie tastete in ihrer Manteltasche nach der Brosche und hielt sie Ivy hin. »Bitte sehr.«

Ivy nahm die Brosche und befestigte sie an der Unterseite ihres Kragens. Louisa folgte ihrem Beispiel, und die beiden Frauen nickten einander zu.

»Ich habe Sie noch nie gesehen«, sagte Louisa.

Ivy schüttelte den Kopf. »Ich Sie auch nicht. Leben Sie in der Nähe?«

»Wandsworth. Und Sie?«

Sie verdrehte die Augen. »Hackney.«

»Ein ganz schön weiter Weg.«

Ivy nickte. »Aber es lohnt sich. Ich verbringe viel Zeit in den Gärten. Hab ich schon immer, seit ich klein war. Wegen meinem Dad und so.«

»Und daher kennen Sie Jim?«, fragte Louisa.

Ivy errötete. »So ungefähr«, entgegnete sie. »Gehen Sie noch zu den Treffen?«

Der Themenwechsel machte unmissverständlich klar, dass Ivy nicht die Absicht hatte, mehr von Jim und sich selbst zu erzählen. Louisa, die sich über die Reaktion der jungen Frau amüsierte, beschloss, es einstweilen dabei zu belassen.

»Eigentlich nicht«, sagte sie. »Wir haben bei uns in Wandsworth praktisch alle Aktivitäten eingestellt. Mrs Pankhurst will nichts unternehmen, was die Kriegsanstrengungen beeinträchtigen könnte.«

»Genau wie bei uns.« Ivy nickte. »Ist überhaupt nichts mehr los …« Sie hielt inne. »Ich vermisse es!«

Louisa freute sich, dass jemand anders genauso empfand wie sie selbst. »Ich auch«, gestand sie. »Und wie! Mir fehlen die Versammlungen und die Frauen und die Freundschaften. Und ich muss zugeben, die Spannung und die Aufregung bei unseren Aktionen vermisse ich auch!«

Wieder huschte ein Schatten über Ivys Gesicht, um genauso schnell zu verschwinden, wie er gekommen war.

»Hauptsächlich deshalb wollte ich hier arbeiten«, sagte sie. »Um Freundinnen zu finden und mich wieder nützlich zu fühlen. Nützlich, wie ich es verstehe, nicht so wie das, was mein Vater mir ständig predigt.«

Sie näherten sich dem Palmenhaus. Die riesigen Fenster funkelten im matten Sonnenlicht, und Louisa überlief ein Prickeln freudiger Erregung. Was für eine Chance, hier zu arbeiten, in einer der schönsten Parkanlagen der Welt! Sie war wirklich ein Glückspilz.

Impulsiv hakte sie sich bei Ivy unter. Die jüngere Frau erstarrte kurz, entspannte sich aber gleich wieder.

»Nervös?«, fragte Ivy.

Louisa holte tief Luft. »Nervös und aufgeregt, würde ich sagen, und …« Sie brach ab. »Bei mir ist es in den letzten Jahren ein bisschen auf und ab gegangen. Mehr runter als rauf, um ehrlich zu sein. Das hier fühlt sich für mich wie ein neuer Anfang an.«

»Ein neuer Anfang«, wiederholte Ivy. »Das gefällt mir. Vielleicht könnte es das auch für mich sein.«

»Aber Sie sind doch praktisch noch ein Kind. Warum sollten Sie einen neuen Anfang brauchen?«, fragte Louisa lachend. Doch Ivys Augen verdunkelten sich, und sie erschauerte.

»Schätze, jeder kann von Zeit zu Zeit neu anfangen.« Ivy betrachtete das riesige viktorianische Gewächshaus. »Gehen wir rein?«

Louisa nickte, und Arm in Arm folgten die beiden Frauen Bernie und Jim ins Palmenhaus.

Kapitel 2

Louisa war erschöpft, als sie sich nach ihrem ersten Tag in Kew auf den Heimweg zu ihrer winzigen Wohnung in Wandsworth machte. Erschöpft, aber glücklich. Ihr war gar nicht bewusst gewesen, wie sehr es ihr gefehlt hatte, draußen an der frischen Luft zu sein, und sie hatte sogar die Busfahrt zu ihrem neuen Arbeitsplatz und zurück genossen. Als sie jedoch über die Türschwelle trat und den Brief auf der Flurmatte liegen sah, geriet ihre gute Laune einen Moment lang ins Wanken.

»Ach, Ma«, wisperte sie und bückte sich, um den Brief aufzuheben. Ein, zwei Sekunden lang betrachtete sie den Umschlag. Seit Louisa vor einem halben Jahr aus Kent weggezogen war, schrieb ihre Mutter ihr regelmäßig einmal in der Woche. Louisa hatte nicht einen einzigen der Briefe geöffnet. Sie wollte nicht wissen, was ihre Mutter ihr zu sagen hatte, denn sie war sich nicht sicher, ob sie ihr je verzeihen könnte, dass sie ihr, Louisa, nicht beigestanden hatte, als sie sie am dringendsten brauchte.

Louisa atmete tief ein, einen langen, zittrigen Atemzug. Mehr noch, wenn sie antwortete, würde jeder wissen, dass sie tatsächlich hier wohnte. Sie hatte ihrem Bruder Matthew ihre neue Adresse mitgeteilt, allerdings nicht damit gerechnet, dass er diese Information an ihre Eltern weitergeben würde. Wenn er ihnen schon gesagt hatte, wo sie lebte, wem mochte er es noch erzählt haben? Falls er Reg gegenüber erwähnt hatte, dass sie jetzt in Wandsworth wohnte … Die Erinnerung an den Hass in seinen Augen, als er zu ihr gesagt hatte, sie gehöre für immer ihm, und die Vorstellung, ihr Mann könnte sie hier finden, jagten ihr Schauder über den Rücken.

Sie schüttelte die unwillkommenen Gedanken ab und ließ den Brief ihrer Mutter ungeöffnet in den Papierkorb fallen. Ein Gefühl tiefer Erschöpfung überfiel sie. Am liebsten hätte sie es sich mit einem Buch im Bett gemütlich gemacht, aber leider hatte sie sich, wie sie feststellen musste, bei der Arbeit ziemlich schmutzig gemacht. Also schälte sie sich erst einmal aus ihrem verdreckten Rock und ihren Strümpfen und stellte ihre schlammbespritzten Stiefel draußen vor die Tür. Sie erhitzte Wasser für ihr Bad, schlüpfte in ihren Morgenmantel und schlenderte in den kleinen Hof hinaus, um ihre Pflanzen zu begutachten.

Ihre Wohnung lag im Souterrain und hatte einen eigenen Eingang, von dem eine gusseiserne Treppe zur Straße hinaufführte. Auf beiden Seiten der Stufen und vor dem vorderen Fenster befand sich ein kleiner gepflasterter Bereich. Andere Bewohner der Souterrainwohnungen hängten in diesen kleinen Vorgärten ihre Wäsche zum Trocknen auf, aber hier bei Louisa war alles voller Pflanzen.

Sie hatte nicht gelogen, als sie Mac erzählte, dass sie daheim Obst und Gemüse zog. In einem Blumenkasten spross Salat, und an einer Stange rankten sich Erbsen empor. In einem Topf drängten sich Tomaten, deren eindringlicher Geruch in der Abendluft hing. Sanft strich Louisa über die Blätter und bewunderte die kleinen gelben Knospen, die irgendwann zu prallen roten Früchten heranreifen würden, wenn sie einen milden Sommer bekamen. Louisa hoffte auf eine reiche Ernte.

Im Topf neben den Tomaten wuchsen Erdbeeren, die die ersten Früchte trugen.

Neben dem gusseisernen Geländer, das den Vorgarten von der Straße trennte, standen große, kräftige Sonnenblumen. Louisa hoffte, sie würden eines Tages so hoch gewachsen sein, dass sie sie schon beim Heimkommen sehen könnte und von ihren breitflächigen, leuchtend gelben Gesichtern begrüßt würde. Außerdem gab es Töpfe mit farbenfrohen Begonien und Petunien und Pelargonien, die jetzt im Juni alle blühten.

Als sie vor Monaten im wintergrauen London eingetroffen war, hatte das Bepflanzen der Blumenkästen Louisa geholfen, sich heimisch zu fühlen. Sie liebte die Anonymität der Großstadt und das Untertauchen in der Menge, vor allem das Gefühl, unter all den anderen Leuten vor Reg sicher zu sein. Aber sie hatte es vermisst, sich draußen an der frischen Luft aufzuhalten und Erde zwischen den Fingern zu spüren. Ihre Pflanzen zu ziehen vermittelte ihr einen Hauch von Kent, und gleichzeitig blieb sie in sicherer Entfernung. Es ist das Beste aus beiden Welten, dachte sie. Oder vielmehr die Möglichkeit, das Beste aus einer Situation zu machen, in der zu befinden sie sich nie hätte träumen lassen.

Fröhlich werkelte sie eine Weile in ihrem Gärtchen herum, goss die Pflanzen, die trocken waren, pflückte ein paar von der Sonne gewärmte Erdbeeren und steckte sie sich in den Mund. Dann ging sie wieder ins Haus, füllte die Wanne und ließ sich dankbar ins warme Wasser gleiten.

Ihre Beine schmerzten von der körperlichen Arbeit. Sie war nach den letzten Monaten, die sie hinter einer Ladentheke gearbeitet hatte, aus der Übung, und sie war erschöpfter als je zuvor, seit sie nach London gekommen war. Aber sie war zufrieden, wahrscheinlich so zufrieden, wie sie es nicht mehr gewesen war, seit … nun ja, seit der ganze Ärger angefangen hatte.

Sie schloss die Augen, als die Erinnerungen wach wurden. An die Angst, die sie immer gehabt hatte, wenn Reg nach Hause kam. War er guter Laune oder in reizbarer Stimmung? Würde er sie küssen und mit ihr schmusen, oder würde ein falsches Wort von ihr ausreichen, dass er sie zu Boden schlug und seine Wut an ihr ausließ?

Sie ließ ihre Hand unter dem Wasser über ihren flachen Bauch gleiten. Wegen Regs Schlägen würde sich ihr Bauch nie wieder während einer Schwangerschaft wölben. Der Brief ihrer Mutter lag ihr immer noch ein bisschen auf der

Seele, aber sie stellte fest, dass sie heute zum ersten Mal an ihre Vergangenheit denken konnte, ohne sich sterbenselend zu fühlen.

»Ich habe es getan«, murmelte sie. »Ich habe mir ein neues Leben aufgebaut, genauso wie ich es mir erträumt hatte.«

Lächelnd begann sie, den Schmutz unter ihren Fingernägeln wegzubürsten. Leicht war es nicht gewesen – erst die Flucht aus Kent bei Nacht und Nebel und dann, am frühen Morgen, die Fahrt mit dem ersten Zug nach London, wo sie sich aus Angst vor Entdeckung im Gepäckwagen versteckt hatte. Und schließlich London, ungeheuer groß und überwältigend. Der Lärm. Die Menschenmassen.

Aber sie hatte diese kleine Wohnung gefunden und Arbeit in einem Hutsalon. Zudem hatten ihre Freundinnen bei der Suffragetten-Vereinigung von Kent für sie den Kontakt zu gleichgesinnten Frauen hier in ihrer neuen Umgebung hergestellt, und zwar zu Mitgliedern der WSPU, der Women's Social and Political Union. Es war eine ganze Schar von Frauen, die alle dieselbe Hilflosigkeit und Verbitterung empfanden wie Louisa und die ihr mehr geholfen hatten, als sie je ahnen würden.

Tropfnass stieg sie aus der Wanne und griff nach einem Handtuch. Der Gedanke an ihre Freundinnen in den Reihen der Suffragetten brachte ihr Ivy in Erinnerung, Ivy mit der wilden roten Mähne, den funkelnden Augen und der kleinen Silberbrosche, die sie unter ihrem Mantelkragen verbarg. Ivy, die zäh wirkte, deren Stimme aber gezittert hatte, als sie über ihren Vater sprach, und deren Gesicht so rührend hoffnungsvoll gewirkt hatte, als Mac mit ihr redete.

Louisa nickte leicht, als sie sich die Beine abtrocknete und in ihr Nachthemd schlüpfte. Sie hatte sich zu diesem unbändigen jungen Mädchen hingezogen gefühlt und den Eindruck gehabt, dass Ivy ähnlich empfand – als wären sie zwei verlorene Seelen, die einander gefunden hatten. Vielleicht, dachte sie, gibt es mehr als nur eine Möglichkeit, Mutter zu sein.

Auf der anderen Seite von London, in Hackney, dachte auch Ivy gerade an Louisa, während sie einen Kamm durch ihr zerzaustes Haar zog und versuchte, es zu einer Art Knoten zu schlingen.

»Warum musst du weg?«

Sie drehte sich um und grinste Jim an, der in dem Zimmer, das sie sich mit ihrer jüngeren Schwester teilte, auf der Kante des schmalen Betts hockte.

»Ich muss zu der Versammlung, und du musst einfach gehen«, sagte sie. »Ma wird bald mit den Kleinen wieder da sein. Sie darf dich hier nicht sehen.«

Jim verzog mürrisch das Gesicht. »Wir haben nichts Unrechtes getan.«

»Ich weiß es, und du weißt es, aber was, glaubst du, wird sie sich denken, wenn sie dich in meinem Schlafzimmer vorfindet? Bestimmt nicht, dass du hier bist, um mir etwas über Pflanzen beizubringen. Mit ihrer schmutzigen Fantasie wäre sie sofort bei den Blümchen und Bienchen.«

Jim lachte. »Na gut, wie du meinst.« Er rutschte vom Bett, richtete sich auf und streckte sich wie ein Kater. »Wo ist dein Dad?«

Ivy zuckte mit den Schultern. »Hat sich seit Wochen nicht mehr blicken lassen. Vielleicht taucht er wieder auf, vielleicht auch nicht.«

Weil sie nicht an ihren Vater und auch nicht an die Müdigkeit denken wollte, die sich immer stärker auf dem verhärmten Gesicht ihrer Mutter abzeichnete, beschäftigte Ivy sich wieder mit ihren Haaren. Vergeblich mühte sie sich ab, eine ordentliche Frisur zustande zu bringen, und steckte dann ihre Hammerbrosche an.

»Sie war nett, nicht? Louisa, meine ich.«

Jim hatte seine Dehnübungen beendet. »Sie waren alle nett, finde ich.«

Ivy dachte kurz nach. »Und Mac?«

»Wie gesagt, Hunde, die bellen, beißen nicht. Wenn er erst mal sieht, dass ihr alle gut klarkommt, wird er sich schon beruhigen. Wir brauchen euch, Ivy.« Er trat zu ihr, schaute in den fleckigen Spiegel und schlang seine starken Arme um sie. »Ich brauche dich.« Er küsste ihren Nacken, und sie erschauerte vor Wonne, als er seine Hand an ihrem Rücken hinuntergleiten ließ. Aber als er versuchte, ihren nackten Arm zu streicheln, wich sie zurück.

»Lass gut sein, Jim«, sagte sie liebevoll, während sie nach ihrer Jacke griff und sie über den Arm zog, den er gerade berührt hatte. »Du musst jetzt wirklich gehen.«

»Jaja, schon gut, ich merk schon, dass ich nicht erwünscht

bin«, scherzte er. »Vielleicht melde ich mich freiwillig. Würde ich dir fehlen?«

Er machte Spaß, aber Ivy wurde sofort ernst. »Bitte nicht«, sagte sie eindringlich. »Bitte nicht. Auch nicht, wenn du achtzehn bist. Ich könnte es nicht ertragen. Du bist alles, was ich habe.«

Jim küsste sie sehr sanft auf den Mund. »Mal sehen, was passiert, okay? Hat keinen Sinn, sich jetzt schon den Kopf darüber zu zerbrechen.«

Ivy, die immer noch verstimmt war, biss sich auf die Lippen, aber dann fiel ihr Blick auf Jims Armbanduhr.

»Schon nach sieben!«, rief sie erschrocken. »Geh jetzt, Jim!«

»Komm mit!«

»Das geht nicht, das weißt du doch. Ich muss zur Versammlung.«

»Manchmal glaube ich, dir liegt mehr an diesen Frauen als an mir.«

Sie grinste ihn an und schubste ihn in Richtung Fenster. »Sie sind meine Familie«, sagte sie. »Los, mach, dass du wegkommst!«

Jim zwinkerte ihr vergnügt zu und schwang seine langen Beine über das Fensterbrett. »Wir sehen uns morgen bei der Arbeit«, sagte er.

Und dann kletterte er am Spalier an der Hausmauer hinunter und verschwand, gerade noch rechtzeitig, denn Ivy konnte von unten hören, dass ihre Mutter und ihre jüngeren Geschwister nach Hause gekommen waren.

Einen Moment lang überlegte sie, ob sie hinuntergehen sollte, um sie zu begrüßen und ihrer Mutter zu helfen, die Kinder zu Bett zu bringen, und von ihrer neuen Arbeit zu erzählen. Aber dann dachte sie an die endlosen Fragen der Kleinen, an den gequälten Ausdruck in den Augen ihrer Mutter, wenn sie sich todmüde in einen Sessel fallen ließ, und überlegte es sich anders. Heute war ein perfekter Tag gewesen. Sie hatte die Chance bekommen, zusammen mit Jim an ihrem absoluten Lieblingsort in London zu arbeiten, und damit auch die Möglichkeit, das, was sie getan hatte, wiedergutzumachen. Und es war schön gewesen, Louisa kennenzulernen und auch Bernie mit seiner Brille und dem wirren Haarschopf. Sie wollte sich jetzt nicht die Freude verderben lassen.

Sie raffte ihren Rock und kletterte wie Jim über das Fensterbrett hinaus auf die Straße.

Bernie nahm seine Brille ab und legte sie auf den Nachttisch. Er war nicht kurzsichtig. Tatsächlich brauchte er überhaupt keine Brille; die, die er trug, war aus Fensterglas. Er hatte sie bei einem Herrenausstatter entdeckt, als er sich einen neuen Hut aussuchte, und sie ebenfalls gekauft, in der Hoffnung, dass niemand einen Brillenträger fragen würde, warum er noch nicht eingerückt war.

Er hörte, wie Mrs Spencer, seine Zimmerwirtin, unten das Abendessen zubereitete, und nickte. Mrs Spencer hatte noch nie von ihm wissen wollen, warum er nach wie vor in England war, während unzählige andere Männer in den

Schützengräben Frankreichs und Belgiens kämpften, also schien sein Trick zu funktionieren.

Aber wie lange noch?, fragte er sich, während er nach der Tageszeitung griff. Es wurde gemunkelt, die Regierung wolle ein neues Gesetz erlassen, um alle Männer zwangsweise zu rekrutieren. Aber Bernie wollte nicht in den Krieg ziehen.

Nicht dass er feige gewesen wäre, obwohl ihm bei dem Gedanken an die Gräuel des Krieges das Blut in den Adern stockte. Nein, er war Quäker. Ein Pazifist. Er war der festen Überzeugung, dass nichts Gutes bei diesem Krieg herauskommen würde, und er wollte nicht Teil davon sein. Er seufzte und studierte erneut die Zeitung. Was sollte er tun, wenn das geplante Gesetz durchkam und er eingezogen wurde? Er hatte nicht die leiseste Ahnung.

»Abendessen in zehn Minuten!«, rief Mrs Spencer nach oben. Sie war eine ziemlich furchteinflößende Person, deren Ehemann sich praktisch in dem Moment, als der Krieg ausbrach, freiwillig gemeldet hatte. Mrs Spencer unterstützte mit wahrem Feuereifer Englands Streitkräfte und war ständig damit beschäftigt, Socken für die Soldaten zu stricken und Spenden für das Rote Kreuz zu sammeln. Auch ihre zwei mürrischen Kinder mussten mithalten und wöchentlich Konservendosen für Flüchtlinge oder Geschenke für die Truppen sammeln.

»Komme gleich«, rief Bernie zurück, während er nach seiner Brille griff und sie wieder aufsetzte. Hoffentlich wurde seine Arbeit in Kew als wichtig genug erachtet, um ihn vor der Zwangsrekrutierung zu bewahren, wenn tatsächlich die allgemeine Wehrpflicht eingeführt wurde. Vor allem aus diesem Grund hatte er sich auf die Stelle beworben. Er hatte kurz daran gedacht, wieder als Lehrer zu arbeiten, aber allein bei der Vorstellung brach ihm der kalte Schweiß aus. Zwar hatte er nach den Qualen jenes katastrophalen Vorfalls mit Vivienne, einer Musiklehrerin an seiner alten Schule, seinen inneren Frieden wiedergefunden, aber es hatte lange gedauert, die Demütigung zu überwinden, die er durchmachen musste, als sie seinen Antrag so herzlos abgelehnt hatte. Und noch dazu in aller Öffentlichkeit.

Seine Schultern sanken herab, als er sich erinnerte, wie grausam die Erkenntnis gewesen war, dass sie nur mit seinen Gefühlen gespielt hatte wie eine Katze mit der Maus. Während sie ihn dazu benutzte, ihr bei der Gestaltung von Stundenplänen zu helfen oder für Theaterkarten, einen Drink oder ein Dinner zahlen zu lassen und mehr als nur einmal Bargeld von ihm anzunehmen, hatte sie die ganze Zeit über ihn gelacht – hinter seinem Rücken, und wie sich später herausstellte, auch direkt in sein Gesicht. Es war eine schlimme Zeit für ihn gewesen.

Nein, er war sich ganz und gar nicht sicher, ob er sein inneres Gleichgewicht behalten würde, wenn er wieder ein Klassenzimmer betreten müsste. Aber er besaß weder Kenntnisse noch Fertigkeiten, um irgendeine andere Arbeit zu finden, die ihn vor der Wehrpflicht bewahren könnte. Als er in der *Times* auf die Annonce für die Arbeit in den

Kew Gardens gestoßen war, hatte er geglaubt, seine Gebete wären erhört worden.

Der heutige Tag war für jemanden wie ihn, der körperliche Arbeit nicht gewohnt war, sehr hart gewesen. Mit leichtem Abscheu betrachtete er die Blasen in seinen Handflächen. Hoffentlich dauert es nicht allzu lange, bis ich ein bisschen abgehärteter bin, dachte er. Er hatte sich überfordert und sich, was neu für ihn war, etwas begriffsstutzig gefühlt, als er zuhörte, wie der Hilfsgärtner Jim ihnen erklärte, was bei den Staudenrabatten zu tun war.

Aber wenn es eines gab, worin Bernie gut war, dann war es Lernen. Er überflog die Bücherregale entlang der Wände seines Zimmers, bis er fand, was er suchte: *Mein Gartenjahr.* Seine Mutter hatte ihm das Buch geschenkt. Sie war eine leidenschaftliche Gärtnerin gewesen, bevor sie durch die Arthritis in ihren Händen daran gehindert wurde, weiter ihrem Hobby zu frönen. Bisher hatte er kaum Grund gehabt, einen Blick in das Buch zu werfen.

Er nickte zufrieden und legte es auf einen Stuhl, um nach dem Abendessen darin zu lesen. Noch gab er sich nicht geschlagen.

Kapitel 3

Die ersten Wochen in Kew vergingen für Louisa wie im Flug. Sie arbeitete den ganzen Tag hart, fiel abends ins Bett und schlief, bis sie morgens von ihrem Wecker aus dem Schlaf gerissen wurde und das erste Sonnenlicht durch ihre Vorhänge sickern sah.

Sie und die anderen neuen Gärtnerinnen und Gärtner verdienten sich ihren Lohn redlich. Es schien, als wollte Mac vor allem die Männer auf die Probe stellen und herausfinden, ob sie der Aufgabe gewachsen waren. Louisa fand, dass sie das bereits mehr als bewiesen hatten, aber Mac ließ sie von Tag zu Tag schwerer schuften. Die Frauen mussten nicht so viel arbeiten – noch nicht. Einstweilen beschränkte sich ihre Tätigkeit auf die Staudenrabatten, Steingärten und Blumenbeete. Für Louisa war es gut genug – sie genoss jeden einzelnen Moment.

Bisher war es ein traumhaft schöner Sommer gewesen. Louisas Gesicht war von der Sonne gebräunt, ihre Nase mit Sommersprossen gesprenkelt. Aber heute war der Himmel bedeckt, und eine Ahnung von Regen lag in der Luft. Louisa lächelte. Gut für die Blumen, dachte sie, während sie am Fluss entlang zur Arbeit ging. Ein Ruf ließ sie innehalten, und sie drehte sich um. Ivy kam hinter ihr den Weg hinaufgehastet.

»Dachte schon, ich hol dich nicht ein«, keuchte sie. Ihr Gesicht war gerötet. »Du hast ein ganz schönes Tempo drauf, Louisa.«

Louisa lächelte. »Weil ich darauf brenne, mich an die Arbeit zu machen.«

Ivy verdrehte die Augen und hängte sich bei Louisa ein. »Na, dann los, du olle Streberin«, sagte sie. »Mal sehen, womit du heute bei Mac Eindruck schinden kannst.«

Louisa lachte. Ivy hatte gar nicht so unrecht. Louisa lag wirklich viel daran, Mac zu beeindrucken. Zum Teil, weil sie ihre Arbeit liebte und gern in Kew bleiben wollte, zum Teil aber auch, weil sie ihm unbedingt beweisen wollte, wie falsch er mit seiner Meinung lag, Frauen wären zum Gärtnern ungeeignet.

»Heute machen wir die Steingärten«, sagte Louisa. »Harte Arbeit.«

Ivy nickte. »Jim hat gesagt, dass Mac sie ein bisschen vergrößern will. Wir werden den ganzen Tag Steine schleppen.« Ihre Augen funkelten spitzbübisch. »Schätze, er will uns testen.«

»Mit ziemlicher Sicherheit.«

»Glaubst du, wir packen das?«

»Ganz bestimmt.«

Lachend gingen die beiden Frauen durch das imposante viktorianische Schmiedeeisentor und machten sich auf die Suche nach Mac.

Ivy hatte recht, dachte Louisa, als sie sich später den Schweiß von der Stirn rieb. Das war eine echte Plackerei und wahrscheinlich die anstrengendste körperliche Arbeit, seit sie in Kew beschäftigt waren. Sie und Ivy hievten Steine von einem Stapel, der neben dem Weg aufgetürmt war, und arrangierten sie auf dem neuen Fleckchen Erde, aus dem die Erweiterung des Steingartens werden sollte. Einige Steine waren klein, andere so groß wie Fußbälle oder größer und sehr schwer. Die Frauen trugen sie in ihren Armbeugen, als wären es Babys, und manchmal teilten sie sich die Last.

Nach etwa einer Stunde tauchte Mac auf. Eine Weile stand er nur da und sah ihnen bei der Arbeit zu, dann warf er einen Blick auf die Anordnung der Steine.

»Gut gemacht, ihr zwei«, meinte er schließlich. »Gefällt mir.«

Louisa wechselte einen kurzen Blick mit Ivy. Vielleicht hatten sie es ja endlich geschafft, ihn zu beeindrucken.

»Ich schicke Bernie her, damit er euch bei dem letzten Stück hilft«, sagte Mac.

Louisa war enttäuscht. Anscheinend glaubte er, dass sie männliche Unterstützung brauchten. »Wir kommen schon allein zurecht«, entgegnete sie.

Macs Mundwinkel zuckten. »Nicht weil ich glaube, ihr schafft es nicht«, brummte er mit einer Spur Erheiterung in seinem schottischen Tonfall. »Aber ich schätze, ihr habt Hunger, und mit ein bisschen Hilfe seid ihr vor dem Lunch fertig.«

Er schlenderte davon, um Bernie zu suchen, und Louisa grinste Ivy an. »Er wird langsam weich.«

Ivy nickte. »Jim sagt, er ist ein netter Kerl, und Jim hat eine gute Menschenkenntnis.«

Louisa stählte sich für den nächsten Stein. »Ihr steht euch nahe, du und Jim, oder?«, fragte sie. Ihre Schultermuskeln verkrampften sich, als sie den Stein hochhob, und sie stöhnte auf.

Zarte Röte stieg in Ivys Wangen. »Ziemlich.«

»Kennt ihr euch von früher?« Louisa ließ den Stein auf den Boden sinken und streckte erleichtert ihre Arme durch.

»Hilf mir mal mit dem da.« Ivy zeigte auf einen größeren Brocken für den hinteren Bereich des Gartens. Louisa packte ein Ende des Steins, Ivy das andere, und gemeinsam zerrten sie ihn über die weiche Erde.

»Früher war ich mit meinem Dad öfter hier«, sagte Ivy. »Eines Tages hab ich ein bisschen mit Jim gequatscht, und wir haben uns auf Anhieb verstanden. Hierher?«

Vorsichtig ließen sie den Stein zu Boden gleiten und traten ein Stück zurück, um ihr Werk zu bewundern.

»Ein paar noch, würde ich sagen«, meinte Ivy.

Louisa nickte.

»Jim ist der netteste Mensch, dem ich je begegnet bin.« Ivy lächelte. »War nicht immer leicht zu Hause, als ich noch klein war«, fuhr sie nach einer kleinen Pause fort. Sie setzte sich auf den größten Stein und wischte sich über die Stirn. »Mein Dad war …« Sie suchte nach dem richtigen Wort. »Wie sagt man, wenn man nie genau weiß, ob jemand gut drauf ist oder schlecht?«

Louisa wurde unwillkürlich an ihr Leben mit Reg erinnert. »Unberechenbar.«

»Genau. Dad war … ist unberechenbar. Und er kommt nicht immer heim. Manchmal ist er einfach großartig, arbeitet hart und behandelt Ma so, wie es sich gehört. Und dann fängt er wieder an zu trinken und lässt sich wochenlang nicht sehen. Weißt du, wie das ist?«

»Ja.«

»Wenn er früher gut drauf war, kam er gern hierher, um mit den Gärtnern zu reden, über Blumen und so. Wie gesagt, ich bin mitgekommen, weil mir das alles hier so gut gefallen hat. Und dabei hab ich Jim kennengelernt. Und jetzt ist er meine Familie.«

Sie sagte es so schlicht, dass Louisa lächeln musste. »Er ist dein Schatz.«

Ivy nickte. »Und ich bin seiner.«

Ach, noch einmal jung und verliebt zu sein, dachte Louisa, bevor einen die Wirklichkeit einholt.

»Was ist mit dir?«

Louisa blinzelte. »Mit mir?«

»Hast du einen Liebsten?«

Louisa lachte. »Ich bin fünfunddreißig, Ivy.«

Die jüngere Frau zuckte mit den Schultern. »Na und?

Sag niemals nie.« Sie zwinkerte Louisa verschmitzt zu. »Wie wär's mit Mac?«

»Nein danke«, sagte Louisa bestimmt. »Auch wenn er tief im Inneren ein herzensguter Mensch ist.«

»Dann vielleicht Bernie? Er ist ein netter Kerl.«

»Und mindestens zehn Jahre jünger als ich«, rief Louisa mit gespieltem Entsetzen. »Herzlichen Dank, Ivy, aber ich bin sehr zufrieden damit, allein zu leben.«

Sie spürte, wie Ivys fragender Blick auf ihr ruhte. »Warst du schon mal verheiratet?«

Louisa erstarrte. »Wie kommst du darauf?«

»Eine gutaussehende Frau wie du, gepflegte Aussprache, Eltern, die einen Bauernhof besitzen? Da stehen die Heiratskandidaten bestimmt Schlange.« Ivy kniff die Augen zusammen. »Also: Warum bist du hier in London, lebst allein und verbringst deine Freizeit mit Suffragetten?«

Auf einmal fühlte Louisa sich sehr müde. Sie setzte sich neben Ivy auf den Felsbrocken. »Willst du das wirklich wissen?«

Ivy nickte.

»Ist keine schöne Geschichte.«

»Wir sind Freundinnen, oder? Daran wird sich nichts ändern, egal was du zu erzählen hast.«

Louisa holte tief Luft. »Du hast recht, ich war verheiratet. Genau genommen bin ich es noch immer.«

Ivy zog die Augenbrauen hoch, sagte aber nichts.

»Sein Name ist Reg. Reginald Foster. Er war der Sohn der Leute, die das Land neben unserem bewirtschafteten, und ich kannte ihn seit meiner Schulzeit.« Sie seufzte. »Damals war er wirklich nett. Mein Vater förderte unsere Beziehung, weil er es für eine gute Idee hielt, den Grund und Boden unserer beiden Familien zusammenzubringen.«

»Aber es hat nicht funktioniert?«

Louisa schüttelte den Kopf. »In der Landwirtschaft zu arbeiten ist hart. Richtig hart. Reg hat seine Eltern verloren, als er noch sehr jung war, und übernahm den Hof, bevor er dazu richtig bereit war. Er war den ganzen Tag draußen auf den Feldern und machte sich Sorgen wegen des Geldes ...« Sie brach ab und schluckte ein Schluchzen hinunter.

»Und dann hat er es an dir ausgelassen«, beendete Ivy den Satz für sie.

»Er war so jähzornig«, sagte Louisa. »Unberechenbar, genau wie du gesagt hast. An manchen Abenden war er ausgesprochen lieb und nett, wenn er heimkam, und manchmal tobte er, weil irgendetwas schiefgegangen war oder weil ich etwas Falsches gesagt hatte, das den ganzen Tag über an ihm nagte.«

Sie holte Luft. Sie sprach nicht viel über Reg. Eigentlich nie. Aber da sie nun einmal angefangen hatte, schien es, als könne sie nicht mehr aufhören. »Als er mich zum ersten Mal geschlagen hat, tat es ihm leid. Beim nächsten Mal schon nicht mehr. Oder beim übernächsten Mal.«

Ivy nahm ihre Hand.

»Er hat mir den Arm gebrochen«, fuhr Louisa fort. »Dem Doktor habe ich erzählt, ich wäre beim Füttern der Hühner ausgerutscht. Ich hatte mehr blaue Augen als warme

Mahlzeiten. Dreimal ist meine Lippe aufgeplatzt. Vielleicht viermal. Aber das Schlimmste …« Sie machte eine Pause. »Am schlimmsten war es, wenn ich schwanger war. Zwei Mal war es noch ganz am Anfang. Vielleicht war ich gar nicht schwanger, wer weiß? Da war einfach sehr viel Blut. Viel mehr als sonst.«

Ivy drückte Louisas Hand.

»Und dann, als ich dachte, ich würde nie ein Baby bekommen, weil ich zu alt war, um Mutter zu werden, stellte ich fest, dass ich wieder schwanger war. Aber Reg hat mich die Treppe hinuntergestoßen, und ich verlor das Kind.«

»Wie weit warst du?«, fragte Ivy. Ihre Stimme war kaum mehr als ein Flüstern.

Louisa presste die Lippen zusammen. »Ziemlich weit«, entgegnete sie. »Weit genug, um zu spüren, dass das Kind aufgehört hatte, sich zu bewegen. Weit genug, um es zur Welt zu bringen.«

»Ach, Louisa«, sagte Ivy. »Und dann?«

Die Erinnerungen an den Verlust ihres Babys drohten Louisa zu überwältigen, aber sie riss sich zusammen. »Ich bin zu meiner Mutter gegangen und habe ihr erzählt, was Reg getan hatte.«

»Was hat sie gesagt?«

»Sie sagte: ›Wie man sich bettet, so liegt man.‹«

»Mein Gott!«, sagte Ivy. »Ehrlich? Meine Ma hat selber genug am Hals, aber sie würde jeden Typen niederschlagen, der Hand an mich legt, keine Frage.«

Louisa schenkte ihr ein kleines Lächeln. »Ich bin weggelaufen … nach London.«

»Auf eigene Faust?«

»Ja und nein. Ich war schon in Kent Suffragette, obwohl ich es meiner Familie oder Reg gegenüber kaum je erwähnt habe. In meiner verzweifelten Lage waren es meine Freundinnen, die mich unterstützt haben. Eine von ihnen hat für mich den Kontakt zur WSPU in Wandsworth hergestellt, und die Frauen dort halfen mir, eine Wohnung zu finden.« Sie lächelte und runzelte dann die Stirn. »Reg war außer sich, als ich ihm gesagt habe, dass ich ihn verlassen wolle. Deshalb habe ich mich heimlich nachts davongeschlichen. Aber ich hatte Angst, er könnte mich finden. London schien der beste Ort, um unterzutauchen. Der beste Ort, um Arbeit zu finden und ganz neu anzufangen.«

»Und hat es geklappt?«

Louisa nickte. »Ich habe eine Anstellung als Verkäuferin in einem Hutsalon gefunden. Todlangweilig. Ich war begeistert, als ich die Anzeige von Kew in der *Times* entdeckt habe.«

»Wie lange ist das her?«

»Ich lebe jetzt seit sechs Monaten in London.«

»Ganz allein?«

»Ich habe hier bei den Suffragetten eine neue Familie gefunden.«

Ivy strahlte sie an. »Mir geht's genauso«, sagte sie. »Diese Frauen sind für mich wie Schwestern und Mütter und Freundinnen – alles auf einmal. Sie waren immer so gut zu mir und zu Ma auch. Wenn Dad sich mal wieder in Luft auflöst, sind sie sofort zur Stelle. Besonders jetzt, wo wir nicht mehr wirklich aktiv sind.«

Louisa nickte. Ivy war noch sehr jung. Ob sie sich an vielen Aktionen beteiligt hatte? »Was hast du so gemacht?«, fragte sie. »Als noch etwas unternommen wurde, meine ich.«

Einen Moment lang wirkte Ivy verlegen. »Dies und das«, antwortete sie. »Ich war ja praktisch noch ein Kind. Und du?«

Louisa grinste. »Na ja, ich habe an den Märschen teilgenommen, wann immer es mir möglich war. Als ich noch in Kent lebte, bin ich oft mit der Bahn nach London gefahren, um mitzumarschieren. Ich habe Fenster eingeschlagen. Ich habe Mr Asquith und Mr Churchill mit Kartoffeln beworfen.«

»Nie im Leben!«, entfuhr es Ivy. »Dafür bist du doch gar nicht der Typ.«

»Ich war sehr wütend auf die Männer«, sagte Louisa. »Nicht auf bestimmte Männer, weißt du, auch wenn ich, ehrlich gesagt, manchmal blanken Hass auf Reg verspürt habe. Nein, mehr auf die Welt der Männer. Die Welt, die von Männern für Männer gemacht wurde, verstehst du?«

»O ja«, erwiderte Ivy.

»Aber manchmal ging es zu weit«, fuhr Louisa fort. »Hier haben sie den Teepavillon abgebrannt, wusstest du das? Und das Orchideenhaus zerstört.«

Ivy rutschte auf dem harten Felsen hin und her. »Hab ich gehört.«

»Allerdings sind zwei von ihnen dafür ins Gefängnis gewandert. Olive Wharry und Lilian Lenton.«

»Ja, stimmt. Sie waren aber nicht lange drin, soweit ich weiß.«

Louisa senkte die Stimme. »Es heißt, in jener Nacht wäre noch jemand mit dabei gewesen und unerkannt davongekommen.« Ihre Augen funkelten. »Diese Person ist nie gefunden worden.«

»Hilfe erwünscht, meine Damen?«

Louisa und Ivy zuckten zusammen, als Bernie zu ihnen trat.

»Meine Güte, tut mir leid. Ich wollte euch nicht erschrecken.«

»Ach was, Bernie, wir haben bloß geplaudert und dich nicht kommen sehen«, erklärte Louisa. Hoffentlich hatte er nicht gehört, wie sie über Brandstiftung und Gefängnis sprachen – und über Politiker, die mit Kartoffeln beworfen wurden.

»Mac hat gemeint, ich soll herkommen und helfen«, sagte Bernie. Der junge Mann sah recht elend aus, stellte Louisa jetzt erst fest. Als würde das Gewicht der ganzen Welt auf seinen Schultern lasten. »Ich glaube, er ist sauer auf mich, weil ich heute Morgen mit dem Rasenmäher über ein paar Jungpflanzen gefahren bin, und dann habe ich noch das falsche Blumenbeet umgegraben.«

Louisa und Ivy starrten ihn an. Die Aufgaben, die man ihnen zuwies, waren so simpel, dass ein Kind sie hätte bewältigen können, und sie ärgerten sich oft darüber, dass man ihnen nicht mehr zutraute. Und Bernie kam nicht einmal mit den einfachsten Arbeiten zurecht?

»Ich habe Angst, dass er mich feuert«, fügte Bernie hinzu und fuhr sich mit den Fingern durch seinen Haarschopf. »Und ich brauche diesen Job. Ich brauche ihn wirklich.«

Louisa hatte Mitleid mit ihm. »Na los«, sagte sie. »Legen wir die letzten Steine an ihren Platz. Das ist nicht schwer, und gemeinsam sind wir schneller fertig.«

Bernie schaute sie dankbar an. »Sehr freundlich«, murmelte er.

Kapitel 4

Bernie hatte nicht übertrieben, als er den Frauen sagte, er habe Angst um seinen Job. Tag für Tag machte er einen Fehler nach dem anderen. Bisher bewies Mac noch Nachsicht, aber wie lange würde das anhalten?

Bernie hatte das Buch *Mein Gartenjahr* nicht nur ein, sondern bereits zwei Mal gelesen und die richtigen Fragen zu Pflanzen und Blumen gestellt, aber aus irgendeinem Grund schien bei ihm die Verbindung zwischen Körper und Gehirn abzubrechen, wenn es um körperliche Arbeit ging. Er hatte sich schon immer ungeschickt angestellt, selbst als Kind, aber das hatte für ihn im Klassenzimmer nie eine Rolle gespielt, nicht als Schüler und auch nicht als Lehrer. Gelegentlich ein Buch fallen zu lassen oder ein Stück Kreide abzubrechen, war nichts im Vergleich zu dem Missgeschick, sorgsam gehütete Setzlinge niederzumähen oder das falsche Blumenbeet umzugraben.

Bernie seufzte. Jeden Tag verschlang er die Zeitungen auf der Suche nach Neuigkeiten über die geplante Gesetzesnovelle zur allgemeinen Wehrpflicht. Angeblich sollten manche Tätigkeiten als unentbehrlich eingestuft und die Männer, die sie ausübten, vom Militärdienst befreit werden. Eine Ironie des Schicksals, dachte er, dass man Unterrichten mit ziemlicher Sicherheit als unentbehrlich erachten wird. Er konnte nur hoffen, dasselbe würde auch für Gartenarbeiten in Kew gelten, wenn es hart auf hart kam, aber er bezweifelte es.

»He, Bernie, bist du noch da?« Ivys Stimme riss ihn aus seinem Selbstmitleid. »Da wären noch ein paar Steine zu versetzen.«

»Tut mir leid«, sagte er. »Zeig mir einfach, wo die Dinger hinsollen.«

Er befolgte Ivys Anweisungen und hievte mit einiger Mühe einen der größeren Brocken hoch. Leicht unter dem Gewicht schwankend, betrachtete er voller Bewunderung die beiden Frauen. Ivy war klein, aber drahtig, und unter ihrer schmächtigen Statur verbargen sich offensichtlich starke Muskeln. Louisa war etwas kräftiger gebaut und größer als Ivy, aber auf jeden Fall kleiner als er selbst. Nie hätte er sich träumen lassen, dass Frauen zu derart harter körperlicher Arbeit imstande wären. Andererseits musste er sich eingestehen, dass er in seinem Leben nicht besonders viel Zeit mit Frauen verbracht hatte. Abgesehen von seiner Mutter natürlich, als er noch klein war, und später dann mit Vivienne.

Er schüttelte den Kopf. Jetzt war nicht der richtige Zeitpunkt, an sie zu denken. Er sollte sich lieber auf seine Arbeit konzentrieren.

Mit einem Keuchen ließ er den Brocken auf das Beet fallen. Mac, der Bernies Bemühungen von Weitem beobachtet hatte, richtete sich auf.

»Vorsicht da drüben!«, rief er. »Setzt die Steine behutsam ab. Wenn euch eins von den Dingern auf die Zehen fällt, werdet ihr merken, warum.«

Bernie schloss kurz die Augen, und Louisa stupste ihn an.

»Keine Sorge«, sagte sie. »Ganz ehrlich, wir lernen alle noch dazu.«

»Ihr zwei habt einfach viel mehr drauf als ich.«

Louisa grinste. »Wir sind beide mit Gärten beziehungsweise in der Landwirtschaft aufgewachsen«, erklärte sie. »Ich habe auf den Hopfenfeldern und in den Obstgärten gearbeitet, kaum dass ich laufen konnte. Und Ivy hat von klein auf ihrem Dad geholfen.«

»Ich habe ein Buch gelesen«, vertraute Bernie ihnen an, um einen guten Eindruck auf diese freundlichen Frauen zu machen. »Über Gärten. Ich möchte mehr darüber wissen.«

Ivy platzierte den letzten Stein, trat einen Schritt zurück und rieb sich die Erde von den Handflächen.

»Würde mich interessieren, was für ein Buch das sein soll, das einem was übers Gärtnern beibringt«, sagte sie. »So was muss man fühlen. Mit den Fingern in der Erde buddeln.«

In ihren Augen lag ein Leuchten, das Bernie gefiel. Er hatte es in seiner Zeit als Lehrer gelegentlich gesehen, wenn seine Schüler tatsächlich die Schönheit der Sprache in der Ilias oder der Odyssee erfasst oder begriffen hatten, wie berührend ein Gedicht von Catull sein konnte. Aber in

Bezug auf etwas so Körperliches, etwas so … er suchte nach dem richtigen Wort … etwas so Reales, Greifbares wie Gartenarbeit hatte er dieses Leuchten noch nie erlebt.

»Welche Pflanzen sollen in den Steingarten hier kommen?«, fragte er. »Ich könnte sie in meinem Buch nachschlagen.«

Ivy überlegte kurz. »Wahrscheinlich wird hier bis zum nächsten Frühling gar nichts angepflanzt, aber der zusätzliche Freiraum lässt den Pflanzen, die schon da sind, mehr Platz zum Wachsen«, erklärte sie. »Und diese Steine mussten verlegt werden.«

»Wo kommen sie her?«

Ivy errötete, obwohl sich Bernie beim besten Willen nicht vorstellen konnte, warum.

»Ein paar sind vom Teepavillon. Er ist vor einer Weile abgebrannt.«

»Ein Jammer.«

»Gut, dass der Schutt noch genutzt werden kann«, warf Louisa schnell ein.

Bernie schaute sie an. Auch sie wirkte verlegen. Hatte er irgendetwas Falsches gesagt? Er trat von einem Fuß auf den anderen, weil ihm die Beine wehtaten.

»Dann bleibt er also leer? Der Steingarten, meine ich?«

Ivy zuckte mit den Schultern. »Nicht ganz. Fürs Erste wird Mac vielleicht ein paar Stauden setzen. Alpine Pflanzen, du weißt schon.«

Bernie wusste es nicht, nickte aber, als wäre er im Bilde.

»Und hinten noch ein paar Nadelhölzer, schätze ich.

Bloß kleine. Auf die Biester muss man ein Auge haben, die wachsen nämlich wie der Teufel.«

Bernie versuchte, angesichts Ivys Ausdrucksweise keine Miene zu verziehen, aber anscheinend scheiterte er kläglich, denn sie brach in Gelächter aus, als sie sein Gesicht sah, und die Spannung, die in der kleinen Gruppe geherrscht hatte, löste sich in Luft auf.

»Hast du deinen Lunch dabei?«, fragte sie ihn.

Bernie nickte.

»Dann lasst uns mal essen!«

Sie wuschen sich die Hände und setzten sich unter einen Baum.

»Wie heißt denn das Buch, das du gelesen hast?«, erkundigte Louisa sich höflich.

»*Mein Gartenjahr*«, erklärte Bernie. »Es behandelt die Jahreszeiten. Ein wundervolles Buch. Ich hab jede Menge gelernt.«

Ivy schnaubte. »Gärtnern lernt man nicht aus Büchern«, sagte sie noch entschiedener als zuvor.

»Ein paar Sachen schon«, erwiderte Bernie.

Ivy starrte ihn herausfordernd an. »Ach ja? Welche denn?«

Auf einmal hatte er das Gefühl, wieder im Klassenzimmer zu stehen, den Geruch von Kreide in der Nase und vor sich einen frechen Schüler, der behauptete, klassische Sprachen zu lernen hätte keinen Sinn.

Als er spürte, dass sein Puls schneller ging, atmete er tief ein, blinzelte und zwang sich, das Gras unter seinen Beinen und die Sonne auf seinem Gesicht zu fühlen und den satten erdigen Geruch von Kew einzuatmen. Es ging ihm gut. Er war in Sicherheit.

Louisa sah ihn an und runzelte besorgt die Stirn. »Ist alles in Ordnung?«, fragte sie. »Einen Moment lang warst du wie weggetreten.«

»Schon gut«, antwortete er und starrte auf das Sandwich, das ihm seine Zimmerwirtin heute Morgen zubereitet hatte. »Nur schlechte Erinnerungen, mehr nicht.«

Ivy machte ein bestürztes Gesicht. »War das meine Schuld? Hab ich was Falsches gesagt? Tut mir leid, Bernie.«

Er lächelte sie beruhigend an, als wollte er ihr sagen, das Problem läge bei ihm, nicht bei ihr. »Ich hatte ein bisschen Ärger in meiner letzten Stellung.« Er wählte seine Worte sorgfältig. »Ich bin krank geworden, und danach konnte ich nicht mehr unterrichten.«

Louisa musterte ihn scharf. »Welche Fächer?«

»Klassische Sprachen«, sagte er. »An einer sehr alten und gediegenen Knabenschule namens St Richard's.«

»Ach, deshalb hast du so viel für Bücher übrig«, rief Ivy, als hätte sie einen Code geknackt, und Bernie musste unwillkürlich lachen, weil sie so triumphierend dreinblickte. Es war Monate her, seit er richtig von Herzen gelacht hatte.

»So ist es.« Er langte nach seiner Tasche. »Warte, ich zeige dir mein Gartenbuch. Dann kannst du es selbst anschauen und beurteilen, ob es nützlich ist.«

Er öffnete seine Tasche. Im selben Moment fegte eine Windböe durch die Bäume, erfasste einen Stoß Papiere, der in der Tasche lag, und verstreute die einzelnen Blätter kreuz und quer im Steingarten und auf der Rasenfläche dahinter.

»Ach, verflucht!«, rief Bernie entsetzt und sprang auf. Auf der anderen Seite des Weges saß Mac mit einigen der regulären Gärtner, und auch er stand jetzt auf.

»Um Himmels willen, Bernie!«, donnerte er. »Sammeln Sie diese Papiere ein!«

Bernie warf verzweifelte Blicke um sich. Die Papiere waren überall verstreut und flatterten so wild hin und her, dass er nicht wusste, in welche Richtung er zuerst laufen sollte. Auf einmal stand Ivy neben ihm und drückte seinen Arm.

»Ich geh dahin«, sagte sie und zeigte auf Mac und die anderen Gärtner. »Du schnappst dir die im Steingarten, und Louisa übernimmt die Rhododendren.«

Bernie schenkte ihr ein dankbares Lächeln, bevor er Kurs auf den Steingarten nahm und schon im Laufen Blätter einfing. Er hoffte inständig, dass Ivy und Louisa nichts von seinen Aufzeichnungen lesen würden. Zwar hielt er sich selbst für eine Art Dichter, aber einer Kritik konnten seine Arbeiten nicht standhalten. Noch nicht.

»Hab sie!«, rief Louisa von den Sträuchern herüber. »Hoppla, da ist noch eins!« Lachend jagte sie hinter den Papierbögen her. Ihre Wangen waren gerötet, und ihre Haare lösten sich aus dem Dutt. Die Sorgenfalten, die sich so oft auf ihrer Stirn zeigten, waren verschwunden, und sie sah jünger aus, als sie war. Bernie schaute ihr lächelnd zu und ahmte dann ihre tänzelnden Schritte nach, indem er mal hierhin, mal dorthin hüpfte, um die Seiten im Steingarten zu erwischen.

»War meine Schuld, Mac«, sagte Ivy vergnügt. Auch ihr schien die Bewegung Spaß zu machen. »Ich hab Bernies Tasche umgestoßen.«

Stimmt doch gar nicht, dachte Bernie, während er beobachtete, wie Mac Ivy nachsichtig lächelnd mit dem Finger drohte. Anscheinend hatte er trotz seiner Vorbehalte gegen weibliche Gärtner eine Schwäche für das Mädchen.

»Bitte sehr«, sagte Ivy zu Bernie und drückte ihm die Papierbogen in wildem Durcheinander in die Hand. »Hab alle erwischt.«

»Danke«, sagte er. »Und danke, dass du die Schuld auf dich genommen hast.«

Sie winkte ab. »War nicht dein Fehler, und ich wollte nicht, dass Mac auf dich losgeht.«

»Das war sehr nett von dir«, sagte Bernie.

Louisa kam zurück. Sie hatte Bernies Blätter ordentlich zusammengelegt. »Da«, sagte sie, während ihr wacher Blick auf dem Papier ruhte. »Du bist Schriftsteller?«

Bernie spürte, wie er vor Verlegenheit rot wurde. »Ich … ich schreibe Gedichte«, stammelte er. »Ich finde, es hilft. Wenn ich keine Ruhe finde.«

Louisa nickte. »Hast du das auch gemacht, als du Probleme an deinem Arbeitsplatz hattest?«

Bernie wand sich innerlich, als er an die Liebesgedichte dachte, die er für Vivi verfasst hatte, Gedichte, in denen er sein Herz geöffnet und ihr gestanden hatte, was er für sie empfand. Und die sie im Aufenthaltsraum der Lehrer liegen ließ, wo jeder sie sehen konnte. Noch heute dröhnte ihm das schallende Gelächter in den Ohren, das ihn wochenlang überall in der Schule verfolgt hatte.

»Tut mir leid«, sagte Louisa und brachte das Tosen in seinen Ohren zum Verstummen. Sie schien zu erkennen, dass er nicht darüber reden wollte, vielmehr nicht darüber reden konnte.

»Schon gut«, murmelte Bernie.

Louisa wechselte das Thema. »Dein Gartenbuch würde ich mir gern anschauen«, sagte sie. »Jetzt essen wir erst mal, dann zeigst du uns das Buch, aus dem du etwas über das Gärtnern gelernt hast. Mir scheint, Ivy hat einiges dazu zu sagen und will es gern loswerden.«

Erleichtert, dass der kritische Moment vorbei war, setzte Bernie sich wieder hin und verstaute sorgfältig die Papiere in seiner Tasche. Er aß sein Sandwich auf und nahm dann *Mein Gartenjahr* heraus und zurrte dann die Riemen seiner Tasche fest, damit die Blätter nicht wieder entwischen konnten.

»Eine wunderbare Lektüre«, sagte er. »Es stand schon in meinem Bücherregal, noch bevor ich jemals in den Kew Gardens war. Fabelhafte Beschreibungen von Blumen.«

»Nachher kümmern wir uns um die Staudenrabatten«, sagte Louisa. »Im Moment sehen sie umwerfend aus, aber das Unkraut muss gejätet werden. Was hat denn dein Buch über Stauden zu sagen?«

Bernie war bewusst, dass Louisa aus reiner Freundlichkeit versuchte, ihn in ein Gespräch über Themen zu verwickeln, bei denen er sich wohlfühlte, statt ihm Fragen nach seiner Schule zu stellen. Aber statt deswegen verlegen zu werden, war er froh und dankbar und zu seiner eigenen Überraschung nicht abgeneigt, mit Louisa zu plaudern.

Er fand die richtige Seite im Buch und las einen kurzen Absatz vor, in dem einige der Blumen beschrieben wurden. Ivy saß ein Stück von ihnen entfernt und verhielt sich still, aber es war nicht zu übersehen, dass sie aufmerksam zuhörte.

»Stimmt wirklich«, sagte sie. »So sind Pfingstrosen. Ich mag es, wie sie im Winter verschwinden und dann auf einmal wieder aus dem Boden schießen. Ziemlich clever. Find ich gut.«

Bernie hielt ihr das Buch hin. »Willst du mal sehen?«

Ivy schüttelte den Kopf.

»Im Ernst, schau ruhig rein. Da sind sogar ein paar Fotografien und ein ganzer Absatz über Pfingstrosen, den kannst du lesen.«

»Will ich aber nicht.«

»Nur zu!«

Ivy warf ihm einen bösen Blick zu. »Lass mich gefälligst in Ruhe!«, fuhr sie ihn an.

Einen Moment lang herrschte Schweigen.

»Was ist denn los, Ivy?«, fragte Louisa schließlich.

Ivy wandte den Blick ab. Sie wirkte auf einmal sehr jung und erinnerte Bernie unwillkürlich an seine bockigsten Schüler.

»Ich will mir das Buch einfach nicht anschauen.«

Louisa und Bernie wechselten einen Blick. In Louisas Augen zeigte sich großes Verständnis, während Bernie ziemlich sicher war, dass er selbst nur verwirrt aussah. Worum ging es hier?

»Ivy«, sagte Louisa sanft. »Kannst du lesen?«

»Was?«, erwiderte Ivy. »Na klar.«

»Wirklich?«

Wieder entstand eine Pause. Bernie konnte die Stimmen der anderen Gärtner hören, aber hier, auf ihrer Seite des Weges, war alles still.

Ivy blickte zum blauen Himmel hinauf. »Nein«, sagte sie leise. »Ich kann nicht lesen.«

Sie zog ihre Knie an die Brust und wartete darauf, dass Bernie oder Louisa etwas sagten. Nicht zu fassen, dass sie einfach so mit ihrem Geheimnis herausgeplatzt war. Es war nicht das, wofür sie sich am meisten im Leben schämte – das war etwas anderes –, aber ein Grund, stolz zu sein, war es auch nicht. Sie brachte es nicht fertig, die anderen anzuschauen, aus Angst, sie könnten entsetzt aussehen.

»Ivy?«, sagte Louisa leise und berührte ihren Arm. »Alles gut, Ivy.«

Ivy hob langsam den Blick. »Ist es nicht«, erwiderte sie. »Ich komme mir deshalb so dumm vor. Sogar meine kleinen Brüder und Schwestern können lesen, aber ich bin einfach nicht lange genug zur Schule gegangen. Ich war immer mit Dad auf dem Markt. Oder bin wie eine Wilde über die Hackney Marshes getobt.« Sie sah Louisa an. »Bei den Suffragetten hab ich's nie erwähnt«, sagte sie. »Kein einziges Mal. Ich hab mich einfach davor gedrückt, Spruchbänder und Flugblätter anzufertigen, und mich auf andere Weise nützlich gemacht.«

Louisa nickte. »Ich wette, du warst mehr als nützlich«, befand sie. »Sie können von Glück reden, dass sie dich haben.«

Ivy schenkte ihr ein schwaches Lächeln.

»Du bist eine Suffragette?«, fragte Bernie entgeistert.

»Psst«, zischte Ivy. »Verpetz mich bloß nicht bei Mac. Er hasst uns.«

Bernie sah zu Louisa und zog die Augenbrauen hoch. »Du auch?«

»Psst!«

Er lächelte. »Das geht mich nichts an.«

Louisa war erleichtert. Sie wandte sich an Ivy. »Weiß Jim Bescheid?«

Ivy, die in Gedanken noch bei den Suffragetten war, zuckte zusammen und schlang die Arme um sich, als Louisa Jim erwähnte. Louisa schaute sie unverwandt an, und auf einmal ging Ivy ein Licht auf. Ihre Freundin hatte nicht wissen wollen, ob Jim wusste, dass sie eine Suffragette war, sondern ob sie ihm anvertraut hatte, dass sie nicht lesen konnte.

»Ja, Jim weiß es. Er hat mir die Anzeige in der Zeitung gezeigt. Ich konnte sie nicht lesen, und da hat er es geschnallt, genau wie du, Lou.«

»Was hat er gesagt?«

Ivy erinnerte sich noch gut, wie furchtbar sie sich gefühlt hatte, als Jim begriff, warum sie bestimmte Situationen vermied, an die Erleichterung und das Glück, als er nur mit den Schultern zuckte.

»Er meint, manche Dinge fallen manchen Leuten einfach schwerer als anderen«, antwortete sie. »Er hat mir die Anzeige vorgelesen und die Bewerbung für mich geschrieben. Er schreibt richtig gut, mein Jim.«

»Du bist blitzgescheit, Ivy«, sagte Louisa. »Ich glaube keine Sekunde, dass dir Lesen und Schreiben schwerer fällt als anderen. Du hattest einfach nicht die Chance, es richtig zu lernen.«

Ivy wurde bei Louisas Lob warm ums Herz, auch wenn sie das Gefühl hatte, es nicht verdient zu haben. Sie spürte, wie sich ihre Wangen vor Freude röteten.

»Na, darauf würde ich an deiner Stelle nicht wetten.« Verlegen sah sie sie an. »Ich bin langsam wie eine Schnecke.«

In diesem Moment trat Mac zu ihnen. »Meine Damen«, sagte er und ignorierte dabei, dass Bernie ebenfalls anwesend war. »Bei den Rabatten muss gejätet werden. Fangt jetzt bitte damit an, ja?«

Froh, eine Ausrede zu haben, das unangenehme Thema nicht weiterzuverfolgen, sprang Ivy auf. »Na dann, auf geht's!«

Unkraut zu jäten war anstrengend und eintönig. Man musste in der heißen Sommersonne auf der Erde knien und gut achtgeben, nicht versehentlich eine der voll erblühten Blumen zu erwischen, aber Ivy machte es Spaß. Es war ihr Ernst gewesen, als sie zu Bernie sagte, dass Gartenarbeit für sie darin bestand, die Hände in den Boden zu tauchen, die Erde zu riechen und sich als Teil eines großen Ganzen zu fühlen.

Den Großteil des Nachmittags arbeiteten die drei in schweigender Eintracht, tauschten gelegentlich eine Bemerkung aus, wenn ihnen danach zumute war, waren aber hauptsächlich damit zufrieden, einfach ihre Arbeit zu machen und dem Zwitschern der Vögel zu lauschen.

»Wie schön, dass es so still ist«, sagte Louisa. »Als ich nach London kam, konnte ich den Lärm kaum ertragen. All die Leute und die Pferde und das Geschrei ... das war zu viel für ein Mädchen vom Land wie mich. Manchmal, wenn wir hier sind, kann ich kaum glauben, dass wir uns immer noch in der Stadt befinden.«

Ivy zog eine Augenbraue hoch. »Wenn du Radau brauchst, komm einfach zu uns«, sagte sie. »Die Kinder toben rum, Ma brüllt, Dad meckert über irgendwas.«

Bernie hatte einen versonnenen Ausdruck in den Augen. »Als ich meine Probleme hatte, war ständig dieser Lärm in meinem Kopf. Eine Stimme, die mir sagte, wie dumm ich gewesen war. Wie alle über mich lachten.«

Ivy warf Louisa einen verstohlenen Blick zu. Sie wusste nicht recht, was sie von Bernie halten sollte, der einerseits zerbrechlich, andererseits stark schien, und sie fragte sich, um welche Art von Problemen es sich gehandelt haben mochte.

»Meine Schule war in East Sussex. Nicht weit vom Meer entfernt.«

»Wie schön!«

Er verzog das Gesicht. »Nicht, als der Krieg anfing. Wir konnten es hören, das Grollen der Geschütze. Es war wie eine ständige Erinnerung, dass auf der anderen Seite des Ärmelkanals Männer starben. Vielleicht sogar Jungen, die ich unterrichtet hatte. Brüder, Söhne, Ehemänner. Ich fand es unerträglich, dass ich diesem Lärm nicht entfliehen konnte.«

Louisa, die gerade dabei war, Unkraut zwischen einzelnen Stauden Rittersporn herauszuzupfen, blickte auf. »Hörst du ihn immer noch? Den Lärm?«

Bernie schüttelte den Kopf. »Eines Tages war ich auf einer Versammlung der Quäker. Wisst ihr, wie es da ist?«

Beide Frauen verneinten.

»Still«, rief Bernie begeistert. »Still und friedlich. Manchmal spricht jemand, aber meistens wird geschwiegen. Es fühlte sich an, wie nach Hause zu kommen.« Auf einmal wirkte er verlegen. »Es hat mir geholfen.«

»Gehst du da immer noch hin? Bist du ein Quäker?« Ivy war froh, dass Louisa fragte, denn die Empfindungen, die Bernie beschrieben hatte, klangen ganz ähnlich wie das, was sie selbst bei ihren ersten Versammlungen der WSPU empfunden hatte: das Gefühl, nach Hause gekommen zu sein. Vielleicht hatten sie mehr gemeinsam, als sie ursprünglich gedacht hatte.

»Ja«, sagte Bernie. »Ich bin Quäker.«

Louisa nickte. »Gut.«

Einen Moment herrschte Schweigen.

»Die da sind hübsch«, meinte Bernie und deutete auf eine kleine Pflanze mit rosa Blüten.

Ivy erschauerte. »Begonien.«

»Du magst sie nicht?« Louisa blickte fragend auf.

»Doch, die sind schon hübsch, aber sie bedeuten Gefahr, also gut aufgepasst!«

»Was?«, sagte Bernie spöttisch. »Wie soll eine hübsche kleine Blume wie diese Gefahr bedeuten?«

»Keine Ahnung«, sagte Ivy. »Aber so ist es. Ich muss dabei an den Krieg denken, Bernie, an Jungs, mit denen ich groß geworden bin und die jetzt kämpfen müssen. Mein ältester Bruder ist vierzehn, und er redet schon davon, sich freiwillig zu melden, sobald er kann. Ich darf gar nicht dran denken.«

Bernie betrachtete interessiert die kleinen rosa Blüten, während Louisa sich aufrichtete und sich den Rücken rieb.

»Das hat es früher mal gegeben, stimmt's? Die Sprache der Blumen. Ich kann mich erinnern, wie meine Mutter und ihre Freundinnen manchmal darüber geredet haben – über ihre Liebsten, die ihnen kleine Sträußchen mit geheimen Botschaften schenkten.«

Ivy strahlte. »Ja, genau! Davon hat mir mein Dad erzählt. Und Jim weiß so viel darüber. Er hat mir jede Menge beigebracht.«

»Das würde ich auch gern lernen«, sagten Louisa und Bernie gleichzeitig, und alle mussten lachen.

»Glaubst du, Jim würde es uns beibringen?«, fügte Louisa hinzu.

»Klar«, sagte Ivy.

»Was weißt du sonst noch?« Bernie ließ seinen Blick über die prächtigen, in Zweierreihen angelegten Beete schweifen, an denen sie arbeiteten. Der Duft nach Blumen hing schwer in der Luft, und Bienen summten um die Blüten. »Was bedeutet das hier alles außer sehr viel harter Arbeit?«

Ivy grinste. »Meine Lieblinge, die Pfingstrosen, stehen für eine glückliche Ehe«, verkündete sie. »Ich hab mir immer gedacht, das ist so, weil sich in einer Ehe einiges unter der Oberfläche abspielt, von dem man nichts weiß. Wie bei Pfingstrosen im Winter.«

Louisa verzog das Gesicht. Vermutlich musste sie an die Dinge denken, die in ihrer Ehe vorgefallen waren und von denen niemand etwas ahnte. Ivy bekam sofort ein schlechtes Gewissen, weil sie ihre Freundin daran erinnert hatte.

»Löwenmäulchen bedeuten Lug und Trug«, fuhr sie hastig fort. »Stellt euch mal vor, jemandem solche Blumen zu schenken!«

»Und Ivy, also Efeu? Was symbolisiert der?«, fragte Bernie lächelnd.

Wieder spürte Ivy, wie ihre Wangen glühten, und zwar nicht nur wegen der Sonne. »Treue, sagt Jim … und Liebe.«

»Vielleicht bedeutet es in Wirklichkeit etwas ganz anderes, und Jim hat das mit der Liebe bloß erfunden, um ein bisschen Süßholz zu raspeln«, zog Louisa sie auf.

Jetzt lachte Ivy laut heraus, so herzhaft, dass ein Schmetterling über ihr ins Trudeln geriet.

»Klingt ganz nach Jim«, sagte sie. »Quasseln kann der, so viel steht fest.«

»Was noch?«, fragte Bernie begierig.

»Wenn man jemandem Gänseblümchen schenkt, heißt das, dass man ein Geheimnis für sich behalten kann.« Ivy fixierte Bernie und Louisa mit einem strengen Blick. »Stellt euch jetzt also einfach vor, ihr gebt mir welche und verratet nie einem Menschen, dass ich nicht lesen und schreiben kann.«

Louisa lächelte und nickte, aber Bernie machte ein nachdenkliches Gesicht.

»Ich könnte es dir beibringen«, sagte er.

Ivy starrte ihn an. »Was?«

»Lesen und schreiben.«

Sie machte eine wegwerfende Handbewegung. »Nee«, sagte sie. »Das schaffst du nie.«

Bernie reckte das Kinn vor. »Ich bin ein guter Lehrer. Wenigstens war ich es mal.«

»Das glaub ich gern. Aber ich bin sechzehn. Schätze, mit dem Lernen ist es für mich vorbei.«

»Du bist praktisch noch ein Kind«, widersprach Louisa. »Ich finde, das ist eine großartige Idee.«

»Ich schulde dir einen Gefallen, weil du das mit meinen fliegenden Blättern auf dich genommen hast«, sagte Bernie.

»Das ist doch gar nichts im Vergleich dazu, jemandem Lesen beizubringen.«

»Ach, komm schon, Ivy. Lesen und schreiben zu können ist wirklich wichtig!«

Sie warf Bernie einen finsteren Blick zu. »Bis jetzt bin ich ganz gut ohne klargekommen.«

»Und was, wenn Jim dir nicht diese Annonce vorgelesen hätte? Wo wärst du dann jetzt?«

Ivy dachte einen Moment nach. Wahrscheinlich würde sie sich mühsam damit durchschlagen, den Stand ihres Vaters auf der Columbia Road zu führen, solange er verschwunden war, und Blumen verkaufen. Oder wie viele ihrer Altersgenossinnen in einer Munitionsfabrik arbeiten, den ganzen Tag lang eingesperrt sein und nie Erde zwischen ihren Fingern spüren.

»Hier jedenfalls nicht«, räumte sie ein.

»Lass dir von Bernie Lesen und Schreiben beibringen«, redete Louisa ihr zu. »Und du und Jim könnt Bernie und mir erzählen, was ihr alles über die Sprache der Blumen wisst.«

Ivy wusste, wann sie sich geschlagen geben musste. »Na schön«, sagte sie. »Du kannst es gern versuchen, Bernie, aber ich warne dich. Ich werd's nicht schaffen.«

Bernie sah aufgeregt aus. »Ich werde mit den Buchstaben anfangen«, begann er, aber Ivy versetzte ihm einen Rippenstoß, der vielleicht ein bisschen kräftiger ausfiel, als nötig gewesen wäre.

»Die Buchstaben kenne ich«, sagte sie. »Na ja, wenigstens die meisten. Ich bin kein Baby. Nur mit dem Zusammensetzen hapert's.«

Bernie lachte leise. Es klang nett, und Ivy und Louisa mussten unwillkürlich auch lachen.

»Dann bringe ich dir mit dem Buch *Mein Gartenjahr* Lesen bei«, sagte er. »Und du kannst mich auf die Sachen aufmerksam machen, die vielleicht nicht ganz korrekt sind.«

Plötzlich erschien die Vorstellung, mit Bernie zu lesen, wie das Beste, was Ivy mit ihrer freien Zeit anfangen könnte – bis auf das Zusammensein mit Jim natürlich. Sie grinste. »Na, dann mal los!«

Jetzt zog Bernie die Stirn in sorgenvolle Falten. »Aber wo soll der Unterricht stattfinden? Ich würde gern sagen, bei mir daheim, aber meine Zimmerwirtin hält sehr auf Anstand, und ich glaube, sie würde es nicht gut aufnehmen, wenn ich eine junge Dame zu mir einlade.«

Ivy verzog das Gesicht. »Bei uns geht's auch nicht, nicht mit all den Kleinen, die da rumsausen.«

»Wie wäre es mit meiner Wohnung?«, schlug Louisa vor. »Sie ist nicht groß, aber es gibt einen Tisch, an dem ihr sitzen könntet, und ich würde euch nicht stören. Ihr seid herzlich willkommen.«

»Wirklich?« Ivy war unsicher. »Ich dachte, du bist gern für dich?«

»Das stimmt schon. Aber nicht ständig. Es wäre nett, ein paar Mal in der Woche Gesellschaft zu haben.« Sie sah Bernie an. »Ich wohne in Wandsworth, es ist also nicht sehr weit.«

»Und ich in Battersea, das passt perfekt. Ich könnte sogar

zu Fuß nach Hause gehen, wenn ich nicht zu erschöpft bin.«

»Ivy?«, fragte Louisa. »Für dich ist der Weg weiter, das weiß ich.«

Ivy machte es nicht das Geringste aus, kreuz und quer durch London zu laufen, sei es, um in Kew zu arbeiten, Blumen für den Stand ihres Vaters zu pflücken, Versammlungen der WSPU zu besuchen oder, wie in diesem Fall, Zeit mit neuen Freunden zu verbringen. Sie grinste. »Passt mir.«

»Dann ist es abgemacht«, sagte Louisa entschlossen. »Morgen nach der Arbeit fangen wir an. Ich werde Tee machen.«

»Ich könnte Kuchen mitbringen«, bot Bernie an.

»Noch besser.«

»Nach meiner Erfahrung sind Schüler eher bereit, gut zuzuhören, und haben mehr Spaß am Unterricht, wenn es dabei etwas Süßes gibt.«

Auf einmal wurde Ivy nervös. Der liebe Bernie hatte nicht die leiseste Ahnung, wie wenig sie wusste. »Ich bin wirklich nicht schlau«, sagte sie und versuchte, es wie einen Scherz klingen zu lassen, was ihr nicht unbedingt gelang. »Bestimmt wirst du sauer, wenn du erst mal merkst, wie dumm ich bin.«

Bernie lächelte sie an. »Ich habe vor vielen Sachen Angst, Ivy«, sagte er. »Aber vor einer Herausforderung habe ich mich noch nie gefürchtet.«

Ivy verdrehte die Augen. »Ach ja? Na, dann hoffe ich, du behältst recht.«

Kapitel 5

Am Tag vor ihrer ersten Lektion war Ivy sehr nervös.

Jim versuchte, sie zu beruhigen. »Das ist wirklich eine gute Idee«, sagte er. »Du kannst nicht durchs Leben gehen, ohne lesen und schreiben zu können.«

»Warum nicht?«, sagte Ivy. Sie hatten sich zu einer gestohlenen halben Stunde unter den Bäumen in Kew getroffen. »Ich hab doch dich, oder?« Sie lehnte sich an die dicke Rinde einer Platane und schaute ihn trotzig an.

»Stimmt«, sagte Jim liebevoll und gab ihr einen Kuss. »Aber wenn ich mal nicht da bin, was dann?«

Ivy spürte, wie sich bei der Vorstellung, Jim könnte nicht mehr in ihrer Nähe sein, ihr Magen zusammenzog. »Wo willst du denn hin?«

»Weiß ich noch nicht. Nächstes Jahr werde ich achtzehn. Und es heißt, man soll sich lieber freiwillig melden, weil man dann mehr Auswahlmöglichkeiten hat.«

Ivy wurde übel, so groß war die Angst, die Jims Worte in ihr auslösten. Sie stieß ihn mit beiden Händen von sich.

»Lass das«, sagte sie. »Hör auf, so zu reden. Du musst hierbleiben, hier bei mir.«

Jim bewahrte Ruhe. »Ich wollte damit nur sagen, wie wichtig es für dich ist, schreiben und lesen zu lernen.«

Ivy wusste, dass er recht hatte, aber sie war ihm immer noch böse, weil er den Krieg erwähnt hatte. Sie hasste jedes Gespräch, in dem es darum ging, eingezogen zu werden oder, schlimmer noch, sich freiwillig zu melden. Sie war sich nicht wirklich sicher, ob sie an Gott glaubte, aber jeden Abend, wenn sie sich in das Bett legte, das sie mit ihrer Schwester teilte, betete sie, der Krieg möge bald vorbei sein. Doch nach allem, was man hörte, schien die Lage eher schlimmer als besser zu werden. Als Bernie erzählte, wie er Kanonendonner aus Frankreich gehört hatte, war es ihr kalt über den Rücken gelaufen.

»Ich muss gehen«, sagte sie zu Jim. »Louisa wartet bestimmt schon auf mich.«

Er fasste sie um die Taille und zog sie an sich. »Quäl dich nicht, Ivy«, flüsterte er. »Es kommt, wie es kommt.«

Er küsste sie, und einen Moment lang waren all ihre Ängste vergessen.

Später am Tag, als sie an dem kleinen Tisch in Louisas Wohnung saß und auf ihre erste Unterrichtsstunde wartete, kehrten ihre Befürchtungen zurück.

Ivy war sehr angetan von Louisas Zuhause. Zugegeben, die Wohnung war klein, aber Louisa hatte sie sehr anheimelnd gestaltet. Auf dem tristen graubraunen Sofa lag eine hübsche Häkeldecke, und obwohl sie sich im Souterrain befanden, waren die Räume relativ hell. Voller Stolz zeigte Louisa Ivy und Bernie, was sie in ihren Töpfen zog.

»Du hast einen grünen Daumen, das ist mal sicher«, stellte Ivy bewundernd fest und strich über die Blätter der Sonnenblumen, die sich gen Himmel reckten. »Die sind in ein paar Wochen höher als der Zaun.«

»Hoffentlich. Ich möchte ihre leuchtenden Gesichter durch das Gitter lugen sehen, wenn ich nach Hause komme.«

»Wie wenn die Sonne an einem bewölkten Tag rausblinzelt«, sagte Ivy. »Schön.«

»Ihr zwei seid richtig talentiert.« Bernie betrachtete ehrfürchtig Louisas Pflanzen. »Ich habe keine Ahnung, wie ihr es schafft, alles so toll wachsen zu lassen, und euer Wissen über Pflanzen und Blumen ist unglaublich. Ich freue mich darauf, davon zu profitieren.«

»Das sind bloß so Sachen, die ich im Lauf der Jahre aufgeschnappt habe.« Ivy zuckte mit den Schultern. »Wie Atmen.«

»Also ich finde es sehr beeindruckend.«

Sie lächelte ihn an. Was für ein netter Mann, dachte sie. So höflich und liebenswürdig. Auf einmal kam ihr der Gedanke, dass es vielleicht nie zu einem Krieg gekommen wäre, wenn es auf der Welt mehr Männer wie Bernie gäbe. Würde er eingezogen werden?, fragte sie sich. Und wie würde er damit fertigwerden? Wohl nicht besonders gut. Mit einem Gewehr in der Hand konnte sie sich Bernie beim besten Willen nicht vorstellen.

Bernie riss sie aus ihren unerfreulichen Überlegungen. »Bereit?«, fragte er.

Sie nickte. »So bereit, wie's nur geht.«

Wie nicht anders zu erwarten, erwies sich Bernie als geduldiger und rücksichtsvoller Lehrer. Ivy hatte befürchtet, er würde Schulfibeln für Erstklässler verwenden und ihr das Gefühl geben, strohdumm zu sein, aber natürlich tat er das nicht.

Er hatte das Buch *Mein Gartenjahr* mitgebracht und einige einfache Begriffe, die sich alle auf Pflanzen bezogen, für Ivy herausgeschrieben. Sie war so interessiert an den Wörtern und daran, wie sie mit dem Text in Zusammenhang standen, dass sie kaum noch an ihre Angst dachte, über die einzelnen Buchstaben zu stolpern.

Als Bernie sie bat, etwas zu schreiben, wurde sie wieder nervös.

Er hatte ein paar kurze Namen von Blumen und Pflanzen ausgewählt und forderte Ivy auf, sie abzuschreiben. Voller Angst, sich unsterblich zu blamieren, griff sie zu ihrem Bleistift.

Das erste Wort erkannte sie sofort. »Das heißt Ivy«, sagte sie. »Das kenn ich.«

Bernie grinste. »Hab ich mir gedacht.«

Ivy schrieb das Wort sorgfältig in ihr Heft und zeichnete neben die Buchstaben ein kleines Efeublatt.

»Sehr schön«, sagte Bernie. »Das wird dir dabei helfen, dich an die Wörter zu erinnern. Und jetzt das nächste.«

Ivy fuhr fort, die botanischen Begriffe, die er für sie herausgesucht hatte, abzuschreiben und neben jedes Wort eine Blüte oder ein Blatt zu malen.

»Fantastisch.« Louisa, die bisher ruhig dagesessen und gelesen hatte, trat zu Ivy und schaute ihr über die Schulter. »Ich habe gar nicht gewusst, dass du eine Künstlerin bist.«

Ivy strahlte.

»Ich hab schon immer gern Pflanzen gemalt«, sagte sie. Dann machte sie ein betretenes Gesicht. »Wahrscheinlich, weil ich nicht schreiben kann.«

»Ich unterbreche euch nur ungern, aber wenn wir es rechtzeitig schaffen wollen, müssen wir uns langsam auf den Weg machen, Ivy.«

Bernie fing an, seine Bücher einzupacken. »Aber natürlich, meine Damen. Ich möchte nicht zu viel von eurer Freizeit in Anspruch nehmen.«

Ivy nahm seine Hand und drückte sie. »Red keinen Blödsinn«, sagte sie. »Das war richtig gut. Und ich bin dir ehrlich dankbar, dass du dir die Zeit nimmst, mir etwas beizubringen.«

Bernie erwiderte ihren Händedruck.

»Mir hilft es auch. Und ich freue mich schon darauf, etwas über die Bedeutung all der Blumen zu lernen, wenn dein Jim mal ein bisschen Zeit übrig hat.«

»Ich auch«, sagte Louisa. »Tatsächlich habe ich schon ein bisschen darüber nachgelesen.«

Ivy seufzte. »Vielleicht kann ich das eines Tages auch.«

»Ganz sicher«, sagte Bernie fest. »Ich bin bis jetzt noch

nie an einem Schüler gescheitert. So, du nimmst jetzt die Seite, auf die du alle Wörter geschrieben hast, und liest sie dir jeden Abend vor dem Schlafengehen durch.«

Ivy nahm gehorsam das Blatt Papier und steckte es in ihre Tasche. Dann stand sie auf.

»Meinetwegen können wir«, sagte sie zu Louisa.

»Wo soll's denn hingehen?«, erkundigte sich Bernie.

Louisa und Ivy wechselten einen Blick. Sie waren übereingekommen, in Kew niemandem gegenüber ihre Aktivitäten als Suffragetten zu erwähnen, weil sie wussten, wie wenig man in den Gärten von Frauenrechtlerinnen hielt. Und das mit Recht, dachte Ivy schaudernd. Nicht einmal Jim wusste etwas davon, dass Ivy sich für die WSPU engagierte. Aber Bernie war ihr Vertrauter, oder? Und sie hatten ihm bereits erzählt, dass sie Suffragetten waren.

»Wir treffen uns mit ein paar anderen Frauen«, antwortete Louisa ausweichend. »Es betrifft die Kirche.«

Ivy zwinkerte ihr zu. Sie trafen sich tatsächlich in einem Pfarrsaal, aber zu behaupten, es hätte etwas mit Religion zu tun, ging einigermaßen an der Wahrheit vorbei.

Bernies Miene hellte sich auf. »Suffragetten?«

Louisa grinste. »Ja«, gab sie zu. »Suffragetten.«

»Wie schön! Ich habe großen Trost in meinen Treffen mit den Quäkern gefunden. Tatsächlich gehe ich heute Abend selbst zu einer Versammlung.«

»Ist es ein Gottesdienst?«, fragte Ivy. Sie selbst hatte nicht viel für die Kirche übrig und war sich nicht sicher, was Quäker genau machten.

»Heute nicht. Wir reden über den Krieg, das heißt, eigentlich …« Zu Ivys Erleichterung brach Bernie ab.

»Ich will nicht drängeln, aber wir müssen jetzt wirklich los«, sagte Louisa.

Die beiden folgten Louisa aus der Wohnung und warteten auf dem Treppenabsatz, bis sie die Tür abgeschlossen hatte.

»Wo musst du lang, Bernie?«

Er zeigte die Straße hinunter in Richtung Fluss.

»Dann müssen wir uns jetzt verabschieden, wir gehen nämlich in die andere Richtung«, sagte Louisa.

»Vielen Dank für den Unterricht«, sagte Ivy. Einem Impuls folgend, stellte sie sich auf die Zehenspitzen und küsste Bernie auf die Wange. Es schien ihm zu gefallen.

»Ich freue mich schon auf das nächste Mal«, sagte er. »Bis morgen!«

Er winkte ihnen fröhlich zu und marschierte los. Ivy hängte sich bei Louisa ein.

»Wo gehen wir hin?«

Louisa hatte ihr vorgeschlagen, nach dem Unterricht einige Frauen der WSPU aus Wandsworth kennenzulernen, weil das Treffen ganz in der Nähe stattfand, und Ivy hatte zugestimmt. Sie war in letzter Zeit mit ihrer lokalen Suffragetten-Gruppe nicht mehr ganz zufrieden. Seit Kriegsausbruch hatte Emmeline Pankhurst die Frauen aufgerufen, ihre Aktivitäten einzustellen und sich stattdessen darauf zu konzentrieren, ihren Beitrag für den Krieg zu leisten. Aber Ivy hatte eher gemischte Gefühle, was den

Krieg anging. Sie war sich nicht einmal sicher, ob sie genau wusste, warum er überhaupt geführt wurde, und die Rufe nach Patriotismus und dem Einsatz für König und Vaterland klangen hohl, wenn sie mit ansehen musste, wie junge Burschen, mit denen sie aufgewachsen war, in die Schützengräben abkommandiert wurden. Sie brachte nicht den Enthusiasmus auf, die Männer zu ermuntern, sich freiwillig zu melden, wie Mrs Pankhurst es angeregt hatte, und hielt sich deshalb in letzter Zeit von den Treffen fern. Jetzt hoffte sie, dass sie sich bei Louisas Gruppe wohler fühlen würde.

Louisa setzte sie voller Stolz über die Frauen ins Bild, die sie in Kürze im Pfarrsaal nicht weit von der Wandsworth Bridge kennenlernen sollte.

»Und dann ist da noch Ethel, ein absoluter Knüller«, sagte sie. »Sie ist siebzig, wenn nicht älter, aber eine der grimmigsten Frauen, die du dir vorstellen kannst. Bei den Geschichten, die sie von ihrer Zeit in Holloway erzählt, stehen einem die Haare zu Berge.«

Ivy lachte. »Nicht zu fassen, dass sie in ihrem Alter ins Gefängnis gegangen ist.«

Louisas Miene verdüsterte sich. »Viele Frauen haben das getan«, sagte sie. »Wir alle haben Dinge getan, die früher keine von uns für möglich gehalten hätte. Ich hoffe bloß, es hat sich gelohnt.«

Trotz der sommerlichen Wärme drückte Ivy Louisas Arm an sich. »Das hoffe ich auch«, sagte sie.

Aber das Treffen war eine Enttäuschung, wenigstens für Ivy. Unter anderem sprach eine Frau, die sich vehement für die allgemeine Wehrpflicht einsetzte. Sie erklärte, dass mehr Männer an der Front gebraucht würden und dass die Regierung erwäge, ein Gesetz zu erlassen, das alle männlichen Bürger ab einem gewissen Alter zum Militärdienst zwingen würde. Ivys Bruder Jack war erst vierzehn, aber trotzdem wurde ihr schlecht bei der Vorstellung, er oder ihr Jim könnten in die grauenhaften Schützengräben in Frankreich oder Belgien geschickt werden und völlig verändert oder, schlimmer noch, gar nicht zurückkehren.

»Und was ist mit den Männern, die nicht kämpfen wollen?«, fragte sie laut. »Manche wollen bestimmt nicht in den Krieg ziehen.«

Die Frau sah angewidert aus. »Nun, das werden sie wohl müssen«, rief sie. »Wir kämpfen für Großbritannien. Für den König. Warum sollten sie tatenlos herumsitzen, während unsere Brüder, unsere Väter, unsere Ehemänner sterben?«

Die anderen applaudierten.

Ivy war nicht bereit, sich so schnell geschlagen zu geben. »Und wenn sie sich weigern?«, fragte sie.

Das Gesicht der Frau rötete sich vor Zorn. »Gefängnis«, sagte sie. »Obwohl ich persönlich eine Gefängnisstrafe noch für viel zu milde für solche Feiglinge halte. Ich finde, jeder, der den Militärdienst verweigert, sollte erschossen werden.«

Das Schweigen, mit dem ihre Aussage aufgenommen wurde, bestätigte Ivy in ihrer Vermutung, dass sie nicht die Einzige war, der diese Ansicht zu weit ging. Aber das hier waren Suffragetten, Frauen, die einmal eine Familie für sie gewesen waren. Die sich um sie gekümmert hatten, als sie als junges Ding durch die Straßen von East London gestreunt war, die bewirkt hatten, dass sie sich nicht mehr so allein, so hungrig, so verängstigt fühlte. Sie hatten sich verändert, und Ivy hatte nicht mehr das Gefühl, dass sie Teil derselben Bewegung waren.

Das ließ sie auch Louisa wissen, als alle den Pfarrsaal verließen und Ivy sich für den langen Heimweg mit Bahn und Bus nach Hackney rüstete.

»Ich verstehe einfach nicht, warum auf einmal nichts mehr weitergeht, obwohl Frauen immer noch nicht das Wahlrecht haben«, beschwerte sie sich. »Und jeder tut, was er kann, um seinen Beitrag für den Krieg zu leisten, auch wenn unsere Jungs für etwas kämpfen sollen, das wir nicht mal richtig verstehen.«

»Ich denke, ganz so ist es nicht, Ivy«, sagte Louisa ruhig.

»Ist es doch.« Ivy war immer noch wütend über die Rede der Frau. »Ich sehe nicht ein, was an einer allgemeinen Wehrpflicht gut sein soll.«

Louisa zuckte mit den Schultern. »Wir müssen tun, was notwendig ist.«

Ivy starrte sie entrüstet an. »Aber genau darum geht es doch!«, hielt sie dagegen. »Wir Frauen haben nichts zu tun, oder? Für uns läuft es gerade ziemlich gut, um nicht zu sagen bestens. Wenn nicht so viele Gärtner im Krieg wären, hätte man uns zum Beispiel nie erlaubt, in Kew zu arbeiten. Aber für die Jungs …« Sie würgte ein Schluchzen hinunter. »Ich hab solche Angst, Jim zu verlieren.«

Louisa war bestürzt. Sie legte beide Arme um Ivy und zog sie an sich. »Armes Kind«, sagte sie. »Mach dir keine Sorgen. Jim ist noch nicht alt genug, um sich zu melden, und ich bin sicher, bis es so weit ist, ist dieser elende Krieg vorbei.«

»Hoffentlich«, erwiderte Ivy. Aber über Louisas Schulter hinweg sah sie im Abendwind helle Begonien auf der Fensterbank eines Hauses hin und her wippen, und plötzlich überkam sie eine unbeschreibliche Furcht.

Kapitel 6

Ivys Unterricht ist ein Erfolg, ging es Louisa ein paar Wochen später durch den Kopf, als sie eine der Staudenrabatten goss. Zugegeben, es dauerte seine Zeit, aber es ging voran. Sie fand es schön, Bernie und Ivy ein paar Mal in der Woche bei sich zu Hause zu haben, und obwohl sie sich stets im Hintergrund hielt, wenn die beiden arbeiteten, freute sie sich, ihre Stimmen zu hören und Ivys Fortschritte zu beobachten. Mit dem Schreiben hatte sie immer noch Probleme, aber das Lesen fiel ihr jetzt leichter.

»Je älter man ist, desto schwerer fällt das Lernen«, sagte Bernie eines Abends zu Louisa, als sie für alle Tee machte. Ivy, die eine Pause von ihren Büchern brauchte, war nach draußen gegangen, um frische Luft zu schnappen. »Kinder sind wie ein Schwamm, der alles aufsaugt, aber in späteren Jahren verliert sich diese Fähigkeit.«

»Ivy ist doch erst sechzehn«, wandte Louisa ein. Man konnte leicht vergessen, wie jung Ivy tatsächlich noch war. Sie wirkte viel älter, manchmal sogar verhärmt. Vermutlich, weil sie sich um ihre Familie kümmern musste, wenn ihr Vater wieder einmal von der Bildfläche verschwand. Sorgen ließen einen Menschen altern, das wusste Louisa aus eigener Erfahrung. Wenn sie an manchen Tagen in den Spiegel schaute und die Falten auf ihrer Stirn und um ihre Augen und die grauen Haare an ihren Schläfen betrachtete, die fast täglich mehr wurden, konnte sie kaum glauben, dass sie dieselbe Person war, die neben Reg in der Dorfkirche am Altar gestanden und davon geträumt hatte, mit ihm eine Familie zu gründen, als sie frohen Herzens ihr Ehegelübde sprach. Hätte sie damals nur gewusst, was sie heute wusste.

Der Sommer neigte sich dem Ende zu, und die weiblichen Arbeitskräfte sowie Bernie hatten die ganze Jahreszeit in den Kew Gardens verbracht. Louisas Sonnenblumen waren zu voller Schönheit erblüht, und sie konnte sich gar nicht an ihren fröhlichen gelben Gesichtern sattsehen, wenn sie abends von der Arbeit nach Hause kam. In den Parkanlagen selbst stand alles in voller Blüte; wenn man durch die schmiedeeisernen Tore trat, wehte einem eine Mischung sämtlicher Düfte entgegen. Ein denkwürdiges Erlebnis, fand Louisa, die sich dabei ertappte, jedes Mal, wenn sie zur Arbeit ging, in die Luft zu schnuppern, um jeden Duft so schnell wie möglich zu erhaschen. Ivy und Bernie gestanden, dass sie es genauso machten.

Sie waren eine ungewöhnliche Gruppe, die drei Neuen in den Kew Gardens und dazu noch Jim, aber sie kamen gut miteinander aus. Ivys kratzbürstige und aufsässige Art schien sich zu mildern, wenn Jim in der Nähe war oder wenn sie in der Erde buddelte oder Ableger von Pflanzen schnitt. Bernie war die meiste Zeit nach wie vor ungeschickt und linkisch, aber er ließ sich stets gutmütig eines Besseren belehren und lernte schnell dazu. Jim war ein richtig netter Kerl, freundlich und geduldig zu Bernie, höflich und liebenswürdig zu Louisa, fröhlich mit Ivy.

Wir sind ein gutes Team, dachte Louisa, als sie den Rest Wasser aus der Kanne auf die Blumen leerte. Als wäre Ivy die Blume und Jim die Erde und Bernie das Wasser, also alles, was sie zum Wachsen braucht. Dann musste sie über sich selbst lachen, weil ihr ein so alberner Vergleich eingefallen war, und sie ging ihre Gießkanne nachfüllen.

Jim, der bei der Wassertonne stand, begrüßte sie herzlich.

»Schwer am Schuften?«, erkundigte er sich. Es war September, aber die Sonne brannte immer noch heiß vom Himmel, und sein gutmütiges Gesicht war von der Hitze gerötet.

Louisa nickte. »Blumen gießen«, sagte sie. »Der Boden ist furchtbar trocken. Hoffentlich bekommen wir bald ein bisschen Regen.«

Jim hielt inne und schaute nach Westen. »Den bekommen wir. Ich kann's riechen.«

Louisa folgte seinem Blick, sah aber nur blauen Himmel. »Wirklich?«, fragte sie zweifelnd.

Er nickte. »Nicht heute, aber vielleicht morgen.«

Louisa zog eine Augenbraue hoch, und Jim lachte. »Sie werden schon sehen. Ich helfe Ihnen mit dem Gießen. Es geht schneller, wenn Sie zwei Kannen auf einmal nehmen.«

Zusammen füllten sie vier Kannen und schleppten sie zurück zu den Staudenrabatten, wo sie Ivy und Bernie antrafen. Ivy war gerade dabei, Bernie ausführlich zu erklären, warum die kleinen Pflanzen, die er ausgerupft hatte, wieder in die Erde eingesetzt werden mussten.

»Das ist kein Unkraut, Bernie«, sagte sie. »Ich habe gesehen, wie Mac sie erst vor Kurzem gepflanzt hat.«

Bernie machte ein bestürztes Gesicht. »Ach herrje!«, sagte er. »Und ich hatte wirklich gedacht, ich werde allmählich besser.«

Louisa und Jim schmunzelten.

»So was kann schon mal passieren«, sagte Jim. »Pflanzen wir sie lieber schnell wieder ein, bevor Mac Wind davon bekommt.«

Einträchtig arbeiteten sie an dem Beet. Bernie keuchte und schnaufte und schaute ständig über die Schulter, um sich zu vergewissern, dass Mac sich nicht irgendwo in der Nähe herumtrieb.

»Erzähl uns noch was über die Blumensprache, Jim«, bat Ivy.

»O ja, bitte!« Louisa machte es viel Spaß zu lernen, welche Bedeutung die einzelnen Blumen hatten.

Jim stützte sich auf seinen Spaten und sah in dieser Haltung eher wie die Bauern aus, mit denen Louisa aufgewachsen war, und nicht wie der siebzehnjährige Junge, der er tatsächlich war. »Was wollt ihr denn wissen?«

»Was steht für Mut?«, fragte Bernie.

Jim warf ihm einen belustigten Blick zu. »Mac ist echt

nicht so schlimm«, sagte er. »Und er ist ziemlich zufrieden mit euch dreien. Er nennt euch ›seine Mädels‹.«

»Mich auch?«, fragte Bernie trocken, und Jim lachte.

»Er ist ein alter Brummbär, aber trotzdem goldig«, stimmte Ivy ihrem Jim zu. »Er hat immer auf mich aufgepasst, wenn ich mit Dad herkam. Das haben nicht viele gemacht.«

Es schien zwar absurd, aber es erfüllte sie mit Stolz, dass Mac mit ihrer Arbeit zufrieden war, stellte Louisa fest. »Was genau hat er gesagt?«, fragte sie Jim, aber der zuckte lediglich mit den Schultern.

»Na, das eben.«

»Aber wir machen unsere Sache halbwegs gut?«

Er grinste sie an. »Mehr als halbwegs. Ihr seid richtig gut«, sagte er. »Ich kann mich kaum noch erinnern, wie es ohne euch war.«

Ivy stupste ihn energisch an. »Mut«, erinnerte sie ihn.

»Ach ja. Kommt mal mit.«

Gehorsam legten sie ihr Werkzeug nieder und trotteten hinter Jim her, als er sie auf dem Weg neben den Stauden zum Steingarten führte. Die neue Stelle, wo sie die Steine vom Pavillon platziert hatten, war noch kahl, aber im älteren Teil blühte eine Vielzahl von Pflanzen.

Jim kletterte vorsichtig über die Steine, bis er zu einer Stelle mit kleinen weißen Blumen kam, die in ihrer Form fast an Sterne erinnerten.

»Edelweiß«, sagte er. »Für Mut.«

Bernie betrachtete die hübsche kleine Pflanzengruppe. »Sie sehen so zart aus.«.

»Aber sie sind kräftig«, erklärte Jim. »Sie wachsen zum Beispiel in den Alpen.«

»In Deutschland?«, rief Louisa empört. Jim warf ihr einen Blick zu, der ihr zeigte, wie enttäuscht er von ihr war, und sie schämte sich augenblicklich. Was sollte der Unsinn? Diese schönen kleinen Blumen hatten mit dem Krieg nun wirklich nichts zu tun.

»Sie wachsen überall im Gebirge«, fuhr Jim fort. »In Österreich, Deutschland und in der Schweiz.« Er bückte sich und strich behutsam mit einem Finger über eine der Blüten. »Sie wachsen unter ziemlich rauen Bedingungen auf felsigem Boden. Sehr robuste kleine Pflanzen sind das. Schätze, wir könnten alle das eine oder andere von ihnen darüber lernen, wie man durchhält, wenn die Lage kritisch wird.«

»In der Tat«, sagte Louisa, die ihre dumme Bemerkung über Deutschland wiedergutmachen wollte.

»Bist du mit den Gedanken beim Krieg, Bernie?«, fragte Ivy.

Bernie nickte, antwortete aber nicht.

»Es gibt ein paar Pflanzen, die Botschaften über den Krieg enthalten könnten«, meinte Jim nachdenklich. »Die hier zum Beispiel.«

Er führte sie zu den Stauden zurück, bis zu der Stelle, wo sie vorher gearbeitet hatten, und zeigte auf eine kleine violette Pflanze, die eine leichte Ähnlichkeit mit Lavendel hatte.

Ivy runzelte die Stirn. »Ysop«, stellte sie fest. »Gut bei Husten, oder?«

Jim nickte. »Hilft bei vielen Sachen, Bauchschmerzen und so. Aber Ysop steht auch für Opfer.«

»Dann ist es tatsächlich eine Botschaft für den Krieg«, sagte Bernie. »Opfer.«

Louisa fragte sich, ob er an ehemalige Schüler dachte, die in den Krieg gezogen und gefallen waren, Männer, die er gekannt hatte, als sie noch Knaben gewesen waren.

Jim, der spürte, dass die Stimmung gedämpft war, zeigte auf eine andere Stelle. »Und dann hätten wir noch die da.«

»Kapuzinerkresse«, sagte Louisa. Sie mochte die leuchtend orangeroten Blüten sehr und hatte mehrere dieser Pflanzen daheim gepflanzt.

»Patriotismus«, erklärte Jim. »Das bedeuten sie.«

Louisa war begeistert. Sie beschloss, bei der nächsten Versammlung den anderen Frauen von der Bedeutung dieser farbenfrohen Blumen zu erzählen. An Großbritannien zu glauben war in Zeiten wie diesen ganz besonders wichtig.

»Schön«, seufzte sie.

Wieder runzelte Ivy die Stirn. Sie wirkte verunsichert, aber Louisa hatte keine Ahnung, warum.

»Du solltest welche zeichnen«, sagte sie hastig, um ihre junge Freundin, deren gute Laune von vorhin sich in Luft aufgelöst zu haben schien, auf andere Gedanken zu bringen.

»Eine großartige Idee«, sagte Bernie. »Du hast ein gutes Auge für Pflanzen und Blumen, und deine Zeichnungen sind sehr fein und akkurat.«

Ivy errötete vor Stolz.

»Das finde ich auch«, sagte Jim. »Und du könntest abgeschnittene Blumen aufheben und die Blüten pressen. Ich habe gesehen, dass du das zu Hause schon gemacht hast. Aber du könntest daraus eine Art Protokoll für die Gärten in Kew machen. Jetzt, wo alles in voller Blüte steht, ist ein guter Zeitpunkt, um damit anzufangen.«

»Außerdem könntest du hinzufügen, was jede Pflanze symbolisiert«, sagte Louisa. »Das wäre gleichzeitig eine gute Schreibübung.«

Ivy senkte den Kopf. »Ich hab die Sachen nicht, die man dafür braucht.«

Bernie hatte die Kapuzinerkresse betrachtet, aber jetzt richtete er sich auf und lächelte. »Ich besorge dir einen Skizzenblock«, verkündete er. »Und Stifte. Ein Talent wie deines sollte gefördert werden, Ivy.«

Ivy kicherte, weil er so entschlossen dastand, und drückte seinen Arm. »Danke, Bernie«, sagte sie. »Das wäre wunderbar. Hilfst du mir beim Schreiben?«

»Selbstverständlich.«

»Womit willst du anfangen?«, fragte Louisa und ließ ihren Blick über die Fülle an Farben und Formen wandern.

»Mit dem, was man am leichtesten buchstabieren kann«, erwiderte Ivy.

Bernie lachte laut, und Louisas Stimmung hob sich, als sie das hörte. Es kam nicht oft vor, dass Bernie unbeschwert lachte. Die meiste Zeit schien er sich Sorgen zu machen und über Dinge zu grübeln, über die er nicht reden wollte. Es freute sie, dass er jetzt vergnügter wirkte, auch wenn es vielleicht nicht lange anhalten würde.

»Na, amüsiert ihr euch?«, dröhnte Macs Stimme über die Blumen hinweg, und alle schraken zusammen. Aber zu Louisas Erleichterung lächelte er.

»Ich habe gehört, worüber ihr gesprochen habt«, sagte er. »Ivy, ich wusste nicht, dass du eine Künstlerin bist.«

Ivy machte eine abwehrende Handbewegung. »Das bin ich auch nicht, aber es macht mir Spaß, ein bisschen zu kritzeln und Pflanzen zu zeichnen.«

»Und du möchtest ein Buch über das Gartenjahr in Kew schreiben?«

Sie nickte. »Darf ich?«

Wieder lächelte er. Louisa konnte sich nicht erinnern, ihn je so fröhlich gesehen zu haben. Anscheinend hatte Jim recht, und Mac war wirklich zufrieden mit ihrer Arbeit.

Als hätte er ihre Gedanken gelesen, wandte sich Mac an sie. »Sie leisten gute Arbeit, Miss Taylor«, sagte er.

»Louisa, bitte.«

»Louisa.« Er nickte. »Ich bin froh, Sie alle hier zu haben.«

Eine kurze Pause entstand. Alle lächelten einander an und freuten sich über die anerkennenden Worte. Schließlich räusperte Mac sich.

»Aber für meinen Geschmack wird hier zu viel herumgetrödelt«, sagte er und klatschte in die Hände. »Bernie, Ivy, das Randbeet am Ende muss umgegraben werden. Teilt den Rittersporn und schafft Platz für die Astern.« Er stupste Ivy an. »Nimm ruhig ein paar Blüten vom Rittersporn mit, damit du sie für dein Buch pressen kannst.«

Ivy strahlte, als Bernie und sie nach ihren Spaten griffen

und sich auf den Weg machten, während Mac zu der Wiese zurückschlenderte, wo er ursprünglich gearbeitet hatte.

»Was symbolisiert Rittersporn?«, fragte Louisa Jim. Sie war fasziniert von der Blumensprache und brannte darauf, mehr darüber zu lernen.

Jim warf einen Blick auf die blauen Blüten und überlegte. »Ich kann mich im Moment nicht erinnern. Ich muss es nachschlagen, aber ich glaube, die Blumen stehen für Großmut und Frohsinn.«

Bernie, der ihnen zugehört hatte, stellte seinen Spaten hin. »Dazu kann ich auch etwas sagen«, verkündete er und plusterte sich vor Stolz ein bisschen auf. »Wie man weiß, lautet die botanische Bezeichnung für Rittersporn Delphinium, und das kommt von dem griechischen Wort delphis, welches Delfin bedeutet.«

Louisa lächelte. Die Erklärung gefiel ihr. »Die Knospen sehen ein bisschen wie Delfine aus«, sagte sie mit der Überlegenheit eines Menschen, der schon einmal ein Bild dieses exotischen Säugetiers in einem Buch gesehen hatte. »Und das Blau ist wie das Meer.«

Aber Bernie war noch nicht fertig. »Die Legende besagt, dass die Blumen im Blut des mächtigen Kriegers Ajax, der im Trojanischen Krieg kämpfte, erblühten«, sagte er.

Louisa stellte erfreut fest, wie sich seine Miene erhellte, als er über sein Lieblingsthema sprach.

»Er verlor den Verstand, nachdem Achilles starb, und tötete sich selbst. Und wo sein Blut auf die Erde tropfte, sprossen diese blauen Blumen hervor.«

Louisa schnitt ein Gesicht. »Ziemlich grausig!«

Bernie breitete seine Arme weit aus. »Nein, es ist wundervoll«, sagte er. »Fabelhafte Geschichtenerzähler, die alten Griechen. Jedes Blütenblatt eines Rittersporns trägt die Buchstaben ›ai‹, was im Griechischen ›Ach!‹ heißt.«

Jim verzog das Gesicht. »Nee, tut es nicht. Ist mir jedenfalls noch nie aufgefallen.«

Louisa und Bernie lachten.

»Vielleicht muss man bloß ein bisschen genauer hinschauen«, sagte Bernie, und jetzt musste auch Jim lachen.

Ivy hatte keine Lust mehr zu warten. »Na los, Bernie«, maulte sie. »Allein schaffe ich das nicht.« Sie spähte zu den anderen und warf ihnen ihr ansteckendes Lächeln zu. »Ich nehme mir eine Blüte mit, um sie zu zeichnen und danach zu pressen«, sagte sie. »Mal sehen, wer mit diesen Buchstaben recht hat!«

Der Klang ihres Gelächters wehte durch den Park, als sie sich alle wieder an die Arbeit machten.

Kapitel 7

Ivy war so überwältigt von dem Zeichenblock und den Stiften, die Bernie ihr schenkte, dass sie einen Moment lang kein Wort herausbrachte.

»Ach, Bernie«, sagte sie schließlich und legte eine Hand an ihre Brust. »Ach, Bernie!«

»Ich habe mich für diesen Block entschieden, weil das Papier schön dick ist und sich deshalb gut zum Zeichnen eignet und auch dafür, Blumen zu pressen«, erklärte er. Er freute sich über ihre Reaktion. Bernie war immer in Sorge, ob er auch alles richtig machte, eine Situation richtig einschätzte – bei Vivienne hatte er wahrhaftig einen Riesenfehler begangen –, aber diesmal lag er anscheinend richtig.

Ivys Augen füllten sich mit Tränen. »Das ist echt das Schönste, was ich je bekommen habe«, sagte sie. Sie drückte leicht seinen Arm, was in Ivys Welt als Beweis größter Zuneigung galt, und Bernie war so gerührt, dass er sich selbst den Tränen nahe fühlte.

»Gern geschehen«, murmelte er. »Ich glaube, in dir steckt wirklich etwas.«

Einen Moment lang betrachtete Ivy ihr Geschenk und strich mit den Fingern über die Seiten des Skizzenblocks. Plötzlich schien ihr etwas einzufallen, und ihre Miene verdüsterte sich.

»Das kann ich vergessen, wenn ich's mit nach Hause nehme. Den Kleinen ist es egal, wie schön es ist, die kritzeln das bestimmt voll. Kann ich es hierlassen, Lou?«

Wie immer waren sie für Ivys Unterrichtsstunden zu Louisa gekommen. Louisa saß auf dem Sofa und las, wie sie es meist tat, wenn Bernie mit Ivy lernte. Heute las sie allerdings nicht wie sonst einen Roman, sondern die Zeitung, wobei sie beim Umblättern der Seiten immer wieder keuchte und japste, mit der Zunge schnalzte und missbilligende Laute von sich gab. Bernie hatte sie wohlweislich ignoriert. Er hatte das Gefühl, dass Louisa und er nicht übereinstimmten, was die Tagespolitik und insbesondere den Krieg anging, und er wollte nichts tun, um ihre aufkeimende Freundschaft zu zerstören.

Jetzt blickte Louisa auf. »Wie bitte?«

»Kann ich meinen Zeichenblock hierlassen? Ich habe Angst, meine blöden Geschwister machen ihn kaputt, wenn ich ihn mit nach Hause nehme. Vielleicht kannst du ihn mir morgen mitbringen, dann sperre ich ihn in Kew in meinem Spind ein.«

»Ja, natürlich«, sagte Louisa. Sie wandte ihre Aufmerksamkeit wieder der Zeitung zu und tippte auf die Seite, die sie gerade gelesen hatte. »In Griechenland ist wohl einiges los«, sagte sie zu Bernie.

Es kam häufig vor, dass sie mit ihm über den Krieg sprach. Wahrscheinlich ging sie davon aus, dass er sich genauso für das Kriegsgeschehen interessierte wie sie; tatsächlich stürzte ihn jede Erwähnung des Konflikts in tiefste Verzweiflung. Er hatte gehört, dass die Briten planten, Giftgas einzusetzen, wie die Deutschen es bereits taten, und allein bei dem Gedanken wurde ihm schlecht. Was für eine schreckliche Sache! Wie ließ sich etwas so Grauenhaftes jemals rechtfertigen?

Er schüttelte den Kopf, um seine sorgenvollen Gedanken zu vertreiben. »Ich fürchte, ich muss jetzt gehen«, sagte er zu Louisa, bevor sie ihn über die Zahl der Soldaten, die in dieser Woche in Frankreich gefallen waren, informieren konnte. »Soll ich dich zur Bushaltestelle begleiten, Ivy?«

»Das wäre nett von dir«, sagte sie.

»Siehst du Jim heute Abend?«, fragte Louisa.

»Ich hab noch was vor.« Ivy klang ein bisschen ausweichend, als wolle sie etwas verheimlichen, deshalb war Bernie froh, dass Louisa immer noch in ihre Zeitung vertieft war.

Draußen auf der Straße sah er Ivy an. »Was ist los?«

Sie schlang ihren Schal fester um ihre Schultern. Der Sommer verabschiedete sich endgültig, und abends wurde es frisch.

»Gar nichts!«

Bernie lachte leise. »Du bist eine sehr schlechte Lügnerin, Ivy Adams«, sagte er.

Sie seufzte und zog ihn an der Hand mit sich zu einer Holzbank in der Nähe der Bushaltestelle.

»Versprichst du mir, es keinem weiterzuerzählen?«

»Kommt drauf an, was es ist«, sagte Bernie ehrlich. Er mochte es gar nicht, wenn er gebeten wurde, ein Geheimnis zu bewahren, noch bevor er wusste, worum es überhaupt ging.

Ivy warf ihm einen verärgerten Blick zu, holte dann aber tief Luft, und es sprudelte aus ihr heraus: »Ich bin mir nicht sicher, was ich eigentlich von diesem Krieg halte, das ist alles.«

Bernie merkte erst jetzt, dass er den Atem angehalten hatte. »Ich auch nicht«, gestand er.

Die beiden starrten einander an, leicht schockiert über das, was sie gerade ausgesprochen hatten.

»Ich hab solche Angst, dass Jim sich freiwillig meldet«, fuhr Ivy fort. »Nachts liege ich im Bett und schlottere bei der bloßen Vorstellung. Jim ist das Beste, was mir je im Leben passiert ist.«

Bernie brachte ein schwaches Lächeln zustande. »Ich dachte, das wäre der Skizzenblock.«

Ivy grinste und knuffte ihn in den Arm. »Du weißt schon, was ich meine«, sagte sie. Dann wurde sie wieder ernst und fügte hinzu: »Ich kenne Jungs vom Markt oder von der Schule, die nach Frankreich gegangen und nicht zurückgekommen sind, und das ist schrecklich, Bernie. Manchmal sehe ich ihre Mütter, und die haben sich völlig verändert, verstehst du? Sie sind richtig in sich zusammengeschrumpft vor lauter Kummer. Das will ich nicht. Nicht für meine Mum und auch nicht für mich. Für niemanden.«

Bernie nickte. »Das verstehe ich«, sagte er. »Ehemalige Schüler von mir sind auch in den Krieg gezogen. Für mich sind sie noch kleine Jungen, weil sie das waren, als ich sie unterrichtet habe. Ich kann mir ihre lebhaften kleinen Gesichter einfach nicht mit Schlamm und Blut und Gott weiß, was noch, bedeckt vorstellen.« Er schauderte. »Es ist unerträglich.«

Er straffte die Schultern, als wolle er sich Mut machen, noch mehr zu sagen. Wenn sie schon dabei waren, einander solche Dinge anzuvertrauen, war jetzt vielleicht der richtige Zeitpunkt, seine geheimsten Gedanken auszusprechen.

»Ich bin Quäker, wie du weißt«, sagte er. »Und Quäker sind Pazifisten.«

Ivy sah ihn verständnislos an. »Ich weiß nicht, was das ist.«

»Wir glauben nicht daran, dass ein Krieg jemals die Lösung von Problemen sein kann.«

Ivy kniff die Lippen zusammen und blickte nachdenklich zum Himmel hinauf. »Klingt für mich ganz vernünftig.«

»Nicht alle denken so.«

»Na ja, eine Menge Leute machen deswegen ein Mordstheater, oder?«, sagte Ivy. Ihre Bemerkung war eine derartige Untertreibung, dass Bernie lachen musste. »Louisa und ich …« Sie verstummte, riss sich dann zusammen und fing noch einmal an. »Wir haben Freundinnen, die komplett durchgedreht sind und dauernd darüber reden, dass die Männer für unseren König kämpfen müssen und wir Frauen auch unseren Beitrag leisten sollen.« Wieder machte sie eine Pause. »Aber da gibt es diese Frau … vielleicht hast du ja schon mal von ihr gehört. Sylvia Pankhurst.«

Bernie war überrascht, versuchte jedoch, sich nichts anmerken zu lassen. Wenn man bedachte, wie Ivy über sich selbst sprach, hätte man glauben können, sie wäre einfach eines von vielen unbedarften jungen Dingern, die in London herumliefen, aber dann stieß man unvermutet auf ihr unglaubliches Wissen über Pflanzen und Blumen, ihr Zeichentalent, ihre leidenschaftliche Liebe zur Natur, ihre Überlegungen zum Krieg, und jetzt ließ sie auch noch ganz beiläufig den Namen einer der – jedenfalls Bernies Meinung nach – interessantesten Sozialreformerinnen ihrer Zeit fallen. Er blinzelte.

»Ja, der Name ist mir allerdings bekannt.«

»Sie leitet diese Gruppe, die Vereinigung der Suffragetten von East London.«

Bernie nickte bedächtig. Er war sich nicht ganz im Klaren darüber, wie er im Allgemeinen zur Frauenbewegung stand, aber er vergötterte Ivy und Louisa, und über Sylvia Pankhurst und ihre Splittergruppe hatte er schon viel Gutes gehört.

»Als der Krieg anfing«, fuhr Ivy fort, »sah es bei uns in der Gegend schnell ziemlich übel aus. Viele Fabriken haben praktisch sofort dichtgemacht, Männer verloren ihre Jobs oder mussten einrücken. Familien mit kleinen Kindern mussten hungern, Bernie. Ich hab es selbst gesehen.«

»Furchtbar.«

»Und Sylvia hat ihre Frauen zusammengetrommelt und angefangen, Milch für die Kleinen zu verteilen. Und Essen und so. Jetzt haben sie eine Fabrik, in der Spielzeug hergestellt wird, und ich kenne ein paar Leute, die dort Arbeit bekommen haben. Meine Mum redet auch schon davon, da mal hinzugehen und ihr Glück zu versuchen, und ich finde, das sollte sie ruhig machen. Ist auf jeden Fall besser, als Munition herzustellen.« Ivy kam in Fahrt und gestikulierte beim Reden mit beiden Händen. »Es kommt mir irgendwie …«, sie suchte nach dem richtigen Wort, »… greifbarer vor.«

»Als was?«

Sie dachte einen Moment lang nach. »Als über Ruhm und Krieg zu reden«, sagte sie schließlich.

Bernie war erstaunt. Er sah Ivy an und nickte. »Du hast absolut recht. Absolut. Aber wie gesagt, nicht alle sind dieser Meinung, und wir müssen die Ansichten anderer respektieren.«

Ivy schnalzte missbilligend mit der Zunge, aber sie lächelte auch. »Ich gehe zu einer Versammlung«, sagte sie. »Heute Abend. Eine Versammlung von Sylvia Pankhursts Gruppe.«

»Das ist gut.«

»Mal sehen, worum's da geht. Und ob ich vielleicht mitmachen kann, wenn ich nicht in Kew arbeite.«

»Du bist wirklich etwas Besonderes, Ivy«, sagte Bernie. »Eine richtige Naturgewalt.«

Wieder knuffte sie ihn in die Seite. »Klappe!«

Sie lächelten einander an.

»Aber sag Louisa nichts davon, ja?«, bat Ivy. »Ich finde sie wirklich wunderbar. Sie ist klug und schlagfertig, und was sie nicht über Politik weiß, lohnt sich nicht zu wissen. Und über die Probleme, die sie gehabt hat, könnte man ein ganzes Buch schreiben. Zwei Bücher. Und sie schlägt sich ganz allein durch …« Sie biss sich auf die Unterlippe. »Ich bin mir bloß nicht sicher, ob wir uns in diesem Punkt einig sind, das ist alles.«

Bernie nickte. »Ich denke, da hast du recht«, sagte er. »Und könnte ich dich um dasselbe bitten? Es ist natürlich kein Geheimnis, dass Quäker Pazifisten sind, aber ich möchte es in Kew nicht unbedingt an die große Glocke hängen.«

Ivy nickte. »Obwohl, was ist schon dabei? Wen kümmert es schon, dass du den Krieg nicht richtig findest? Wird die hohen Tiere nicht davon abhalten, immer mehr Jungs in die Schützengräben zu schicken, oder? Die sagen bestimmt nicht: ›Ach du meine Güte, Bernie aus Battersea meint, wir sollen das nicht machen, also hören wir mal lieber damit auf, was?‹«

Bernie lachte über das, was Ivy anscheinend für eine kultivierte Wortwahl hielt, und wünschte sich von ganzem Herzen, sie hätte recht. Doch tief im Innersten wusste er, dass es die Leute sehr wohl kümmerte, ob jemand Pazifist war. Vielleicht war es im Moment, solange man sich freiwillig melden konnte, noch nicht so dramatisch, aber die Wehrpflicht würde kommen; sie kündigte sich an wie ein drohendes Unwetter. Als Louisa vorhin in ihrer Wohnung Griechenland erwähnt hatte, war ihm ganz kalt geworden, denn er wusste, dass Großbritannien den Griechen zugesichert hatte, mehr Truppen zu schicken. Wo sollten all die Soldaten herkommen?

Nervös rückte er seine Brille zurecht. Würde es reichen, so zu tun, als wäre er kurzsichtig, um als untauglich zu gelten? Wohl kaum. Genauso wenig konnte er darauf hoffen, andere davon zu überzeugen, dass er gute Gründe hatte, nicht kämpfen zu wollen. Er dachte an die Mütter, von denen Ivy gesprochen hatte, gebeugt vor Gram, und daran, was sie empfinden mussten, wenn sie ihn sahen, einen gesunden jungen Mann, der noch all seine Gliedmaßen hatte und sich weigerte, auf dem Kontinent gegen die Deutschen zu kämpfen. Wieder wurde ihm übel.

»Bernie«, sagte Ivy besorgt. »Alles in Ordnung?«

Er schüttelte seine düsteren Gedanken ab und sah sie an. »Tut mir leid, Ivy, ich war meilenweit entfernt.«

Sie tätschelte ihm liebevoll die Hand. »Hast wohl ’ne Menge auf dem Herzen?«

Bernie nickte.

Sie musterte ihn eingehend. »Geh doch zu einem dieser Quäkertreffen, am besten gleich heute Abend. Vielleicht hilft dir das, dich ein bisschen zu beruhigen.«

Gerührt über ihre Anteilnahme, lächelte er sie an. »Ich

denke, das mache ich«, sagte er. »Oder vielleicht setze ich mich einfach hin und schreibe auf, was mir auf der Seele liegt.«

Ivy nickte. »Glaubst du, ich kann irgendwann mal auch so schreiben wie du?«

Er lachte kurz. »Ich glaube, du wirst alles tun können, was du dir wünschst, Ivy.«

»Aber beim Schreiben bin ich eine Niete.«

»Es ist schwer zu lernen, wenn man älter ist. Du darfst nicht zu streng mit dir sein. Es ist nicht leicht, ganz von vorn anzufangen.«

»Und geht ziemlich langsam, oder?«

»Letzten Endes wird sich die Mühe lohnen.«

Er sah den Bus kommen, die Rauchwolken, die der Motor ausstieß.

»Endlich«, sagte Ivy. »In letzter Zeit muss man immer länger auf den Bus warten. Jemand hat mir erzählt, dass alle Fahrer und Kontrolleure eingerückt sind. Ich schätze, jetzt wird man Frauen brauchen, um die Jobs zu übernehmen.«

»Viel Spaß bei deiner Versammlung«, sagte Bernie. »Ich würde gern mehr über diese Gruppe hören.«

»Ich erzähle dir morgen alles.«

Sie war aufgestanden, um gleich in den Bus zu steigen, wenn er hielt, aber jetzt beugte sie sich vor und gab Bernie einen weiteren Kuss auf die Wange. »Du bist ein echt guter Mann, Bernie.« Sie griff nach ihrer Tasche, schwang sie über ihre Schulter und bedeutete dem Busfahrer mit einer Handbewegung, an der Station anzuhalten.

Bernie sah zu, wie sie die Stufen zum Oberdeck hinaufstieg, und hob eine Hand, um ihr zum Abschied zuzuwinken. Ein guter Mann? So hatte ihn noch nie jemand genannt. Einen törichten Mann schon eher. Einen schwachen Mann. Einen intelligenten Mann. Aber gut noch nie. Es gefiel ihm. Er wartete, bis der Bus losfuhr, dann stand er auf und machte sich auf den Heimweg.

1916

Kapitel 8

Der Frühling erschien spät in diesem Jahr. Der März kam wie ein Löwe, mit Sturm und Regen und Nachtfrost. Dennoch waren die Gärtner in Kew unermüdlich bei der Arbeit. Louisa war überrascht gewesen, wie viel es während der Wintermonate in den Parkanlagen zu tun gab, aber trotz des Wetters hatte es ihr Freude gemacht, draußen an der frischen Luft zu sein. Die Kälte störte sie nicht; es war der nicht enden wollende Regen, der sie deprimierte, und jetzt sehnte sie sich nach freundlicheren Tagen.

Die Neuigkeiten von der Front trugen nicht dazu bei, ihre Stimmung zu heben. Der Konflikt breitete sich ständig weiter aus, und es schien, als würde jeder Sieg der britischen Truppen mit immer mehr Verlusten bezahlt werden. Manchmal fragte sich Louisa, ob Reg in die Armee eingetreten war. Sie konnte es sich eigentlich nicht vorstellen, aber möglich war es. Natürlich lagen die Dinge jetzt, da die allgemeine Wehrpflicht eingeführt worden war, anders. Reg war – gerade noch – jung genug, um zum Dienst an der Waffe verpflichtet zu werden. Die Bewirtschaftung des Bauernhofs mochte eine der Tätigkeiten sein, die als lebenswichtig galten, aber Louisa hatte gelesen, dass es einiges an Aufwand erforderte, sich von der Wehrpflicht befreien zu lassen, und es war zweifelhaft, ob Reg diese Mühe auf sich nehmen würde. Andererseits waren Reg und sie immer noch verheiratet, und im Moment wurden nur ledige Männer eingezogen. Was für eine Ironie des Schicksals wäre es, dachte Louisa, wenn meine Ehe, die für mich die Hölle war, sich letzten Endes als Regs Rettung erweisen würde.

Gedankenverloren schaute sie aus dem Fenster des kleinen Aufenthaltsraums in den Kew Gardens und beobachtete, wie die Regentropfen an der Glasscheibe hinunterliefen. Sie war im Moment allein hier, weil sie heute früher hier angekommen war. Seit auch Frauen Fahrzeuge lenken durften, verkehrten die Busse wieder pünktlicher, und Louisa hatte den Weg zu ihrem Arbeitsplatz im Nu zurückgelegt. Sie genoss die Stille und die Zeit, mit sich und ihren Gedanken allein zu sein, und wenn sie ehrlich war, zog sie nichts nach draußen in die Nässe.

Bernie wird bald kommen, dachte sie. Er war ein Frühaufsteher. Sie lächelte liebevoll, als sie an ihn dachte, an sein zerzaustes Haar und die Brille, die auf seiner Nasenspitze balancierte. Er hatte in den gemeinsamen Monaten in Kew viel gelernt, sich sehr bemüht, gut zuzuhören und sich alles einzuprägen, was Jim oder Mac ihnen beibrachten, und so viel wie möglich über Pflanzen und Blumen gelesen, wenn er nicht in den Gärten arbeitete. Mittlerweile war er wirklich sehr beschlagen in Botanik, was Louisa tief beeindruckte.

Erstaunlich, wie schnell diese Menschen ihr ans Herz gewachsen waren. Sie arbeiteten jetzt nicht einmal ein volles Jahr zusammen, hatten die Gärten noch nicht in allen vier Jahreszeiten erlebt, und dennoch waren Bernie, Ivy, Jim und sogar Mac wie eine Familie für sie geworden. Seit ihrem Umzug nach London hatten ihre Kontakte zu den Suffragetten ihr Rückhalt gegeben, und jetzt hatte sie ihre Familie in Kew und noch dazu die eine oder andere Versammlung der WSPU. Tatsächlich gab es an diesem Abend wieder ein Treffen.

»Ein Penny für deine Gedanken!«

Louisa schrak zusammen und drehte sich zu Ivy herum, die gerade hereingekommen war.

»Schreckliches Wetter da draußen. Ich komme bloß von der Bushaltestelle und bin trotzdem patschnass.« Ivy schälte sich aus ihren feuchten Sachen und hängte sie auf.

Louisa lächelte sie an. »Guten Morgen. Ich habe nur einen kleinen Moment für mich allein genossen, bevor unser Tagwerk beginnt.«

»Tut mir leid, wenn ich gestört habe«, sagte Ivy, aber Louisa winkte ab.

»Unsinn. Jetzt gönnen wir uns einen Moment für uns beide. Hast du schon neue Bilder, die du mir zeigen kannst?«

»Ja«, sagte Ivy. Sie sperrte ihren Spind auf und holte den Skizzenblock heraus, den Bernie ihr geschenkt hatte. Er sah mittlerweile ein bisschen mitgenommen aus und wölbte sich so stark, dass Ivy ihn mit einer Schnur zugebunden hatte. Jetzt löste sie die Schnur und reichte das Buch Louisa, die sich auf eine der Holzbänke im Aufenthaltsraum setzte und behutsam die Seiten aufschlug.

Ivy hatte sich selbst übertroffen. Bernie hatte absolut richtig gehandelt, als er ihr die Utensilien für ihr Projekt zur Verfügung stellte, denn was sie vollbracht hatte, war großartig. In kleinen Skizzen stellte sie dar, wie sich die Szenerie von Kew im Verlauf der Monate änderte. Sie hatte Ableger von Pflanzen gesammelt, Blumen gepresst und Samenschoten aufgelesen und alles auf die einzelnen Seiten geklebt. In ihrer kindlichen Handschrift hatte sie sorgsam den jeweiligen Monat dazugeschrieben, die Namen der Gewächse hinzugefügt und zusätzlich Zeichnungen der vollständigen Pflanzen angefertigt. Eine wunderschöne, in zarten Grüntönen gehaltene detailgetreue Skizze einer Konifere nahm neben einem kleinen abgeschnittenen Zweig eine ganze Seite ein. Eine fantastische Schwarz-Weiß-Zeichnung zeigte ein Schneeglöckchen, wie es eben durch den vereisten Boden brach, daneben eine gepresste Blüte derselben Pflanze. Schneeglöckchen im Februar 1916 hatte Ivy sorgfältig daneben notiert. Louisa machte sie nicht auf den Schreibfehler aufmerksam. Warum sollte sie auch, wo Ivy sich solche Mühe gab, alles richtig zu machen?

»Schau dir die neuen Sachen an«, sagte Ivy eifrig. Sie brannte immer darauf, Louisas Meinung zu hören. »Ich habe zwischen den Schneeglöckchen ein paar Zyklamen gefunden. Die Farbe ist einfach umwerfend.«

Louisa blätterte bis zum Ende des Blocks weiter und entdeckte Skizzen der kleinen Pflanzen in lebhaftem Rosa, daneben eine gepresste Blüte und die Zeichnung einer Ameise.

»Wunderschön, Ivy«, sagte sie. »Und warum die Ameise?«

»Ameisen tragen die Samen der Alpenveilchen auf ihrem Rücken«, erklärte Ivy. »Ich finde, sie gehören dazu.«

Hingerissen betrachtete Louisa die Seiten. »Was bedeuten diese Blumen noch gleich?«, fragte sie. »Ich kann mich nicht erinnern.«

Ivy zuckte leicht zusammen. »Nichts Schönes«, sagte sie. »Wegen ihrer Bedeutung hätte ich sie beinahe gar nicht gezeichnet.«

»Wirklich?«

Ivy nickte. »Sie stehen für Resignation und Abschied«, sagte sie gepresst. Louisa stand sofort auf, trat zu dem jungen Mädchen und nahm sie in die Arme.

»Reg dich nicht auf«, sagte sie. »Jim ist noch zu jung fürs Militär.«

»Jetzt ist er noch zu jung, aber Ende des Jahres wird er achtzehn. Und was ist, wenn die Altersgrenze heruntergesetzt wird?«

Louisa strich ihrer Freundin beruhigend über den Arm. »Darüber machen wir uns Sorgen, wenn es so weit ist«, sagte sie. »Im Augenblick lohnt es sich nicht, sich deshalb graue Haare wachsen zu lassen.«

Ivy nickte, aber sie wirkte nicht überzeugt. »Was ist mit Bernie?«, flüsterte sie. »Er ist erst achtundzwanzig. Bestimmt schnappen sie ihn.«

Louisa runzelte die Stirn. An Bernie hatte sie gar nicht gedacht. »Da bin ich nicht sicher«, sagte sie. »Er ist doch kurzsichtig, oder? Vielleicht ist er deshalb noch nicht eingezogen worden. Oder vielleicht, weil er Lehrer ist? Möglicherweise bekommt er nur den Bescheid, wieder an einer Schule zu unterrichten.«

»Hoffentlich nicht«, sagte Ivy. »Ich finde es schön, ihn hier bei uns zu haben.«

»Ich auch, aber wir müssen alle unseren Beitrag leisten, Ivy.«

Ivy schnitt eine Grimasse, und Louisa hielt es für angebracht, das Thema zu wechseln. »Du musst dich irgendwie ablenken«, sagte sie und ließ Ivy los. »Heute Abend findet eine Versammlung statt. In der Caxton Hall.«

»Eine Hauptversammlung?«, fragte Ivy interessiert. »Davon hat's in letzter Zeit nicht viele gegeben.«

»Nein, allerdings. Ich freue mich schon darauf. Kommst du mit? Du warst nicht bei den letzten paar Treffen, die wir in Wandsworth hatten.«

»Ich bin jetzt mehr bei den Suffragetten in meiner Umgebung«, antwortete Ivy ausweichend. »East London.«

Louisa runzelte erneut die Stirn. Sie hatte den Eindruck, dass Ivy in letzter Zeit die üblichen Versammlungen der WSPU mied, wusste aber nicht wirklich, warum. Sie hatte vermutet, es könnte daran liegen, dass ihre junge Freundin jede freie Minute mit Jim verbrachte, weil er aufgrund der neuen Wehrpflicht möglicherweise bald an die Front geschickt werden könnte, aber jetzt behauptete Ivy, sie wäre bei örtlichen Treffen in East London gewesen. Gab es dort überhaupt welche? Seit Mrs Pankhurst die Frauen ermahnt hatte, sich lieber darauf zu konzentrieren, was sie im Krieg für ihr Land tun konnten, war es in der Frauenbewegung recht ruhig geworden. Louisa war nicht ganz so fanatisch wie ihre Anführerin, teilte aber deren Einstellung. Die Frage des Wahlrechts für Frauen würde momentan ohnehin nicht von der Regierung thematisiert werden – das Parlament hatte angesichts all der Dinge, die sich momentan ereigneten, schlicht und einfach keine Zeit dafür. Außerdem hoffte Louisa, dass die Frauen, die jetzt einsprangen, um Tätigkeiten auszuüben, die früher Männern vorbehalten gewesen waren, auf diese Weise den Gesetzgebern und Abgeordneten zeigten, was sie alle leisten konnten. Wie könnte man ihnen das Wahlrecht vorenthalten, wo sie doch bewiesen hatten, dass sie genauso wie Männer Waffen herstellen, Busse fahren, in Fabriken arbeiten und sogar Fußball spielen konnten?

»Dann kommst du also?«, fragte sie Ivy. »Mrs Pankhurst wird eine Rede halten.«

Die jüngere Frau nickte. »Ja, ich komme«, sagte sie. »Ich möchte gern hören, was sie zu sagen hat.«

Zu Louisas Überraschung klang Ivy ein bisschen trotzig. Aber vielleicht täuschte sie sich auch. Sie wollte gerade noch einmal nachhaken, als die anderen Gärtner einzutrudeln begannen, um ihr Tagwerk zu beginnen, und der Moment vorbei war.

Nach der Arbeit trafen sich die beiden Frauen wieder im Aufenthaltsraum.

»Dieser Regen geht mir furchtbar auf die Nerven«, sagte Louisa, während sie sich daranmachte, ihre Arbeitskleidung abzulegen und in ihren Regenmantel zu schlüpfen. »Ich sehne mich nach dem Sommer.«

»Und dann ist es genau ein Jahr her, seit wir nach Kew gekommen sind«, sagte Ivy. »Nicht zu fassen, wie schnell die Monate vergangen sind.«

»Wenn man sich auf eine Aufgabe konzentriert, vergeht die Zeit im Nu. Ich denke, wir haben alle sehr viel gelernt, und dabei sind die Stunden nur so verflogen. Das gilt vor allem für dich mit deinem Lesen und Schreiben.«

Ivy gab einen Laut von sich, der halb ein Seufzen, halb ein Grunzen war. »Ich komme nicht recht weiter«, gestand sie. »Bernie, Gott segne ihn, hat so viel Geduld mit mir, aber alles, was ich schaffe, ist, Buchstaben abzumalen. Und im Lesen bin ich auch nicht gut. Ich glaube, ich halte mich lieber ans Zeichnen.«

»Na, das kannst du jedenfalls wirklich sehr gut«, sagte Louisa. Sie hielt Ivy ihren Arm hin, und zusammen verließen sie den Park in Richtung Bahnhof.

Sie brauchten ungefähr eine Stunde, um zur Caxton Hall zu kommen, wo die Versammlung abgehalten wurde. Viele Frauen flüchteten sich vor dem Regen ins Gebäude, standen in kleinen Grüppchen zusammen und plauderten angeregt. Wie immer war die Atmosphäre freundlich und einladend, und schon bald befanden sich Louisa und Ivy inmitten der Schar lächelnder Frauen.

»Wie schön, euch alle zu sehen«, sagte Louisa, während sie den Regen von ihrem Mantel schüttelte. »Hallo, Beatrice! Wie geht es deiner Mutter?«

»Besser, danke«, sagte Beatrice im Vorbeigehen. »Oh, da ist ja Helen! Ich muss kurz zu ihr, aber unterhalten wir uns später weiter. Ich möchte mit dir über die Kampagne ›Weiße Feder‹ sprechen.«

Louisa beobachtete belustigt, wie die andere davoneilte. Beatrice setzte sich für alles mit großer Leidenschaft ein, ob es um Frauenrechte, den Krieg oder was auch immer ging.

»Ivy, dich haben wir eine ganze Weile nicht zu Gesicht bekommen«, stellte eine andere Frau fest, bevor sie erst Ivy, dann Louisa auf die Wangen küsste. »Hallo, Louisa.«

»Hallo, Mary«, sagte Louisa. Mary Clark war eine der Führerinnen der Wandsworth-Gruppe der WSPU. Sie war Louisa gegenüber sehr hilfsbereit gewesen, als sie nach London kam, hatte ihr nicht nur ihre Freundschaft und Unterstützung angeboten, sondern auch eine Schulter zum Ausweinen. Noch dazu hatte sie Louisa geholfen, Arbeit zu finden, und sie ermutigt, sich für die Stelle in Kew zu bewerben, sodass Louisa manchmal das Gefühl hatte, sie könnte sich nie für das, was Mary für sie getan hatte, revanchieren. »Ivy war in letzter Zeit vor allem bei Treffen in ihrer Wohngegend, in East London.«

Ein Funken Neugier blitzte in Marys wachen Augen auf, und sie warf Ivy einen scharfen Blick zu. »Ach was«, sagte sie. »Bei Sylvia Pankhursts Gruppe?«

Ivy starrte auf ihre Füße, die nass vom Regen waren. »Manchmal«, murmelte sie.

»Hm.«

Louisa musterte die beiden Frauen interessiert, Mary mit ihrem grauen Haar und der Erfahrung vieler Jahre und Ivy, die frisch und jung und eifrig und gleichzeitig scheu und ausweichend wirkte. Was war da los?

Ivy hob den Kopf, begegnete Marys Blick und entspannte sich, als sie sah, dass die andere lächelte.

»Meine Mum arbeitet jetzt in der Spielzeugfabrik«, erklärte sie, und Marys Lächeln vertiefte sich.

»Das ist fantastisch«, sagte sie.

»Die Spielzeugfabrik von Sylvia?«, fragte Louisa. »Sylvia Pankhurst?« Sie hatte natürlich schon von der East London Federation of Suffragettes gehört und auch darüber gelesen. Anscheinend leisteten die Frauen im East End großartige Arbeit, indem sie Kinder mit Essen und Mütter mit Arbeit versorgten. Aber sie hatte nicht gewusst, dass Ivy etwas damit zu tun hatte. Mit leisem Unbehagen wurde ihr klar, dass Ivy ihr vermutlich deshalb nichts erzählt hatte, weil sie Louisas Missbilligung fürchtete. Sie wusste, dass einige Suffragetten Sylvias Engagement für die Arbeiterklasse und ihre politische Linksorientierung ablehnten, aber auch wenn Louisa voll und ganz Emmeline Pankhursts Meinung über den Krieg teilte, hatte sie beim besten Willen nichts an dem, was ihre Tochter machte, auszusetzen.

Vielleicht, dachte sie, sollte ich in Zukunft öfter anderen zuhören und mit ihnen über gewisse Themen sprechen, bevor ich mich in meine eigenen Ansichten verrenne. Sie neigte dazu, davon auszugehen, dass alle ihrer Meinung waren, ohne auch nur nachzufragen. Leicht beschämt folgte sie Mary und Ivy zu einer Reihe mit leeren Plätzen und setzte sich, kurz bevor Mrs Pankhurst die Bühne betrat.

»Heute möchte ich über ein neues Thema sprechen, etwas, das die Bemühungen Großbritanniens im Krieg beeinträchtigt«, begann Mrs Pankhurst. »Kriegsdienstverweigerer aus Gewissensgründen.«

Kapitel 9

»Klingt ziemlich übertrieben, wenn du mich fragst«, sagte Jim am nächsten Tag zu Ivy. Es hatte endlich aufgehört zu regnen, und die beiden hatten sich davongestohlen, um ihren Lunch auf einer Bank bei einem Beet voller Narzissen zu verzehren, deren goldgelbe Köpfe sich im Wind wiegten.

Ivy verzog das Gesicht. »Und ob.«

Sie klappte ihr Sandwich auf und betrachtete das unappetitliche graue Fleisch auf der trockenen Brotscheibe.

»Keinen Hunger?«, fragte Jim.

»Darauf nicht.«

Jim zuckte mit den Schultern. »Dann nehm ich es.«

Er biss ein gewaltiges Stück ab, und Ivy grinste.

»Erzähl mir mehr von diesen Federn. Wie gesagt, mir kommt das ziemlich extrem vor«, brachte er mit einem Mund voller altbackener Brotkrümel heraus.

Ivy seufzte. »Mrs Pankhurst und einige ihrer Anhängerinnen machen das schon eine ganze Weile. Sie drücken jedem jungen Mann, der keine Uniform trägt, eine weiße Feder in die Hand.«

»Weil sie solche Männer für Feiglinge halten?«

Ivy nickte grimmig. Sie war alles andere als begeistert von dieser Idee. »Sie haben immer ein ganzes Bündel Federn bei sich und verteilen sie an alle und jeden.«

»Aber diese Männer könnten gerade auf Heimaturlaub sein oder verwundet sein oder eine kriegswichtige Arbeit leisten«, wandte Jim ein.

»Genau. Aber sie stellen sie alle als Feiglinge hin, ohne auch nur einen Moment nachzudenken.«

»Ganz schön fies.«

»Stimmt. Mir gefällt das überhaupt nicht.«

»Hören sie jetzt damit auf, wo es die Wehrpflicht gibt?«

Ivy schauderte bei dem Wort und schlang ihre Finger in die von Jim. »Tja, genau darum geht's ja. Nein, sie werden nicht aufhören. Im Gegenteil, sie wollen, dass wir alle das machen. Weil es jetzt anscheinend Männer gibt, die aus Gewissensgründen nicht Soldaten werden wollen.«

Jim vertilgte den Rest von Ivys Sandwich und verzog das Gesicht. »Das war echt widerlich.«

Sie verdrehte die Augen. »Ich fasse nicht, wie du so was essen kannst.«

»Ich hab halt Hunger.«

Sie lächelten einander an, glücklich über diesen Moment der Zweisamkeit. Dann seufzte Ivy.

»Sie finden, es gibt keinen guten Grund dafür, nicht zu kämpfen. Für Kriegsdienstverweigerer haben sie nichts übrig, und sie wollen, dass diese Männer bloßgestellt und verurteilt werden.«

Jim runzelte die Stirn. »Na ja, ganz ehrlich, jeder sollte drankommen«, sagte er. »Ist doch nicht fair, dass manche Jungs in den Krieg ziehen und kämpfen müssen und vielleicht verwundet oder getötet werden und andere einfach daheimbleiben.«

Ivy warf den Kopf in den Nacken. »Ich weiß«, sagte sie. »Es ist nicht fair. Aber warum sollen die jungen Männer überhaupt kämpfen? Die Leute in der Regierung machen das ja auch nicht. Die treffen bloß Entscheidungen irgendwo in einem Büro in London, wo sie es schön warm und trocken haben und in Sicherheit sind, und schicken scharenweise andere nach Belgien, um sich dort abknallen zu lassen.«

»So läuft es nun mal, Ivy.«

»Mich macht das krank, dass irgendwelche alten Knacker einfach entscheiden können, was aus euch wird.«

Jim wand sich. »Ich will auch nicht in den Krieg, aber wenn ich einberufen werde, dann gehe ich. Ich werde nicht Nein sagen, nicht wenn Jungs, die ich kenne, vor mir gegangen sind.«

Ivy drückte seine Hand. »Du bist zu jung«, sagte sie. »Du musst achtzehn sein.«

»Ich werde im November achtzehn. Bis dahin ist der Krieg bestimmt noch nicht vorbei.«

Ivy wurde allein bei dem Gedanken ganz elend. »Es gibt Jobs, bei denen man nicht kämpfen muss«, sagte sie. »Das hat jemand bei der Versammlung erwähnt. Lehrer und so. Pfarrer, glaube ich. Und noch ein paar Sachen.«

»Gärtner?«, fragte Jim hoffnungsvoll.

»Glaub ich nicht.« Ivy schnaubte. »Obwohl es ein richtig nützlicher Beruf ist, oder? Wir bauen hier jetzt Gemüse an und haben die kleinen Schrebergärten und so. Wir helfen Leuten, ihre Familien zu ernähren.«

»Schätze, man könnte argumentieren, dass jeder auf seine Weise wichtig ist. Lokführer und Klempner und so was. Wir sind nichts anderes, und die mussten auch alle in den Krieg.«

»Wahrscheinlich.« Ivy fühlte sich bei dieser Unterhaltung gar nicht wohl.

»Was ist mit Bernie?« Jim setzte sich aufrecht hin, als ihm plötzlich Ivys Kollege einfiel.

»Was soll mit ihm sein?«

»Mac ist verheiratet, deshalb wird er nicht eingezogen, aber praktisch alle anderen sind weg. Bernie hat das richtige Alter, und er ist ledig. Warum ist er noch nicht einberufen worden?« Ivy antwortete nicht, und Jim fuhr fort: »Hat er mal was zu dir gesagt? Du bist öfter mit ihm zusammen als irgendjemand sonst von uns.«

Ivy rutschte unruhig auf der Bank hin und her. Seit Bernie und sie einander im letzten Sommer anvertraut hatten, wie sie zum Krieg standen, hatten sie das Thema nicht mehr angesprochen. Es war, als wüssten sie beide, dass sie sich einig waren und deshalb nicht darüber reden mussten. Sie erzählte ihm gelegentlich dies und jenes von der Sylvia Pankhursts Federation, und er hatte bereitwillig Essen und

Milch und sogar Spielzeug für die Kinder gespendet. Sie erinnerte sich daran, was er über die Quäker erzählt hatte, nämlich, dass sie Pazifisten waren, aber sie wusste, dass ihm das nichts nützen würde. Niemand interessierte sich dafür, welche Ansichten Soldaten hatten. Sie waren nur dazu da, um den Feind zu töten. Um zu töten oder getötet zu werden. Wieder überlief sie ein Schauder, und Jim sah sie besorgt an.

»Ist dir kalt?«

»Ich hab gerade 'ne Gänsehaut bekommen«, sagte sie. »Als ich daran dachte, dass der arme Bernie vielleicht kämpfen muss.«

Jim machte ein nachdenkliches Gesicht. »Er ist ziemlich vornehm, nett ausgedrückt. Vielleicht wird er ja Offizier?«

»Glaub ich kaum. Er ist so ein stiller Typ, ich kann mir gar nicht vorstellen, wie er Befehle gibt.«

»Das muss er doch schon als Lehrer gemacht haben. Immerhin musste er eine ganze Horde von kleinen Rüpeln bändigen.«

Ivy schüttelte den Kopf. »Aber nicht, indem er sie angebrüllt hat. Er interessiert sich selbst so sehr für alles, was er dir erzählt, dass du ihm einfach zuhören musst. Du gibst dir echt Mühe, bloß um ihn zu beeindrucken, und wenn er sich dann freut, weil du was richtig gemacht hast, ist das einfach toll.«

Jim grinste. »Aber deine Rechtschreibung ist immer noch saumäßig.«

Sie boxte ihn gegen den Arm. »He! Sie ist jedenfalls besser als früher. Bevor ich Bernies Schülerin wurde, konnte ich eigentlich gar nicht schreiben. Und jetzt schreibe ich die Namen von Blumen und anderem Kram. Und ich lese Zeug.«

»Du machst das sehr gut«, sagte Jim liebevoll. »Ich hätte nie gedacht, dass du das durchziehst.«

Ivy errötete vor Freude. »Ich will nicht, dass andere mich für dumm halten oder meinetwegen schlecht von dir denken«, gestand sie. »Ich will nicht, dass deine Familie sich denkt: ›Was will er bloß mit einem Mädchen, das nicht mal lesen oder schreiben kann?‹, und ich will nicht, dass die Leute die Nase rümpfen, weil du dich für mich entschieden hast.«

Jim legte einen Arm um sie und zog sie an sich, und Ivy kuschelte sich einen Moment lang an seine Brust.

»Ivy Adams, ich glaube, niemand, der länger als zwei Minuten in deiner Gesellschaft war, könnte dich jemals für dumm halten«, sagte er. »Manche Menschen haben einfach Probleme mit Buchstaben. In meiner Schule waren zwei Jungs, die damit nicht zurechtgekommen sind. Das hat überhaupt nichts zu sagen. Nicht, wenn man so einen scharfen Verstand und eine so große künstlerische Begabung hat wie du.«

Ivy richtete sich auf. »Mist, ich wollte heute beim Lunch die Narzissen da drüben zeichnen, weil sie gerade am schönsten sind. Du hast mich abgelenkt, Jim.«

Jim grinste. »Dann mach es jetzt. Ich störe dich nicht weiter.«

Ivy stand auf und hauchte einen Kuss auf seine Stirn. »Bleib hier! Ich bin in einer Minute zurück!«

Sie flitzte los, um ihren Skizzenblock zu holen, und winkte im Vorbeilaufen Louisa und Bernie zu. Die beiden waren in ein angeregtes Gespräch vertieft. Wie schön, dass sie so gute Freunde waren. Ivy hatte sich anfangs gefragt, ob da vielleicht ein Hauch Romantik in der Luft lag, aber Louisa war um einiges älter als Bernie, und er schien den Frauen abgeschworen zu haben. Er hatte Ivy nicht viel darüber erzählt, was ihm passiert war, aber aus dem Wenigen, das sie wusste, hatte sie sich zusammengereimt, dass er an seiner Schule eine Frau kennen und lieben gelernt hatte, eine Musikerin, die den Chor leitete. Ivy hatte den Eindruck gewonnen, dass diese Frau ziemlich überheblich war und sich für etwas Besseres als die normalen Lehrer hielt. Bernie hatte sich anscheinend in diese Vivienne verliebt, aber sie hatte ihn nur ausgenutzt. Sie hatte ihn um Gefälligkeiten gebeten und sich Geld von ihm geliehen, und als er seinen Gefühlen freien Lauf ließ und ihr einen Heiratsantrag machte, hatte sie ihn erst ausgelacht, ihn dann abserviert und schließlich, was am schlimmsten war, allen in der Schule davon erzählt. Bernies Kollegen hatten sich schiefgelacht, und sogar die Schüler hatten Wind davon bekommen und ihn gnadenlos damit aufgezogen. Armer Bernie. Ivy konnte den Gedanken, wie irgendjemand so gemein zu ihm sein konnte, kaum ertragen; Bernie war so ein lieber, gutherziger, netter Mann.

Sie holte Skizzenblock und Stifte aus ihrem Spind und rannte zu Jim zurück.

»Vielleicht ist es seine Brille«, sagte sie atemlos, während sie ihr Buch auf einer frischen, leeren Seite aufschlug.

Jim blinzelte verständnislos. »Wie bitte?«

»Bernie«, sagte sie. »Ich hab ihn gerade gesehen und dachte, vielleicht ist er noch nicht eingezogen worden, weil er Brillenträger ist.«

Jim nickte. »Da wäre ich ganz deiner Meinung, wenn die Sache nicht einen Haken hätte.«

»Einen Haken?« Ivy, die gerade die Umrisse der Narzissenblüte zeichnete, hörte nur mit halbem Ohr zu.

»Ich glaube nicht, dass es richtige Brillengläser sind.«

»Was?« Ivy lächelte spöttisch. »Na klar sind es richtige Gläser. Warum denn nicht?«

»Meine kleinen Brüder tragen Brillen.«

Jim hatte zwei zwölfjährige Brüder, Zwillinge, die ohne ihre Brillen blind wie Maulwürfe waren.

»Stimmt.«

»Und wenn sie die Brillen aufsetzen, sehen ihre Augen durch die Linsen anders aus. Sie werden größer, richtig? Als würde man sie durch eine Lupe sehen.«

Ivy dachte an die beiden Jungen. Jim hatte recht, ihre Augen sahen hinter den Brillengläsern komisch aus.

»Wie kleine Frösche«, sagte sie.

»Genau. Aber Bernies Augen bleiben immer gleich. Seine Brille ist aus Fensterglas.«

»Ehrlich?« Ivy war immer noch nicht überzeugt.

»Ich bin mir ganz sicher.«

»Auch wenn du recht hast, warum sollte er das machen? Eine Brille tragen, wenn er gar keine braucht, meine ich.«

Jim zuckte mit den Schultern. »Keine Ahnung. Aber was auch der Grund sein mag, warum er noch nicht eingezogen worden ist, an seinen Augen liegt es nicht, glaub mir.«

Ivy, die damit beschäftigt war, die verschiedenen Gelbschattierungen der Blume in ihr Buch zu malen, antwortete nicht gleich.

»Na ja, irgendeinen Grund wird es schon geben, und ich schätze, es geht uns nichts an«, sagte sie schließlich.

Jim warf ihr einen scharfen Blick zu. »Du bist nicht etwa doch für diese Sache mit den weißen Federn, oder?«

»Absolut nicht. Wir wissen nichts über diese Männer, oder? Wir sollten sie nicht verurteilen. Vielleicht leidet Bernie an irgendeiner Krankheit. Oder seine Beine funktionieren nicht richtig. Oder er hat ein schwaches Herz.«

Jim wirkte skeptisch, und Ivy sah ihn streng an.

»Der Punkt ist, es ist egal«, sagte sie. »Es ist egal, weil es uns nichts angeht. Bernie wird es uns erzählen, wenn er dazu bereit ist. Genau wie alle anderen Männer, die nicht an die Front gegangen sind. Vielleicht sind sie zu jung oder zu alt oder verheiratet oder krank oder sonst irgendwas. Woran sollen wir das erkennen, wenn wir jemanden auf der Straße sehen? Egal, was Mrs Pankhurst sagt, ich werde niemandem eine weiße Feder in die Tasche stecken.«

Zufrieden, ihren Standpunkt klargemacht zu haben, lehnte sie sich auf der Bank zurück und begutachtete ihre

Skizze. Sie war recht zufrieden. Sie hatte das ganze Büschel Narzissen zeichnen wollen, die Stängel, die sich eng aneinanderkuschelten, und sie fand, dass es ihr ganz gut gelungen war.

»Was meinst du?«, fragte sie Jim und zeigte ihm ihre Zeichnung.

Jim betrachtete erst bewundernd das Bild, dann Ivy. »Ich meine, Ivy Adams, dass du das unglaublichste Mädchen bist, dem ich je begegnet bin.«

Ivy stupste ihn an. »Ach, halt doch die Klappe!«

»Es stimmt. Ich finde, du bist ein tolles Mädchen, und ich glaube, eines Tages wirst du meine Frau.«

Ivy spürte, wie ihre Wangen zu glühen begannen. »Tja, kann schon sein«, sagte sie. »Aber da musst du mir schon gut zureden.«

Jim lachte. »Tja, kann schon sein«, echote er.

Sie küssten sich, ganz schnell, bevor Mac es sehen konnte. Alle wussten über Ivy und Jim Bescheid. Ihre Romanze ließ sich einfach nicht geheim halten, und warum hätten sie das auch verheimlichen sollen? Sie taten nichts Unrechtes. Aber beide hatten das Gefühl, dass Mac nicht begeistert wäre, wenn er sah, wie sie sich während der Arbeitszeit küssten oder Blicke austauschten, statt wie angewiesen ein Beet umzugraben oder Blumenzwiebeln zu setzen, also beließen sie ihre Beziehung in Kew auf rein beruflicher Ebene. Meistens.

Ivy rutschte von der Bank und bückte sich, um eine der Narzissen zu pflücken, die sie später pressen wollte.

»Weißt du, was sie bedeuten?«, sagte Jim.

Ivy hob den Kopf und schaute ihn fragend an.

»Nichts Schlimmes wie Gefallene im Krieg, oder?«

Jim lächelte und sah sie direkt an. »Nicht mal annähernd. Sie bedeuten, dass immer die Sonne scheint, wenn ich bei dir bin.«

Ivy war entzückt. »Das ist bisher die schönste Bedeutung von allen«, flüsterte sie. »Hilfst du mir, das in mein Skizzenbuch zu schreiben?«

Wieder lächelte Jim. »Gern«, sagte er. »Für dich würde ich alles tun, Ivy Adams. Einfach alles.«

Kapitel 10

Bernie war nervös und reizbar. Er konnte nicht mehr schlafen und kaum noch etwas essen. Bei der Arbeit machte er dumme Fehler, Fehler, wie sie ihm ganz am Anfang seiner Zeit in Kew unterlaufen waren. Damals hatte Mac noch Nachsicht geübt; jetzt war er weniger geneigt, bei Bernies Schnitzern ein Auge zuzudrücken.

»Um Himmels willen, Bernie!«, rief er immer wieder aus, was nicht unbedingt dazu beitrug, Bernies Nerven zu beruhigen.

Das Gesetz zur allgemeinen Wehrpflicht war mittlerweile in Kraft getreten. Auch Bernie hatte einen Einberufungsbefehl bekommen, aber er hatte das Schreiben einfach verbrannt, wobei er sich rebellisch und verängstigt zugleich fühlte. Er wusste, dass er mit seiner Ansicht nicht allein dastand. Unter den Quäkern seiner Gemeinde gab es einige junge Männer, die dasselbe getan hatten wie er, aber deshalb war er nicht weniger besorgt. Bisher war nichts passiert. Er hatte keinen weiteren Brief mehr bekommen, aber er war sicher, dass demnächst einer eintreffen würde, eher früher als später.

Der ewige Regen hatte endlich aufgehört, und das war gut. Der Frühling kündigte sich an. Ebenso wie das Wetter hatte sich bei den anderen Gärtnern die Laune verbessert, nicht aber bei Bernie. Düstere Vorahnungen quälten ihn, und er wusste, dass es nur eine Frage der Zeit war, bis irgendjemand feststellte, dass er eigentlich unterwegs zur Front sein sollte.

Trotz seiner Angst, ausgeforscht zu werden, war Bernie seltsamerweise in Einklang mit seiner Entscheidung. Er hatte nie in seiner Überzeugung geschwankt, dass dieser Krieg falsch war, genauso wie alle anderen Kriege. Er wollte keine Deutschen töten – Männer, die unter ihrer Uniform genau so waren wie er selbst. Er wollte niemanden töten, niemals und unter keinen Umständen. Er wollte nicht töten, und er würde nicht töten. Nicht für den König, nicht für sein Vaterland, für niemanden.

Der Regen hatte dafür gesorgt, dass alle Frühjahrspflanzen in Hülle und Fülle sprossen, und die Staudenrabatten waren mit Unkraut überwuchert.

»Bernie, nehmen Sie sich mal diese Stelle vor, ja?«, sagte Mac. »Ich weiß, es ist langweilig, aber die Mädchen haben alle Hände voll damit zu tun, die verblühten Narzissen auszubrechen.« Mac mochte mit jedem Tag, der verging, mehr von seinen weiblichen Gärtnern halten, aber das hinderte ihn nicht daran, sich zu entschuldigen, wenn er Bernie eine Aufgabe übertrug, die er selbst als »weibisch«

erachtete, auch wenn Louisa, Ivy und der Rest wesentlich tüchtiger waren als Bernie.

Bernie signalisierte Mac, dass er verstanden hatte, und machte sich ans Werk. Als er im Gras kniete, spürte er, wie der Geruch von Erde und Frühlingsblumen seine sorgenvollen Gedanken beschwichtigte. Ivy behauptete, es würde ihr sofort besser gehen, wenn sie der Natur nahe war, und damit könnte sie recht haben, fand Bernie. Er grub hartnäckiges Unkraut mit seiner Schaufel aus, zupfte anderes mit seinen langen Fingern aus der Erde und genoss es, die milde Frühlingsluft auf seinem Gesicht zu spüren.

Als er Stimmen hörte, blickte er auf. Ein kleines Stück weiter den Weg hinunter stand Louisa und unterhielt sich mit einer Besucherin. Die Dame war elegant gekleidet und trug einen Hut, an dem der Wind zerrte. Verärgert löste sie das Band, nahm ihn vom Kopf und lachte. Aber Bernie lachte nicht. Überrascht starrte er die Frau an, in der er eine von Viviennes Freundinnen erkannte. An ihren Namen konnte er sich nicht erinnern. Adele? Ada? Irgendetwas in der Art.

Er hoffte, sie würde ihn nicht sehen. Sein Nervenkostüm war im Moment so dünn, dass er den Gedanken nicht ertragen konnte, noch einmal alles durchzuspielen, was in St Richard's und mit Vivienne vorgefallen war. Wie eine Katze, die eine Maus beobachtet, duckte er sich hinter einen Strauch und tat so, als wäre er eifrig damit beschäftigt, Unkraut zu jäten.

»Bernie?« O Gott, sie hatte ihn gesehen! »Sind Sie das? Bernie Yorke?«

Bernie stand widerstrebend auf, und sie schlug entzückt die Hände zusammen.

»Erinnern Sie sich noch an mich?«, zwitscherte sie. »Adelaide, Adelaide Marks, eine Freundin von Vivienne.«

Bernie holte tief Luft. »Ja, ich erinnere mich«, sagte er. »Hallo, Adelaide. Freut mich, Sie zu sehen.«

Adelaide eilte zu ihm und küsste ihn auf beide Wangen.

»Die Brille gefällt mir«, sagte sie. »Ein Bücherwurm wie Sie musste ja irgendwann kurzsichtig werden.«

Bernie lächelte halbherzig. Diese Begegnung war wirklich schmerzhaft.

»Tut mir so leid, was mit Viv passiert ist«, sagte Adelaide. »Sie kann manchmal ein richtiges kleines Biest sein.«

Bernie war elend. Er hasste es, daran erinnert zu werden, wie Vivienne ihn ausgenutzt und lächerlich gemacht hatte. Wenn man jetzt hörte, wie Adelaide darüber sprach, klang es, als wäre es nur ein guter Witz gewesen. Er hatte allerdings nicht darüber lachen können.

Adelaides Blick wanderte über Bernies Arbeitskluft, die Gartenschaufel in seiner Hand, den Berg Unkraut zu seinen Füßen.

»Arbeiten Sie hier?«

Er nickte. »Ja.«

»Aber Sie sind doch Lehrer? Klassische Sprachen des Altertums, nicht wahr?«

Bernie wand sich. »Ich unterrichte nicht mehr.« Dafür hat Viv gesorgt, hätte er am liebsten hinzugefügt, unterließ es aber.

»Und warum sind Sie nicht in …?«

In Uniform, meinte sie natürlich. Bernie erstarrte. Er wusste nicht, was er sagen sollte. Es war das erste Mal, dass er direkt danach gefragt wurde.

Aber Adelaide redete bereits weiter. »Dieser Krieg überschattet einfach alles, nicht wahr? Er nimmt mich buchstäblich den ganzen Tag in Anspruch. Übrigens kenne ich dadurch auch Ihre Kollegin Louisa«, sagte sie. »Wir haben uns über gemeinsame Bekannte bei einigen Treffen vom Roten Kreuz kennengelernt.«

»Wie schön«, murmelte Bernie.

»Ich muss los«, sagte Adelaide, der anscheinend klar war, dass aus ihm nicht viel herauszuholen war. »Ich muss heute Nachmittag Verbandszeug aufwickeln. Wie gesagt, der Krieg kostet mich jede freie Minute, Bernie.«

Sie winkte ihm fröhlich zu und tänzelte über den Rasen, um sich von Louisa zu verabschieden. Nach einem kurzen, aber ernsten Gespräch entfernte sich Adelaide. Louisa sah ihr nach, drehte sich dann um und starrte Bernie an. Ihr Gesicht war ausdruckslos, aber ihre Augen schienen ihn zu durchbohren, und er spürte, wie sich leises Unbehagen in ihm regte. Es gefiel ihm nicht, dass sein früheres und sein jetziges Leben miteinander kollidierten.

»Eine alte Bekannte«, rief er. Louisa erwiderte nichts, nickte nur und beugte sich wieder über ihre Narzissen.

»Komm schon, Bernie«, murmelte er in sich hinein, als er sich wieder auf den Boden kniete. »Komm schon, alter Knabe. Mach weiter. Alles wird gut.«

Als er nach seiner Schaufel griff, fiel ihm auf, dass er sie neben einer Stelle voller Gänseblümchen auf die Erde gelegt hatte. Die Bedeutung der hübschen kleinen Blumen schien nie passender gewesen zu sein als in diesem Augenblick.

»Bewahre mein Geheimnis«, flüsterte er. »Bewahre mein Geheimnis.«

Louisa schaute Adelaide nach, die buchstäblich den Weg hinunterhüpfte. Sie hatte die Frau ein, zwei Mal bei Spendenaktionen für den Krieg getroffen und immer wieder über die Energie und Tatkraft der anderen gestaunt. Heute war es ihr genauso ergangen, auch wenn Louisa sich diesmal wie vor den Kopf geschlagen fühlte. Denn Adelaide kannte Bernie.

»Ein netter Kerl«, hatte sie Louisa anvertraut. »Mir war nie ganz wohl bei der Art und Weise, wie Viv mit ihm umgesprungen ist. Diese Frau hat eine sadistische Ader. Aber wie auch immer, er scheint darüber hinweg zu sein.«

Louisa hatte sich dazu nicht geäußert. Sie hatte Bernies Vertrauen nicht missbrauchen wollen, indem sie erzählte, dass er wegen der seelischen Verletzungen, die Vivienne ihm zugefügt hatte, aus dem Schuldienst ausgetreten war und in Kew zu arbeiten begonnen hatte.

Adelaide hatte Bernie bei seiner Arbeit beobachtet und dann mit gesenkter Stimme hinzugefügt: »Ich habe gehört, er wäre jetzt bei der Kirche. Aber anscheinend war das falsch.«

»Ich glaube, er ist ziemlich religiös. Quäker, soweit ich weiß«, sagte Louisa. Sie wollte sich wieder um die Narzissen kümmern, und da sie selbst in ihrer Ehe sehr viel unter dem Klatsch und Tratsch in ihrem Heimatort gelitten hatte, widerstrebte es ihr, über die Angelegenheiten anderer zu reden.

»Quäker, ach so.« Adelaide nickte. »Das erklärt es natürlich.«

Louisa zog fragend eine Augenbraue hoch. »Erklärt was?«

»Warum er hier ist und nicht an der Front. Sie sind Pazifisten, nicht wahr? Die Quäker, meine ich.«

Sie wippte auf ihren Zehenspitzen, als könnte sie es nicht ertragen, einen Moment länger auf derselben Stelle zu stehen. »Ich muss gehen, Louisa. Eigentlich wollte ich nur kurz raus, um ein bisschen frische Luft zu schnappen, weil ich den ganzen Tag damit beschäftigt sein werde, mit meiner überaus langweiligen Tante Verbandzeug aufzuwickeln. War nett, Sie zu sehen.«

Sie warf Louisa eine Kusshand zu und eilte davon. Louisa starrte ihr benommen nach.

»Pazifisten«, hauchte sie. Sie ertappte sich dabei, Bernies Blick zu suchen. Bildete sie es sich nur ein, oder wirkte er beunruhigt? Louisa konnte nicht lügen. Sie hatte in letzter Zeit oft an Bernie gedacht und sich gefragt, warum er sich nicht gemeldet hatte oder seit Inkrafttreten der Wehrpflicht nicht eingezogen worden war. Anders als Mac war er unverheiratet, er war nicht zu jung wie Jim und auch nicht zu alt. Er arbeitete nicht mehr als Lehrer, einer der

Berufe, durch den Männer vom Dienst an der Waffe befreit waren, und entgegen Adelaides Annahme war er auch kein Geistlicher. Und seine Tätigkeit als Gärtner konnte jetzt, während Krieg herrschte, auch nicht als Entschuldigung gelten. Schließlich bestand der einzige Grund, warum sie und die anderen Frauen hier in Kew waren, darin, dass die männlichen Gärtner alle Soldaten geworden und an der Front waren.

Bernie brach den Blickkontakt als Erster ab, und Louisa beugte sich wieder über ihre Narzissen.

Die Frage, warum Bernie immer noch in Kew war, nagte schon eine Weile an ihr, vermutlich seit dem Abend, an dem Ivy und sie zu der Versammlung gegangen waren, wo Mrs Pankhurst eine so leidenschaftliche Rede über Gewissensverweigerer gehalten hatte. Ich hätte Bernie direkt darauf ansprechen sollen, dachte Louisa. Aber weil er in letzter Zeit mit den Nerven völlig am Ende zu sein schien, hatte sie geschwiegen. Doch die Beweise gegen ihn waren erdrückend. Sie spürte, wie tief in ihrem Inneren ein Funken Zorn aufflackerte. Glaubte er tatsächlich, es wäre in Ordnung, den Krieg zu ignorieren, nur weil er Pazifist war? Waren sie nicht alle in gewisser Weise Pazifisten? Sie war es auf jeden Fall. Schließlich wusste sie besser als die meisten Menschen, dass Gewalt niemals die Lösung sein konnte. Aber sie war überzeugt, dass die Regierung und der König wussten, was sie taten. Sie hätten niemals den Krieg erklärt, wenn es nicht absolut unumgänglich gewesen wäre. Denn letzten Endes wollte niemand Konflikte, wollte niemand in den Krieg ziehen und kämpfen. Aber die traurige Wahrheit war nun einmal, dass genau das im Moment geschah: Männer und junge Burschen traten in die Armee ein und stellten sich ihrer Angst. Warum also sollten Männer wie Bernie, gesunde, kräftige, unverheiratete Männer der Front fernbleiben, nur weil sie sich fürchteten?

»Feigling«, wisperte sie.

Ivy, die in ihrer Nähe arbeitete, blickte auf. »Was sagst du?«

Louisa fasste Ivy am Arm und drehte sie herum, damit Bernie nicht erriet, worüber sie redeten, falls er zufällig in ihre Richtung schaute.

»Ivy, ich muss dir etwas Furchtbares sagen. Über Bernie.«

Ivy wurde kreidebleich. »Was ist passiert? Ist er krank? Sind es wieder seine Nerven?«

Louisa schüttelte den Kopf und presste die Lippen zusammen. »Er ist ein Pazifist. Ein Kriegsdienstverweigerer!«

Ivy schlug erschrocken die Hand vor den Mund.

»Ich weiß es«, sagte Louisa.

»Bist du sicher?«

»Ziemlich sicher. Er ist nicht an der Front. Er ist nicht krank, er ist nicht verheiratet, also gibt es keinen Grund, warum er noch hier ist.« Sie atmete tief durch, um ihren Zorn zu beherrschen. »Er hat einfach entschieden, dass sein Leben mehr wert ist als das anderer Männer.«

»Ach nein, Lou, so ist es bestimmt nicht. Er glaubt bloß nicht, dass der Krieg die beste Lösung ist, die Dinge in

Ordnung zu bringen.« Sie sah ihrer Freundin direkt in die Augen. »Du solltest doch wissen, dass Kämpfen nie die Antwort ist. Hat bei dir nicht viel genützt, oder?«

Louisa ärgerte sich, weil Ivy ihre eigenen schlechten Erfahrungen gegen sie verwendete. »Das ist etwas anderes.«

»Wirklich? Ich bezweifle, dass Bernie es so sehen würde.«

Louisa starrte sie an. »Wusstest du es? Habt ihr darüber gesprochen?«

»Nein«, sagte Ivy. »Wenigstens nicht in letzter Zeit. Aber ich wusste, dass die Quäker Pazifisten sind.«

»Wir müssen ihn fragen.«

»Müssen wir?«

»Ja, natürlich. Wir müssen unserer Sache sicher sein. Mrs Pankhurst meint …«

»Mrs Pankhurst hat nicht immer recht«, fiel Ivy ihr ins Wort.

Louisa war so schockiert, dass sie kein Wort herausbrachte.

»Diese Kampagne mit den weißen Federn ist Blödsinn«, fuhr Ivy fort. »Natürlich unterstütze ich die Frauenrechte, gar keine Frage! Aber das ist was anderes. Auf Männer loszugehen, die möglicherweise einen Grund haben, warum sie nicht kämpfen, ist nicht in Ordnung, Lou.«

Louisa sah Ivy an, als wäre sie eine Fremde. Sie hatte geglaubt, sie wären Freundinnen, Partner im Kampf um die Rechte der Frauen, die hart dafür arbeiteten, in diesem Krieg ihren Beitrag zu leisten. Aber vielleicht hatte sie sich geirrt.

»Ich gebe dir insofern recht, als wir absolut sicher sein müssen«, erwiderte sie kühl. »Und genau deshalb finde ich, wir sollten Bernie fragen.«

Sie drehte sich zu dem Beet mit Staudenrabatten um, wo Bernie emsig Unkraut jätete.

»Bernie!«, rief sie.

»Nicht«, sagte Ivy. »Lass das bitte!«

»Bernie!«

Mit langsamen, abgemessenen Bewegungen legte Bernie seine Schaufel hin und stand auf.

»Können wir kurz mit dir reden?«, rief Louisa ihm zu.

Als würde er durch Sirup waten, kam Bernie mit hängendem Kopf zu ihnen getrottet. Louisa warf Ivy einen verstohlenen Blick zu. Ihrer Freundin schien übel zu sein, und einen Moment lang spielte Louisa mit dem Gedanken, ihr Vorhaben aufzugeben. So zu tun, als wäre Adelaide nie in Kew aufgetaucht, hätte Bernie nie erkannt, hätte nie diese Andeutungen gemacht, die ausgereicht hatten, um Louisas Misstrauen zu wecken. Dann könnten sie alle wie bisher in den Gärten arbeiten, Bernie könnte Ivy weiter unterrichten, und alles würde wieder so sein wie früher. Aber dann dachte sie an die Truppentransporte, die sie in der Stadt auf den Bahnhöfen gesehen hatte, an all die Soldaten auf dem Weg zur Front, junge Burschen, die noch das ganze Leben vor sich hatten. Sie sahen blass und verängstigt aus, aber sie gingen trotzdem. Warum sollten sie fortmüssen, während jemand wie Bernie zu Hause blieb? Sie dachte an ihren Bruder Matthew, der daheim in Kent in Sicherheit war, weil er Bauer war, und fragte sich, wie ihr wohl zumute wäre, wenn sie wüsste, dass er irgendwo auf einem Schlachtfeld im Schlamm steckte. Furchtbar würde ich mich fühlen, dachte sie. Mich um ihn zu Tode ängstigen. Wieder stieg Zorn in ihr auf, und sie fuhr auf dem Absatz herum, um Bernie ins Gesicht zu sehen.

»Was kann ich für euch tun?«, fragte er in einem munteren Tonfall, der in seltsamem Gegensatz zu seiner gequälten Miene stand.

Louisa holte tief Luft. »Bernie, bist du ein Kriegsdienstverweigerer?«

Einen schier endlos scheinenden Moment sagte Bernie kein Wort. Ivy stand da wie erstarrt und sah von ihm zu Louisa und wieder zurück. Sie wusste nicht, was sie sagen sollte, um die Situation erträglicher zu machen. Vielleicht gab es dafür einfach nicht die richtigen Worte.

Schließlich nickte Bernie langsam. »Ich bin Quäker«, sagte er. »Und wir Quäker fühlen uns dem Frieden verpflichtet.«

»Aber wir haben keinen Frieden, Bernie«, hielt Louisa ihm entgegen. »Wir haben Krieg. Und wir müssen alle unsere Pflicht tun.«

Es hätte Ivy nicht gewundert, wenn Bernie in die Knie gegangen wäre. Er wirkte immer so unsicher, so verletzlich. Aber jetzt war er auf einmal viel selbstbewusster, als sie ihn je erlebt hatte.

»Es ist Krieg, und das ist falsch. Ich will daran nicht teilhaben.«

»Warum solltest du daheim und in Sicherheit bleiben, während andere losziehen und ihr Leben riskieren?« Louisas Gesicht rötete sich, aber ihre Stimme war immer noch ruhig. Ivy erkannte, dass etwas Wahres an dem war, was sie sagte, auch wenn sie selbst nicht der Meinung war, dass es irgendetwas Gutes an einem Krieg gäbe. Sie fühlte sich im Zwiespalt, hin und her gerissen zwischen ihren beiden Freunden.

Bernie machte den Mund auf, um etwas zu erwidern, schloss ihn aber wieder, als Mac sich ihnen näherte.

»Alles in Ordnung?«, fragte Mac und musterte sie mit gerunzelter Stirn. Ivy hatte den Eindruck, dass er die Spannung spürte, die in der Luft lag. Bernie, der vor Nervosität fast zitterte, stand da und starrte Louisa an. Sie hatte rote Flecken auf den Wangen und starrte erzürnt zurück.

Ivy zwang sich zu einem Lächeln. »Bestens«, sagte sie. »Wir haben gerade darüber gesprochen, wie schnell die Narzissen kommen und gehen.«

Mac nickte. »Nichts erinnert uns besser an den Wechsel der Jahreszeiten als Gartenarbeit.«

Er legte eine Hand auf Bernies Schulter. »Ich muss kurz mit Ihnen allen reden. Können Sie zu den anderen in den Aufenthaltsraum kommen?«

Ivy spähte zu Louisa, um zu sehen, ob sie wusste, worum es ging, aber Louisas Miene blieb unbewegt, als sie Mac über den Rasen zum Aufenthaltsraum folgten, wo sich die anderen Gärtner bereits versammelt hatten.

Ivy hockte sich neben Jim, Bernie hielt sich im Hintergrund, während Louisa sich betont so weit wie möglich von ihm entfernte und ihn mit einem finsteren Blick fixierte.

»Alles geht den Bach runter«, murmelte Ivy halblaut, sodass nur Jim sie hören konnte. »Bernie ist ein Verweigerer, und Lou dreht deshalb völlig durch.«

Jim machte ein erschrockenes Gesicht. »Was? Wann ist es denn dazu gekommen?«

»Gerade eben. Eine alte Bekannte von ihm …« Sie brach ab, als Mac in die Hände klatschte.

»Ich wollte euch allen dafür danken, dass ihr eingesprungen seid und ein wertvoller Teil des Teams der Kew Gardens geworden seid«, begann Mac. Ivy verzog das Gesicht. Das war sehr untypisch für ihren sonst so brummigen und undankbaren Chef. »Jetzt, wo die Männer weg sind, sind wir auf euch Mädels angewiesen.«

»He!«, rief Dennis, einer der Gärtner, der wie Jim zu jung für das Militär war. Alle grinsten, und Mac verdrehte die Augen.

»Herzlichen Dank, Dennis«, sagte er. »Wie gesagt, wir verlassen uns darauf, dass ihr den Laden schmeißt, solange die Männer nicht hier sind.« Er holte tief Luft. »Und dazu werde auch ich demnächst gehören, fürchte ich. Wie es aussieht, dauert es nicht mehr lange, bis die Wehrpflicht auch für alte Ehekrüppel wie mich kommt, deshalb habe ich nach einem längeren Gespräch mit meiner Frau beschlossen, dem Gesetz zuvorzukommen und mich freiwillig zu melden.«

Einen Moment lang herrschte fassungsloses Schweigen unter den Frauen – und Jim und Dennis.

»Hast du was davon gewusst?«, zischelte Ivy Jim ins Ohr.

Er sah genauso überrascht aus wie sie. »Ich hatte keinen blassen Schimmer.«

Louisa war die Erste, die das Wort ergriff. »Ich kann nicht sagen, dass wir Sie nicht vermissen werden. Aber Sie tun das Richtige, Mac.« Sie ging zu ihm und nahm seine Hand in ihre. »Sie sind ein guter, tapferer Mann, und Sie haben mir, uns allen, in unserer Zeit in Kew sehr viel beigebracht. Sie können sich darauf verlassen, dass wir alles in Ordnung halten, während Sie weg sind, und ich verspreche Ihnen, Sie werden von unseren Leistungen beeindruckt sein, wenn Sie zurückkommen.«

Mac freute sich wie ein Schneekönig über Louisas kleine Ansprache und drückte sie kurz an sich. Ivy, die den Eindruck hatte, dass Louisa in Wirklichkeit Bernie angesprochen hatte, war weniger begeistert. Dennoch schloss sie sich der Schar der anderen an, die sich um Mac drängten, um ihm Glück zu wünschen und ihn zu fragen, wer die Leitung der Gärten übernehmen würde und was in seiner Abwesenheit zu tun war.

»Ich bin mir nicht ganz sicher«, sagte Mac gerade. »Lasst mich erst mal zur Rekrutierungsstelle gehen und herausfinden, wann es für mich losgeht, dann können wir Pläne machen.«

»Das dauert bestimmt nicht lange, oder?«, fragte Ivy Jim, der immer noch völlig verdattert wirkte. »Die trödeln nicht groß rum.«

»Keine Ahnung«, antwortete er achselzuckend. »Schätze, wir werden es früh genug erfahren, was?«

Dennis verzog das Gesicht. »Wahrscheinlich.«

»Ivy, kann ich kurz mit dir sprechen?«

Louisa stand mit blassem, sorgenvollem Gesicht neben ihr. Sie lotste Ivy von der Gruppe weg. Als Ivy einen Blick über die Schulter warf, sah sie, dass Bernie sie beobachtete. Er wirkte eher resigniert als beunruhigt.

»Heute Abend findet eine Versammlung statt«, sagte Louisa. »Eigentlich wollte ich nicht hingehen, weil vermutlich nur wenige Leute kommen werden, aber ich finde, wir sollten es unter diesen Umständen doch tun.«

Ivy blinzelte. »Was meinst du?«

»Das mit Bernie.«

»Warum müssen wir wegen Bernie zu einer Versammlung gehen?«, fragte Ivy verwirrt.

»Um festzustellen, was wir machen sollen, nachdem wir jetzt wissen, dass er ein Kriegsdienstverweigerer ist.«

Ivy starrte ihre Freundin zornig an. »Warum sollten wir deshalb irgendwas tun?«

»Schon in wenigen Monaten, Ivy, könnten Männer, die uns am Herzen liegen, in den Schützengräben gegen die Deutschen kämpfen«, sagte Louisa. »Dein Jim könnte einer von denen sein, die zum Angriff aus dem Graben springen und möglicherweise in den Tod laufen.«

Ivy wurde bei der Vorstellung schwindelig. »Nicht, Louisa«, erwiderte sie. »Ich will so was nicht hören.«

Aber Louisa ließ nicht locker. »Und Mac wird als einer

der Ersten dabei sein. Unser guter, knurriger Mac, der Pflanzen lieber mag als Menschen und der immer so nett zu uns gewesen ist. Er wird da drüben im Schlamm stecken. Und er wird Angst haben.«

Ivy wand sich.

»Aber Bernie wird still und friedlich in seinem warmen Bett in Battersea liegen, Ivy. Sich unter die Decke kuscheln, seine geliebten Bücher lesen und sich weder vor Gewehren noch vor Mörsern fürchten müssen. Findest du das etwa richtig?«

»Nein«, flüsterte Ivy. »Aber …«

»Kein Aber. Wir müssen es jemandem sagen.«

»Das will ich nicht.« Ivy fühlte sich hundeelend. Soweit sie es beurteilen konnte, gab es keinen richtigen Weg. Der Krieg war ihrer Meinung nach absolut falsch. Sie fand, niemand sollte kämpfen müssen. Aber es wurde nun einmal gekämpft, und Louisa hatte nicht ganz unrecht. Warum sollten junge Burschen wie ihr Jim an die Front gehen, während Bernie daheimblieb? Nichts ergab mehr einen Sinn.

»Kann Mrs Pankhurst helfen?«, fragte sie hoffnungsvoll. »Wird sie wissen, was zu tun ist?«

»Zweifellos«, antwortete Louisa.

»Dann komme ich mit.«

Wie sich herausstellte, hatte Mrs Pankhurst eine ganz klare Vorstellung davon, was sie tun sollten, aber es war nicht, was Ivy sich gewünscht hatte.

»Weiße Feder«, sagte sie, nachdem Louisa ihr an diesem Abend bei der Versammlung erklärt hatte, in welcher Zwickmühle Ivy und sie steckten. »Feiglinge wie dieser Mann sollten bloßgestellt und anschließend sofort eingezogen werden. Er kann sich nicht länger hinter Blumen verstecken.«

Ivy schloss kurz die Augen, als würde sich dadurch etwas ändern.

»So viele wie möglich«, mischte sich eine andere Frau ein und reichte Louisa eine Handvoll der zarten Federn. Ivy fragte sich, wie etwas so Schönes eine derart hässliche Bedeutung haben konnte. Wie bei der Blumensprache, dachte sie. Ringelblumen bedeuteten Verzweiflung, und eine hübsche Petunie stand für Zorn.

»Steckt sie in seine Manteltaschen, Jackentaschen, wo immer es geht. Wir müssen dafür sorgen, dass er sich für sich selbst und das, was er tut, schämt.«

Ivy schämte sich eher für das, was sie selbst tun sollte, aber darüber sprach sie erst, als Louisa und sie die Halle, in der das Treffen stattgefunden hatte, verließen und die Straße hinuntergingen.

»Du bist ja so still«, sagte Louisa.

»Ich will das nicht. Bernie ist unser Freund. Das ist Verrat.«

»Er verrät jeden Soldaten, der schon da draußen ist, und all die anderen, die bald an die Front gehen«, erwiderte Louisa. »Ganz zu schweigen von seinem König und seinem Vaterland.«

»Er hat mir doch so geholfen!«

Louisa sah sie an. »Ich glaube, dass wir ihm in gewisser Weise auch helfen. Er sollte seinen Teil leisten, genau wie jeder andere. Wie wird ihm in zwanzig, dreißig Jahren zumute sein, wenn er daran denkt, wie viele andere Männer gestorben sind, während er tatenlos zugesehen hat?«

»Daddy, was hast du im Großen Krieg gemacht?«, zitierte Ivy das Plakat, das jeden Bus und sämtliche Rolltreppen der U-Bahn-Stationen zierte.

»Genau«, sagte Louisa. Sie setzte sich auf die Gartenmauer eines Hauses, an dem sie gerade vorbeigingen, nahm Ivys Hand und zog sie zu sich.

»Es ist schwer, Ivy, ich weiß. Ich verstehe, wie dir dabei zumute sein muss. Aber was Bernie macht, ist einfach falsch. Ich hasse weiß Gott jede Form von Gewalt, aber …« Sie verstummte.

»All das ist falsch«, sagte Ivy düster. »Der Krieg, die Federn, die Wehrpflicht, alles.«

»Ich weiß«, entgegnete Louisa und drückte Ivys Hand.

Eine Weile saßen sie niedergeschlagen Hand in Hand da. Ivy empfand es als tröstlich, Louisas Finger an ihren eigenen zu fühlen. Louisa war ein guter Mensch, und sie wusste besser als viele andere, was Menschen einander antun konnten. Bestimmt würde sie Bernie doch nicht als Kriegsdienstverweigerer anprangern, egal, welche Konsequenzen das hätte.

Ivy irrte sich. Tatsächlich war Louisa nur deshalb so still, weil sie bereits Pläne schmiedete.

»Ich werde morgen schon ganz früh nach Kew gehen«, sagte sie fast zu sich selbst. »Eine Feder kann ich in seine Gartentasche stecken und eine in seinen Arbeitskittel und überall, wo sich ein Platz findet, vielleicht sogar in seinen Spind. Er sperrt ihn nie ab.«

»Louisa, nein!« Ivys Stimme klang rau. »Nein.«

»Ich muss es tun.«

»Warum?«

Louisa zuckte mit den Schultern. »Weil er sich falsch verhält, und das möchte ich ihm begreiflich machen. Und weil ich Vertrauen in Mrs Pankhurst habe, und wenn sie sagt, es ist richtig, so zu handeln, dann glaube ich ihr.«

Ivy schnaubte. »Nicht alles, was sie macht, ist richtig. Nicht alles, was die Suffragetten tun, ist perfekt.«

Louisa zog die Augenbrauen hoch. »Ach ja, findest du?«, fragte sie mit eisiger Stimme.

»Stimmt doch. Sie machen Fehler, wie jeder andere auch. Mrs Pankhurst hat sich Sylvia gegenüber furchtbar verhalten, und die Suffragetten haben den Teepavillon in Kew in Brand gesteckt, vergiss das nicht. Und das Orchideenhaus kurz und klein geschlagen.«

»Das ist Jahre her«, erwiderte Louisa. »Die Dinge haben sich geändert.«

»Nichts hat sich geändert«, sagte Ivy. »Nicht das Geringste.«

Louisa stand auf. »Wir befinden uns im Krieg, Ivy. Und dadurch ändert sich alles. Die Prioritäten der Menschen ändern sich. Ihre Tätigkeiten ändern sich. Ihr Leben ändert sich.«

Sie starrte Ivy wütend an. Das Mädchen hockte immer noch auf der Mauer und sah aus, als hätte sie plötzlich jeder Mut verlassen.

»Ich ziehe das durch, ob du nun mitmachst oder nicht. Und wenn du mir nicht dabei hilfst …« Sie brach ab, und auf einmal schoss eine Woge von Zorn durch Ivy. Sie sprang auf und hielt Louisas herausforderndem Blick trotzig stand.

»Was?«, sagte sie. »Wenn ich dir nicht helfe, was dann?«

Die beiden Frauen standen nur wenige Zentimeter voneinander entfernt und starrten sich in die Augen wie Boxer vor einem Kampf.

Louisa holte tief Luft. »Dann bist du nicht der Mensch, für den ich dich gehalten habe, Ivy Adams.«

Ivy strich sich ihr Haar aus dem Gesicht und stieß ein unfrohes Lachen aus. »Vielleicht hast du dich ja die ganze Zeit in mir getäuscht«, sagte sie. »Mach doch, was du willst, wenn es dir dadurch besser geht. Ich freu mich schon drauf, wenn du erkennst, dass es falsch war, und dich entschuldigen kommst. Und falls ich mich nicht klar genug ausgedrückt habe: Nein, ich werd dir nicht helfen. Wenn du einen Mann demütigen willst, den ich voller Stolz meinen Freund nenne, dann musst du das allein machen.«

Sie spürte, wie ihr Herz in ihrer Brust so heftig klopfte, dass sie unwillkürlich hinunterschaute, um nachzusehen, ob ihr der Brustkorb platzte. Ivy war noch nie schüchtern gewesen, wenn es darum ging, sich zu behaupten, sei es auf dem Markt bei ihrem Vater oder bei ihren Geschwistern oder Streitereien mit ihrer Mum, sogar bei Mac, wenn er schlechter Laune war. Aber einer älteren Frau in einer derart emotional aufgeladenen Situation die Stirn zu bieten war etwas Neues für sie, und es gefiel ihr ganz und gar nicht.

»Ich tue es«, sagte Louisa und nickte entschlossen. »Du wirst schon sehen.«

Sie warf den Kopf in den Nacken, machte auf dem Absatz kehrt und marschierte die Straße hinunter, ohne sich noch einmal umzusehen.

Kapitel 11

Bernie kam am nächsten Tag zu spät zur Arbeit, was sich nicht unbedingt günstig auf seine ohnehin zerrütteten Nerven auswirkte.

»Tut mir leid, tut mir leid«, murmelte er, während er in den Aufenthaltsraum flitzte, um seine Tasche abzulegen und in seinen Overall zu schlüpfen.

Alle anderen waren bereits im Aufbruch zu ihren Arbeitsplätzen.

Bernie schaute sich um, konnte aber zu seiner Erleichterung Louisa nirgendwo entdecken. Ivy hingegen war da. Sie schlang einen Schal um ihr Haar und warf Bernie ein kleines, verhaltenes Lächeln zu.

»Alles in Ordnung, Bernie?«, fragte sie.

Er nickte. »Es geht.«

»Mac ist nicht da«, sagte Ivy. »Keiner weiß, was los ist. Er hat sich doch sicher noch nicht gemeldet? Bestimmt hätte er vorher dafür gesorgt, dass hier alles geklärt ist.«

Bernie spähte zu Jim, der mit Macs zerfleddertem Notizblock in der Hand dastand und versuchte, die krakelige Schrift seines Vorgesetzten zu entziffern und dahinterzukommen, welche Gartenarbeiten für diesen Tag vorgesehen waren.

»Passt gar nicht zu Mac«, stimmte Bernie ihr zu. »Selbst wenn er sich schon gemeldet hätte …« Das Wort »gemeldet« blieb ihm in der Kehle stecken, und er musste ein paar Mal schlucken, bevor er fortfuhr: »Also selbst dann hätte man ihn nicht sofort losgeschickt.«

Ivy sah blass und müde aus. »Ach Gott, hoffentlich ist alles in Ordnung mit ihm. Ich würde nicht damit fertig, wenn noch was schiefgeht, zum Beispiel mit …« Sie verstummte, und Bernie starrte verlegen auf seine Füße. Er wusste, dass sie ihn selbst meinte.

»Ivy«, begann er, aber bevor er weitersprechen konnte, betrat Mac den Aufenthaltsraum, wobei er die Tür so weit aufriss, dass sie an die Wand krachte. Sein Gesicht war finster wie eine Gewitterwolke, und er starrte die versammelten Gärtner erzürnt an.

»Was zum Teufel macht ihr hier noch?«, brüllte er. »Es ist zehn nach, ihr solltet längst draußen sein. Los, los!«

Wie die Mäuschen huschten die Gärtner davon.

»Ivy, schaust du vielleicht als Erstes mit Bernie nach den Parzellen mit Gemüse?«, raunte Jim Ivy halblaut zu, als sie und Bernie an ihm vorbeigingen. »Ich bleib hier. Mal sehen, was mit Mac los ist.«

Bernie nickte, und Ivy berührte Jim kurz am Arm. Dann machten sich die beiden schweigend auf den Weg, während der bedauernswerte Jim mit Mac und dessen Zorn zurückblieb.

»O mein Gott«, sagte Ivy, während sie zu den Gemüseparzellen marschierten. »Was war das denn? Ob er Angst davor hat, an die Front zu gehen?«

»Gut möglich«, meinte Bernie. »Aber da scheint noch mehr dahinterzustecken, oder?«

»Ja, aber was? Ach, guck mal, die Salatköpfe entwickeln sich richtig gut! Wahrscheinlich, weil es in den letzten Wochen so viel geregnet hat.«

Bernie dachte kurz nach. »Ich bin mir nicht sicher, warum Mac so sauer ist. Aber ich habe schon einige Männer gesehen, die sich für den Weg an die Front bereit gemacht haben, und normalerweise sind sie ruhig und gefasst, nicht wütend.« Er holte Luft. »Noch nicht.«

Einen Moment herrschte beklommenes Schweigen.

»Wir müssen die Karotten ausdünnen«, sagte Ivy.

Bernie schaute zu der Stelle, auf die sie zeigte, und nickte.

»Gut, fangen wir dort an. Und ich glaube, der Frühkohl könnte reif sein.«

Ivy war beeindruckt. »Du hast dir richtig viel Mühe gegeben, etwas über Pflanzen zu lernen. Ich hoffe, Mac weiß deine Bemühungen zu schätzen.«

Bernie wand sich. »Bis jetzt hat er das, aber wer weiß, wie lange er damit noch zufrieden ist.«

Ivy hatte sich über die Karotten gekauert. Jetzt blickte sie auf.

»Louisa hat ’ne Menge mitgemacht, deshalb ist sie so geworden, wie sie ist«, sagte sie.

Zum hundertsten Mal war Bernie verblüfft, wie viele Gedanken sich Ivy machte. Vielleicht würde sie ihn eines Tages nicht mehr überraschen, aber es sah nicht danach aus, als würde dieser bald kommen.

»Ihr Mann muss ein richtig übler Kerl gewesen sein«, fuhr Ivy fort. »Er hat Louisa schlimm verprügelt, hast du das gewusst?«

Bernie kannte nicht die ganze Geschichte, hatte aber das eine oder andere aufgeschnappt. Er nickte. »Ich habe davon gehört.«

»Sie hat ihre Mum um Hilfe gebeten, und die hat einfach zu ihr gesagt, dass sie eben damit leben müsse. Aber das wollte Louisa nicht. Sie hat sich ’nen Ruck gegeben und ihn verlassen, und sie ist nach London gefahren, ganz allein. Kannst du dir vorstellen, wie mutig das war?«

Bernie, der sich fühlte, als ob er gerade eine Rüge bekommen hätte, nickte wieder. »Sie ist sehr tapfer.«

»Ja, das ist sie«, sagte Ivy. »Und sie hat sehr klare Vorstellungen davon, was richtig und was falsch ist.« Sie holte tief Luft. »Auch wenn sie damit manchmal danebenliegt.«

Bernies Miene war anzumerken, wie nervös er war. »Was versuchst du mir zu sagen, Ivy?«, fragte er.

»Ich versuche, dir zu sagen, dass Louisa böse auf dich ist, weil du den Kriegsdienst verweigerst, aber sie ist ein guter Mensch, und ich glaube nicht, dass sie etwas tun würde, was dir schaden könnte.«

»Wirklich?«

»Wirklich.«

Bernie fühlte sich ein kleines bisschen besser und machte sich wieder an die Arbeit. Er hoffte, dass Ivy recht hatte. Er wollte in Kew bleiben, sich bedeckt halten und auf seine eigene Art seinen Beitrag leisten. Wenn Louisa ihn bloßstellen und überall herumerzählen würde, dass er sich ihrer Meinung nach melden sollte, wäre er gezwungen, die Kew Gardens zu verlassen, und würde ganz sicher auf der Stelle eingezogen werden. Er würde ein Gewehr in der Hand halten müssen und sich von einem stämmigen Sergeant erklären lassen, wie man diese Waffe benutzte, um andere zu töten. Bei der Vorstellung wurde ihm schlecht.

Nach einer guten Stunde harter Arbeit im Gemüsebeet ertönte vom Weg ein lauter Ruf, und beide blickten auf.

»Ivy!« Jim schwenkte die Arme.

Er kam zu ihnen gelaufen, und die beiden schauten ihn erwartungsvoll an.

»Warst du die ganze Zeit bei Mac?«, fragte Ivy. »Ist alles in Ordnung mit ihm?«

»Ja, ich war bei ihm.« Jim ließ sich ins Gras plumpsen. »Und nein, es ist nicht alles in Ordnung mit Mac.«

Ivy hockte sich ebenfalls ins Gras, und Bernie folgte ihrem Beispiel.

»Was ist denn los?«, fragte er.

»Mac hat sich gemeldet«, begann Jim. »Das heißt, er hat's versucht. Sie haben ihn abgelehnt.«

»Was?«, rief Ivy. »Das muss ein Irrtum sein. Unser Mac ist doch stark wie ein Pferd.«

»Er ist schwerhörig.«

Bernie und Ivy starrten Jim an.

»Im Ernst?«, sagte Bernie. »Bist du sicher?«

Jim nickte. »Er hat den Hörtest nicht bestanden, deshalb musste er noch einen machen, und bei dem ist er auch durchgefallen.«

»Und er hat es nicht gewusst?«

Jim schüttelte den Kopf. »Er hat nur gesagt, dass er schon immer Leute bitten musste, lauter zu sprechen, um sie zu verstehen, und dass er von einem Gespräch oft nicht alles mitbekommt.«

Ivy ging ein Licht auf. »Er ignoriert uns also gar nicht, wenn er nicht auf unsere Fragen antwortet«, sagte sie. »Er ist nicht mürrisch. Er kann uns bloß nicht hören.«

»Schöner Mist!« Bernie schlang die Arme um die angewinkelten Beine. Der Mann tat ihm aufrichtig leid, auch wenn er froh war, dass Mac wegen seines schlechten Gehörs in absehbarer Zeit nicht gegen die Deutschen kämpfen musste.

»Der arme Teufel ist völlig fertig«, fuhr Jim fort. »Ich hab ihm versprochen, den Gärtnern zu erklären, was los ist. Schätze, es ist für ihn und uns alle besser, wenn ihn eine Weile niemand darauf anspricht.«

»Natürlich!«, riefen Ivy und Bernie gleichzeitig.

»Er hat mir erzählt, dass der Rekrutierungsoffizier unheimlich nett war. Hat zu ihm gesagt, wie wichtig Macs

Arbeit hier in Kew ist und dass er sich die Sache nicht so zu Herzen nehmen soll. Aber Mac meint, dass es ihn direkt krank macht, nicht seinen Beitrag zu leisten, wo doch so viele Jungs an die Front müssen.«

Bernie trat unbehaglich von einem Fuß auf den anderen. »Man muss nicht unbedingt kämpfen, um etwas beizutragen.«

Jim warf ihm einen scharfen Blick zu, und Bernie war klar, dass Ivy seine ablehnende Haltung zum Krieg mit ihrem Freund diskutiert hatte.

»So sieht er das nun mal«, fuhr Jim ihn an. Er sah Bernie an. »Vielleicht solltest du über deinen pazifistischen Blödsinn lieber den Mund halten!« Er stieß die Worte so heftig hervor, dass Bernie und Ivy zusammenzuckten. »Mac will so was bestimmt nicht hören.«

»Klar«, murmelte Bernie. Er wollte nur noch weg von hier. »Dann kümmere ich mich mal wieder um den Kohl«, sagte er zu Ivy.

»Tu das«, erwiderte sie und schenkte ihm ein kleines Lächeln.

Bernie arbeitete bis mittags auf der Parzelle und verzehrte dann allein seinen Lunch. Ivy war mit Jim irgendwohin verschwunden, und von Louisa war immer noch nichts zu sehen. Mac stand draußen vor dem Aufenthaltsraum und unterhielt sich mit Dennis und zwei Gärtnerinnen, und Bernie war froh über die Gelegenheit, sich unbemerkt an ihm vorbeizustehlen und sein Essen zu holen.

Auch der Nachmittag verlief ruhig. Jim bat Bernie, Dung

in die Beete einzuarbeiten, was keine angenehme Aufgabe war, aber Bernie beschwerte sich nicht. Er arbeitete hart und versuchte, die nervöse Anspannung zu unterdrücken, die ihm den Magen zusammenschnürte. Er war beunruhigt wegen Mac und machte sich so große Sorgen, was Louisa vorhaben mochte, dass er kaum an etwas anderes denken konnte. Vielleicht geht es mir besser, wenn ich mit ihr spreche, dachte er, mir gewissermaßen ein Beispiel an ihrem Verhalten nehme und mich meinen Ängsten stelle. Wenn er für sich einstand, statt davonzulaufen. Und so fasste er den für ihn untypischen Entschluss, nach der Arbeit zu Louisa nach Hause zu gehen und mit ihr zu sprechen, zu versuchen, ihr seinen Standpunkt begreiflich zu machen, auch wenn sie mit seinen Ansichten vermutlich nie ganz einverstanden sein würde.

Der Gedanke beruhigte ihn ein wenig, und um sechs Uhr, später als sonst, legte er Harke und Spaten beiseite und ging in den Aufenthaltsraum, um seine verschmutzte Arbeitskleidung auszuziehen. Er knöpfte gerade seinen Overall auf, als Mac erschien.

»Bernie.«

»Mac.«

Eine Pause entstand, dann sagte Mac: »Sie haben es gehört?«

»Ja.« Bernie drehte sich um, sodass er Mac direkt ins Gesicht schaute. Er hatte während der Arbeit über das Gebrechen des anderen nachgedacht und war zu dem Schluss gelangt, dass Mac Gespräche häufig deshalb nicht mitbekam, weil er den Sprecher nicht ansah. Vielleicht hatte er unbewusst gelernt, von den Lippen zu lesen. »Tut mir leid, dass es nicht so gelaufen ist, wie Sie gehofft hatten.«

Mac schenkte Bernie ein schwaches Lächeln. »Das ist oft der Fall, denke ich.«

»Allerdings.« Bernie holte tief Luft. »Ich nehme an, Sie wollen das nicht hören, jedenfalls jetzt noch nicht, aber ich freue mich, dass Sie hier in Kew bleiben.«

Mac erwiderte nichts, sondern nickte nur. Dann zog er einen Stuhl heraus und setzte sich müde hin. Einen kurzen Moment lang schauten die beiden Männer einander an, dann drehte sich Bernie wieder zu seinem Spind um, zog seine Arbeitssachen aus und stopfte sie in den Korb für Schmutzwäsche, bevor er in seine Hose schlüpfte und sein Hemd in den Bund schob. Dann nahm er seinen Regenmantel vom Garderobenständer.

Als er seinen Arm in einen Ärmel schob, flatterte eine weiße Feder heraus. Sie musste im Ärmel gesteckt haben, wo er sie mit seiner Hand angestoßen hatte. Wie versteinert starrte Bernie auf die zarte Feder, die langsam durch die Luft schwebte und schließlich auf den Fliesen landete. Mit klopfendem Herzen hob er den Blick und stellte zu seinem Entsetzen fest, dass Mac die Feder auch gesehen hatte.

Keiner der beiden Männer sagte etwas. Konnte er einfach so tun, als wäre nichts gewesen? Vorsichtig steckte Bernie den anderen Arm in den Mantel. Nichts geschah. Doch als er seine Tasche aus dem Spind nahm, kam ein ganzer Schwarm weißer Federn aus der offenen Tür geweht, segelte durch die Luft.

Bernie blieb regungslos stehen, aber er spürte, wie sich Macs Augen in seinen Rücken bohrten. Als die Federn auf dem Fußboden lagen, zwang er sich, sich umzudrehen und den Blick des anderen zu erwidern.

»Was soll das?«, sagte Mac. Er klang ruhig, was Bernie noch mehr einschüchterte, als wenn er wütend geworden wäre. »Was hat das zu bedeuten?«

Bernies Mund war trocken. Er versuchte zu schlucken, aber es gelang ihm nicht. Er räusperte sich. »Jemand …«, setzte er an.

»Lauter!«, befahl Mac, dessen ruhige Stimme vor Zorn zu beben begann. »Lauter, verdammt noch mal!«

Bernie versuchte es erneut. »Jemand ist der Meinung, ich hätte einrücken sollen«, sagte er. Seine Stimme zitterte genauso wie die weißen Federchen, die um ihn herumschwebten.

»Und? Ist das so?«

Bernie befeuchtete seine trockenen Lippen. »Ja, Sir.« Er hatte Mac noch nie mit »Sir« angesprochen. »Ich hätte einrücken sollen.«

Mac nickte, als hätte er diese Antwort erwartet. »Und warum haben Sie es nicht getan?«

Erinnerungen an die Demütigung durch Vivienne wurden wach. Bernie wurde schwindelig, und er brachte kein Wort heraus.

»Warum sind Sie nicht beim Militär, Yorke?«

»Weil ich Quäker bin, Sir«, antwortete er. »Und daher Pazifist.«

Mac starrte ihn finster an, und er versuchte es noch einmal.

»Ich bin Kriegsdienstverweigerer aus Gewissensgründen.«

Mac verzog das Gesicht. »Raus«, sagte er.

»Sir?«

»Raus aus den Gärten. Ich will Sie hier nie wieder sehen.« Er nickte und fuhr so gelassen fort, als würden sie ein freundschaftliches Gespräch führen: »Um genau zu sein, wenn ich Ihre feige, wehleidige Visage hier noch einmal zu sehen bekomme, Yorke, werde ich es als meinen persönlichen Beitrag zum Krieg betrachten, Ihnen so fest auf die Nase zu dreschen, dass sie an Ihrem Hinterkopf wieder rauskommt. Verstanden?«

Bernie hatte nur zu gut verstanden. Mit Tränen in den Augen stammelte er zusammenhanglose Entschuldigungen, presste seine Tasche an seine Brust und lief hinaus.

Er rannte den ganzen Weg bis zur Bushaltestelle, und sein Herz hämmerte immer noch, als er in Battersea ankam. Was für ein grauenhafter Auftritt! Was für ein grauenhafter, entsetzlicher Auftritt!

Immer noch unter Schock und in einem Zustand hochgradiger Erregung traf er vor seiner Haustür ein. Als er hektisch seine Taschen nach seinem Schlüsselbund abklopfte, stellte er fest, dass er ihn in seinem Spind vergessen hatte. Mrs Spencer würde nicht begeistert sein, aber was sollte er tun? Ausgeschlossen, dass er jetzt noch einmal nach Kew zurückfuhr, um die Schlüssel zu holen. Stattdessen riss er an der Türglocke, wobei er inständig hoffte, seine Zimmerwirtin möge zu Hause und halbwegs guter Laune sein.

Dieses eine Mal jedenfalls hatte er Glück. Mrs Spencer öffnete die Tür, und ihre strenge Miene milderte sich sofort, als sie Bernie mit hängenden Schultern auf der Türschwelle stehen sah.

»Du lieber Himmel, was ist denn mit Ihnen los?«, rief sie und zog ihn eilig ins Haus. »Nur herein mit Ihnen! Sie sind ja in einem fürchterlichen Zustand!«

Ihre freundlichen Worte gaben Bernie den Rest. Er fing so heftig zu zittern an, dass Mrs Spencer befürchtete, er wäre krank.

»Haben Sie einen Anfall?«, fragte sie. »Ist Ihnen schlecht? Soll ich den Doktor holen?«

Er winkte ab. »Ich muss mich nur kurz hinsetzen«, würgte er heraus. »Könnte ich mich bitte setzen?«

»Hier, legen Sie sich auf das Sofa. Aber zuerst ziehen wir den Mantel aus«, sagte sie. Wie ein Kind ließ sich Bernie von ihr den Mantel von den Schultern streifen. Im nächsten Moment sah er voller Entsetzen eine weitere Feder auftauchen. Wie konnten nur so viele davon in seinem Mantel stecken? Mrs Spencer schaute zu, wie die Feder auf den Boden segelte, und hob sie dann mit einer raschen Handbewegung auf.

»Kriegsdienstverweigerer«, sagte sie. Die Besorgtheit in ihrem Blick war Abscheu gewichen.

Bernie warf verzweifelt den Kopf zurück. Leugnen war zwecklos.

»Ja«, erwiderte er. »Kriegsdienstverweigerer.«

»Dann sind Sie in meinem Haus nicht mehr willkommen«, zischte Mrs Spencer. »Packen Sie Ihre Sachen. In zehn Minuten sind Sie draußen, sonst rufe ich die Polizei.«

Bernie nickte benommen. Wie hatte sein Leben in knapp einem Tag völlig aus den Fugen geraten können? Nun, es war nicht das erste Mal, und allmählich begann er zu glauben, dass es auch nicht das letzte Mal sein würde.

Müde schleppte er sich zur Tür. »Zehn Minuten? Fünf Minuten reichen mir völlig.«

Kapitel 12

Ivy erschien am nächsten Tag als Erste zur Arbeit. So war niemand im Aufenthaltsraum, als sie hereinkam und ihre Tasche ablegte. Sie fühlte sich verunsichert und verstört, als wäre alles, woran sie geglaubt hatte, ins Wanken geraten. Seit der Versammlung der Suffragetten hatte sie Louisa kaum zu Gesicht bekommen, und ihr war ein bisschen bange vor einer Begegnung mit Mac, weil sie unschlüssig war, ob sie sein Hörproblem ansprechen sollte oder lieber nicht. Und dann war da noch Bernie. Die Tatsache, dass Louisa sich nun, da sie wusste, dass er ein Kriegsdienstverweigerer war, zum Handeln genötigt sah, hing wie eine dunkle Regenwolke über Ivy. Sie hoffte immer noch, Louisa würde zur Vernunft kommen, ihre Meinung ändern und Bernie in Ruhe lassen.

Aber als Ivy zu ihrem Spind ging, entdeckte sie auf dem Fußboden ein kleines Häufchen weißer Federn. Direkt unter Bernies Spind.

»So ein Mist«, stieß sie hervor. »So ein verdammter Mist!«

Blitzschnell und in der Hoffnung, dass niemand sonst die Federn bemerkt hatte, kauerte sie sich auf den Boden und sammelte sie ein.

Als sie sich aufrichtete, stellte sie fest, dass Mac da war und sie anschaute. Er kam häufig früh am Morgen und machte sich eine Tasse Tee, die er draußen trank, während er beobachtete, wie der Garten erwachte. Wie blöd von mir, das zu vergessen, dachte sie. Die Hände immer noch fest um die Federn geschlossen, erwiderte sie Macs unverwandten Blick.

»Weiße Federn«, sagte Mac leise.

Ivy zwang sich zu lachen und bemühte sich, unbefangen zu klingen. »Keine Ahnung, wo die herkommen … Ich dachte schon, hier wäre ein Vogel reingeflattert, aber ich sehe keinen.«

»Lass gut sein, Ivy«, sagte Mac. »Ich weiß Bescheid.«

Ivy rutschte das Herz in die Hose. »Sie wissen es?«

»Dass Bernie ein Verweigerer ist? Ja.«

Mac war bekannt für seine Temperamentsausbrüche, die ebenso unvorhersehbar wie heftig waren. Ivy wurde mulmig, als sie ihn jetzt ansah.

»Haben Sie ihn gesehen?«

»Ja.«

»Was ist passiert? Wo ist er? Geht es ihm gut?«

Mac holte tief Luft, und Ivy suchte den Fußboden panisch nach Hinweisen auf einen Kampf ab. Gab es irgendwo Blutspuren?

»Ich weiß nicht, wo er ist.«

»Was haben Sie getan?«

»Ich hab ihn rausgeworfen«, sagte Mac. »Ich habe ihm gesagt, dass ich sein Gesicht nie wieder hier sehen will.«

Ivy wurde schwindelig vor Erleichterung. Sie lehnte sich an den Spind. »Aber Sie haben ihn nicht verprügelt? Er ist nicht verletzt?«

»Nein.« Mac schien indigniert über diese Unterstellung. »Verletzt ist er nicht.«

Er machte einen Schritt auf sie zu. Seine Augen waren traurig, was Ivy viel mehr beunruhigte, als es sein Zorn vermocht hätte.

»Ich war aufgebracht wegen meiner Musterung, Ivy. Es war einfach ein schlechter Zeitpunkt. Ich war wütend auf Gott und die Welt und habe es an Bernie ausgelassen. Das war falsch, und es tut mir leid.«

Ivy umklammerte die Federn in ihrer Hand so fest, dass sich die Kiele in ihre Finger bohrten.

»Dann kann er zurückkommen? Sie geben ihm seinen Job zurück?«

Er seufzte. »Nein.«

»Aber wenn Sie selbst finden, dass es falsch von Ihnen war?«

»Ich habe ihn gemeldet.«

Ivy lehnte sich wieder an den Spind. »Ach, so ist das also?«, sagte sie. »Und jetzt klopft demnächst jemand an seine Tür und verfrachtet ihn zur Rekrutierungsstelle?«

Mac senkte den Blick. »Vermutlich.«

»Ich muss ihn warnen. Ich muss ihm sagen, was passiert

ist, und ihn warnen.« Sie drückte Mac die Federn in die Hand. »Werfen Sie die weg«, sagte sie. »Ich nehme mir heute frei.«

Ohne abzuwarten, ob er ihr dazu die Erlaubnis erteilte, lief sie hinaus und zum Tor. In der Ferne sah sie Louisa mit einer der anderen Gärtnerinnen plaudern und spielte kurz mit dem Gedanken, sie zur Rede zu stellen. Aber im Moment war Eile geboten. Sie hatte keine Ahnung, wie viel Zeit Bernie noch blieb, bevor er zwangsrekrutiert wurde, und deshalb musste sie zuallererst mit ihm reden. Ihm Lebewohl sagen. Sie würgte ein Schluchzen hinunter, als sie an ihre Lektionen in Lesen und Schreiben dachte, an den Zeichenblock, den Bernie für sie gekauft hatte, an alles. Aber sie hielt durch und rannte fast bis zur Bushaltestelle, um so schnell wie möglich nach Battersea zu kommen, wo Bernie wohnte.

Sie schaffte es in relativ kurzer Zeit, aber als sie vor seinem Haus stand, erwies sich Bernies sauertöpfische Zimmerwirtin als unfreundlich und wenig hilfsbereit.

»Wer sind Sie, sein kleines Flittchen?«, entgegnete sie, als Ivy fragte, ob sie Bernie sehen könnte. Sie musterte Ivy von oben bis unten und rümpfte die Nase, als würde das junge Mädchen schlecht riechen.

»Wir arbeiten zusammen«, sagte Ivy fest. »Wir sind befreundet.«

Die Frau schnaubte. »Na klar.«

»Kann ich reinkommen?«

»Er ist nicht da.«

»Und wo ist er?«

Mrs Spencer zuckte mit den Schultern und verschränkte die Arme vor der Brust. »Woher soll ich das wissen?«

»Hat er denn nicht gesagt, wohin er will oder wann er zurückkommt?«

Ivys Fragen schienen die Frau zu ärgern. Sie verlor die Beherrschung.

»Keine Ahnung«, erwiderte sie barsch und machte Anstalten, die Haustür zu schließen, aber Ivy verhinderte das, indem sie rasch einen Fuß ausstreckte. Zum Glück trug sie ihre schweren Arbeitsstiefel.

»Wo ist er?«

Die Frau starrte Ivy böse an. »Ich hab ihn rausgeworfen, so! Der Mann ist ein feiger Drückeberger. Abscheulich, wenn Sie mich fragen.«

»Ich hab Sie aber nicht gefragt.«

Einen Moment lang fixierten sie einander, bis Ivy schließlich widerwillig ihren Fuß von der Schwelle zog.

»Falls Sie ihn sehen«, begann sie, aber schon wurde ihr die Tür vor der Nase zugeknallt. »Sagen Sie ihm, dass Ivy ihn sehen muss«, beendete sie den Satz für die Eingangstür.

Ihr Mut sank. Wo war Bernie? Obwohl er mindestens zehn Jahre älter als sie und noch dazu ihr Lehrer war, hatte Ivy das Gefühl, ihn beschützen zu müssen. Bernie war furchtbar sensibel, fand sie. Jemand, um den man sich kümmern musste. Sie konnte nicht zulassen, dass er ohne Zuhause und ohne Arbeit durch Londons Straßen irrte, ohne wenigstens zu versuchen, ihn zu finden.

Sie überlegte kurz. Wo könnte er hingehen? In den Park von Wandsworth Common? Möglich, wenn auch unwahrscheinlich. Es war zwar Frühling, aber am Himmel zogen sich dunkle Regenwolken zusammen. In ein Hotel? Hatte er dafür genug Geld? Wohin könnte er noch gehen? Wo hätte er es warm und trocken und wäre ungestört?

»Die Bücherei«, murmelte sie. »Ich wette, er hockt in der verflixten Bücherei.«

Wie der Wind flitzte sie über die Straße und marschierte den Lavender Hill hinauf zu dem imposanten roten Ziegelbau, in dem sich die öffentliche Bücherei von Battersea befand. Ivy stieß die schwere Tür auf und huschte hinein in das stille Innere des Gebäudes. Einen Moment lang hielt sie den Atem an und sah sich um.

Hier drinnen herrschte absolute Ruhe. Einige Leser saßen schweigend an den Tischen in der Mitte des Raums. Ivy konnte ihre eigenen Atemzüge hören und versuchte, das Geräusch zu dämpfen, während sie nach Bernie Ausschau hielt. Nein, er war nirgendwo zu sehen. Enttäuscht drehte sie sich um, und da stand er, der Mann, den sie gesucht hatte.

»Ivy?«, sagte er überrascht. Er schleppte einen ganzen Stapel Bücher, Bücher über Pflanzen, wenn man nach dem Einband des obersten urteilen konnte. Die Vorstellung, wie Bernie sich in der Bibliothek verkroch, um etwas über Blumen zu lesen, statt in Kew zu arbeiten, brach Ivy das Herz.

Sie packte ihn am Arm und führte ihn ein kleines Stück von den Lesern und der Bibliothekarin weg.

»Warum bist du hier?«, fragte er.

»Ich hab nach dir gesucht.«

Er zog eine Augenbraue hoch. »Warum?«

»Weil Mac mir erzählt hat, was passiert ist. Ich bin zu deiner Wohnung gegangen, und deine Zimmerwirtin hat gesagt, dass sie dich vor die Tür gesetzt hat.«

Bernie wurde blass. »Du hast mit Mac gesprochen?«

»Ja.« Sie nahm seine Hand. »Es tut ihm leid, Bernie. Er weiß, dass ihm der Kragen geplatzt ist. Er sagt, er war eher sauer wegen seiner Musterung als deinetwegen.«

In Bernies Augen flackerte ein Funken Hoffnung auf, und wieder wurde Ivy das Herz schwer.

»Kann ich zurückkommen?«, fragte er. »Nach Kew?«

Ivy schüttelte langsam den Kopf. »Leider nicht.«

»Aber wenn es Mac leidtut?«

»Er hat dich gemeldet, Bernie. Man wird dich bald suchen.«

Bernie ließ die Bücher fallen, die laut auf den Boden krachten. Sämtliche Besucher blickten auf, und die Bibliothekarin runzelte die Stirn.

»'tschuldigung«, sagte Ivy in etwas lauterem Flüsterton. »Tut mir leid.«

Sie lotste Bernie zu einem Sessel, und er ließ sich hineinfallen, während sie sich bückte, um die Bücher aufzuheben.

»Was mache ich jetzt bloß?«, sagte Bernie halblaut immer wieder, als Ivy die dicken Wälzer zusammensammelte, die auf dem Boden lagen. »Was mache ich jetzt bloß?«

Ivy kauerte immer noch auf dem Fußboden. Sie streckte

einen Arm aus, um das letzte Buch auf den Tisch neben Bernie zu legen, und stand auf.

»Sieht so aus, als müsstest du losziehen und kämpfen.«

Wenn Bernie vorher schon blass gewesen war, wurde er jetzt aschfahl. »Das kann ich nicht«, stöhnte er. »Ich kann es nicht. Ich kann nicht ein Gewehr in die Hand nehmen und damit auf andere Menschen zielen. Auf Burschen, die jünger als manche meiner ehemaligen Schüler sind. Das kann ich einfach nicht, Ivy.«

»Dann geh doch zurück an deine alte Schule. Wenn du wieder als Lehrer arbeitest, musst du nicht an die Front.«

Bernie schloss die Augen. »Ich fürchte, ich habe alle Brücken hinter mir abgebrochen, als ich diese Probleme mit Vivienne hatte«, sagte er. »Die Welt der Lehrer ist klein, Ivy, und es gibt im ganzen Land nicht eine einzige Schule, die mich jetzt noch einstellen würde. Und das zu Recht.« Er hob seine Hände und hielt sie Ivy hin. Sie zitterten unkontrolliert. Bernie legte sie wieder in den Schoß und versuchte das Zittern zu unterdrücken. »So reagiere ich, wenn ich nur daran denke, wieder ein Klassenzimmer zu betreten. Kannst du dir vorstellen, wie ich in dieser Verfassung mit zwanzig bis dreißig Jungs in einem Raum fertigwerden soll?«

Überwältigt von Mitleid, zwängte Ivy sich seitlich auf Bernies Sessel und legte einen Arm um seine Schultern.

»Aber, aber«, sagte sie. »Das kriegen wir schon hin, keine Sorge. Wir müssen nur einen Ort finden, wo du so lange bleiben kannst, bis uns eine Lösung einfällt. Irgendwo, wo keiner nach dir sucht.«

Die Bibliothekarin warf einen Blick in ihre Richtung und machte »Ähem«, als sie bemerkte, wie eng die beiden nebeneinandersaßen. Ivy stand auf. Im Moment war sie ratlos. Zu sich nach Hause konnte sie Bernie nicht mitnehmen, weil da einfach nicht genug Platz war. Dasselbe galt für Jims Zuhause. Und Louisa konnte sie wohl kaum bitten, Bernie aufzunehmen.

Sie wollte gerade den Mund aufmachen und Bernie fragen, ob er nicht irgendwelche Freunde hätte, die ihm helfen könnten, obwohl sie wusste, dass die Antwort Nein lauten würde, als von einer Kirche in der Nähe lautes Glockenläuten ertönte und jede Unterhaltung erschwerte.

»Eine Beerdigung«, stellte Bernie fest und ließ sich noch tiefer in seinen Sessel sinken. »Passt zu meiner Stimmung.«

Aber das Geräusch hatte in Ivy eine Erinnerung geweckt, und trotz der düsteren Töne fühlte sie sich plötzlich aufgemuntert.

»Ich hab eine Idee«, sagte sie. »Los, gehen wir!«

Bernie folgte ihr gehorsam aus dem Lesesaal. Die botanischen Werke ließ er sehr zum Ärger der Bibliothekarin auf dem Tisch liegen. All seine Habe – nicht sehr viel – befand sich in zwei Leinentaschen. Ivy trug die eine, Bernie die andere, als sie sich auf den Weg nach Kew machten.

»Das gefällt mir nicht«, sagte Bernie immer wieder. »Ich wünschte, du würdest mir sagen, wo wir hingehen.«

Aber Ivy wollte nichts verraten, ehe sie nicht wusste, ob ihr Plan auch gelingen würde. Sie könnte es nicht ertragen, noch einmal diesen Ausdruck von Hoffnung in Bernies Augen zu sehen.

Als sie das Kew Green erreichten, bat Ivy Bernie, sich auf eine Bank gegenüber dem Eingangstor des Parks zu setzen.

»Warte kurz«, sagte sie. »Ich muss nur schnell was überprüfen.«

Sie schoss in die entgegengesetzte Richtung des Parks zur Kirche St Anne's. Dort blieb sie einen Moment neben den wuchtigen Steinsäulen, die den Eingang zum Friedhof säumten, stehen und wappnete sich.

»Na los, Ivy«, sagte sie laut. »Du schaffst das.«

In einem Anfall wilder Entschlossenheit jagte sie über den Friedhof und folgte dem Pfad zur Rückseite der Kirche. Und dort befanden sich, genau wie sie es in Erinnerung hatte, drei Steinstufen, die zu einer Holztür hinunterführten.

Ivy überkreuzte die Finger, sprang die Stufen hinunter und versuchte die Tür zu öffnen. Sie war abgesperrt. Ivy stellte sich auf die Zehenspitzen und fuhr mit einer Hand über den oberen Rand der Türfassung. Ihre Finger schlossen sich um einen massiven Eisenschlüssel. Erleichtert atmete sie auf.

Mit beiden Händen packte sie den Schlüssel, steckte ihn ins Schloss und versuchte die Tür aufzusperren. Es war mühsam, aber irgendwann bewegte sich der Metallgriff, und sie konnte die Tür aufstoßen. Ein lautes Quietschen ertönte, als sie sich gegen die Füllung stemmte, und Ivy lief ein Schauer über den Rücken.

»Du kannst von Glück reden, dass ich dich so gernhab, Bernie«, murmelte sie, während sie in den düsteren Raum hinter der Tür spähte. Als sich ihre Augen an die Dunkelheit gewöhnt hatten, konnte sie weitere Stufen erkennen, die in die Krypta der Kirche führten. Sie wurde schon lange nicht mehr benutzt. Heutzutage fanden sämtliche Beerdigungen oben auf dem Friedhof statt, nicht hier unten in dieser Gruft. Soweit Ivy wusste, kam nie jemand her. Und genau deshalb war der Ort wie geschaffen für ihr Vorhaben.

Sie holte tief Luft, um sich Mut zu machen, und huschte dann die Stufen zur Krypta hinunter. So weit, so gut. Sie bückte sich und tastete mit den Händen den Boden auf beiden Seiten der Treppe ab, und dort lagen, wie sie gehofft hatte, ein Bündel Kerzen und Streichhölzer.

»Gott sei Dank«, hauchte sie. Offensichtlich war seit Jahren niemand mehr hier gewesen. Na ja, zumindest nicht seit jener Nacht …

Ivy schüttelte den Kopf. Jetzt war nicht der richtige Zeitpunkt, um Erinnerungen nachzuhängen. Sie musste Bernie holen. Sie ließ die Kerzen, wo sie waren, hastete die Treppe hinauf und zog die Tür hinter sich zu, schloss aber nicht ab. Dann lief sie um die Kirche herum zurück und fand Bernie genau da, wo sie ihn zurückgelassen hatte. Nervös beobachtete er die Tore zum Park. Anscheinend befürchtete er, er könnte gesehen werden.

»Schnell«, drängte sie. »Gehen wir!«

Bernie stand auf und lief mit Ivy zum Friedhof.

»Hier entlang«, sagte sie. »Los, komm schon!«

Sie führte ihn zu der Steintreppe hinter der Kirche und winkte ihn hinein. Im Vorbeigehen zog sie den Schlüssel aus dem Schloss.

»Wo sind wir hier?« Bernie war oben vor den Stufen zur Krypta stehen geblieben. Er wirkte beunruhigt.

»An einem sicheren Ort.«

Sie tastete nach einer Kerze und zündete sie an. Als das Licht aufflammte, sah sie in Bernies verstörtes Gesicht.

»Schon gut«, beruhigte sie ihn. »Komm runter.«

Zaghaft stieg Bernie die Stufen hinunter.

»Eine Krypta«, sagte er, halb erschrocken, halb fasziniert.

»Ein Ort, an dem du bleiben kannst.«

»Wirklich?«

»Hier kommt nie jemand her«, erklärte Ivy. »Du kannst ein paar Tage bleiben, vielleicht sogar ein paar Wochen, bis uns einfällt, wie wir verhindern können, dass du eingezogen wirst. Schließ hinter mir die Tür ab, wenn ich gehe, dann bleibst du ungestört. Und wenn du vorsichtig bist, kannst du über den Friedhof bummeln, wenn du mal frische Luft schnappen willst. Pass nur auf, dass dich keiner sieht!«

»Was ist mit Essen?«

Auch daran hatte Ivy gedacht. »Ich bringe dir Gemüse und andere Sachen aus dem Park mit. Und ich werde Jim einweihen. Er kann uns helfen.«

Bernie machte ein erstauntes Gesicht. »Aber Jim ist nicht auf meiner Seite. Er hat gesagt …«

»Ich weiß, was er gesagt hat, aber das geht schon klar.

Er war bloß aufgebracht wegen Mac, mehr nicht. Ich rede mit ihm.«

»Bist du sicher?«

»Todsicher.«

»Aber du könntest selber Ärger bekommen.«

Ivy zuckte mit den Schultern. »Wäre nicht das erste Mal«, sagte sie. »Ich finde, du solltest nicht in einem Krieg kämpfen müssen, an den du nicht glaubst, Bernie. Ich möchte dir helfen.« Sie machte eine Pause. »Vielleicht könnten wir sogar unseren Unterricht fortsetzen. Das heißt, wenn es dir nichts ausmacht …«

Bernie lächelte. Es war das erste Mal, dass Ivy ihn lächeln sah, seit sie ihn in der Bücherei gefunden hatte, und sie freute sich darüber.

»Es würde mir ganz und gar nichts ausmachen.«

»Gut, dann wäre das also geklärt.«

Sie sah sich um. Die Krypta war genauso, wie sie sie in Erinnerung hatte: Steinboden und Gewölbedecke, mehrere große Grabmale zu beiden Seiten des Mittelgangs und ein paar kleinere am Ende. Es war gruselig, zugegeben, aber es war auch ruhig und trocken, und niemand würde je erfahren, dass Bernie hier war.

»Ich treibe ein paar Decken für dich auf, dann kannst du dir eine kleine Schlafstelle einrichten«, sagte sie. »Und ich bringe dir Bücher und was zu essen und zu trinken. Wenn du aufs Klo musst, geh einfach nach draußen.«

»Woher wusstest du, dass dieser Ort existiert?«, fragte Bernie.

»Ach, ein paar Frauen, die ich früher mal gekannt habe, haben die Krypta eine Weile benutzt«, antwortete Ivy vage. »Wir haben dies und das hier unten aufgehoben.«

Bernie runzelte die Stirn, fragte aber zu Ivys Erleichterung nicht weiter nach.

»Es ist unheimlich«, sagte er. »All die Toten.«

Ivy nickte. »Aber die tun dir wenigstens nichts … anders als die Lebenden.«

Kapitel 13

Eigenartig, dachte Bernie, wie schnell Neues und Ungewohntes ganz alltäglich werden kann. Nie hätte er sich träumen lassen, dass er jetzt im Juli – Monate, nachdem Ivy ihn hierhergebracht hatte – seine Nächte immer noch in der Krypta von St Anne's verbringen würde.

Und obwohl es nicht der angenehmste Ort war, der sich denken ließ, und er sich gelegentlich einsam fühlte und nach wie vor Angst davor hatte, was die Zukunft bringen mochte – schließlich konnte er nicht ewig hier unten bleiben –, ging es ihm erstaunlich gut.

Er hatte sich in der Krypta häuslich eingerichtet. Am hinteren Ende, hinter dem Grabmal zum Angedenken an den ersten Pfarrer der Kirche, befand sich sein »Schlafzimmer«. Ivy und Jim hatten ihm Decken gebracht. Zu Bernies Erleichterung hatte Ivy recht behalten, denn Jim verhielt sich ihm gegenüber nicht feindselig, wie er befürchtet hatte. Anscheinend hatte Ivy ihrem Freund Bernies Standpunkt begreiflich gemacht, und jetzt stand

Jim, dieser gute Junge, Bernie zur Seite und half ihm, sich in seinem Versteck heimisch zu fühlen. Hier war es auf jeden Fall komfortabler als in einem Schützengraben, dachte Bernie leicht beschämt.

Auf einer Seite befand sich eine lange, niedrige Gedenkstätte für einen vor langer Zeit verstorbenen früheren Würdenträger aus Kew und seine Frau. Das war Bernies Küche geworden. Die Gärtner in Kew waren dazu übergegangen, immer mehr Obst und Gemüse anzubauen, da kein Ende des Krieges abzusehen war und die Lebensmittel zusehends knapper wurden. Es war sogar im Gespräch, auf dem Kew Green, der Grünfläche zwischen Parkanlagen und Kirche, Schrebergärten anzulegen, um noch mehr Nahrungsmittel anpflanzen zu können.

Es war Bernies Glück, dass die Gärten von Kew so viel Obst und Gemüse erzeugten, denn das war der Hauptbestandteil der Speisen, die er in seiner behelfsmäßigen Küche zubereitete. Seine Nahrung bestand hauptsächlich aus Rohkost, aber manchmal brachten Ivy und Jim etwas Brot oder gebratenes Hühnchen oder Fleischreste vom Abendessen mit, wenn sie an solche Sachen herankommen konnten. Von Vorteil war auch, dass es jetzt im Sommer Obst und Gemüse in Hülle und Fülle gab. Bernie musste keinen Hunger leiden.

Woran er allerdings litt, war Langeweile. Ivy, Gott segne sie, hatte ihm eine bunt zusammengewürfelte Sammlung von Büchern gebracht, die sie Gott weiß wo aufgetrieben hatte. Aber Bernie stellte fest, dass ihm der Park fehlte. Er sehnte sich förmlich danach, die Sonne auf seinem Gesicht und die Erde unter seinen Händen zu spüren.

Er wurde von Tag zu Tag wagemutiger und hielt sich immer länger draußen auf, statt morgens und abends schnell hinauszuflitzen, um sich zu erleichtern. Vor Kurzem war ihm aufgefallen, dass die Gräber im hinteren Bereich des Friedhofs verwahrlost und ungepflegt waren. Das hatte ihn auf eine Idee gebracht. Er hatte Ivy gebeten, ihm Handschuhe, eine kleine Schaufel und eine Gartenschere zu bringen, und sie hatte sich darauf eingelassen, auch wenn es einiger Überredungskunst seinerseits bedurft hatte.

»Das ist riskant, Bernie«, sagte sie. »Was ist, wenn jemand dich sieht?«

»Das kann ich mir beim besten Willen nicht vorstellen. Aber falls doch, kann ich immer noch sagen, dass ich hier aushelfe. Niemand wird auf die Idee kommen, ich könnte hier wohnen.«

Ivy verzog das Gesicht, brachte ihm aber die Dinge, um die er gebeten hatte. Und jetzt konnte er nach draußen gehen und anfangen, die Gräber zu pflegen.

Er hatte sich eine gewisse Routine angeeignet, wenn er den Schutz der Krypta verließ. Er öffnete die Tür einen Spalt weit und lauschte mit gespitzten Ohren, ob Stimmen oder Schritte zu hören waren. Nicht viele Leute kamen so weit nach hinten, aber gelegentlich kam jemand, um ein altes Grab zu besuchen, oder ein Kind lief seinen Eltern davon. Wenn alles ruhig war, stieg er die wenigen Stufen zum Weg hinauf und kauerte sich hinter die Mauer, damit er nicht zu sehen war, falls jemand um die Ecke bog. Und dann huschte er hinaus und schlenderte, den Hut tief ins Gesicht gezogen, unbefangen über den Friedhof, als würde er lediglich spazieren gehen.

Heute hielt er es genauso und steuerte direkt auf die rückwärtige Fassade der Kirche zu, wo in schiefen Reihen die vernachlässigten Gräber lagen. Bernie blieb kurz stehen, um das Gefühl auszukosten, die Sonne auf seiner Haut zu spüren, und beschloss, mit dem Grabstein am hinteren Ende zu beginnen. Er konnte die Inschrift nicht lesen, weil das Unkraut so hoch gewuchert war, dass es die Buchstaben verdeckte.

Mit einem zufriedenen Nicken zog er seine Gartenschere aus der Tasche und machte sich ans Werk.

Es dauerte eine ganze Weile, all das Gestrüpp, das Unkraut und die ineinander verflochtenen Ranken abzuschneiden, aber irgendwann war es geschafft. Bernie wischte sich gerade über die Stirn und bewunderte sein Werk, als hinter ihm jemand sagte: »Verwandte von Ihnen?«

Bernie fuhr zusammen und drehte sich um. Hinter ihm stand ein Geistlicher, ein ältlicher Mann mit ergrauendem Haar und fadenscheinigem Talar.

»Tut mir leid, ich wollte Sie nicht erschrecken«, sagte der Mann. »Ich habe mich nur gewundert, was Sie hier machen. In diesem Teil des Friedhofs ist schon lange niemand mehr gewesen.«

Bernies Mund war wie ausgetrocknet, und er schluckte.

»Die Gräber sind mir vor ein paar Tagen aufgefallen, und es hat mich traurig gemacht, wie verwahrlost sie sind«, erklärte er. »Ich gärtnere gern, deshalb dachte ich, ich könnte sie ein bisschen in Schuss bringen.«

»Was für eine schöne Geste«, entgegnete der Pfarrer. »Ich danke Ihnen.«

Er wollte weitergehen, aber Bernie hielt ihn auf.

»Hätten Sie etwas dagegen, wenn ich weitermache?«, fragte er. »Ich würde gern diesen ganzen Bereich hier in Ordnung bringen, wenn ich kann. Ich könnte auch ein paar Blumen pflanzen, damit ein bisschen Farbe hineinkommt, vielleicht Pflanzen, die im Herbst blühen, damit es dann nicht so trostlos aussieht.«

Ihm fiel auf, dass er zu viel redete, und er machte schnell den Mund zu. Aber der Pfarrer lächelte.

»Das ist wirklich eine gute Idee«, sagte er. »Vielen Dank …?«

Bernie erwiderte das Lächeln, bis ihm klar wurde, dass der Pfarrer seinen Namen wissen wollte.

»Bernard«, sagte er und brach dann ab. Er durfte seinen richtigen Namen nicht preisgeben, denn was würde geschehen, wenn sich in Kew herumsprach, dass ein Mann alte Gräber auf dem Friedhof pflegte und irgendjemand zwei und zwei zusammenzählte? Er suchte noch nach einer Lösung, als sein Blick auf den Namen auf einem Grabstein in der Nähe fiel.

»Peter«, platzte er heraus. »Peter Bernard.«

»Vielen Dank, Mr Bernard.«

»Peter reicht«, sagte Bernie. Sein Herz schlug schneller, und er hatte das Gefühl, verschlagen auszusehen, aber der Pfarrer verriet kein Zeichen von Argwohn.

»Ich bin Reverend Miller«, sagte er nur. »Dann lasse ich Sie jetzt mal weitermachen.«

Bernie sah ihm nach und ließ sich dann, kraftlos vor Erleichterung, ins Gras sinken. Ivy hatte recht, es war riskant, so viel Zeit draußen zu verbringen. Ob er lieber wieder hineingehen sollte? Andererseits hatte er jetzt einen glaubwürdigen Vorwand für seine Anwesenheit auf dem Friedhof. Es ging ihm so viel besser, wenn er in der Erde buddeln, Unkraut jäten und Pflanzen zurückschneiden konnte. Wenn seine Hände beschäftigt waren, hatte er keine Zeit, um über Macs harsche Worte nachzugrübeln oder daran zu denken, wie ihn Louisa, die er für eine Freundin gehalten hatte, verraten hatte. Ja, entschied er. Seiner seelischen Gesundheit zuliebe musste er noch ein bisschen länger draußen bleiben.

Auch Louisa hatte reichlich Stoff zum Nachdenken. Sie hatte wegen Bernie ein so schlechtes Gewissen, dass sie kaum an etwas anderes denken konnte als an ihn. Sie war absolut sicher gewesen, felsenfest überzeugt, das Richtige zu tun, als sie die Federn in seine Tasche und seinen Mantel steckte, dass sie nicht einen Moment lang überlegt hatte, ob es wirklich das Beste war, was sie tun konnte.

Und jetzt war es zu spät.

Heute arbeitete sie allein. So war es mittlerweile meistens. Sie war sich nicht sicher, ob die anderen Frauen wussten, was sie getan hatte, und sie dafür verantwortlich machten, dass Bernie gefeuert und – vermutlich – eingezogen worden war. Sie wusste nicht, ob Ivy etwas zu ihnen gesagt oder Mac herumerzählt hatte, was vorgefallen war. Aber wie auch immer, Tatsache war, dass kaum jemand noch länger mit Louisa sprach. Niemand war direkt feindselig, aber es gab auch keine kleinen Plaudereien mehr. Wenn sie versuchte, sich nach einem Verlobten, der an der Front diente, oder einer kranken Mutter zu erkundigen, oder auch nur die ganz banale Frage stellte, was die anderen zum Lunch aßen, wurde sie ignoriert. Irgendwann hatte sie aufgegeben. Sie kam jeden Morgen zur Arbeit, tat, was Mac ihr auftrug, und ging wieder nach Hause.

Es war ein einsames Dasein. Sie hatte viel Zeit, um lange und eingehend über Bernie und seine Ansicht nachzudenken, der Krieg sei falsch und deutsche Soldaten wären auch nur Männer und junge Burschen in anderen Uniformen, und sie war zu dem Schluss gekommen, dass er nicht ganz unrecht hatte. Ihr war immer noch nicht wohl bei dem Gedanken, dass manche Menschen kämpfen mussten, während andere daheimblieben und in Sicherheit waren, aber was die Kampagne mit den weißen Federn anging, hatte sie ihre Meinung komplett geändert.

»Es ist nicht richtig«, hatte sie in der vergangenen Woche zu einigen gleichgesinnten Suffragetten gesagt. »Und ich werde mich nicht mehr daran beteiligen.«

Die anderen Frauen hatten genickt.

»Ich bin derselben Ansicht«, sagte eine Frau namens Ellen, die ungefähr in Louisas Alter war. »Mein Mann hat eine weiße Feder bekommen. Mein eigener Mann, also wirklich! Er ist Lehrer, deshalb muss er Gott sei Dank nicht kämpfen. Und ich habe gehört, dass Mrs Parkinsons Sohn eine Feder gekriegt hat, als er wegen einer Schussverletzung in der Hand auf Heimaturlaub war.«

Abfälliges Gemurmel erhob sich, als alle Frauen klarmachten, was sie davon hielten.

»Wir könnten dennoch unseren Beitrag leisten«, schlug Louisa vorsichtig vor. »Unsere eigene Gruppe bilden und uns darauf konzentrieren, auf andere Art und Weise zu helfen.«

Ellen runzelte die Stirn. »Wie zum Beispiel?«

Louisa dachte an Ivy, die ihre freie Zeit bei der Federation in East London verbrachte.

»Eine Freundin von mir arbeitet mit Sylvia Pankhurst zusammen. Sie verteilen Milch und Nahrungsmittel an Kinder, deren Väter einberufen worden sind. Vielleicht könnten wir auch etwas in der Art machen. Gewissermaßen etwas Handfestes.«

»Vielleicht könnten wir auch Soldaten helfen«, meinte Ellen nachdenklich. »Ihre Familien unterstützen oder sie im Lazarett besuchen.«

»Ich würde gern daran arbeiten, friedliche Lösungen für den Konflikt zu unterstützen«, sagte eine junge Frau, die Louisa gegenübersaß. Sie war klein und schmächtig wie ein Spatz, aber der Ausdruck in ihren Augen war energisch und entschlossen. »Ich frage mich immer öfter, ob ein Krieg jemals richtig sein kann. Soweit ich weiß, gibt es eine Organisation, die sich League of Peace nennt, und ich dachte, ich schaue mir das mal näher an. Vielleicht kann ich mich dort irgendwie nützlich machen.«

»Könnte ich mitkommen?«, fragte Louisa zu ihrer eigenen Überraschung. »Darüber würde ich gern mehr wissen.«

Die junge Frau lächelte. »Natürlich«, erwiderte sie.

Ellen nickte. »Und wir wollen nicht vergessen, dass wir immer noch kein Wahlrecht haben«, sagte sie. »Wir Frauen sorgen dafür, dass in diesem Land alles weiterläuft, während die Männer weg sind, und ich hoffe, diejenigen, die an der Macht sind, werden sich später daran erinnern.«

Die Frauen hatten alle applaudiert, und Louisa hatte zum ersten Mal seit Monaten wieder so etwas wie Hoffnung verspürt. Gerade jetzt, da die Atmosphäre in der Arbeit so angespannt war, tat es gut, Freundinnen zu finden. Und es ist wirklich nicht leicht, dachte sie jetzt, als sie auf ihren Fersen kauerte und Unkraut jätete, ganze Tage damit zu verbringen, den eigenen Gedanken nachzuhängen. Das ist einfach nicht sehr erbaulich. Aber etwas Gutes und noch dazu gänzlich Unerwartetes war bei dieser unschönen Geschichte herausgekommen: Sie hatte wieder Kontakt zu ihren Eltern aufgenommen.

In vielen schlaflosen Nächten war Louisa klar geworden, dass es, genauso wie ihr Verhalten Bernie gegenüber, vielleicht falsch gewesen war, die Verbindung zu ihrer Mutter vollständig abzubrechen. Als ihre Mutter ihr das nächste

Mal schrieb, hatte sie den Brief geöffnet und all die kleinen Neuigkeiten aus ihrem Heimatort begierig gelesen. Ihre Mutter erwähnte Reg mit keinem Wort, und auch Louisa sprach dieses Thema nicht an, als sie antwortete. Stattdessen erzählte sie unbefangen von ihrem Leben in London und ihrer Arbeit in Kew und erkundigte sich nach ihrem Zuhause und dem Hof. Ihre Mutter hatte umgehend in dem gleichen heiteren Tonfall geantwortet und eine Nachricht von Louisas Bruder Matthew beigefügt, der mittlerweile den Großteil der Pflichten auf dem Bauernhof übernommen hatte. Seither wurden immer wieder kurze Nachrichten und Briefe ausgetauscht. Es war schön, fand Louisa, wieder Teil einer Familie zu sein, besonders, da ihre Ersatzfamilie in Kew zerfallen war. Und ihre Befürchtung, Reg könnte kommen, um sie zu holen, war eindeutig unbegründet. Vielleicht war er nicht einmal mehr in Kent – jedenfalls war er es nicht wert, dass sie sich seinetwegen Sorgen machte.

Louisa blickte auf, als Ivy mit einem Korb voller Karotten, Salat und Pflaumen vorbeiging. Seit Bernie fort war, hatte die junge Frau kaum ein Wort mit Louisa gewechselt. Mehr als einmal war Louisa drauf und dran gewesen, sie zu fragen, ob sie wüsste, wo Bernie war und ob er eingezogen worden war, aber ihr war klar, dass Ivy es ihr nicht erzählen würde.

In letzter Zeit allerdings kam Louisa etwas an Ivys und Jims Verhalten seltsam vor. Sie steckten dauernd zusammen, was nicht weiter ungewöhnlich war, aber es schien mehr

Getuschel als sonst zu geben, mehr stillschweigende Blicke und kaum merkliches Nicken oder Kopfschütteln, so als würden sie Pläne schmieden, von denen andere nichts mitbekommen sollten.

Louisa war sich ziemlich sicher, dass Ivy Obst und Gemüse aus den Gärten mitnahm. Sie wusste, dass die Lage bei dem jungen Mädchen daheim nicht immer besonders rosig war, aber ihr war ebenfalls bekannt, dass Ivys Mutter ausgezeichnet zu wirtschaften verstand und noch dazu eine sehr stolze Frau war, die niemals ihre Tochter darin unterstützen würde, für sie zu stehlen. Was also machte Ivy mit den Lebensmitteln?

Sie beugte sich über das Unkraut und beobachtete unter ihrer Hutkrempe hervor, wie Ivy den Inhalt ihres Korbs in einen weichen Stoffbeutel gleiten ließ, den sie sich dann über den Arm hängte. Sie sagte etwas zu der Frau, mit der sie zusammenarbeitete, die lächelnd nickte, und marschierte zielstrebig zum Tor.

Einer Eingebung folgend, legte Louisa ihre Schaufel nieder und folgte in sicherer Entfernung, wobei sie inständig hoffte, Mac würde nicht merken, dass sie ihre Arbeit im Stich ließ.

Ivy trottete den Weg hinunter und durch das Tor hinaus auf die Rasenfläche des Kew Green. Sobald sie verschwunden war, beschleunigte Louisa ihr Tempo, bis sie beinahe rannte. Als sie aus dem Tor hinausspähte, sah sie Ivy über den Rasen zur Kirche laufen. Brauchte sie geistlichen Beistand? Das war eher unwahrscheinlich.

In der Hoffnung, Ivy würde gleich zurückkommen, trieb sich Louisa noch eine Weile beim Tor herum, aber als das junge Mädchen nicht auftauchte, kehrte sie an ihre Arbeit zurück. Als Ivy endlich wiederkam, sah Louisa, dass der Beutel, den sie getragen hatte, jetzt leer war. Entweder Ivy hatte sehr viel Obst und Gemüse gegessen, oder sie hatte die Sachen jemand anderem gegeben.

Es könnte Bernie sein, dachte Louisa mit einem Anflug von Hoffnung. Vielleicht verbarg er sich in der Kirche, schließlich waren Kirchen seit jeher ein Ort der Zuflucht. Bernie könnte sich dort verstecken, und Ivy und Jim könnten ihm heimlich etwas zu essen bringen. Bei dem Gedanken, dass Bernie nicht durch ihre Schuld irgendwo in einem Schützengraben hockte und jeden Tag mit dem Tod rechnen musste, bekam sie vor Erleichterung weiche Knie.

»Ich hoffe, er ist es«, sagte sie halblaut. »Ich hoffe, er ist es!«

Louisa verbrachte eine schlaflose Nacht. Unruhig wälzte sie sich hin und her und zerbrach sich den Kopf, was sie tun sollte. Sollte sie Ivy einfach folgen? Aber wenn es nun gar nicht um Bernie ging und Ivy vielleicht bloß den Kirchengemeinderäten oder dem Pfarrer half? Sollte sie Ivy zur Rede stellen und sie direkt fragen? Bestimmt würde das junge Mädchen einfach alles leugnen.

Als die Vögel zu zwitschern begannen und mattes Morgenlicht durch ihre Vorhänge sickerte, traf Louisa schließlich eine Entscheidung. Sie stand auf und ging in ihre winzige Küche, um Brot zu backen. Sie war keine großartige Bäckerin, aber ihre Mutter hatte ihr die Grundkenntnisse beigebracht, und ihre Brotlaibe schmeckten gut. Sie knetete und klopfte den Teig, und als sie so weit war, nach Kew aufzubrechen, war das Brot gebacken und verströmte einen köstlichen Duft. Louisa schlug den Laib in Papier ein und legte einen Zettel bei, auf dem die schlichten Worte standen: Bitte verzeih mir.

In der Arbeit ließ sie das Brot in ihrem Spind liegen, bis es Zeit für die Mittagspause war, nahm es dann heraus und trat zu Ivy, die wie jeden Mittag mit Jim im Schatten einer mächtigen Eiche saß.

Louisa wappnete sich gegen Ablehnung oder Unhöflichkeit – sie hätte das eine ebenso wie das andere verdient – und holte tief Luft.

»Ivy«, sagte sie, »kann ich kurz mit dir sprechen?«

Ivy sah auf und wechselte einen Blick mit Jim.

»Aber wirklich nur kurz, ich muss noch woandershin«, sagte sie brüsk.

Louisa nickte. »Du musst mir nichts erzählen, wenn du nicht willst«, sagte sie. Sie hatte das, was sie sagen wollte, auf dem Weg zur Arbeit ununterbrochen geübt, bis einer der anderen Mitfahrer im Bus sie aufforderte, endlich still zu sein. »Ich wollte dir bloß das hier geben.« Sie hielt dem jungen Mädchen das Brot hin. Ivy und Jim starrten es an. Keiner von beiden nahm den Laib. Louisa seufzte. Besonders erfolgreich war sie in ihrem Vorhaben nicht.

»Falls du Bernie siehst und das Gefühl hast, er könnte etwas zu essen brauchen, gib ihm bitte das hier«, sprudelte sie so überstürzt hervor, dass sich ihre Stimme überschlug. »Es ist auch eine Nachricht dabei, aber wenn du es ihm lieber nicht geben willst oder ich das alles komplett falsch verstanden habe, vergiss das Ganze einfach.«

Ivy und Jim sahen immer noch völlig verdattert aus. Louisa beugte sich vor und legte das Brot neben sie ins Gras.

»Mach damit, was du willst«, sagte sie, drehte sich um und entfernte sich so schnell wie möglich von den beiden.

Sie war noch nicht sehr weit gekommen, als Ivy sie einholte. Die Kleine war wirklich sehr flink auf den Beinen.

»Lou«, rief sie. »Verdammt noch mal, Lou, bleib stehen!«

Louisa hielt inne und drehte sich zu ihrer ehemaligen Freundin um. Ivy war außer Atem und rot im Gesicht, aber ihre Miene war freundlich.

»Habe ich recht?«, fragte Louisa hoffnungsvoll.

Ivy schaute sich um, um sich zu vergewissern, dass niemand in Hörweite war, und nickte fast unmerklich. »Ja, du hast recht.«

»Geht es ihm gut?«

»So gut es ihm eben gehen kann. Ich dachte, ich finde irgendwas Besseres für ihn, aber bis jetzt ist Jim und mir absolut nichts eingefallen.«

»Ich fühle mich schrecklich«, sagte Louisa. »Aber ich war so begeistert von Mrs Pankhursts Botschaft und so überzeugt, das Richtige zu tun, dass ich gar nicht darüber nachgedacht habe, welchen Schaden ich damit anrichten könnte.«

Ivys Gesichtsausdruck wurde noch weicher. »Tja, da bist du nicht die Erste, der so was passiert.« Sie rieb sich den linken Arm und grinste Louisa an. Beim Anblick dieses Lächelns wurde Louisa warm ums Herz.

»Bringst du ihm das Brot?«, fragte sie. »Und sag ihm bitte, wie leid es mir tut.«

Ivy nickte. »Na klar.«

»Und wirst du mir erlauben, ihm zu helfen?«

»Helfen?«

»Ich bin sicher, es muss für Bernie eine Möglichkeit geben, nicht eingezogen zu werden«, sagte Louisa. »Wie wäre es mit Unterrichten?«

»Das will er nicht. Du hättest sehen sollen, in was für einer Verfassung er war, als ich ihm das vorgeschlagen habe.«

»Dann werde ich etwas anderes finden«, sagte Louisa. »Ich bringe das in Ordnung, Ivy. Wart's ab!«

Kapitel 14

Louisa meinte es ernst. Sie war fest entschlossen, Bernie zu helfen. Sie musste einfach mehr über die legalen Möglichkeiten, die Kriegsdienstverweigerer nutzen konnten, in Erfahrung bringen. Aber als sie Verbindung zu der winzigen Frau vom Treffen der Suffragetten aufnahm – sie hieß Caro, was Louisa faszinierend unkonventionell erschien –, musste sie zu ihrer Enttäuschung feststellen, dass die nächste Versammlung erst in einer Woche stattfinden würde.

Und eine weitere Enttäuschung stand ihr bevor, als Ivy von ihrem Besuch bei Bernie berichtete.

»Wie war es?«, fragte Louisa. Sie machte sich Sorgen, was Bernie nach allem, was vorgefallen war, von ihr hielt, und war zu dem Schluss gelangt, dass es sein gutes Recht wäre, wenn er nichts mehr mit ihr zu tun haben wollte. Sie könnte es ihm beim besten Willen nicht verübeln.

Ivy wählte ihre Worte sorgfältig. »Er ist gekränkt.«

Wieder erfüllte tiefe Scham Louisa. Warum hatte sie nur so unbedacht gehandelt?

»Aber er lässt ausrichten, dass er dir natürlich verzeiht.«

»Wirklich?« Louisa schlug erleichtert die Hände zusammen. »Dann kann ich ihn also besuchen? In der Kirche?«

»Psst!« Ivy legte einen Finger an Louisas Lippen. »Nein, lieber nicht. Ich glaube, wir sollten uns in dieser Sache so bedeckt wie möglich halten. Er ist nicht in der Kirche, glaub also nicht, du kannst da rübergehen und ihn suchen.«

Da Louisa genau das gedacht hatte, blinzelte sie überrascht. »Also …«, begann sie, aber Ivy fiel ihr ins Wort.

»Je weniger Leute wissen, wo er ist, desto besser. Dadurch stehen die Chancen besser, dass es geheim bleibt, und nur Jim und ich gehen ein Risiko ein.«

Louisa hätte gern widersprochen, aber sie wusste, dass Ivys Argumente Hand und Fuß hatten.

»Aber er ist nicht böse auf mich?«

»Hast du schon je erlebt, dass Bernie auf irgendjemanden böse ist?«

Louisa lachte. Es kam ihr vor, als hätte sie seit einer Ewigkeit nicht mehr gelacht, und es war ein gutes Gefühl.

»Nein, noch nie.«

»Gehst du heute Abend zu dieser kleinen Feier, die Mac vorgeschlagen hat?«, fragte Ivy.

»Im Pub?« Louisa war leicht schockiert über Macs Vorschlag gewesen, mit »all seinen Gärtnern« einen trinken zu gehen, um ihr erstes Jahr in Kew zu feiern. Daheim in Kent war das Pub ausschließlich Männern vorbehalten gewesen, und seit sie in London lebte, hatte Louisa nie einen Fuß in eines der vielen Lokale der Stadt gesetzt.

»Komm schon, das wird lustig«, sagte Ivy und hängte sich in Louisas Armbeuge ein, genau wie sie es früher immer getan hatte. »Und wir haben ein bisschen Spaß verdient.«

»Allerdings«, stimmte Louisa zu. »Na gut, ich komme mit. Du hast recht, das wird bestimmt nett.«

Und so war es auch. Mac war ein neuer Mensch, seit er die Enttäuschung, wegen seines schlechten Gehörs als nicht tauglich zu gelten, überwunden hatte. Er war angewiesen worden, den Anbau von Nahrungsmitteln in Kew zu beaufsichtigen, und nur ihm war es zu verdanken, dass in den Parkanlagen die Flächen für Obst und Gemüse derartig erweitert worden waren. Er bestimmte, was zu welchem Zeitpunkt angepflanzt werden sollte, und organisierte die Ernte und die Verteilung der Produkte. Er machte seine Sache so gut, dass er immer wieder Lob und Anerkennung von Männern höherer Stelle erhielt. Obwohl er sich immer noch über seine Schwerhörigkeit ärgerte, war das Leben nun, da alle in seinem Umfeld Bescheid wussten, wesentlich leichter für ihn, weil alle darauf achteten, ihm beim Reden ins Gesicht zu schauen, damit er von ihren Lippen ablesen konnte.

Er war nicht mehr so knurrig, sondern meist guter Dinge und im Großen und Ganzen sehr viel umgänglicher als früher. Und seine anfänglichen Vorbehalte gegen weibliche Gärtner waren inzwischen einem starken Beschützerinstinkt und großem Stolz gewichen. Er liebte seine »Kew-Mädels«, wie er sie nannte, und lobte sie in den höchsten Tönen, wenn sich Leute nach ihnen erkundigten – und häufig auch bei Leuten, die nicht fragten.

Im Pub lud er alle auf Bier oder Cider ein und stieß auf ihr erfolgreiches erstes Jahr an.

»Ich muss gestehen, dass ich zu engstirnig war, um glauben zu können, dass es funktioniert«, sagte er.

»Und zu dickköpfig«, rief Ivy. Mac schaute zu ihr und schnitt eine Grimasse, und alle lachten.

»Und zu dickköpfig«, räumte er ein. »Aber ich bin sehr froh, dass ihr mich eines Besseren belehrt habt. Ihr gehört jetzt alle zu den Kew Gardens. Und so wird es immer bleiben.« Er hob sein Glas. »Auf meine Kew-Mädels!«, rief er.

»Auf die Kew-Mädels!«, echoten alle und tranken. Louisa nahm einen großen Schluck Cider. Der Geschmack erinnerte sie an ihre Heimat, und ihre Augen wurden ein bisschen feucht. Schon fühlte sie sich leicht beschwipst. Im Pub war es warm, und umringt von all den anderen, hatte sie auf einmal das Bedürfnis, frische Luft zu schnappen.

»Ich gehe mal kurz raus«, sagte sie zu Ivy. Sie schlängelte sich durch ihre Kolleginnen, die in kleinen Gruppen herumstanden und plauderten und lachten, zur Tür. In dem winzigen Vorgarten der Gaststätte sah sie hinauf zum Himmel und sog in tiefen Zügen die kühle Abendluft ein. Wer hätte je gedacht, dass sie hier landen würde?

Sie setzte sich auf die niedrige Gartenmauer, um die Ruhe und die frische Brise zu genießen. Als sie nach ein paar Minuten aufstehen wollte, um wieder hineinzugehen, legte ihr jemand die Hand auf die Schulter. Louisa zuckte zusammen.

Sie fuhr herum, in der Erwartung, Mac oder Dennis

oder eine der anderen Gärtnerinnen zu sehen, und erstarrte vor Schreck, als sie den Mann erkannte, der vor ihr stand.

»Hallo, Lou«, sagte er.

Er hatte sich überhaupt nicht verändert. Sein Lächeln war immer noch sarkastisch, seine Augen immer noch kalt. Und seine Hand drückte ihren Arm immer noch ein bisschen zu fest.

»Reg«, stammelte sie. »Was machst du hier?«

»Das ist nicht die Art Willkommen, die sich ein Mann von seiner Frau wünscht, nachdem sie monatelang weg war.« Er zog Louisa an sich und presste seinen Mund auf ihren. Sie konnte Whisky in seinem Atem riechen und spürte, wie sein Bart auf ihrer Haut kratzte.

»Lass das«, sagte sie und stieß ihn weg. Er ließ sie los und taumelte leicht, und sie erkannte, dass er sehr betrunken war. Das machte ihr Angst. Reg war immer viel aggressiver, viel rücksichtsloser, viel eher bereit, seine Fäuste zu benutzen, wenn er getrunken hatte.

»Reg«, sagte sie, bemüht, ihn zu beruhigen. »Schön, dich zu sehen. Ich war bloß überrascht, das ist alles. Woher wusstest du, wo ich bin?«

Er warf ihr ein hässliches Lächeln zu. »Von deinem Schwachkopf von Bruder.«

»Matthew hat es dir erzählt?«

»Nein, natürlich nicht. Deine ganze Familie ist verdammt zugeknöpft.«

Louisa schloss kurz die Augen und dankte ihrer Mutter innerlich dafür, dass sie Reg nichts über ihren Aufenthaltsort verraten hatte, egal, was sie von der Entscheidung ihrer Tochter, ihrem Ehemann wegzulaufen, auch halten mochte. Sie hätte ihr neues Leben nie in den Griff bekommen, wenn er ihr direkt gefolgt wäre.

»Und was hat Matthew dann damit zu tun, dass du hier auftauchst?« Louisa bemühte sich verzweifelt, nicht panisch zu klingen.

»Er war im Three Crowns, um auf sein neugeborenes Balg zu trinken, und ich hab gehört, wie er einem seiner dämlichen Freunde erzählt hat, dass er Kontakt zu dir hat. Also hab ich in seiner Jackentasche nachgeschaut, als er auf dem Klo war, und einen Brief gefunden.«

Er machte einen Satz auf sie zu. Louisa wich zurück und brachte die niedrige Gartenmauer zwischen Reg und sich. Viel Schutz bot sie nicht, könnte ihn aber ein wenig aufhalten, falls sie weglaufen musste.

»Warum bist du nicht zu mir nach Hause gekommen?«, fragte sie. Bei der Vorstellung, Reg hätte plötzlich vor ihrer Tür stehen können, lief es ihr kalt über den Rücken. Hier war sie jedenfalls in der Öffentlichkeit, und für den Fall, dass sie Hilfe brauchte, waren Mac, Jim, Dennis und die anderen nicht weit. Ihre Augen wanderten unruhig hin und her, als sie sich überlegte, in welche Richtung sie fliehen sollte, falls Reg auf sie losging. Erstaunlich, wie schnell man wieder in alte Gewohnheiten verfallen konnte.

»Da war ich«, sagte Reg. »Aber ich wollte dich erst mal beobachten und herausfinden, was du so treibst.«

Wieder bekam Louisa eine Gänsehaut. Wie lange spionierte er ihr schon nach, ohne dass sie etwas gemerkt hatte?

»Ich bin dir in den Park gefolgt.« Er deutete mit einer Kopfbewegung auf das Tor zu den Gärten. »Du bist Gärtnerin?«

»Ja.«

»Aber mein Hof war nicht gut genug für dich?«

Sie ärgerte sich über diese Unterstellung. »Ich habe mein Bestes gegeben«, sagte sie. »Ich habe mich um alles gekümmert, während du unsere Gewinne vertrunken hast.«

»Jetzt ist er weg. Ich musste ihn verkaufen.«

Louisa nickte. Das überraschte sie ganz und gar nicht, aber das sagte sie nicht. »Das tut mir leid.«

Auf einmal wurde Reg weinerlich, und seine Augen füllten sich mit Tränen. »Das war der Bauernhof meines Vaters«, sagte er. »Und davor der seines Vaters.«

»Ich weiß.«

»Und jetzt hab ich nichts mehr.« Er sah Louisa an. »Das ist deine Schuld.« Sein gerötetes Gesicht verzerrte sich vor Zorn. »Ganz allein deine Schuld, du Miststück!«

Er streckte die Arme nach ihr aus, aber Louisa trat rasch einen Schritt zurück. Reg stolperte und musste sich an der Mauer festhalten.

»Und was soll ich deiner Meinung nach jetzt tun?«, fragte sie. Sie fühlte sich mutiger, weil sie hinter sich das Lachen ihrer Freunde im Pub hören konnte.

»Ich will, dass du mit mir nach Hause kommst und mir

hilfst, alles in Ordnung zu bringen. Komm zurück, Louisa. Ich brauche dich!«

Von einem Moment auf den anderen wurde er rührselig. Seine Stimmung konnte drastisch umschlagen, wenn er betrunken war. So war es schon immer gewesen, und daran hatte sich anscheinend nichts geändert.

»Ich brauche dich, Louisa«, wiederholte er. Wieder standen Tränen in seinen blutunterlaufenen Augen. »Das bist du mir schuldig.«

Wieder hörte Louisa lautes Gelächter aus dem Pub. Sie dachte an die guten Freunde, die sie in Kew gefunden hatte, und an das neue Leben, das sie sich in London aufgebaut hatte, weit weg von Reg und seinen Fäusten. Sie richtete sich zu ihrer vollen Größe auf.

»Ich schulde dir gar nichts, Reginald Taylor«, spie sie ihm ins Gesicht. »Du bist es, der mir etwas schuldet. Du hast mir meine besten Jahre genommen. Du hast aus mir eine verängstigte, geduckte Kreatur gemacht. Und schlimmer als alles andere, du hast mein Baby getötet.« Ihre Lippen bebten, als sie an das Kind dachte, das sie sich so verzweifelt gewünscht hatte, aber sie blickte Reg fest in die Augen. »Ich habe mich so sehr danach gesehnt, Mutter zu sein, und auch das hast du mir genommen. Aber weißt du was? Jetzt bin ich froh darüber. Froh, kein Baby zu haben, weil kein Kind dich als Vater verdient hat. Du bist ein jämmerliches Stück Dreck und nicht würdig, dieselbe Luft zu atmen wie die Männer, die ich in London kennengelernt habe. Und jetzt mach, dass du wegkommst, bevor ich um Hilfe rufe.«

Sie verschränkte die Arme vor der Brust und sah ihren Ex-Mann an. Sie zitterte am ganzen Leib; noch nie hatte sie sich ihm gegenüber so behauptet wie jetzt. Wie würde er reagieren? Wenn er auf sie losginge, würde sie ins Pub rennen und Hilfe holen, nahm sie sich vor.

Reg starrte sie fassungslos an. »Miststück«, sagte er noch einmal und spuckte ihr vor die Füße. Louisa rührte sich nicht. »Miststück.«

Und dann drehte er sich zu Louisas unsagbarer Erleichterung um und torkelte ohne ein weiteres Wort die Straße hinunter in Richtung Fluss und Brücke.

Schwer atmend schaute Louisa ihm nach. Sie fühlte sich geradezu euphorisch. Sie hatte ihm die Stirn geboten. Sie hatte dem Mann, der sie so viele Jahre terrorisiert hatte, die Stirn geboten. Und sie würde es wieder tun, wenn es sein musste. Unglaublich!

Wie benommen stieß sie die Tür zum Pub auf und war sofort von ihren Freunden aus Kew umringt.

»Wo warst du?«, fragte Ivy.

Louisa fasste sie am Arm. »Ich habe ein paar Geister der Vergangenheit zur letzten Ruhe gebettet.«

Ivy zog fragend eine Augenbraue hoch.

»Mein Mann ist aufgetaucht«, erklärte Louisa. »Er hat mich aufgespürt. Aber ich habe ihm gesagt, er soll sich wegscheren«, sie blinzelte, immer noch erstaunt über das Geschehene, »und er hat sich tatsächlich davongemacht.«

»Ach du meine Güte! Geht's dir gut?«

Louisa nickte. »Ja«, sagte sie. »Ich glaube, es geht mir richtig gut.«

»Na, dann lass uns feiern!«

Arm in Arm gesellten sie sich zu den anderen.

Es wurde noch ein schöner Abend. Louisa genoss jede Minute. Sie unterhielt sich mit ihren Kollegen, scherzte mit Mac und zog Jim und Dennis damit auf, die einzigen »Jungs« im Team zu sein. Ich fühlte mich geborgen und glücklich, dachte sie, als es Zeit zum Gehen war und sie unter dem Tisch nach ihrer Tasche suchte. Sie war unabhängig. Es gab niemanden, dem sie Rechenschaft schuldig war, keinen Mann, der ihr vorschrieb, was sie zu tun oder zu lassen hatte. Ein gutes Gefühl.

»Möchtest du heute nicht bei mir übernachten?«, fragte sie Ivy. Zu dieser späten Stunde war es ein langer Weg nach Hackney.

»Wenn's dir nichts ausmacht«, sagte Ivy. »Meine Mum wäre bestimmt nicht begeistert, wenn ich um diese Zeit noch durch die Stadt ziehe.«

»Nein, es stört mich überhaupt nicht, im Gegenteil, es ist nett, auf dem Heimweg Gesellschaft zu haben.«

»Ich begleite euch zur Bushaltestelle«, verkündete Jim und machte eine übertriebene Verbeugung. »Nach euch, meine Damen!«

Louisa trat als Erste auf die stille nächtliche Straße hinaus, gefolgt von ihren Freunden. Sie spähte zu der Grünfläche vor St Anne's, die jetzt in Dunkelheit getaucht war.

»Ich hoffe, Bernie geht es gut«, sagte sie. »Ich möchte ihm helfen.«

»Dem geht's prima«, versicherte Ivy ihr.

Ivy und Jim gingen Arm in Arm, und als sie alle stehen blieben, um die Kirche zu betrachten, neigte Jim den Kopf und küsste Ivy. Louisa schaute sie einen Moment lang nachsichtig an – sie waren so rührend in ihrer Liebe – und ging dann weiter in Richtung Bushaltestelle. Die beiden würden schon nachkommen.

Aber als sie an der Grünfläche entlangschlenderte, tauchte hinter einem der Bäume plötzlich eine Gestalt auf und lief auf sie zu.

»Louisa«, murmelte eine verschliffene Stimme.

Es war Reg, natürlich, wer auch sonst.

»Geh weg«, sagte sie und ging an ihm vorbei.

Aber überraschend schnell für jemanden, der so betrunken war wie er, machte er einen Satz auf sie zu und riss sie am Arm. Louisa verlor das Gleichgewicht, stolperte und fiel hin.

Im nächsten Moment lag Reg schon auf ihr, und sein säuerlicher Atem wehte ihr ins Gesicht, als er versuchte, sie zu küssen.

»Geh weg«, stieß sie hervor, während sie sich unter ihm wand und den Kopf drehte, damit er seine Lippen nicht auf ihre pressen konnte. Reg packte mit einer Hand ihr Kinn und schlug ihr mit der anderen ins Gesicht. Sie spürte, wie Blut aus ihrer Nase lief, und mit dem Strömen des Bluts überfluteten sie in diesem Augenblick die Erinnerungen an die Zeit, als sie mit ihm verheiratet gewesen war. Sie war starr vor Entsetzen, und all der Mut, den sie vorher empfunden hatte, verließ sie.

Sie hörte auf sich zu wehren. Wenn sie sich nicht bewegte und keinen Laut von sich gab, würde er vielleicht bald genug haben, und sie könnte nach Hause gehen.

Reg keuchte jetzt. Er hielt immer noch ihr Kinn mit seinen fleischigen Fingern umfasst, während er mit der anderen Hand nach seinem Gürtel tastete.

»Ein Mann will eben haben, was ihm rechtmäßig zusteht«, knurrte er. »Verdammte Weiber! Bilden sich ein, sie könnten einfach machen, was sie wollen.«

Sein Gürtel war offen. Reg schob seine Hose nach unten und versuchte, ohne Louisas Schluchzen zu beachten, ihr Kleid hochzuziehen. Aber es war unter ihr eingeklemmt, und dass Reg mit seinem ganzen Gewicht auf ihr lag, erschwerte sein Vorhaben.

»Verdammte Weiber!« Er hievte sich ein kleines Stück hoch, und plötzlich lag er nicht mehr auf ihr. Sein verschwitzter Körper wurde von jemandem, den Louisa nicht sehen konnte, hochgerissen.

»Was soll das?«, grollte eine Stimme in der Dunkelheit. »Nimm deine dreckigen Pfoten von ihr!«

Es war Jim. Gott sei Dank, dachte Louisa. Gott sei Dank!

Sie richtete sich auf und sah zu, wie Jim Reg am Kragen packte und von ihr wegzerrte. Ivy stand in der Nähe. Sie sah sehr wütend aus.

»Alles in Ordnung?«, formte sie mit dem Mund in Louisas Richtung. Louisa nickte, wischte sich den Geschmack von Regs Lippen vom Gesicht und tupfte das Blut von ihrer Nase.

»Mach, dass du wegkommst«, fuhr Jim Reg an. »Los, hau schon ab!«

Er versetzte dem anderen einen Stoß, und Reg drehte sich taumelnd im Kreis.

»Hau ab!«, knurrte Jim noch einmal.

»Du kannst mich mal!«

Zum zweiten Mal an diesem Abend sah Louisa ihren Mann fortgehen. Aber diesmal ging er nur ein paar Schritte weit, ehe er seine Meinung änderte. Er kehrte um, stürzte sich auf Jim und versetzte dem jungen Mann einen Schlag mitten ins Gesicht. Louisa zuckte zusammen, als sie Jims Nase knirschen hörte, und Ivy kreischte laut auf.

Aber Jim war jung und kräftig, und er war wütend. Er packte Reg an den Schultern und stieß ihn weg.

»Verzieh dich!«, schrie er. Reg holte aus, um noch einmal zuzuschlagen, aber Jim ließ die Faust vorschnellen und erwischte ihn an der Schläfe.

Reg ging zu Boden wie ein Klotz. Er krachte gegen den Baum, der hinter ihm stand, und sackte bewusstlos ins Gras.

Die drei standen wie versteinert da und starrten den Mann an, der reglos auf der Erde lag.

»Ist er …?«, hauchte Louisa. »Ist er tot?«

Jim, der liebe, sanfte Jim, schaute Reg entsetzt an.

»Keine Ahnung.« Er geriet in Panik, und sein Atem ging immer schneller und schneller. »Ich wollte ihm nichts tun, ich hab noch nie im Leben jemanden verprügelt. Ich wollte nur, dass er weggeht.«

Ivy lief zu ihrem Freund. »Das ist nicht deine Schuld«, sagte sie.

»Ich weiß nicht, ob er atmet.« Louisa sah die beiden verzweifelt an. »Was machen wir jetzt bloß?«

Sie beugte sich über Reg. Obwohl er nicht bei Bewusstsein war, erfüllte sie die körperliche Nähe zu ihm mit Ekel, und sie richtete sich wieder auf. Ein kleines Stück die Straße hinunter hatte gerade eine Gruppe Männer das Pub verlassen und kam auf sie zu. Louisa kannte sie nicht. Sie überlegte kurz und traf dann ihre Entscheidung.

»Du musst weg von hier«, sagte sie zu Jim. »Du musst verschwinden.«

»Ich gehe nirgendwohin«, erwiderte er.

Louisa, die spürte, wie Panik in ihr aufstieg, gab ihm einen Schubs.

»Geh«, beharrte sie. »Wenn du hierbleibst, wird man wissen, dass du es warst, der ihn niedergeschlagen hat, und dann bekommst du Ärger. Bring ihn weg von hier, Ivy. Geht in den Park. Es ist dunkel, niemand wird euch sehen.«

Ivys Gesicht war sehr bleich im Mondlicht, aber sie nickte stumm.

»Geht jetzt«, drängte Louisa. »Ich komme schon klar.«

Ivy nahm Jim, der immer noch völlig verstört aussah, schweigend an die Hand, und gehorsam trottete er mit ihr zum Tor, wo sie beide in der Dunkelheit verschwanden. Louisa wusste nicht, wie lange die beiden brauchen würden, um Jims Schlüssel zu finden und aufzusperren, und wartete, bis sie hörte, wie das Tor leise klirrend wieder ins Schloss fiel. Dann holte sie tief Luft und stieß einen Schrei aus.

»Hilfe!«, rief sie. »Hilfe! Mein Mann ist gestürzt und hat sich am Kopf verletzt!«

Kapitel 15

Ivy schmiegte sich im dunklen Park eng an Jim. Sie konnte fühlen, wie unter seinem Hemd sein Herz hämmerte und Schweiß seinen Rücken hinunterlief.

»Alles gut«, sagte sie immer wieder. »Alles gut. Ich bin sicher, er hat noch geatmet.«

Aber sie war sich nicht sicher. Nicht wirklich. Louisas Mann war ziemlich hart an dem Baum aufgeschlagen, und wie er dagelegen hatte, so still …

Sie erschauerte. »Alles gut«, wiederholte sie.

»Was sollen wir tun?« Jim sah sehr jung und verängstigt aus, und Ivy krampfte sich vor Liebe und Sorge das Herz zusammen.

»Wir bleiben die Nacht über hier«, entschied sie. »Es ist warm genug, und wir suchen uns irgendwo ein kuscheliges Plätzchen.«

»Und was dann?«

»Und dann gehen wir morgen früh zu Louisa und finden heraus, was passiert ist.«

Sie hielt inne, als vor den Toren eilige Schritte und laute Stimmen zu hören waren. Irgendjemand musste Reg gefunden haben. Oder seine Leiche. Wieder überlief sie ein Schauder.

»Ist dir kalt?« Jim zog sie enger an sich. Ihr war nicht kalt, aber es war schön, ihm so nahe zu sein, seinen Körper an ihrem zu spüren.

»Was, wenn er tot ist, Ivy? Wenn ich ihn getötet habe?«

Sie gingen tiefer in die Gärten hinein. Ivy wollte nicht in der Nähe des Eingangs bleiben, wo jemand sie zufällig entdecken könnte, so unwahrscheinlich das auch sein mochte. Sie musste sich zwingen, nicht an das letzte Mal zu denken, als sie nachts in den Gärten gewesen war und etwas Falsches getan hatte.

»Du hast ihn nicht getötet«, sagte sie zu Jim. »Er ist groß und kräftig, und er war betrunken. Er hat einfach das Bewusstsein verloren. Und wenn …« Sie brach ab.

»Wenn was?«

»Wenn doch was passiert ist, kriegen wir das schon hin. Louisa ist schlau, bestimmt hat sie eine glaubhafte Geschichte parat. Es war nicht deine Schuld, Jim.« Sie zog ihn am Arm, damit er sie ansah. »Reg hat Louisa wehgetan. Und wenn du nicht in dem Moment aufgetaucht wärst, hätte er noch etwas viel Schlimmeres mit ihr gemacht. Er hat sie geschlagen, hast du nicht gesehen, wie ihre Nase geblutet hat? Und er hat versucht …« Sie machte einen zittrigen Atemzug. »Er hat versucht, sie mit Gewalt zu nehmen. Das ist ganz übel, Jim, und du hast ihn aufgehalten. Du bist sehr mutig und ganz großartig, und ich bin schrecklich stolz auf dich.«

Sie war den Tränen nahe, als sie daran dachte, was passiert war und was hätte passieren können und wie es nun weitergehen würde.

»Kein Mensch wird wissen, dass du es warst. Reg wird sich nicht erinnern. Und selbst wenn, wer würde ihm schon glauben, dem alten Säufer?«

Sie waren jetzt bei einem Rasenstreifen angelangt, über dem sich eine mächtige Eiche wölbte.

»Hier«, sagte Ivy. »Hier bleiben wir. Schau mal, die kleine Nische zwischen den Wurzeln ist gerade groß genug für uns beide. Es sieht nicht nach Regen aus, aber wenn's doch regnen sollte, werden wir unter den Blättern nicht nass.«

Sie setzte sich ins federnde Gras und winkte Jim zu sich, aber er blieb stehen.

»Wir könnten abhauen«, sagte er und fing an, vor Ivy hin und her zu laufen. »Nach Irland. Ich hatte schon immer was für Irland übrig.«

»Wir müssen nicht weg von hier. Alles wird gut.«

»Und wenn sie mich ins Gefängnis stecken? Ich will nicht ins Gefängnis.« Jims Stimme klang sehr verzagt in der Dunkelheit.

»Du kommst nicht ins Gefängnis, Liebster. Das würde ich nie zulassen.«

»Wie willst du das denn verhindern?«

»Ich würde dich verstecken«, sagte sie. »Bei Bernie.«

Jim blieb abrupt stehen. »Das ist *die* Idee!«

»Was?« Ivy hatte ihre Bemerkung nicht ernst gemeint.

»Ich werde mich freiwillig melden.«

»Nein!«

»Ist doch logisch, Ivy. Ich melde mich gleich morgen früh, dann könnte ich schon Montag in der Grundausbildung sein. In der Armee wird mich niemand suchen.«

»Nein«, sagte sie wieder. Sie stand auf und trat zu Jim. »Du bist zu jung.«

Er schnaubte abfällig. »Wir haben Juli, im November werde ich achtzehn, und ich sehe aus wie einundzwanzig«, sagte er. Er hatte recht. Durch die körperliche Arbeit war er kräftig und muskulös. »Burschen, die viel jünger sind als ich, lügen über ihr Alter und kommen damit durch. Bei mir wird keiner nachfragen. Ende des Jahres müsste ich sowieso zur Armee. Ich fange bloß ein bisschen früher an, mehr nicht.«

Ivy fing an zu weinen. Es war, als würden all ihre Albträume wahr werden. Sie sehnte sich mit jeder Faser ihres Seins danach, Jim möge hier bei ihr in Kew bleiben, gut aufgehoben und in Sicherheit, weit weg von Bomben und Giftgas und Gewehren. Aber sie wusste, dass er nicht ganz unrecht hatte. Nichts deutete darauf hin, dass der Krieg in absehbarer Zeit vorbei wäre, und Jim würde im November ohnehin einberufen werden. Wenn er jetzt schon gehen würde, bestand jedenfalls keine Gefahr, dass er wegen der Sache mit Reg Schwierigkeiten bekam.

»Ich will nicht, dass du gehst«, schluchzte sie. »Ich will, dass du hier bei mir bleibst.«

»Ich weiß, ich weiß«, sagte er begütigend. »Aber es ist ja nicht für immer.«

»Es ist so gefährlich!«

»Schau mich an, Ivy. Ich bin groß und kräftig. Ich bin gesund. Ich habe bessere Chancen als mancher andere. Und bevor du weißt, wie dir geschieht, bin ich wieder da.«

»Ich werde dich schrecklich vermissen.«

Er strich über ihr Haar. »Ich weiß. Ich werde dich auch vermissen. Aber ich werde dir schreiben.«

Ivy schluchzte noch mehr. »Ich kann doch nicht lesen«, stieß sie verzweifelt hervor. »Ich kann deine Briefe nicht lesen, und ich kann dir nicht antworten.«

Jim hob ihr Kinn und sah sie an. »Das kriegen wir schon hin«, sagte er. »Du kannst Bilder für mich malen.«

Ivy schüttelte den Kopf, zu niedergeschmettert, um Worte zu finden. »Ich kann nicht«, wisperte sie dann. »Ich kann ohne dich nicht sein.«

Vorhin hatte Jim jung und verängstigt ausgesehen, jetzt wirkte er auf einmal müde und älter als seine Jahre. »Du wirst ohne mich auskommen müssen, Ivy. Da müssen wir beide durch. Und wir schaffen das, du wirst schon sehen.« Wieder zog er sie eng an sich. »Wir sollten ein bisschen schlafen. Gegen vier geht die Sonne auf und weckt uns. Außerdem ist morgen Samstag, da kommen bestimmt viele Besucher, vor allem wenn schönes Wetter ist.«

Er warf einen Blick auf die kleine Kuhle zwischen den Baumwurzeln.

»Ich lege mein Hemd auf die Erde, da kannst du dich

drauflegen«, sagte er und fing an, sein Hemd aufzuknöpfen. Ivy, die immer noch sehr aufgewühlt war, schaute ihm zu, und als Jim sein Hemd auszog, trat sie einen Schritt vor und legte ihre Hand auf seine Brust. Sie war glatt und straff, die Haut weich und warm.

»Jim«, hauchte sie. Er blieb regungslos stehen, als sie mit ihren Fingern sanft über seine Schultern strich, dann beugte er sich vor und küsste sie so leidenschaftlich, dass ihr der Atem stockte.

»Ich liebe dich«, sagte sie.

»Ich liebe dich auch.«

Erstaunt über ihre eigene Kühnheit, nahm sie ihm das Hemd aus der Hand und breitete es im Gras aus. Jim sah ihr unverwandt zu. Ivy öffnete ihr Kleid und ließ es auf Jims Hemd gleiten. Sie trug nur noch ihren Schlüpfer, aber sie fühlte sich kein bisschen verlegen. Es fühlte sich gut und richtig an.

Sie ließ sich auf den Kleidungsstücken nieder und streckte eine Hand nach Jim aus.

»Bist du sicher?«, fragte er.

»So sicher, wie ich mir in meinem ganzen Leben noch nicht gewesen bin.«

Er setzte sich neben sie, und sie küssten sich wieder. Ivys Hände glitten über Jims breiten Rücken, und sie keuchte leise, als er ihren Nacken liebkoste und wohlige Schauer durch ihren Körper jagten.

»Das ist die beste Art, Lebewohl zu sagen«, flüsterte sie. »Die einzige Art. Ich könnte es nicht ertragen, wenn dir etwas passiert und wir uns nie so nahe gewesen wären wie jetzt.«

»Schsch«, machte Jim. »Mir passiert schon nichts.«

Sie löste sich von ihm und sah ihn an.

»Wir wissen nicht, was uns die Zukunft bringt«, sagte sie. »Wir müssen jede Gelegenheit, glücklich zu sein, beim Schopf packen.«

»Du hast recht.« Jim legte seine Stirn an ihre. »Du hast recht.«

Und dann hörten sie eine ganze Weile auf zu sprechen und verloren sich vollständig ineinander.

Früh am Morgen, als die Sonne aufging und ihre Strahlen durch die Bäume fielen, wachten sie auf. Ivy blinzelte und setzte sich auf. Sie hatten eng umschlungen geschlafen, Ivys weites Kleid über sich gebreitet wie eine Decke. Jetzt zog sie es hoch und hielt es vor ihre bloße Brust, während sie den schlafenden Jim betrachtete. Der Morgentau hatte sein Haar befeuchtet und sich auf seine Wimpern gelegt, und sein Gesicht sah sehr entspannt aus.

Sie beugte sich vor und küsste ihn auf die Wange. Jim schlug die Augen auf.

»Morgen«, murmelte er.

Sie kuschelte sich kurz an ihn, um seinen Geruch einzuatmen und seine Haut an ihrer zu spüren.

»Wir müssen gehen«, murmelte sie.

»Ich bin bestimmt der Erste in der Schlange vor der Rekrutierungsbehörde«, sagte Jim und blickte zum Himmel. Ivy wusste, dass er versuchte, nach dem Stand der Sonne abzuschätzen, wie spät es war, und wie immer liebte sie ihn für seine Verbundenheit mit der Natur.

»Bist du dir auch wirklich ganz sicher?«, fragte sie.

Er nickte. »Es ist die einzige Möglichkeit.«

Ivy spürte, dass ihr wieder Tränen in die Augen zu steigen drohten, und schluckte. Sie musste jetzt genauso tapfer sein wie Jim.

»Soll ich mitkommen?«

Er schüttelte den Kopf. »Das muss ich allein machen.«

»Was willst du deinen Eltern sagen?«

»Dass es richtig ist, was ich tue. Sie sind mir ganz sicher nicht böse. Mein Dad redet selbst davon, sich zu melden. Er ist erst vierzig, also noch jung genug.«

»Sie werden sich Sorgen um dich machen.«

»Nicht so viele, wie sie sich machen würden, wenn ich im Gefängnis säße.«

Ivy fröstelte und tastete nach ihrem Schlüpfer. Sie fand ihn, leicht feucht von Tau, stand auf und zog ihn an, wobei sie spürte, dass Jims Blick auf ihr ruhte.

»Glaubst du, es geht ihm gut? Reg, meine ich.«

»Das hoffe ich.« Jim griff nach seinem Hemd und streifte es über. »Aber auch dann dürfte er ziemlich sauer sein, und falls er mich anzeigt, könnte es Ärger geben. Es ist besser, wenn ich mich verziehe.«

Ivy nickte. »Dann ist es das also? Dann heißt es jetzt Lebewohl?« Sie knöpfte ihr Kleid zu und schaute Jim an. Sie hatte das Gefühl, ihr müsste das Herz bersten vor Stolz und Angst und Glück und Entsetzen, alles zugleich.

Jim küsste sie.

»Es ist kein Lebewohl für immer«, sagte er. »Nur ein Auf Wiedersehen.«

»Auf Wiedersehen«, echote sie leise.

Jim setzte sich ins Gras und schlüpfte in seine Stiefel.

»Ich werde diesen Ort vermissen. Die Blumen und die Bäume. Ich werde nicht erleben, wie sich diese neuen Apfelbäume machen.«

»Nicht in diesem Jahr«, sagte Ivy. »Aber die Apfelbäume werden noch hier stehen, wenn du zurückkommst.«

»Zeichne sie für mich«, sagte er. »Zeichne ein paar Extrabilder für mich, wenn du dein Gartenbuch führst.«

»Das mach ich.«

Wieder küssten sie sich und gingen dann Hand in Hand zum Tor.

»Kannst du Mac Grüße von mir ausrichten?«, fragte Jim. »Er war immer so nett zu mir.«

Wieder brannten Tränen unter Ivys Lidern, als sie daran dachte, wie sehr Mac Jim vermissen würde.

»Was soll ich ihm sagen? Er will bestimmt wissen, warum du dich so plötzlich entschieden hast.«

Jim zuckte mit den Schultern. »Sag ihm, dass sich ein paar Jungs aus meiner Straße gemeldet haben und ich mit ihnen zusammen zur Armee wollte«, schlug er vor. »Das wird er verstehen.«

»Und Louisa?«

»Louisa sagst du die Wahrheit.«

»Sie wird sich Vorwürfe machen.«

Jim seufzte. »Ich weiß, aber das darf sie nicht. Es war einfach Pech, mehr nicht. Und sie kann nichts dafür, dass Reg aufgetaucht ist, und schon gar nicht ist es ihre Schuld, dass er auf sie losgegangen ist. Jeder, der vorbeigegangen wäre, hätte dasselbe getan wie ich.«

Da war sich Ivy nicht sicher. Nicht alle Burschen waren so tapfer und hilfsbereit wie ihr Jim. Trotzdem nickte sie. »Was ist mit Bernie?«

»Tu für ihn, was du kannst, ja?«

»Klar.«

»Louisa soll dir helfen. Ihr fällt bestimmt eine Möglichkeit ein, ihn von der Front fernzuhalten, da bin ich sicher.«

Sie hatten das Tor erreicht. Ivys Tränen flossen jetzt unaufhaltsam, und nicht einmal, wenn sie es gewollt hätte, hätte sie sie unterdrücken können.

»Bitte geh nicht«, sagte sie leise. Sie klammerte sich an sein Hemd und schluchzte in den Stoff. »Ich will dich nicht verlieren. Bitte geh nicht!«

Eine Weile standen sie einfach da, hielten einander in den Armen und weinten, als sie Abschied nahmen, und küssten sich und lachten und weinten noch ein bisschen mehr. Aber irgendwann konnten sie den Zeitpunkt der Trennung nicht mehr hinausschieben.

»Ich liebe dich, Ivy Adams«, sagte Jim. »Pass auf dich auf.«

»Komm zu mir zurück, Jim«, sagte sie. »Komm bald zurück.«

Sie küssten sich noch ein letztes Mal, dann trat Jim einen Schritt zurück und salutierte schneidig. »Kümmere dich an meiner Stelle um die Pflanzen. Leb wohl, Ivy.«

Er ging die Straße hinunter, vorbei an dem Baum, auf den Reg gestürzt war, und weiter in Richtung Bahnhof.

»Leb wohl«, flüsterte Ivy. »Leb wohl, mein Liebster.«

Kapitel 16

Louisa hatte damit gerechnet, Ivy irgendwann vor ihrer Tür stehen zu sehen, aber nicht erwartet, dass ihre Freundin so früh am Morgen oder in einer derartigen Verfassung auftauchen würde.

Das leise Pochen an der Tür hörte sie, als sie gerade den Wasserkessel aufsetzte, um Tee zu machen. Sie hatte eine schlaflose Nacht verbracht, weil ihr die Geschehnisse des Vorabends nicht aus dem Kopf gingen. Die unerwartete Begegnung mit ihrem Mann, sein Angriff auf sie und dazu noch Jim, der Reg niedergeschlagen hatte, all das war wie ein furchtbarer Albtraum, und jedes Mal, wenn sie die Augen schloss, sah sie Regs verschwitztes rotes Gesicht vor sich. Ihre Nase war von seinen Schlägen angeschwollen, und auf dem linken Wangenknochen hatte sie einen großen Bluterguss, der ein angenehmes Liegen erschwerte. Irgendwann hatte sie jeden Gedanken an Schlaf aufgegeben.

Als es an der Tür klopfte, öffnete Louisa sie vorsichtig,

weil sie befürchtete, es könnte Reg sein. Aber da stand Ivy, die sich die Augen ausweinte und trotzdem ganz leise geklopft hatte, weil sie ihre Freundin nicht wecken wollte, falls sie noch schlief.

Louisa breitete die Arme aus. Ivy fiel ihr um den Hals und schluchzte so heftig, dass sie kein Wort herausbrachte. Louisa führte sie ins Haus, bugsierte sie auf das Sofa und ließ sie weinen, bis Ivys Tränenstrom allmählich versiegte und ihr Atem wieder gleichmäßiger ging.

»Ivy, Liebes, was ist passiert?«, fragte Louisa und reichte ihr einen Becher mit sehr stark gesüßtem Tee.

»Jim hat sich freiwillig gemeldet«, sagte Ivy. Sie schlang ihre Finger um den Becher und hielt ihn fest. »Er ist weg.«

Louisa war entsetzt. Das hatte sie ganz und gar nicht erwartet. »Gemeldet? Aber er ist doch erst siebzehn.«

»Er hatte Angst, dass er wegen der Geschichte mit Reg Ärger bekommt. Er dachte, er hätte ihn vielleicht getötet.« Sie hob den Blick zu Louisa, und der angstvolle Ausdruck in ihren Augen traf Louisa bis ins Herz. »Hat er das? Hat Jim ihn umgebracht?«

»Nein. Reg ist stark wie ein Ochse, der elende Mistkerl. Er hatte zu viel getrunken und ist unglücklich aufgeschlagen, mehr nicht.«

Ivy fing wieder an zu weinen, Tränen liefen über ihre geschwollenen Wangen. »Dann hätte Jim gar nicht weggehen müssen?«

Louisa verzog das Gesicht. »Reg hat sich an ihn erinnert. Möglich, dass jemand zwei und zwei zusammenzählt, auch wenn ich dem Wachtmeister, der kam, erzählt habe, Reg wäre im Rausch gestürzt und würde wirres Zeug reden.«

Ivy stützte den Kopf in beide Hände. »Jim hat gesagt, bald müsste er sowieso einrücken, da könnte er auch jetzt gleich gehen. Ich weiß, dass er recht hat, aber es tut so schrecklich weh …«

Louisa nahm sie wieder in die Arme. »Ich weiß«, sagte sie. »Ich weiß, wie weh es tut.«

Ivy hob den Blick und sah sie besorgt an. »Was ist mit dir?«

»Was soll mit mir sein?«

»Reg hat dich angegriffen.«

Louisa seufzte. »Nicht zum ersten Mal.«

Ivy streckte eine Hand aus und berührte sanft die Schwellung auf Louisas Wange. »Das war er!«

»Er hat Schlimmeres mit mir gemacht, und er hätte es wieder getan, wenn Jim nicht gewesen wäre.«

Ivy sah stolz aus. »Wie ist es weitergegangen? Als wir in den Park gelaufen sind, haben wir Schritte und Stimmen gehört.«

Louisa nickte. »Ich habe um Hilfe gerufen, und ein paar Männer, die im Pub gewesen waren, kamen zu uns gelaufen. Ich habe ihnen erzählt, mein Mann wäre hingefallen, und sie sind losgezogen, um einen Polizisten zu suchen. Noch bevor sie ihn gefunden hatten, war Mac zur Stelle. Er war großartig. Ich habe ihn auf die Seite gezogen und ihm erklärt, wer Reg ist und was passiert war. Als der Polizist kam, redete er gleich mit ihm und sagte, Reg wäre gewalttätig und dürfte nicht in meine Nähe kommen.«

»Der gute Mac«, sagte Ivy. »Und hat der Polizist auf ihn gehört?«

Louisa nickte. »Er hat sich meine Wange angeschaut und ganz freundlich gefragt, ob ich die Wahrheit über Regs Sturz gesagt hätte. Ich hab ihm ganz offen erzählt, dass Reg mich geschlagen hatte. Der Polizist nahm ihn gleich mit. Ich habe noch hinterhergerufen, ob man ihn nicht nach Kent zurückschicken könne, und er antwortete, genau das würde man wohl tun.«

»Dann ist er also weg«, sagte Ivy.

»Das hoffe ich.«

»Und wenn er zurückkommt?«

»Ich habe meinem Bruder geschrieben, was passiert ist, und ihn gebeten, ein Auge auf Reg zu haben. Matt soll auch die anderen Männer im Dorf informieren. Wie es scheint, hat Reg so ziemlich überall nichts als Ärger gemacht.«

»Ein Glück, dass er weg ist.«

»Aber Jim ist auch weg.«

Ivy hob stolz das Kinn, als versuche sie, alles an Mut aufzubringen, was sie besaß.

»Er hat das Richtige getan«, sagte sie tapfer.

»Es tut mir so leid, Ivy.«

»Nicht deine Schuld. Nichts von diesem ganzen Mist ist deine Schuld. Wenn überhaupt jemand was dafürkann, dann Reg.«

Louisa sah Ivy bewundernd an. Sie war wirklich ein wunderbarer Mensch und für ihr Alter sehr weise.

»Danke«, erwiderte sie leise. Sie nahm Ivys Hand. »Ich werde all die Dummheiten, die ich gemacht habe, wiedergutmachen. Ich werde Bernie helfen, und ich werde auch dir helfen.«

»Wir haben alle schon mal was Dummes gemacht. Und ich brauche keine Hilfe.«

»Wird Jim dir schreiben?«

Ivy nickte.

»Ich kann dir helfen, seine Briefe zu lesen. Und ihm zu antworten.«

»Vielleicht …«, meinte Ivy unsicher. »Ich hab noch eine andere Idee.«

»Was hast du denn vor?«

»Erzähl ich dir später.« Sie lächelte mit Tränen in den Augen. »Aber Bernie braucht dich wirklich. Was kannst du für ihn tun?«

»Ich habe bei einer Versammlung der Suffragetten eine Frau namens Caro kennengelernt. Sie hat mir von einer Organisation erzählt, die sich League of Peace nennt und sich für eine friedliche Lösung des Konflikts einsetzt«, berichtete Louisa. »Vielleicht weiß bei dieser Friedensliga jemand, wie man Bernie helfen kann. Du könntest mit mir hingehen.«

Ivy schüttelte den Kopf. »Keine Zeit. Ich bin bei der Federation voll eingespannt. Seit so viele Männer eingezogen worden sind, müssen wir noch mehr reinhauen als sonst. Sylvia weiß kaum noch, wo ihr der Kopf steht.«

»Du bist ein guter Mensch, Ivy Adams«, sagte Louisa. »Immer denkst du an andere.«

Ein Schatten huschte über Ivys Gesicht. »Nicht immer …«

Ohne Jim gab es in Kew für alle mehr zu tun, deshalb vergingen die Tage zu Louisas Erleichterung wie im Flug. Sie konnte es kaum erwarten, die Versammlung der Friedensliga zu besuchen und ihre Mission, Bernie zu helfen, in Angriff zu nehmen. Aber es ließ sich nicht leugnen, dass die Arbeit in den Gärten härter geworden war. Mac redete schon davon, weitere weibliche Gärtner einzustellen, was sich Louisa vor einem Jahr um diese Zeit, als er sich noch so ablehnend verhalten hatte und keinem weiblichen Wesen wichtige Aufgaben anvertrauen mochte, nie hätte träumen lassen. Jetzt beschränkte sich ihre Arbeit nicht mehr auf die Staudenrabatten oder den Steingarten – die Frauen erledigten all die Dinge, um die sich früher Männer gekümmert hatten. Und noch dazu machen wir unsere Sache sehr gut, dachte Louisa voller Stolz.

Mac wuselte indessen um »seine Mädels« herum wie eine Glucke und erkundigte sich alle fünf Minuten, ob auch alles in Ordnung wäre.

»Schon was von Jim gehört?«, fragte er Ivy immer wieder.

»Er ist noch keine Woche weg«, erinnerte sie ihn. »Er schreibt bestimmt, sobald er kann.«

Louisa versuchte herauszufinden, ob sie sich Sorgen darüber machte, wie sie mit ihrem Liebsten in der Ferne

Kontakt halten könnte, aber Ivy wirkte ruhig und gefasst. Vielleicht konnte Bernie ihr helfen. Louisa hätte nur zu gern mit ihm gesprochen, doch Ivy hielt es nach wie vor für das Beste, wenn nur sie selbst Bernies Aufenthaltsort kannte. Nur für alle Fälle.

Auch um Louisa machte sich Mac Sorgen. »Ihr Mann ist ganz bestimmt wieder zu Hause in Kent, ja?«

»Mein Bruder hat mir geschrieben, dass er ihn im Gegenzug für ein bisschen Hilfe im Schuppen auf dem Bauernhof schlafen lässt. Es fehlen Arbeitskräfte, weil alle Landarbeiter eingezogen worden sind, deshalb ist sogar ein Trinker und Faulenzer wie Reg besser als nichts. Und Reg hat schon immer gewusst, wann er mal wieder mit einem blauen Auge davongekommen ist. Ich kann mir nicht vorstellen, dass er noch mal hier aufkreuzt.« Sie senkte die Stimme. »So leid es mir tut, aber ich finde, eine Weile im Schützengraben würde ihm ziemlich guttun. Ihn zur Vernunft bringen und ihm zu der Einsicht verhelfen, dass es andere gibt, die wesentlich schlimmer dran sind als er. Vor dem Gesetz sind wir aber noch verheiratet, das heißt, er bleibt einstweilen verschont.«

Mac nickte. »Scheint unfair, dass Jim kämpfen muss, während Abschaum wie Ihr Mann daheimbleiben darf. Und was Bernie angeht … na ja, das liegt mir immer noch auf der Seele.«

Louisa plagten sofort Gewissensbisse. »Sie müssen sich deshalb nicht schlecht fühlen«, sagte sie. »Stellen Sie jetzt bitte keine Fragen, aber Bernie geht es momentan gut. Und ich habe mir vorgenommen, eine Lösung für seine Probleme zu finden. Wenn das geschafft ist, erzähle ich Ihnen alles.«

Macs verdutzte Miene stand ihr noch vor Augen, als sie mit der Bahn in die Stadt fuhr, und brachte sie zum Lächeln.

Die Friedensliga traf sich in einem großen, zugigen Pfarrsaal in Mayfair. Es war wie bei allen anderen Versammlungen von Suffragetten, bei denen Louisa im Lauf der Jahre gewesen war, aber es gab einen gravierenden Unterschied: Hier waren auch Männer, tatsächlich mehr Männer als Frauen.

Louisa, die sich ein bisschen nervös und befangen fühlte, schlich leise in den Saal und hielt nach Caro Ausschau. Schließlich entdeckte sie sie am hinteren Ende des Raums, wo sie sich mit zwei Männern unterhielt. Einer der beiden war klein und untersetzt, mit dickem Schnauzbart und einem lauten, schallenden Lachen, der andere groß, mit rötlichem Haar und hellen blauen Augen, in denen eine gewisse Traurigkeit lag.

Louisa trat zu der Gruppe. »Hallo, Caro«, sagte sie.

»Louisa, wie schön, dass Sie es geschafft haben!« Caro küsste sie auf die Wange. Louisa musste sich ein wenig bücken, weil Caro so klein war.

»Wir fangen in ein, zwei Minuten an. Heute sprechen wir darüber, wie wir dem Roten Kreuz helfen können.«

»Sehr gut«, sagte Louisa, obwohl sie alles über das Rote Kreuz wusste. Diese Organisation war wohl kaum nützlich für Bernies Notlage.

»Meine Herren, darf ich vorstellen, meine Freundin Louisa Taylor«, sagte Caro. »Wir haben uns bei einer Versammlung der WSPU kennengelernt.«

Zu Louisas Überraschung gaben die beiden Männer beifällige Laute von sich. Sie kannte nicht viele Männer, die die Frauenrechtlerinnen unterstützten.

»Louisa, das ist Hector Burbage.« Caro zeigte auf den schnauzbärtigen Mann, und er grinste Louisa an.

»Sehr erfreut, Miss Taylor.«

»Nennen Sie mich doch bitte Louisa.«

»Dann bin ich Hector.«

»Und Teddy Armitage.«

Der hochgewachsene Mann schüttelte Louisas Hand und lächelte sie an. Ihr fiel auf, dass sein Lächeln zwar aufrichtig wirkte, die Trauer in seinen Augen aber nicht ganz überdecken konnte. Plötzlich merkte sie, dass sie seine Hand schon ein, zwei Sekunden zu lange festhielt, und zog ihre Finger, vor Verlegenheit errötend, zurück.

»Freut mich, Sie kennenzulernen, Mr Armitage.«

Seine Lippen kräuselten sich leicht. »Ebenfalls.«

»Was führt Sie zur Friedensliga?«, fragte Hector, während er Louisa zu einer Reihe Holzstühlen geleitete und ihr einen Platz zuwies. Er setzte sich neben sie, Mr Armitage auf die andere Seite. Caro gehörte zu den Organisatoren und eilte jetzt nach vorn, um die Veranstaltung in die Wege zu leiten.

»Ich hoffe herauszufinden, wie ich einem Freund helfen kann«, antwortete sie. »Er verweigert aus Gewissensgründen den Dienst an der Waffe, aber ich weiß nicht recht, was wir unternehmen können, um das Ganze offiziell zu machen.«

»Mit dieser Frage sind Sie bei Teddy richtig.« Hector stupste Mr Armitage in die Rippen. »Dafür bist du der richtige Mann, Teddy.«

Mr Armitage machte ein komisch bestürztes Gesicht. »Der richtige Mann wofür?«

»Unsere Louisa hier möchte mehr über Kriegsdienstverweigerer aus Gewissensgründen erfahren.«

Teddy spähte über Hectors rundlichen Bauch hinweg zu Louisa.

»Was genau wollen Sie wissen?«

»Es geht um einen Freund von mir. Er ist Quäker, und er will nicht …«

In diesem Moment stand vorn im Saal ein Mann auf und klatschte in die Hände, und das Stimmengemurmel im Publikum brach ab.

»Wir reden nachher weiter«, raunte Teddy Louisa zu. Er sah sie direkt an, und wieder spürte sie diese Mischung aus Verwirrung und Befangenheit. »Da kann ich sicher helfen.«

Louisa war die ganze Veranstaltung hindurch nervös und zappelig, obwohl es sehr interessant war, aber eben nicht so hilfreich für Bernie, wie sie gehofft hatte. Als die Reden endlich zu Ende waren und die Leute allmählich aus dem Saal strömten, sprach sie Teddy an, der aufgestanden war und gerade seinen Hut aufsetzte.

»Verzeihung, Mr Armitage«, sagte sie. »Könnten wir uns vielleicht jetzt über Kriegsdienstverweigerer unterhalten?«

Er drehte sich um und lächelte wieder sein seltsam melancholisches Lächeln. Louisa fühlte eine eigenartige Anziehungskraft, eine Mischung aus Interesse und Sorge und noch etwas anderem.

»Gern«, erwiderte er. »Sind Sie in Eile?«

»Ganz und gar nicht.«

»Sollen wir in den Park gehen und den Abend genießen?«

»Das klingt sehr nett, Mr Armitage.«

Er musterte sie eingehend und lächelte wieder. »Nennen Sie mich Teddy.«

Louisa nickte, und zusammen verließen sie den Saal. Schweigend lotste Teddy sie durch die Nebenstraßen von Mayfair bis zur Park Lane. Sie überquerten die Straße und betraten den Hyde Park. Um diese Zeit am Abend war es ruhig, aber noch immer hing die Wärme des Sommertags in der Luft, und es war schön, nach der stickigen Halle draußen zu sein.

»Sollen wir spazieren gehen oder uns hinsetzen?«, fragte Teddy.

»Spazieren gehen.«

Seite an Seite schlenderten sie den breiten Weg entlang, der an der Innenseite des Parks entlangführte.

»Was wollen Sie wissen?«

Louisa holte Luft. »Mein Freund ist Pazifist – wie schon gesagt, er ist Quäker«, begann sie. »Er will nicht kämpfen, aber jemand hat ihn gemeldet, und jetzt hält er sich versteckt, weil er Angst hat, eingezogen zu werden.«

Teddy nickte. »Gut«, sagte er. »Fahren Sie fort.«

»Früher war er Lehrer, hätte also nicht einrücken müssen, aber jetzt ist er Gärtner.«

»Und er will nicht wieder unterrichten?«

Louisa schüttelte den Kopf. »Wir haben versucht, ihn zu überreden, aber er hat während seiner Zeit als Lehrer eine sehr schlimme Erfahrung gemacht, und nur darüber zu sprechen bringt ihn schon völlig aus der Fassung.«

Teddy dachte eine Weile nach. »Wäre es Ihnen recht, wenn ich ein paar Erkundigungen einziehe? Ein bisschen herumfrage? Vielleicht kann ich etwas tun.«

Louisa merkte erst jetzt, dass sie den Atem anhielt. Sie stieß ihn erleichtert aus und strahlte Teddy an. »Wirklich?«

»Versprechen kann ich nichts, aber es gibt diverse Möglichkeiten.«

»Woher wissen Sie so viel über Kriegsdienstverweigerer?«, fragte sie.

Teddy blieb stehen. »Wollen wir uns kurz setzen?«

Er zeigte auf eine Bank, und Louisa setzte sich. Geduldig wartete sie, bis Teddy seine Gedanken gesammelt hatte.

»Meine Frau starb bei der Geburt unseres Sohns Philip«, sagte er. »Deshalb gab es immer nur uns zwei, ihn und mich.«

Louisa senkte den Kopf. »Das tut mir leid.«

»Wir hatten unsere Höhen und Tiefen, als er jung war, sind aber immer gut miteinander ausgekommen. Als der Krieg ausbrach, war er neunzehn.«

Louisa ahnte, worauf das hinauslief. Sie sah in Teddys

bekümmertes Gesicht und legte impulsiv ihre Hand auf seine.

»Nicht«, sagte sie. »Sie müssen nicht darüber reden, wenn es Ihnen schwerfällt.«

Teddy schaute auf ihre Finger und hob dann den Blick zu ihrem Gesicht, aber er zog seine Hand nicht weg.

»Ich möchte es aber. Es ist wichtig. Philip sagte, er wolle sich freiwillig melden, und ich …« Er holte tief Luft. »Ich habe ihn ermutigt. Ich sagte, er müsse seine Pflicht tun.«

Louisa nickte. »Ich habe genauso gedacht.«

»Er war noch kein halbes Jahr in Frankreich, als ich das Telegramm bekam. Sie schickten mir seine Sachen. In seiner Uniform war ein Einschussloch. Können Sie sich vorstellen, wie das war?«

Nein, das konnte Louisa nicht. Sie drückte seine Hand, sagte aber nichts.

Wieder holte Teddy tief Luft.

»Und ich konnte an nichts anderes denken als daran, dass ich ihn bestärkt hatte, Soldat zu werden. Und wozu? Wohin soll das alles führen?«

»Das frage ich mich allmählich auch.«

»Jetzt helfe ich jungen Männern, die nicht eingezogen werden wollen. Ich hasse diese sinnlose Verschwendung von Menschenleben. Ich will nicht, dass noch mehr Männer so sterben müssen, wie Philip gestorben ist.«

Er sah sie an, als hätte er vergessen, dass sie da war. Dann zog er seine Hand zurück und legte sie in den Schoß.

»Es gibt legale Möglichkeiten, sich als Kriegsdienstverweigerer registrieren zu lassen«, sagte er. »Offizielle Wege, die wir gehen können – wenn Ihr Freund bereit ist, irgendeine andere Arbeit zu übernehmen, die als kriegswichtig betrachtet wird. Würde er das tun?«

Louisa war sich nicht sicher. »Welche Art von Arbeit? Nicht in der Rüstungsindustrie, oder?«

»Nein, nein. Es nennt sich ›Arbeit von nationaler Bedeutung‹. Das kann Straßenbau sein oder Arbeit an Eisenbahnschienen. Manche Männer arbeiten auch auf den Schlachtfeldern, indem sie Rettungswagen fahren.«

Louisa versuchte, sich vorzustellen, wie Bernie einen Ambulanzwagen fuhr oder eine Straße pflasterte, aber es wollte ihr nicht gelingen.

»Sie sagen, er ist Gärtner?«, fragte Teddy.

»Ja. So habe ich ihn kennengelernt. Wir haben beide in Kew gearbeitet.«

Teddy sah beeindruckt aus. »Sie sind Gärtnerin?«

»Sie haben dort weibliche Gärtner eingestellt, als ihre Leute eingezogen wurden.«

»Gefällt Ihnen die Arbeit?«

»Ich liebe sie.«

Er schaute sie an, und in seinen blauen Augen lag plötzlich sehr viel Wärme. Ihr wurde ganz kribbelig unter der Intensität dieses Blicks, und sie sah verlegen zur Seite. Was war nur los mit ihr?

»Die Landwirtschaft wird auch als Arbeit von nationaler Bedeutung erachtet«, sagte Teddy. »Nahrungsmittel anbauen. Würde das Ihrem Freund vielleicht eher zusagen?«

Louisa starrte ihn an. »Arbeit auf einem Bauernhof?«

»Ja.«

»Das ist es«, rief sie begeistert. »Ja, natürlich!«

Teddy wirkte leicht verwirrt, schien sich aber über ihre Reaktion zu freuen. »Hilft Ihnen das weiter?«

»Durchaus möglich«, sagte sie. »Vielleicht finde ich einen Platz, wo er arbeiten kann. Falls es klappt, könnten Sie sich dann um die offizielle Seite kümmern?«

»Sehr gern.«

Louisa, die es plötzlich eilig hatte, nach Hause zu kommen und den nächsten Teil ihres Plans, Bernie zu helfen, in die Tat umzusetzen, stand auf. »Ich melde mich bei Ihnen.«

Teddys Blick begegnete ihrem, und wieder verspürte sie jenes Prickeln.

»Ich freue mich darauf.«

Kapitel 17

Ivy beobachtete die neue Gärtnerin, die fröhlich summend durch den Rosengarten schlenderte. Sie trug ein langes Kleid und einen Sonnenhut, hatte ihr Haar zu einem adretten Knoten aufgesteckt und hielt einen Korb in der Hand. Ivy betrachtete ihren eigenen verdreckten Overall und die schlammbeschmierten Stiefel. Wie es schien, hatte diese Frau nicht die Absicht, sich schmutzig zu machen.

Ivy stapfte verärgert zu der Fremden. Sie hatte schon immer ein aufbrausendes Temperament gehabt, aber seit Jim weg war, verlor sie noch schneller als früher die Beherrschung. Sie vermisste ihn schmerzlich, und nicht einmal die Tatsache, dass sie den ersten Brief von ihm erhalten hatte, konnte ihren Kummer lindern.

Sie hatte den Umschlag in ihre Rocktasche gesteckt, um ihn immer bei sich zu haben, und jetzt nahm sie ihn heraus, hielt ihn hoch und betrachtete Jims Handschrift auf der Vorderseite. Louisa hatte ihr den Brief vorgelesen, und sie hatte sie gebeten, das so lange zu wiederholen, bis Ivy ihn auswendig konnte:

Meine liebste Ivy,
wir sind in Frankreich angekommen, und es ist gar nicht mal so schlimm, wie ich befürchtet hatte. Ich habe ein paar nette Jungs kennengelernt, und stell dir vor, Ernie, mein alter Schulfreund, ist auch hier. Es war schön, ein vertrautes Gesicht zu sehen. Die Männer, die schon länger hier sind, sagen, dass es im Sommer noch am besten ist, weil der Matsch nicht so arg ist und die Nächte warm sind. Ich vermisse dich, Ivy. Wenn wir uns zum Schlafen hinlegen, schaue ich zu den Sternen hinauf und stelle mir vor, dass du das auch machst. Ich schicke dir etwas Besonderes – du wirst schon wissen, was es bedeutet.
Dein Jim

Ivy schlang die Arme um sich, als sie sich seine Worte noch einmal ins Gedächtnis rief. Sie war nicht sicher, ob sie ihm glauben konnte, wenn er behauptete, es wäre gar nicht so schlimm. Vorsichtig öffnete sie den Umschlag und spähte lächelnd hinein. Sie hatte schon eine Idee, was sie mit der winzigen Liebesgabe machen wollte, die Jim ihr geschickt hatte. Sie musste es nur noch mit Mac absprechen, aber der scharwenzelte im Moment ständig um diese neue Gärtnerin herum. Ivys Miene verfinsterte sich. Neue Mitstreiter zu haben war gut, um nicht zu sagen, großartig, denn seit

Jim und Bernie weg waren, schufteten sie weiß Gott schwer genug. Aber ob sich diese Frau in ihrer eleganten Kleidung tatsächlich für Kew eignete?

»Ivy!«, ertönte Macs Stimme hinter ihr, und sie fuhr zusammen. »Komm doch mal her, damit du unsere neue Gärtnerin kennenlernst.«

»Ich wollte gerade zum Palmenhaus«, sagte sie. Die weiblichen Hilfskräfte durften jetzt in jedem Teil der Gartenanlagen arbeiten, und Ivy liebte das tropische Treibhaus mit seinen gewaltigen exotischen Pflanzen, auch wenn sich ihr Haar, sobald es mit der feuchtwarmen Luft in Berührung kam, noch ungebärdiger kringelte.

»Das kann warten«, bestimmte Mac. »Komm her und sag Hallo.«

Widerwillig folgte Ivy ihm in den Rosengarten, wo sich die Neue gerade über eine Rose beugte und an der Blüte roch.

»Wundervoll, nicht wahr?«, sagte die Frau. Sie sprach mit klarer, scharf akzentuierter Stimme, ganz anders als Ivy mit ihrem breiten Londoner Akzent. »Eine wunderschöne tiefrote Rose, das Symbol der Liebe.«

»Eigentlich bedeuten dunkelrote Rosen Trauer«, bemerkte Ivy.

Die Frau machte ein betroffenes Gesicht und stand hastig auf. »Du meine Güte.«

Mac seufzte. »Ivy, das ist Lady Winifred Ramsay, unsere neueste Mitarbeiterin.«

Ivy streckte ihre Hand aus, wobei ihr bewusst war, dass

ihre Fingernägel schwarz von Erde waren. Aber falls es Lady Ramsay auffiel, schien es ihr nichts auszumachen, denn sie schüttelte Ivys Hand mit aufrichtiger Freude.

»Hallo, Ivy.«

Ivy murmelte eine Begrüßung.

»Macht euch miteinander bekannt«, schlug Mac vor. »Würdest du Lady Ramsay bitte die Rabatten zeigen? Ich gehe derweil Louisa suchen.«

»Sie ist mit Dennis im Gemüsegarten, glaub ich«, sagte Ivy. Der Gemüsegarten war großzügig erweitert worden, was für Bernie von Vorteil war, denn nun musste er dank all der Erzeugnisse aus den Gärten, Louisas selbst gebackenem Brot und den Essensresten, die alle für ihn aufhoben, in seinem Versteck in St Anne's nie Hunger leiden. Aber so gut es auch war, dass in den Kew Gardens mittlerweile viele Nahrungsmittel erzeugt wurden, für die Angestellten bedeutete es gleichzeitig mehr Arbeit.

Mac nickte und machte sich auf den Weg zu den Gemüsebeeten. Ivy, die sich schmuddelig und ungepflegt vorkam, lächelte Lady Ramsay befangen an.

»Dann zeige ich Ihnen mal die Rabatten, Lady Ramsay.«

»Ach, nennen Sie mich doch bitte Win.«

Ivy blinzelte. »Im Ernst?«

»Absolut. Lady Ramsay klingt nach einer blasierten alten Schachtel, finden Sie nicht?«

Ivy musste unwillkürlich lächeln. Die Frau war ihr auf einmal sehr viel sympathischer.

»Win«, wiederholte sie. Sie ging den breiten Weg voran,

der zu den Staudenrabatten führte, und erzählte Lady Ramsay – Win – im Gehen ein paar Fakten über die Gärten.

»Es ist eine der längsten Blumenrabatten der Welt, sagt Mac.«

Win sah beeindruckt aus. »Und das alles wird von euch Frauen betreut?«

Ivy warf sich stolz in die Brust. »Alles.«

»Fantastisch«, sagte Win und betrachtete die farbenprächtigen Anlagen der Blumenbeete, die sich in alle Richtungen erstreckten. Die Gärten zeigten sich im Sommer tatsächlich von ihrer besten Seite, und Ivy fühlte, wie sich leiser Stolz in ihr regte, als sie den Park jetzt gewissermaßen mit den Augen einer Fremden sah. Die Farben und Düfte, die Bienen und Schmetterlinge, die zwischen den Pflanzen umherschwirrten, all das ließ Kew wie ein Paradies erscheinen, einen Zufluchtsort, der von den tödlichen Greifarmen des Krieges unberührt blieb.

Als hätte sie ihre Gedanken erraten, schaute Win zu Ivy. »Ich habe gesehen, dass Sie einen Brief in der Hand hielten«, sagte sie. »Vom Liebsten an der Front?«

Ivy presste die Lippen zusammen und nickte. »Eben erst eingerückt.« Sie atmete tief ein, um nicht in Tränen auszubrechen. »Der erste Brief.«

Win drückte ihren Arm. »Dann müssen wir einander aufmuntern, ich weiß nämlich genau, wie Ihnen zumute ist.«

»Wirklich?« Ivy wollte nicht unhöflich sein, aber Lady Ramsay musste gut fünfzig sein, und falls ihr Mann nicht wesentlich jünger als sie war, war es eher unwahrscheinlich, dass er eingezogen worden war.

»Mein Mann Archie dient bei der Dover Patrol«, sagte Win. »In Dover wohnen wir zurzeit auch, aber wir haben außerdem eine Wohnung in London, und ich bin hergekommen, um zu sehen, ob ich mich hier irgendwie nützlich machen kann.«

Zwei Wohnsitze? Na, so was! Ivy dachte an ihre Geschwister, die sich in dem kleinen Reihenhaus in Hackney drängten, und verspürte erneut einen Anflug von Ärger. Zum Glück erschien Louisa, bevor Ivy etwas sagen konnte, das ihr später vielleicht leidtun würde.

»Mac hat gesagt, ich soll sofort herkommen und unsere neue Gärtnerin kennenlernen«, meinte sie, als sie zu ihnen trat. Ivy stellte zu ihrer Belustigung fest, dass Louisa genauso auf Win reagierte wie sie selbst und ihren Blick missbilligend über ihr Haar, ihr Kleid und ihren Korb wandern ließ.

»Das ist Lady Ramsay«, sagte Ivy.

Louisa wirkte überrascht und leicht verunsichert. Win schmunzelte.

»Nennen Sie mich Win«, bat sie und streckte ihre Hand aus. Louisa schüttelte sie.

»Win kommt aus Kent«, teilte Ivy Louisa mit. Sie wandte sich an Win. »Louisa übrigens auch.«

»Wundervoll, ein Mädchen von daheim«, sagte Win erfreut. »Woher stammen Sie?«

»Aus einem winzigen Dorf namens Cassingham, nicht weit von Maidenstone.«

»Ich habe Ivy gerade erzählt, dass ich aus Dover komme.«

Louisa nickte höflich, schien aber nicht sonderlich interessiert.

»Mein Mann dient bei der Dover Patrol. Im Grunde ist er zu alt, aber er ist schon seit einer Ewigkeit bei der Marine, also haben sie ihn sich geschnappt.« Wins Lächeln verrutschte ein wenig. »Ich vermisse ihn schrecklich.«

Ivy und Louisa wechselten einen Blick. Ivy empfand plötzlich eine unvermutete Nähe zu dieser Frau, als ihr klar wurde, dass, egal wie viele Wohnsitze sie besaß oder wie viele schöne Kleide sie trug, sie dennoch genauso unter der Trennung von einem geliebten Menschen litt wie sie selbst.

»Ich habe festgestellt, dass es mir hilft, mich im Garten zu beschäftigen«, sagte sie. »Man kann förmlich sehen, wie die Zeit vergeht, weil sich die Pflanzen von Tag zu Tag verändern. Und dann denke ich daran, dass mich jeder Tag, der vorbeigeht, näher an ein Wiedersehen mit meinem Jim bringt.«

Win nickte. »Genau das hatte ich mir erhofft«, gestand sie. »Ich bin in diesem großen Haus in Dover herumgegeistert, habe ständig aus dem Fenster geschaut und die See beobachtet, in der Hoffnung, einen Blick auf Archies Schiff zu erhaschen, und dann Angst bekam, ich müsste vielleicht hilflos mit ansehen, wie es angegriffen wird oder sinkt.«

Sie unterdrückte ein Schluchzen, und wieder hatte Ivy Mitleid mit ihr.

»Schließlich habe ich mir gesagt: ›Win, hier machst du dich nur verrückt, fahr lieber nach London und sieh zu, dass du dort deinen Beitrag für den Krieg leistest.‹ Das Einzige, worin ich wirklich ganz gut bin, ist Gartenarbeit, deshalb bin ich auf einen Sprung hergekommen, und dieser reizende Mr Douglas hat gleich gesagt, er würde etwas für mich finden. Ich war restlos begeistert, ihr Lieben, denn genau das brauche ich.«

Ivy dachte an ihren eigenen ersten Tag in Kew zurück, als Mac die Reihe der Bewerberinnen abgeschritten und sie nach ihren Fähigkeiten befragt hatte. »Er hat kein Vorstellungsgespräch mit Ihnen geführt?«

Win schüttelte den Kopf. »Nein, es war alles ganz unbürokratisch. Ich habe einfach gesagt, ich würde einspringen, wo ich gebraucht werde.« Wieder betrachtete sie die Blumen. »Es ist so wunderschön hier, bestimmt wird mich die Arbeit davon abhalten, mir ständig Sorgen um Archie zu machen.«

Ivy runzelte die Stirn. »Moment mal, Sie helfen bloß aus?«, fragte sie. »Sie arbeiten nicht offiziell hier?«

»Du meine Güte, nein. Ich habe noch nie im Leben einen Beruf ausgeübt.«

Wieder wechselten Ivy und Louisa einen Blick.

»Sie werden nicht bezahlt?«

Win brach in perlendes Gelächter aus, das eine Schar Sperlinge aus einem Baum in der Nähe aufscheuchte.

»Bezahlt? Nein.«

Eine Pause entstand.

»Kommen Sie, gehen wir zu den Rabatten, vielleicht können Sie dort die verblühten Blütenstände ausbrechen«, sagte Ivy. Sie ließ Win vorangehen und packte Louisa an der Hand, um sie aufzuhalten.

»Sie kriegt keinen Lohn«, flüsterte sie. »Darüber müssen wir reden.«

»Mittags beim Gemüsebeet«, entgegnete Louisa leise.

Ivy verbrachte einen ermüdenden Vormittag, an dem sie feststellen musste, dass Win mit ihrer Behauptung, sie wäre gut im Gärtnern, eher gemeint hatte, sie wäre gut darin, Gärtnern Anweisungen zu geben. Gegen Mittag ging sie zu den Gemüseanpflanzungen, wo Louisa gerade überprüfte, ob die Schnecken nicht den gesamten Salat vertilgt hatten.

Louisa blickte auf, als Ivy sich näherte. »Sie arbeitet unentgeltlich«, sagte sie. »Was soll man davon halten?«

Ivy kauerte sich neben ihre Freundin und begutachtete einen Salatkopf. »Keine Ahnung. Klingt so, als hätte sie sich gedacht, es könnte Spaß machen, ab und zu durch die Gärten zu schlendern, und unser guter Mac ist voll darauf abgefahren.«

Louisa schnaubte. »Mac steht nun mal auf Titel und eine gepflegte Aussprache.«

»Scheint so.« Ivy entschied, dass der Salat in Ordnung war, und ging ein Stück weiter, um einen Blick auf den Blumenkohl zu werfen.

»Weißt du, was mir am meisten Sorgen macht?«

»Dass wir zur Arbeit vielleicht wieder Kleider anziehen müssen?«

Louisa kicherte. Am Anfang hatte sie alle Kleider mit

Schürzen getragen, aber im Lauf der Zeit waren die meisten Frauen dazu übergegangen, statt ihrer unpraktischen Röcke ebenso wie die Männer einen Overall anzuziehen. Sie hatten an einem Ende des Aufenthaltsraums einen Vorhang an einer Leine aufgehängt, um den Frauen beim Umziehen ein wenig Privatsphäre zu verschaffen, und die neue Kluft erfreute sich schon bald großer Beliebtheit.

Louisa wurde wieder ernst. »Nein«, sagte sie. »Nein, ich mache mir eher Sorgen, was passiert, wenn die Typen in den zuständigen Ämtern auf einmal beschließen, dass wir auch nicht bezahlt werden sollten. Was dann?«

»Das ist ausgeschlossen«, sagte Ivy. »Oder etwa nicht?«

Louisa stand auf und wischte kleine Brocken Erde von ihrem Overall. »Keine Ahnung. Aber warum uns bezahlen, wenn sie irgendwelche feinen Damen kriegen können, die unsere Arbeit umsonst machen?«

»Aber mit Win kann man uns nicht vergleichen. Wir haben Wissen und Erfahrung; wir kennen uns einfach aus.«

»Das weiß ich, und du weißt es, und Mac weiß es auch. Aber was ist mit den Leuten, die das Sagen haben? Die Zeiten sind hart, Ivy, und jeder muss den Gürtel enger schnallen. Alles, was diese Männer in ihren Büros sehen, sind Zahlen auf den Seiten ihrer Rechnungsbücher – mehr sind wir nicht für sie.«

Ivy stieß einen Seufzer aus. »O Gott«, sagte sie. »Was ist, wenn du recht hast? Was, wenn sie von uns verlangen, für nichts zu arbeiten?«

»Ich brauche meine Arbeit«, sagte Louisa. Ihre Stimme

klang eindringlich, fast verzweifelt. »Wenn ich keine Arbeit habe, kann ich die Miete nicht zahlen, und wenn ich meine Miete nicht zahlen kann, lande ich wieder bei Reg auf dem Hof. Und das geht auf gar keinen Fall, Ivy.«

Sie sah aus, als würde sie gleich in Tränen ausbrechen. Ivy stand auf und nahm ihre Hände.

»Keine Angst, Lou, das lasse ich nicht zu.«

»Aber was könnten wir schon dagegen tun?«

»Ich finde, zuerst sollten wir mal mit Mac reden.«

Louisa nickte. »Ja, es wäre wohl am besten herauszufinden, was tatsächlich läuft, dann sehen wir weiter.«

»Weißt du, wo er ist? Wir könnten gleich zu ihm gehen.«

»Ich habe gesehen, wie er mit Win in Richtung Aufenthaltsraum gegangen ist.«

»Dann mal los!«

Zusammen eilten sie los und unterhielten sich dabei leise darüber, welches Gemüse sie Bernie mitbringen sollten. Da er keine Möglichkeit hatte, sich etwas zu kochen, musste er die Sachen roh essen, was wiederum bedeutete, dass einige Gemüsesorten nicht infrage kamen.

»Jetzt ist es noch leicht, aber weiß der Himmel, was wir im Herbst machen«, sagte Ivy. »Wir müssen wohl anfangen, Kohl für ihn einzulegen.« Sie sprach nur halb im Scherz. Sie hatte schlaflose Nächte, weil es ihr so viel Kopfzerbrechen bereitete, wie lange Bernie sich noch in der Krypta versteckt halten konnte.

Aber Louisa lächelte. »Keine Angst«, sagte sie. »Ich habe noch ein Ass im Ärmel.«

»Warst du beim Treffen der Friedensliga?« Das hatte Ivy vor lauter Kummer und Sorge um Jim völlig vergessen.

»Allerdings.« Louisa errötete leicht.

»Und?«

»Also, da war jemand, der alles weiß, was es zu wissen gibt, um offiziell als Kriegsdienstverweigerer anerkannt zu werden.«

Ivy beobachtete Louisa neugierig, als sie von den Berufen mit nationaler Bedeutung berichtete. Deren Wangen färbten sich jedes Mal rosarot, wenn sie diesen Teddy erwähnte, der ihr helfen wollte.

»Und er ist nett, dieser Teddy?«, erkundigte sie sich.

»Sehr nett.«

»Hm.«

»Was hat dieses ›Hm‹ zu bedeuten?« Louisa sah verlegen aus.

Ivy grinste. »Gar nichts«, sagte sie. »Erzähl weiter.«

Louisa, deren Gesicht immer noch leicht gerötet war, erklärte Ivy, dass Teddy und sie einen bestimmten Plan verfolgten. »Im Moment möchte ich nicht mehr dazu sagen, weil es vielleicht nicht klappt.«

»Na gut«, sagte Ivy, deren Interesse eher Teddy als Louisas Plänen für Bernie galt. »Sag mir einfach Bescheid, wenn ich irgendwas tun kann.«

Sie hatten das Gebäude erreicht. Von Mac war nichts zu sehen, aber draußen an der Hausmauer lehnte Dennis und rauchte eine Zigarette.

»Ist Mac irgendwo hier?«, rief Ivy ihm zu.

Er schüttelte den Kopf. »Ist mit dieser feinen Lady abgezogen. Er will sie den hohen Tieren im Büro vorstellen.«

Louisas Augen weiteten sich. »O nein«, sagte sie. »Das war's dann wohl.«

»Nur keine Panik.« Ivy schwirrte der Kopf, so fieberhaft dachte sie darüber nach, was sie jetzt tun sollten.

»Worum geht's denn?«, fragte Dennis, der noch nie im Leben wegen irgendetwas in Panik geraten war. Träge richtete er sich an der Mauer auf und trat seinen Zigarettenstummel aus. »Weswegen soll sie nicht in Panik geraten?«

»Wegen der neuen Gärtnerin. Lady Ramsay.«

»Was ist mit ihr?«

»Sie wird nicht bezahlt.«

»Was meinst du damit?«

Louisa sah verärgert aus. »Ivy meint damit, dass Lady Ramsay nur zum Zeitvertreib hier ist. Sie macht die Arbeit, weil sie Lust dazu hat. Und wir haben Angst, dass man von uns irgendwann auch erwartet, umsonst zu arbeiten. Oder uns durch andere feine Damen ersetzt, die nichts Besseres zu tun haben.«

Dennis sah ausnahmsweise beunruhigt aus. »Wirklich?«, fragte er. »Glaubt ihr, das könnte passieren?«

Ivy zuckte mit den Schultern. »Keinen Schimmer. Aber warum sollten die uns Geld geben, wenn sich Leute finden, die unsere Arbeit gratis machen?«

»Mist!« Dennis nagte an seiner Unterlippe. »Ich kann's mir nicht leisten, für nichts zu arbeiten. Mein Dad ist weg und fährt Krankenwagen, und ich bin der Einzige, der

Geld nach Hause bringt, weil meine Schwester noch zu jung ist. Und meiner Mutter geht's nicht so gut. Bleibt wenig genug von meinen achtundzwanzig Shilling übrig, wenn erst mal die Miete bezahlt und Essen für eine Woche gekauft worden ist.«

Ivy spähte zu Louisa. Der schockierte Gesichtsausdruck ihrer Freundin verriet ihr, dass sie sich nicht verhört hatte. Sie fragte trotzdem noch einmal nach.

»Wenig genug von deinen …?«

»Von meinen achtundzwanzig Shilling.« Dennis sah Ivy an, als wäre sie begriffsstutzig. »Von meinem Lohn.«

»Du bekommst achtundzwanzig Shilling?«, fragte Louisa. »Jede Woche?«

»Jawoll.«

Ivy und Louisa starrten ihn an. Dennis starrte zurück. »Was ist?«, sagte er fast aggressiv. »Was guckt ihr mich so an?«

»Weil wir keine achtundzwanzig Shilling die Woche verdienen«, sagte Ivy. »Wir bekommen nur einundzwanzig Shilling.«

»Ehrlich?«

Louisa sah ihn streng an. »Ja. Und das ist verdammt noch mal nicht genug. Wir machen dieselbe Arbeit wie du, da sollten wir auch denselben Lohn bekommen.«

»Na ja«, sagte Dennis. »Ihr seid Frauen. Ihr braucht nicht genauso viel zu verdienen. Ist ja nicht so, dass ihr eine Familie erhalten müsst oder so.«

Im nächsten Moment stieß er einen unterdrückten

Schrei aus, als Ivy ihn an der Schulter packte und gegen die Hausmauer schubste.

»Sag das noch mal!«, zischte sie.

»Ich meine, ihr habt doch keine Verpflichtungen«, stammelte er.

»Mein Dad geht manchmal wochenlang auf Sauftour«, sagte Ivy. »Meine Mum arbeitet, aber ihr Lohn reicht nicht weit bei meinen Geschwistern. Die futtern wie die Löwen, die lieben Kleinen. Mein Lohn deckt gerade mal die Miete ab, sodass meine Familie wenigstens ein Dach über dem Kopf hat.«

Dennis nickte. »Das wusste ich nicht«, murmelte er.

Aber Ivy war noch nicht fertig. »Und unsere Louisa hier. Sie steht ganz auf eigenen Füßen. Sie schuldet keinem was. Verdient ihr eigenes Geld, stellt Essen, das sie selbst bezahlt hat, auf ihren Tisch. Warum sollte sie nicht dasselbe verdienen wie ein Mann?«

»Du hast recht«, sagte Dennis. »Tut mir leid.«

Ivy ließ seine Schulter los. »Na klar hab ich recht. Ist doch logisch, oder?«

»Absolut.« Der arme Dennis wirkte völlig verstört. »Wollt ihr Mac bitten, euch mehr Lohn zu geben? Nicht dass er mir auf einmal weniger zahlt, meine ich.«

»Und ob wir mit Mac reden werden!« Ivys Temperament flammte erneut auf. »Das müssen wir klären.«

Louisa legte beschwichtigend eine Hand auf Ivys Arm. »Immer mit der Ruhe«, sagte sie. »Wir müssen uns gut überlegen, wie wir das Ganze am besten anpacken. Wenn wir Mac damit volles Rohr attackieren, geht er garantiert in die Defensive, und bevor wir wissen, wie uns geschieht, fliegen wir hochkant raus. Wir müssen ihm – und seinen Vorgesetzten – Argumente liefern, warum wir die gleiche Bezahlung wie Männer bekommen sollten. Argumente, denen sie nichts entgegensetzen können. Und wir müssen die anderen Gärtnerinnen mit einbeziehen, ihnen klarmachen, dass wir alle weniger Geld kriegen, nur weil wir Frauen sind.«

»Was ist mit Lady Sowieso?«, fragte Dennis. »Sollte sie auch denselben Lohn kriegen?«

Louisa verzog das Gesicht, aber Ivy sprang ein.

»Na klar.« Sie dachte kurz nach. »Es sollte nicht darum gehen, ob wir Männer oder Frauen sind, oder? Sondern darum, wie lange wir schon hier arbeiten und was wir alles leisten. Dann sollte Win – Lady Ramsay – sowieso nicht so viel bekommen wie wir, weil sie gerade erst angefangen hat. Aber wenn sie den Dreh raushat, dann schon, auf jeden Fall!«

Louisa warf ihrer Freundin einen anerkennenden Blick zu, und Ivy plusterte sich vor Stolz ein bisschen auf.

»Schätze, der Punkt geht an dich, Ivy Adams«, sagte Dennis. »Und ich bin dabei, ich werde euch und die anderen Frauen voll unterstützen. Aber eins kann ich euch flüstern: Ihr werdet ganz schön kämpfen müssen!«

Kapitel 18

Es war, als wäre in Louisa ein Feuer entfacht worden, das sie zum Handeln zwang. Schon das Kopfzerbrechen um Bernies Situation half ihr, ihre Probleme mit Reg zu verdrängen, und jetzt galt es noch dazu die Frage der unterschiedlichen Löhne zu bedenken.

Mit Ivys Hilfe hatte sie mit sämtlichen Gärtnerinnen gesprochen und festgestellt, dass sie alle dieselbe Bezahlung wie Ivy und sie selbst erhielten. Dennis, Gott segne ihn, hatte Wort gehalten und ebenfalls geholfen. Seit Jim und Bernie nicht mehr da waren, gab es außer Mac nur noch zwei jüngere Gärtner. Dennis hatte sich mit ihnen unterhalten und herausgefunden, dass auch sie weit mehr verdienten als die Frauen. Und als Ivy Bernie fragte, wie viel Geld er für seine Arbeit bekommen hatte, bevor er von Mac gefeuert wurde, musste sie zu ihrer Empörung erfahren, dass auch er ein höheres Gehalt bezogen hatte als die weiblichen Hilfskräfte.

»Dabei hatte er keine Ahnung, als er hier anfing«, sagte

sie zu Louisa, als sie eines Tages nach der Arbeit die Gärten verließen. »Wir mussten ihm erst alles beibringen. Was soll daran gerecht sein, dass er trotzdem mehr Geld bekommen hat als wir?«

Louisa wusste, dass Ivy schneller in Rage geriet, seit Jim an der Front war. Normalerweise versuchte sie, ihre Freundin zu beruhigen, wenn sie merkte, dass ihr mal wieder der Kragen zu platzen drohte. Aber diesmal wollte sie Ivys Zorn am Brodeln halten.

»Es ist alles andere als gerecht«, sagte sie. »Und es ist nur der letzte Punkt in einer langen Reihe von Dingen, in denen Frauen einfach nicht fair behandelt werden.«

Dennis, der hinter den beiden Frauen herging und ihrem Gespräch lauschte, mischte sich ein.

»Na ja«, sagte er, »ihr müsst jedenfalls nicht in den Krieg ziehen und kämpfen. Ihr liegt nachts gemütlich in euren Betten, nicht in einem Schützengraben.«

»Stimmt«, gab Louisa zu. »Aber ich wette, es gibt Frauen, die auch kämpfen würden, wenn sie dürften.«

Dennis zuckte mit den Schultern. »Kann sein.«

»Wie auch immer, wir reden nicht über Männer, wir reden jetzt über Frauen«, fuhr Louisa fort. »Die Gesellschaft stellt sich einfach gegen uns, und wir können zwar für das Wahlrecht von Frauen und andere Rechte kämpfen, aber bei diesen wichtigen Anliegen fühle ich mich ziemlich hilflos.«

Ivy nickte, und Louisa sprach ermutigt weiter.

»Aber hier geht es um etwas, das wir ändern können«, sagte sie. »Hier können wir tatsächlich etwas bewirken.«

»Und was machen wir?«

»Ich werde eine Versammlung sämtlicher Gärtner einberufen. Wir müssen das gemeinsam ausfechten.«

Ivy nickte. »Gut.«

Sie waren beim Tor angekommen und winkten Dennis nach, der in die entgegengesetzte Richtung davonging.

»Fährst du heim?«, fragte Ivy Louisa. »Dann gehe ich mit dir zur Bushaltestelle.«

Louisa geriet in Verlegenheit. »Ich treffe Teddy«, sagte sie. Sie spürte, wie sich ihre Wangen röteten, wie jedes Mal, wenn sie über ihren neuen Freund sprach – und wenn sie an ihn dachte, was erstaunlich häufig vorkam. »Er hat Neuigkeiten, was Bernies Situation angeht.«

Ivy zwinkerte ihr verschmitzt zu, aber Louisa tat so, als würde sie es nicht bemerken.

»Du siehst diesen Teddy ganz schön oft, oder?«

»Er ist sehr hilfsbereit.«

Hilfsbereit war Teddy tatsächlich, aber Louisa genoss es einfach, mit ihm zusammen zu sein. Er war höflich und freundlich, ein wenig traurig, aber auch bei ihm gab es Momente voller Humor und Unbeschwertheit, in denen Louisa warm ums Herz wurde.

»Ich weiß, wie kurz das Leben sein kann«, hatte er einmal zu ihr gesagt. »Und deshalb versuche ich, mich an ganz alltäglichen Dingen zu erfreuen. Das Funkeln der Sonne auf Regenpfützen nach einem Schauer. Der Geruch von frisch gebackenem Brot am Morgen.« Er hatte ihr ein kurzes, spontanes Lächeln zugeworfen. »Ich versuche sogar, etwas Schönes an dem Lärm zu finden, wenn Kinder mit ihrem Fußball auf mein Haus ballern.«

Louisa hatte versucht, sich ein Beispiel an Teddy zu nehmen, und ging jeden Abend, bevor sie sich ins Bett legte, im Geist all die guten Sachen durch, die an diesem Tag passiert waren. Lobende Worte von Mac, Lachen mit Ivy, Tomaten zum Lunch, die sie selbst gezogen hatte und die nach Sonne schmeckten. Es war eine schöne Art, den Tag zu beenden. Sie war überzeugt, dass sie heute Abend vor dem Einschlafen den Gedanken »Zusammensein mit Teddy« hinzufügen würde.

Er wartete an der U-Bahn-Station St James's Park auf sie, und von dort schlenderten sie weiter in Richtung Park. Sie suchten immer Grünanlagen auf, wenn sie sich trafen. Zum Teil, dachte Louisa, weil ihre Unterhaltungen dort nicht so leicht belauscht werden konnten, zum Teil aber auch, weil ihnen diese Spaziergänge im Grünen zu einer lieben Gewohnheit geworden waren. Ihr gefiel es.

»Erzählen Sie mir alles«, bat sie ihn, während sie durch die Anlagen bummelten. »Was gibt es Neues?«

Teddy sah aus, als wäre er recht zufrieden mit sich. »Es ist alles in die Wege geleitet. So gut wie abgesegnet.«

Louisa wurde schwindlig vor Erleichterung. »Wirklich?«

»Vorausgesetzt, Sie haben, was wir brauchen.«

Sie steuerte eine Bank in der Nähe an und setzte sich, um leichter in ihrer Tasche kramen zu können.

»Ich habe es.«

Sie fand, was sie gesucht hatte, und schwenkte es triumphierend durch die Luft. »Bitte sehr!«

Was sie in der Hand hielt, war ein Brief von ihrem Bruder Matthew, in dem er ausführlich darlegte, wie schwer es war, die Arbeit auf dem Hof zu bewältigen, da alle Hilfskräfte eingezogen worden waren. Er schrieb, dass der Hopfen reif wäre und die Äpfel bald gepflückt werden müssten und das Obst an den Bäumen zu verfaulen drohe, weil kaum noch Erntehelfer zu bekommen waren. Außerdem, fügte er hinzu, hätten sie ihre Gemüsegärten erweitert und vor Kurzem drei Milchkühe angeschafft, die genug Milch für sämtliche Kinder in Cassingham gaben. Und er betonte, welche Sorgen es ihm bereitete, seinen Betrieb aufrechtzuerhalten.

> Mein Vater tut, was er kann, aber er ist nicht mehr so rüstig, wie er einmal war, und meine Kinder sind zu klein, um viel helfen zu können. Unser Hof ist ein gut geführter landwirtschaftlicher Betrieb und in der Lage, Nahrung für unser Dorf wie auch eine gute Apfelernte für ein weiteres Umfeld zu liefern, aber das geht nur, wenn wir Hilfe bekommen. Ich bin der festen Überzeugung, dass die Tätigkeit eines Landarbeiters als Arbeit von nationaler Bedeutung angesehen werden kann und Bernard Yorkes spezielle Kenntnisse für uns von großem Nutzen wären.

In einem zweiten Brief an Louisa persönlich hatte Matthew geschrieben:

> Reg ist nach Folkestone zu seiner Schwester gezogen, die, wie er sagt, besser für ihn sorgen wird, als wir es getan haben. Er hat angekündigt, dass er irgendwann zurückkommen will, aber da er, ehrlich gesagt, zu nichts zu gebrauchen ist, wäre ich froh, wenn er sich nie wieder blicken lässt. Hab keine Angst, dass er wieder nach London kommen könnte. Ich und die Jungs vom Pub haben ein Wörtchen mit ihm geredet, und ich denke, er wird es sich gut überlegen, ehe er dich noch einmal belästigt. Ich hoffe, der beigefügte Brief reicht aus, um deinem Freund zu einer Beschäftigung auf dem Hof zu verhelfen. Wir können seine Hilfe gut gebrauchen.

Teddy las den offiziellen Brief, den Matthew geschrieben hatte, und nickte lächelnd.

»Perfekt«, verkündete er. »Mit diesem Schreiben werde ich Ihren Freund gleich morgen registrieren lassen. Die Argumente Ihres Bruders haben wesentlich mehr Gewicht als die, die ich vor einigen Wochen bei einem anderen Verweigerer angeführt habe, und auch er wurde anerkannt.«

Louisa atmete auf und lehnte sich mit dem Rücken an die Bank.

»Du meine Güte«, sagte sie. »Ich hätte nie gedacht, dass wir das hinkriegen. Kann ich morgen mitkommen?«

»Was ist mit Ihrer Arbeit?«

»Dafür wird Mac Verständnis haben. Er hat wegen Bernie ein genauso schlechtes Gewissen wie ich.«

Teddy lächelte sie an, und Louisa fühlte sich, als wäre an einem Regentag die Sonne hinter den Wolken hervorgekommen.

»Ich würde mich freuen, wenn Sie mich begleiten.«

Am nächsten Tag machten sich Teddy und Louisa auf den Weg zur Behörde für Kriegsdienstverweigerer. Das Amt befand sich in einem imposanten Regierungsgebäude unweit des Parlaments, aber Louisa ließ sich nicht einschüchtern. Sie musste das hinbekommen. Für Bernie.

Sie warteten eine ganze Weile in einem langen, stillen Korridor mit scheußlichen Bodenfliesen. Sie waren nicht die Einzigen, die hier saßen, und jedes Mal, wenn sich eine der dunklen Holztüren öffnete, blickten alle hoffnungsvoll auf, nur um den Kopf wieder zu senken, wenn ihr Name nicht aufgerufen wurde. Irgendwann huschte eine kleine mausgraue Frau, die einen Aktenordner in der Hand hielt, aus einer der Türen.

»Bernard Yorke«, sagte sie.

»Das sind wir.« Teddy erhob sich. »Kommen Sie mit hinein?«

Louisa nickte und stand ebenfalls auf. »Natürlich.«

Letzten Endes war die Prozedur dann ganz unkompliziert. Einschüchternd, fand Louisa, weil das Ganze für ihren Geschmack zu sehr an eine Gerichtsverhandlung erinnerte, aber unkompliziert. In der Mitte des Raums saßen zwei Männer an einem Tisch, während die mausgraue Frau auf einer Seite saß und sich Notizen machte.

»Ah, Mr Armitage«, sagte einer der Männer nicht unfreundlich. »Wieder einmal hier, wie ich sehe.«

»Wie ein ungedeckter Scheck«, sagte Teddy. »Meine Herren, ich bin heute in Sachen Bernard Yorke hier. Er war Lehrer, hat aber in letzter Zeit ein unerwartetes Talent für Gartenarbeit entdeckt. Er möchte sich als Kriegsdienstverweigerer aus Gewissensgründen registrieren lassen und statt des Dienstes an der Waffe auf einem Bauernhof in Kent arbeiten, wo Nahrungsmittel für die nähere Umgebung erzeugt werden.«

Er trat vor und übergab dem Mann, der ihn angesprochen hatte, Matthews Brief und einige Formulare. Der Mann las alles sorgfältig und quälend langsam durch und reichte die Papiere dann dem anderen Mann, der dasselbe tat. Louisa spürte, wie ein Schweißtropfen von ihrem Nacken an ihrem Rückgrat hinunterlief.

Endlich blickte der erste Mann auf. »Scheint alles in Ordnung zu sein«, sagte er. »Wir werden noch eine Bestätigung für Yorkes Lohn brauchen.«

»Natürlich. Das erledige ich«, sagte Teddy. Louisa wusste, dass anerkannte Kriegsdienstverweigerer dasselbe erhielten wie Soldaten, was nicht eben viel war. Aber sie wusste auch, dass Bernie bei ihrem Bruder ein Dach über dem Kopf und genug zu essen bekommen und insgesamt gut versorgt werden würde.

Der zweite Mann kritzelte etwas auf ein Formular, das er an die mausgraue Frau weiterreichte, die ihrerseits nach einem großen Stempel griff und ihn auf das Papier drückte. Dann hielt sie das Formular Teddy hin.

»Alles erledigt«, sagte sie. »Mr Yorke muss sich vor Freitag bei dem Besitzer des Bauernhofs melden, sonst wird er festgenommen.«

Und das war's.

»Nicht zu fassen, dass wir uns so lange Sorgen gemacht haben und jetzt das Ganze in einer knappen Viertelstunde vorbei war«, sagte Louisa, als sie mit der U-Bahn zurück nach Kew fuhren. Eigentlich hatte Teddy nicht mitfahren wollen, aber sie hatte ihn überredet.

»Ich möchte, dass Sie Bernie persönlich sagen, was Sie für ihn getan haben«, sagte sie.

»Das Arrangement mit Ihrer Familie haben Sie in die Hand genommen. Ich habe mich lediglich um den Papierkram gekümmert.«

Louisa klopfte ihm auf den Arm. »Das ist Unsinn, und das wissen Sie auch.«

Ivy erwartete sie in Kew am Ausgang der U-Bahn-Station.

»Das hat aber lange gedauert«, rief Ivy, die zum Dramatisieren neigte. »Ich warte schon eine Ewigkeit.«

»Es ist gerade mal drei Uhr«, sagte Louisa milde. »Ivy, das ist Teddy Armitage.«

Ivy musterte Teddy beifällig und schüttelte ihm energisch die Hand.

»Freut mich, Sie kennenzulernen«, sagte sie. »Gehen wir.«

Sie eilten in Richtung Park und rannten über die Grünfläche zu St Anne's, wo sie zu ihrer maßlosen Überraschung feststellten, dass Bernie hinter der Kirche im Gras kauerte und sich angeregt mit dem Pfarrer unterhielt.

Ivy, die voranging, blieb so abrupt stehen, dass erst Louisa in sie hineinlief und dann Teddy, als wären sie Zirkusclowns.

Bernie und der Pfarrer wandten die Köpfe, um nachzuschauen, was das für ein Wirbel war, und Bernie stand auf.

»Ach du liebe Zeit!«, sagte er. »Hallo.«

Er trat zu Louisa, nahm sie in die Arme und drückte sie fest an sich.

»Es ist so schön, dich zu sehen!«

Louisa wusste nicht recht, was sie sagen sollte. »Finde ich auch«, brachte sie heraus. »Wir hatten nicht erwartet …« Sie senkte die Stimme. »Wir hatten nicht erwartet, dich hier draußen vorzufinden.«

Bernie machte ein beschämtes Gesicht.

»Na ja, ich habe mich hier gewissermaßen ein bisschen nützlich gemacht.«

Er trat einen Schritt zurück und zeigte auf eine Reihe wunderschön gepflegter Gräber, von denen jedes mit bunten Blumen bepflanzt war.

Ivy und Louisa blieb der Mund offen stehen. Teddy sah nur verdutzt aus. Und der Pfarrer wirkte nicht im Mindesten überrascht. Louisa spähte verstohlen von ihm zu Bernie und wieder zurück.

»Wir haben ein Übereinkommen getroffen«, erklärte Bernie. »Reverend Miller und ich.«

Louisa blinzelte. »Du meine Güte!«

»Bernie war hier auf dem Kirchhof eine große Hilfe. Er hat Topfpflanzen gepflegt, Blumen und Samen gesetzt, die ich mitgebracht habe, und das Gras gemäht«, sagte der Pfarrer. »Eine sehr große Hilfe. Zumal ich selbst auf meine alten Tage immer vergesslicher werde.« Er zwinkerte den Frauen betont und ziemlich verschmitzt zu. »Manchmal vergesse ich Dinge, die ich gesehen habe, oder die Namen von Leuten. Ich hätte zum Beispiel schwören können, dass Bernie bei unserer ersten Begegnung gesagt hat, sein Name wäre Peter.«

Bernie, der belustigt und verlegen zugleich aussah, senkte den Kopf.

»Da muss ich wohl etwas durcheinandergebracht haben«, sagte er entschuldigend. »Auch mein Gedächtnis ist nicht besonders gut.«

Lächelnd fuhr der Pfarrer fort: »Ich vergesse, ob ich Türen abgesperrt oder offen gelassen habe. Ständig lasse ich Bücher dort liegen, wo jemand sie ohne Weiteres mitnehmen könnte, und tatsächlich habe ich es auch schon geschafft zu vergessen, wo ich einen Teller mit Essen hingestellt habe.«

Louisa starrte ihn an. Ihr kam er weder sonderlich alt noch zerstreut vor. Wieder zwinkerte er ihr zu, und sie brach in schallendes Gelächter aus. Auch dieser nette Mann hatte Bernie geholfen.

Außerstande, ihre frohe Botschaft noch länger für sich zu behalten, wandte sie sich zu Teddy um. »Bernie, das ist Teddy Armitage, ein Freund von mir. Er hilft Männern, die sich offiziell als Kriegsdienstverweigerer aus Gewissensgründen registrieren lassen wollen. Und genau das hat er auch für dich getan.«

Bernie war wie vom Donner gerührt. »Was?«, sagte er. »Was soll das heißen?«

»Es heißt, dass ich dich bei meinem Bruder Matthew auf dem Hof unserer Familie untergebracht habe. Matt wird dir Arbeit und ein Dach über dem Kopf geben. Und solange du bis spätestens Freitag dort auftauchst, bist du aus dem Schneider. Du wirst kriegswichtige Arbeit leisten und nicht zum Militär eingezogen werden.«

Bernies Gesicht wurde rot, dann weiß, dann wieder rot. Teddy reichte ihm das amtliche Formular, und Bernie betrachtete es ehrfürchtig.

»Ich muss nicht kämpfen?«

»Nein.«

»Warum tust du das für mich, Louisa?«, fragte Bernie.

»Weil es meine Schuld war, dass du deine Arbeit als Gärtner verloren hast«, antwortete Louisa. »Es war meine Schuld, dass Mac dich gemeldet hat, und meine Schuld, dass deine Zimmerwirtin dich vor die Tür gesetzt hat. Und ich war im Unrecht, Bernie.«

Bernie zuckte mit den Schultern, als wären die schlimmen Dinge, die Louisa getan hatte, ohne Bedeutung für ihn.

»Du hast bloß getan, was du für richtig gehalten hast.«

Louisa nickte. »Ja, aber es war eben nicht richtig. Und es tut mir leid.«

Bernie schwenkte das Formular mit seiner Registrierung vor ihrer Nase. »Damit hast du es mehr als wiedergutgemacht.«

»Die offizielle Seite hat Teddy übernommen«, sagte Louisa, weil sie nicht alle Lorbeeren für sich einheimsen wollte.

Bernies Blick wanderte zu Teddy. »Ich bin für Sie ein Fremder. Warum in aller Welt tun Sie so etwas für einen Menschen, dem Sie nie begegnet sind?«

Teddy trat von einem Bein aufs andere. »Ich habe gleich zu Kriegsbeginn meinen Sohn verloren«, sagte er verhalten. »Mir ist nicht wohl bei dem Gedanken, dass Männer, die nicht kämpfen wollen, dazu gezwungen werden.«

»Sie sind ein guter Mensch.«

Bernie und Teddy nickten einander zu. Eine typisch männliche Geste, dachte Louisa, die den Eindruck hatte, dass sich die beiden viel lieber umarmt hätten, aber nie auf die Idee gekommen wären, es tatsächlich zu tun.

»Wenn es dir passt, kannst du heute schon aufbrechen«, sagte sie zu Bernie. »Matt erwartet dich. Und vom Bahnhof Charing Cross fahren bis zum Abend Züge nach Kent.«

Bernie sah leicht benommen aus. »Und es ist wirklich offiziell? Ich muss keine Angst davor haben, entdeckt oder festgenommen zu werden?«

»Absolut offiziell«, bekräftigte Teddy.

Ivy warf ihre Arme um Bernie und umarmte ihn. »Ich werde dich schrecklich vermissen«, sagte sie. »Ich begleite dich bis Charing Cross, ja?«

»Das wäre sehr nett. Ich würde mich freuen, wenn ihr beide mitkommen könntet.«

»Ich kann nicht«, sagte Louisa mit aufrichtigem Bedauern. »Ich habe nachher noch ein Treffen mit den anderen Gärtnerinnen.«

»Worum geht es denn?«

Zorn flammte in Ivys Augen auf. »Um die Bezahlung«, sagte sie. »Erinnerst du dich noch, Bernie, wie ich dich neulich darüber ausgequetscht habe, wie viel du als Gärtner verdient hast?«

Bernie griente. »Und ob ich mich erinnere! Ich schätze, Mac muss ganz schön auf der Hut sein, wenn ihr zwei auf dem Kriegspfad seid.«

Ivy warf einen Blick auf die Kirchturmuhr. »Du solltest lieber gehen, Lou«, sagte sie und gab ihr einen kleinen Schubs.

Louisa nickte. »Dann sage ich jetzt Lebwohl, Bernie. Aber sobald du dich ein bisschen eingelebt hast, komme ich zu Besuch. Es wird Zeit, meine Eltern wiederzusehen und meine neue kleine Nichte kennenzulernen.«

»Das wäre schön.«

Sie umarmten sich, dann wandte sich Louisa an Teddy. »Gehen wir noch zusammen über die Wiesen?«

Er nickte.

»Ich kann Ihnen Ihre Güte niemals vergelten«, sagte

Bernie und nahm Teddys Hand fest in seine. »Und das mit Ihrem Sohn tut mir sehr leid.«

Teddy lächelte. »Leben Sie Ihr Leben«, sagte er. »Das wäre für mich der schönste Lohn.«

»Das werde ich.«

Louisa, der dieser Abschied sehr nahe ging, eilte über den Friedhof und hinaus auf die freie Rasenfläche. Als Teddy und sie das Tor zum Park erreichten, blieben sie stehen.

»Wissen Sie noch, wie man zum Bahnhof zurückkommt?«

Teddy nickte. »Ja.« Zu Louisas Überraschung nahm er ihre Hand. »Ich kann mir gar nicht vorstellen, Sie nicht mehr so oft zu sehen«, sagte er. »Es hat mir sehr viel Freude gemacht, Sie kennenzulernen.«

Louisa spürte, wie ihre Wangen glühten, aber seine Worte machten sie glücklich. »Mir geht es genauso.«

»Dann wäre es in Ordnung, wenn wir wieder mal ein bisschen spazieren gehen? Vielleicht am Wochenende?«

Louisas Lächeln war so breit, dass sie das Gefühl hatte, ihre Wangen könnten platzen.

»Das fände ich sehr schön.«

Teddy beugte sich behutsam vor und gab Louisa einen zarten Kuss auf die Wange. Sie atmete eine Sekunde lang den Duft seiner Haut ein, bevor er zurücktrat. Wie ungewohnt, sich einem Mann so nahe zu fühlen, insbesondere nach allem, was sie mit Reg erlebt hatte. Wie ungewohnt und wie herrlich.

»Dann, Louisa Taylor, sehen wir uns schon sehr bald wieder.«

Er tippte kurz an seinen Hut und ging. Innerlich strahlend vor Glück, schaute Louisa ihm nach.

Kapitel 19

Louisa schwebte wie auf Wolken, als sie zum Aufenthaltsraum eilte, wo sie ein Treffen mit allen anderen Gärtnerinnen von Kew vereinbart hatte. Sie hoffte, dass genug von ihnen ihre Forderung nach gerechter Bezahlung unterstützen würden, da sie wusste, dass man diese Art Kampf leichter gemeinsam als im Alleingang gewinnen konnte.

Zu ihrer freudigen Überraschung erschien jede einzelne Gärtnerin, außer Ivy natürlich, die Bernie zum Bahnhof Charing Cross brachte, aber versprochen hatte, so schnell wie möglich zurückzukommen. Auch Win fehlte, aus dem einfachen Grund, dass Louisa gar nicht daran gedacht hatte, sie einzuladen. Es waren so viele Frauen anwesend, dass Louisa beschloss, die Versammlung nach draußen zu verlegen. Alle setzten sich im Schatten der hohen Bäume ins Gras und hörten sich an, was Louisa zu sagen hatte. Auch Dennis war gekommen, was Louisa half, ihre Argumente zu unterstreichen.

»Wir leisten genau dieselbe Arbeit wie die Männer«, begann sie. »In einigen Fällen sind wir schon länger hier und haben mehr Erfahrung in Gartenarbeit als sie. Sie bekommen nur deshalb höhere Löhne, weil sie Männer sind.«

»Und weil sie die Ernährer sind, oder?«, warf Harriet, eine der Gärtnerinnen, ein. Sie machte ein sorgenvolles Gesicht. »Sie müssen für den Lebensunterhalt ihrer Familien sorgen.«

Louisa nickte. »Ja, viele Männer, die hier arbeiten, sind in ihrer Familie die Hauptverdiener«, gab sie zu. Sie ließ ihren Blick über die Gruppe von Frauen wandern, die vor ihr im Gras saßen. »Könnten bitte diejenigen aufzeigen, die in ihrem Haushalt die einzigen Verdiener sind?«

Ungefähr die Hälfte der Frauen hob die Hand.

»Und wie viele von euch wären in ernsthaften Schwierigkeiten, wenn sie kein Geld heimbringen könnten?«

Jetzt hoben alle ihre Hände, einschließlich Harriet. Louisa lächelte.

»Geld brauchen wir alle. Einige von uns sind unverheiratet, andere haben Ehemänner, die entweder an der Front oder aber als Verwundete zurückgekehrt sind und nichts mehr verdienen können. Ein paar von uns leben bei ihren Eltern und müssen etwas zum Unterhalt beisteuern. Die persönliche Situation tut hier nichts zur Sache. Was zählt, ist die Arbeit, die geleistet wird, und wie viel für diese Arbeit bezahlt werden sollte.«

Unter den Frauen erhob sich zustimmendes Gemurmel.

»Aber was können wir schon tun?«, rief eine der Frauen. Sie war ungefähr im selben Alter wie Louisa und musste drei Kinder allein großziehen; sie war schlank und drahtig und stark wie ein Pferd. »Was, wenn sie denken, dass wir bloß Ärger machen, und uns alle feuern?«

»Das ist der Vorteil, wenn wir gemeinsam vorgehen«, sagte Louisa. »Sie können einfach nicht uns allen kündigen. Wenn wir uns einig sind, können wir Mac und den leitenden Angestellten geschlossen gegenübertreten. Wenn sie unsere Forderungen ablehnen, lassen wir uns etwas anderes einfallen, aber im Moment kommt es vor allem darauf an, mit einer Stimme zu sprechen.«

»Hm«, machte die Frau, die von Louisas Argumenten offensichtlich nicht ganz überzeugt war.

Louisa schaute sie an. »Ich kenne dich eigentlich kaum.« Sie kramte in ihrem Gedächtnis nach dem Namen der Frau. Richtig, sie hieß Frannie! »Aber wir haben schon ein paar Mal zusammengearbeitet, stimmt's, Frannie?«

»Stimmt.«

»Ich weiß, wie hart du arbeitest. Ich weiß, wie schnell du die neuen Gemüsebeete ausgehoben hast und wie stark du bist.«

Frannie schien sich über dieses Lob zu freuen. »Es musste gemacht werden, und ich finde immer, je eher ich mich dranmache, desto eher bin ich fertig.«

»Glaubst du, unser Dennis hier hätte es schneller schaffen können?«

»Nie im Leben.«

Dennis sah erst gekränkt aus. »Da hat sie recht«, gab er dann grinsend zu. »Frannie ist schneller als ich.«

»Und hätte Dennis es besser gemacht?«

»Nee. Es ist, wie es ist. Entweder die Erde ist umgestochen oder nicht. Da gibt es kein Besser oder Schlechter.«

Louisa war sich nicht sicher, ob das zutraf, ließ es aber dabei bewenden.

»Genau. Du hast also schneller gegraben und genauso gut, wie Dennis es gemacht hätte?«

»Ja.« Frannie, der offenbar nicht klar war, worauf Louisa hinauswollte, warf der Frau, die neben ihr saß, einen fragenden Blick zu.

Louisa rechnete schnell etwas im Kopf aus.

»Und trotzdem hast du für die Arbeit dieses Vormittags einen Shilling und Sixpence verdient, während Dennis für dieselbe Leistung zwei Shilling bekommt.«

Frannies Augen weiteten sich. »Da hast du wohl recht.«

»Das ist nicht fair.«

»Nein, ist es nicht.«

Die Frauen fingen alle an durcheinanderzureden, und Louisa musste um Ruhe bitten.

»Wir machen die Arbeit der Männer, solange sie weg sind. Würden die Gärtner morgen alle von der Front zurückkommen, würden sie ihren üblichen Lohn bekommen, also können wir davon ausgehen, dass das Geld vorhanden ist.«

»Aber wir können nicht alle hingehen und höhere Löhne verlangen, oder?« Frannie war immer noch nicht überzeugt.

»Nein, dann würden sie bestimmt in die Defensive gehen, denke ich.«

»Was dann?«

»Ich würde gern einen Brief schreiben, in dem ich unsere Forderungen darlege, und ihr müsst alle unterschreiben, auch du, Dennis, wenn es dir nichts ausmacht. Und die anderen Männer auch, wenn es uns gelingt, sie auf unsere Seite zu ziehen.«

»Und was sind unsere Forderungen?«

»Für die gleiche Arbeit genauso viel Geld zu bekommen wie die männlichen Gärtner.«

»Was ist mit den Neuen?«, rief jemand.

»Ich denke, für sie könnte es eine Art Probezeit geben, in der sie weniger bekommen, aber nach ein paar Monaten sollten sie genauso viel verdienen wie wir.«

Louisa genoss die Situation. Es hatte ihr gefehlt, jetzt im Krieg nicht mehr für die Sache der Suffragetten agieren zu können, und das unerwartete Wiedersehen mit Reg hatte ihr erneut bewusst gemacht, wie unfair Frauen nach wie vor behandelt wurden. Sie konnte sich nicht von ihm scheiden lassen, sosehr sie es sich auch wünschte. Sie war nicht wahlberechtigt, er, dieser arbeitsscheue Säufer, hingegen sehr wohl. So gut sie ihre Arbeit hier in Kew auch machte, sie wusste genau, dass sie nur einspringen durfte, solange die Männer an der Front waren, und nachher ohne große Umschweife vor die Tür gesetzt werden würde. Das alles war so ungerecht, dass sie vor Wut und Erbitterung hätte schreien mögen. Aber sie würde nicht schreien. Nein, stattdessen würde sie um ihre Rechte kämpfen.

Sie sah die Frauen an, die sich hier versammelt hatten. »Wer ist dabei?«, fragte sie.

Langsam hoben alle Frauen die Hände, selbst Dennis hielt seine schlammverkrusteten Finger in die Höhe. Louisa schlug begeistert die Hände zusammen.

»Ausgezeichnet«, sagte sie. »Ich werde den Brief noch heute Abend schreiben und lasse ihn morgen herumgehen. Wir sollten die Sache so schnell wie möglich in Angriff nehmen. Ich weiß nicht, wie es euch dabei geht, aber ich persönlich finde es schwer, bei meiner Arbeit alles zu geben, nachdem ich jetzt weiß, dass meine Leistung nicht so hoch eingeschätzt wird wie die unserer männlichen Kollegen.«

Die Frauen grinsten und gaben zustimmende Laute von sich. Dennis sah leicht beschämt aus, und Louisa war stolz auf ihn, weil er zu ihrer Versammlung gekommen war und sich auf die Seite der Frauen gestellt hatte. Er war ein guter Junge, genau wie Jim. Wie immer, wenn sie an Jim dachte, fragte sie sich auch jetzt, was er wohl gerade tat und ob er in Sicherheit war. Vor allem Ivy zuliebe hoffte sie, dass er gesund und unversehrt war.

Wie aufs Stichwort erschien Ivy genau in diesem Moment. Ihr Gesicht war leicht erhitzt, und auf ihrer Wange haftete ein bisschen Ruß von den Dampflokomotiven, aber sie sah sehr vergnügt aus.

»Tut mir leid, dass ich jetzt erst komme. Ich musste einen Freund zur Bahn bringen«, sagte sie zu den Frauen, aber eigentlich zu Louisa. Erleichtert, dass Bernie seine Reise problemlos angetreten hatte, wartete Louisa, bis Ivy sich zu den anderen ins Gras gesetzt hatte, bevor sie den Mund aufmachte, um weiterzusprechen.

»Hallo, Mädels! Was geht hier denn vor?«, rief eine Stimme.

Louisa drehte sich um und sah mit sinkendem Mut Lady Ramsay über die Wiese zu ihnen schlendern.

»Nur ein Mitarbeitertreffen«, sagte sie in der Hoffnung, Win würde sich wieder entfernen. Aber Win schaute die Frauen an und winkte einigen von ihnen fröhlich zu. Wie konnte sie nach so kurzer Zeit schon so viele von ihnen kennen?

»Wunderbar«, gurrte sie. »Ganz fantastisch.« Sie setzte sich neben Harriet ins Gras. »Worum geht es?«

»Um unsere Löhne«, sagte Harriet.

Louisa verdrehte die Augen. Ihr war gar nicht recht, dass Win dabei war, denn gerade die Entdeckung, dass sie unentgeltlich in Kew arbeitete, hatte den Stein ins Rollen gebracht. Außerdem konnte sie sich nicht vorstellen, dass jemand, der über einen Titel und zwei Wohnsitze verfügte, daran interessiert sein könnte, wie andere darum kämpfen mussten, irgendwie über die Runden zu kommen. Sie versuchte, Ivys Blick einzufangen, um zu sehen, ob sie genauso dachte, aber Ivy musterte Win mit einer Mischung aus Erheiterung und Zuneigung.

»Was ist damit?« Win machte ein neugieriges Gesicht.

»Wir haben gerade festgestellt, dass wir für dieselbe Arbeit weniger bezahlt bekommen als die Männer«, erklärte Frannie. »Sie kriegen achtundzwanzig Shilling die Woche, wir nur einundzwanzig.«

Win blinzelte und warf Louisa einen Blick zu, der verriet,

dass ihr soeben ein Licht aufgegangen war. Louisa wappnete sich, als Nächstes von Win zu hören, dass sie für ihren charmanten Job, Liebes, gar nicht bezahlt würde, aber stattdessen nickte Win ihr fast unmerklich zu, als wollte sie sagen »Das bleibt unter uns«.

»Ihr bekommt weniger Geld als die Männer?«, fragte Win an Frannie gewandt. »Nun, das ist einfach lächerlich, Liebes. Ihr haltet hier den Laden am Laufen, und ganz ehrlich, es ist nicht unbedingt leichte Arbeit, oder? Ich bin gerade mal seit fünf Minuten hier und jetzt schon erschöpft.«

Louisa musste unwillkürlich lachen. Sie hatte Win völlig falsch eingeschätzt. Sie war davon ausgegangen, dass sie wegen ihrer eleganten Kleidung, ihrer gepflegten Frisur und ihrer gestochen scharfen Aussprache nicht eine von ihnen war. Aber tatsächlich gehörte sie dazu. Auch in diesem Punkt hatte Ivy wieder mal recht gehabt.

Louisa grinste Win an. »Ich dachte, ich schreibe einen Brief, in dem ich unsere Forderungen verdeutliche, und lasse ihn von allen unterschreiben.«

Win verzog das Gesicht. »Wirklich?«

»Nun, ich denke, es ist durchaus vernünftig, unseren Standpunkt klarzumachen.«

»Unbedingt. Aber ich bin der Meinung, wir sollten auch Taten sprechen lassen.« Win stand auf und trat zu Louisa. »Wisst ihr, wen ich schon immer bewundert habe? Die Suffragetten.«

Missbilligendes Geraune erhob sich unter den Gärtnerinnen.

»Vor einiger Zeit haben radikale Suffragetten den Teepavillon abgebrannt«, sagte Louisa halblaut zu Win. »Von den Gärtnerinnen haben die meisten nicht besonders viel für sie übrig.«

Win lächelte und wandte sich wieder an die Gruppe. »Himmel, ja, ich weiß, sie haben Fehler gemacht – aber machen wir die nicht alle, meine Süßen? Aber wir alle wissen, dass es sie gibt, stimmt's? Wir alle wissen, was sie wollen, und wir reden nach wie vor darüber, auch wenn es in letzter Zeit still um die Suffragetten geworden ist.«

Sie hatte recht. Louisa und Ivy lächelten sich zu. Wer hätte gedacht, dass jemand wie Win so reden würde?

»Mein Vorschlag wäre eine direkte Aktion«, erklärte Win.

»Ich stecke bestimmt nichts in Brand«, murmelte Frannie störrisch.

»Natürlich nicht. Nein, ich hatte an etwas … an etwas eher Mathematisches gedacht.«

»Mathematisch?« Louisa war verwirrt, aber Win zwinkerte ihr verschmitzt zu.

»Im Moment verdient ihr drei Viertel des Lohns, den die Männer erhalten, richtig?«

»Richtig.«

»Warum also nicht nur drei Viertel der Arbeit leisten?«

»Wie meinen Sie das?«, fragte Harriet. »Sollen wir einfach die Arbeit niederlegen?«

»Genau das. Weil wir Sommer haben, arbeitet ihr zurzeit zwölf Stunden am Tag, nicht wahr? Ich schlage vor, ihr belasst es ab sofort bei neun Stunden. Warum solltet ihr für ein zusätzliches Viertel eines Werktags arbeiten, für das ihr faktisch nicht bezahlt werdet?«

Louisa starrte sie an. Das war brillant. Einfach, aber brillant.

»Wir fangen also wie üblich um sieben Uhr morgens an, aber statt bis sieben Uhr abends zu arbeiten, hören wir um vier auf?«, fragte sie sicherheitshalber noch einmal nach.

Win nickte, und unter den Frauen erhob sich lautes Stimmengewirr, als alle auf einmal anfingen, über diese Idee zu diskutieren. Allein der Tonfall verriet Louisa, dass alle dafür waren.

»Schicken Sie Ihren Brief ab«, fuhr Win fort. »Erklären Sie, was wir vorhaben. Und dann schreiten wir zur Tat.« Sie wandte sich wieder der Gruppe zu, und alle verstummten, um zu hören, was sie noch zu sagen hatte.

»Wir werden diesen Kampf gewinnen«, verkündete sie.

Während die Frauen sich um Win drängten und ihr zu ihrem brillanten Einfall gratulierten, trat Ivy zu Louisa.

»Wahnsinn«, sagte sie und betrachtete die Frauen, die sich um ihre neue Kollegin scharten.

»Das kannst du laut sagen.« Louisa war amüsiert und unerwarteterweise auch erfreut, dass Win sich ihrer Truppe angeschlossen hatte. »Damit hätte ich im Leben nicht gerechnet.«

Beide lachten.

»Und Bernie sitzt wohlbehalten im Zug?«

»Er war ganz schön aufgeregt, glaub ich. Freut sich wohl

schon drauf, wieder mit seinen Händen in der Erde zu buddeln.«

Louisa dachte an die gepflegten Grabstätten und grinste.

»Das hat er auf dem Friedhof von St Anne's mehr als genug gemacht. Jedenfalls bin ich froh, dass alles geklappt hat. Ich habe mich wegen dieser Sache schrecklich elend gefühlt.«

»Eigentlich ist es besser für ihn ausgegangen, gerade weil du dich eingemischt hast«, meinte Ivy. »Wenn du ihm nicht die Federn untergejubelt hättest, würde er sich jetzt immer noch halb zu Tode ängstigen, dass er auffliegen könnte. Und vielleicht hätte ihn irgendwann sowieso jemand bei den Behörden gemeldet.«

Louisa verzog das Gesicht. »Durchaus möglich«, sagte sie. »In Kent wird er es vermutlich auch nicht immer leicht haben. Matt hat mir geschrieben, dass nicht jeder begeistert von der Idee ist, einen Verweigerer zu beschäftigen, ob er nun offiziell anerkannt ist oder nicht.«

»Bernie ist härter im Nehmen, als du denkst.«

»Das hoffe ich.«

Die beiden blickten auf, als Win näher kam.

»Meine Süßen«, zwitscherte sie, »was für eine spannende Zusammenkunft. Ich bin ja so froh, dass ich dazugestoßen bin.«

Louisa lächelte sie an. »Wir sind auch froh, dass Sie gekommen sind. Es ist eine tolle Idee, unsere Arbeitszeit zu kürzen, um unseren Standpunkt zu verdeutlichen.«

»Nun ja, ich habe mich einfach gefragt: ›Was würde

Mrs Pankhurst tun?‹, und war sofort inspiriert. Ich finde die Suffragetten einfach fantastisch.«

Wieder wechselten Louisa und Ivy einen Blick, aber diesmal entging er Win nicht. Sie war ausgesprochen scharfsinnig, die gute Lady.

»Was?«, rief sie. »Was verschweigen Sie mir?« Sie sah von Ivy zu Louisa und wieder zurück und schnappte nach Luft. »Ihr seid Suffragetten? Faszinierend!«

Louisa lotste Win rasch ein Stück von den anderen Gärtnerinnen weg, die immer noch herumschwärmten.

»Psst! Wir halten es hier geheim, weil Mac nach dem Brand des Pavillons auf Suffragetten nicht gut zu sprechen ist. Wir wollen nicht unsere Jobs verlieren.«

»Aber ihr seid Suffragetten?«

Die beiden Frauen nickten.

»Wir waren es«, sagte Louisa. »Seit Kriegsausbruch ist es in unseren Reihen eher still geworden. Ich gehe regelmäßig zu den Versammlungen, aber Aktionen sind im Moment nicht geplant.«

»Könnte ich vielleicht einmal zu einer dieser Versammlungen mitkommen?«

»Ich wüsste nicht, was dagegenspricht.« Louisa hatte den Verdacht, dass Win ihre Freundinnen bei den Suffragetten im Sturm erobern würde. »Ivy ist mehr bei der Federation in East London aktiv.«

»Bei Sylvia?« Win sprach, als wäre sie mit Mrs Pankhursts Tochter eng befreundet. »Wundervoll! Wie ich höre, leistet sie dort Erstaunliches.«

Ivy starrte Win aus großen Augen an und nickte benommen.

»Sie sollten mal hinkommen und sich alles anschauen.«

»Sehr gern.«

Louisa konnte sehen, wie zwischen den beiden Frauen ein Band entstand, und stellte fest, dass sie sich für beide freute. Ivys Familienleben war gelinde gesagt chaotisch, und eine ältere Frau zu kennen, auf die sie sich verlassen konnte, konnte nur gut für sie sein. Sie lächelte. Vielleicht würde auch ihr selbst eine ältere Freundin guttun. Sie war froh, wieder Kontakt zu ihrer Mutter zu haben, aber die Erinnerung, dass sie zu Reg gehalten hatte, würde immer schmerzlich sein, und es fehlte ihr, jemanden zu haben, mit dem sie reden und Erfahrungen austauschen konnte.

Sie lächelte Win an. »Ich glaube, Sie sind eine hervorragende Ergänzung für uns Kew-Mädels!«

Kapitel 20

Ivy war hingerissen von Lady Ramsay. Jemanden wie sie hatte sie in ihrem Leben noch nie kennengelernt. Nicht nur, dass sie aus gehobenen Kreisen stammte und gebildet war – solche Frauen kannte Ivy von den Suffragetten zur Genüge – und sie sich für »normale Menschen« interessierte, dieses Kriterium erfüllte Sylvia Pankhurst schließlich auch. Nein, Win stand zwar für all diese Dinge, aber noch dazu war sie ein faszinierender Mensch. Es machte einfach Spaß, mit ihr zusammen zu sein. Sie war gewillt, alles zu lernen, was es über Gartenarbeit zu wissen gab, hatte keine Angst, sich die Hände schmutzig zu machen, und nahm regen Anteil daran, wie sich das Leben der anderen außerhalb von Kew abspielte (»Ich bin schrecklich neugierig, Liebes«).

Louisa schrieb den Brief, in dem sie den Plan der Gärtnerinnen darlegte, nur noch drei Viertel der Zeit zu arbeiten, und übergab ihn zusammen mit Ivy und Win Mac.

»Ich weiß, dass die endgültige Entscheidung nicht bei Ihnen liegt«, sagte Louisa, während sie ihm das Schreiben reichte. »Aber es wäre schön, wenn Sie sich hinter uns stellen. Auf Sie würde die Direktion eher hören als auf uns.«

Mac wirkte skeptisch. »Das hätte ich nicht von Ihnen gedacht.«

»Ach nein?«, sagte Ivy und zog eine Augenbraue hoch, und Mac musste unwillkürlich lachen.

»Von dir vielleicht, Ivy Adams. Aber nicht von Ihnen, Louisa.«

Jetzt war es Louisa, die überrascht aussah. »Es ist kein Geheimnis, dass ich vor nicht allzu langer Zeit leider auch ein bisschen Unruhe gestiftet habe, Mac«, bemerkte sie.

Wieder lachte Mac. »Himmel, ja, das stimmt.« Er sah Win an. »Aber Sie doch nicht, Lady Ramsay.«

Win hob ihr Kinn, sodass ihr eleganter langer Hals zur Geltung kam, und warf Mac einen hochmütigen Blick zu.

»Ich bin die Schlimmste von allen«, behauptete sie.

Mac wusste, wann er sich geschlagen geben musste.

»Na schön«, sagte er. »Ich werde den Brief lesen und darüber nachdenken.«

»Denken Sie nicht zu lange nach. Wir werden nur noch drei Viertel unserer üblichen Zeit arbeiten, und ich könnte mir vorstellen, dass es mit den Gärten dann ganz schnell bergab geht«, warnte Louisa.

Damit gingen sie. Mac starrte ihnen fassungslos nach.

An diesem Tag fand ihr erster Versuch der Kurzarbeit statt. Als der Zeitpunkt, die Arbeit niederzulegen, näher rückte, schlenderte Ivy durch die Anlagen, um ihren Kolleginnen Bescheid zu sagen und jede Gärtnerin, die sie unterwegs traf, zu bitten, alle anderen zu informieren. Und schließlich, kurz nachdem das Läuten der Kirchturmuhr von St Anne's vier Uhr verkündet hatte, versammelten sich alle Frauen vor dem Aufenthaltsraum, nervös und freudig erregt zugleich wegen ihrer Aktion.

»Ich war gerade dabei, die Randbeete auszudünnen«, beschwerte sich Frannie.

»Das kann bis morgen warten.«

»Ich bin froh, dass ich mit Unkrautjäten aufhören konnte«, sagte eine andere Gärtnerin und streckte ihre Finger. »So was von langweilig.«

»Morgen machen wir es genauso«, erinnerte Win die anderen. »Halten wir durch, solange wir können. Ich schätze, es wird nicht lange dauern, bis sie merken, wie viel ihr alle leistet.«

»Wie viel wir alle leisten«, verbesserte Ivy sie. Weit entfernt davon, eine Belastung zu sein, wie Louisa und sie befürchtet hatten, hatte sich Win bisher als große Hilfe in den Gärten erwiesen.

»Darf ich euch zwei reizenden Mädels zum Tee einladen, um unseren ersten Tag einer gezielten Aktion zu feiern?«, fragte Win.

Ivy nahm sofort an, aber Louisa runzelte die Stirn.

»Ich kann leider nicht«, sagte sie. Sehr betrübt sah sie

zu Ivys Belustigung allerdings nicht aus. »Ich mache mit Teddy einen Spaziergang.«

Ivy drückte ihr den Arm, um ihr zu zeigen, wie sehr sie sich für sie freute, sagte aber nichts, weil Louisa jedes Mal stumm wie ein Fisch wurde, wenn die Rede auf Teddy kam.

»Dann eben nur wir zwei«, sagte Win. »Gehen wir?«

Sie bot Ivy ihren Arm, und zusammen schlenderten sie durch die Gartenanlagen bis zu dem Ausgang, der sich der Brücke am nächsten befand. Der Sommer neigte sich dem Ende zu, und alles fühlte sich heiß und erschöpfend an. Selbst die Bienen, die gemächlich um die schweren Blüten herumsummten, wirkten träge. Eigentlich mochte Ivy den Spätsommer nicht, aber in diesem Jahr hieß sie ihn willkommen, weil er ein weiteres Anzeichen dafür war, dass die Zeit verging.

Sie überquerten die Brücke und gingen von dort zu einer Teestube, die Win aller Voraussicht nach als »reizend« bezeichnen würde, weil man von dort auf den Fluss blickte.

»Nun denn, Ivy«, sagte Win, nachdem sie bei der freundlichen Kellnerin Tee – »und zwei Stück von Ihrem köstlichsten Kuchen, wenn Sie so nett wären, Liebes« – bestellt hatte. »Ich möchte alles über deinen Herzallerliebsten erfahren.«

Ivy spürte dieselbe Anwandlung von Kummer und Angst, die sie immer empfand, wenn sie an Jim dachte, und dann Freude, als sie sich an seine und ihre Briefe erinnerte.

»Er heißt Jim, und er ist der liebste, netteste und gütigste

Mann, der einem je begegnen könnte. Und er ist ein wahnsinnig guter Gärtner.«

»Geschickte Hände?« Win zwinkerte ihr zu, und Ivy errötete.

»Win«, hauchte sie schockiert, aber Win gluckste nur in sich hinein und bedeutete Ivy mit einer Handbewegung weiterzusprechen.

»Er ist lustig und tapfer und sehr gescheit.«

»Ist er hübsch?«

»Und wie!«

Win strahlte sie an. »Und schreibt er dir traumhafte Liebesbriefe? Mein Archie hat mir hinreißende Briefe geschickt, bezaubernde Nichtigkeiten, die er nie laut aussprechen würde. Da geht einem wirklich das Herz auf.«

Ivy senkte den Blick und starrte auf den Tisch. Sollte sie ihre Schwierigkeiten im Lesen und Schreiben beichten? Was würde Win von ihr denken?

»Na ja«, sagte sie. »Wir machen das ein bisschen anders.«

»Anders?«

»Ich könnte es Ihnen erzählen, aber es ist besser, wenn ich es Ihnen zeige. Nach dem Tee, das heißt, wenn es Ihnen nichts ausmacht, noch einmal in den Park zurückzugehen?«

»Ganz und gar nicht«, sagte Win, deren Neugier eindeutig geweckt war.

»Inzwischen können Sie mir alles über Ihren Archie erzählen. Wette, er sieht sehr gut aus in seiner Marineuniform.«

Wins Augen leuchteten auf. »Und ob!«, sagte sie.

Sie aßen ihren Kuchen und tranken ihren Tee und redeten über Archies Job bei der Dover Patrol, deren Aufgabe darin bestand, ein Eindringen der Deutschen über den Ärmelkanal zu verhindern.

»Klingt gefährlich«, sagte Ivy und hätte sich im nächsten Moment, als sie sah, wie Wins Lächeln verblasste, in den Hintern treten können.

»Das ist es auch. Ganz bestimmt. Archie spielt es herunter, aber in manchen Nächten bekomme ich kein Auge zu, weil ich solche Angst um ihn habe.«

»Es gibt nur Sie und ihn? Keine Kinder?«

Wieder entgleiste Wins Lächeln, und wieder fühlte Ivy sich furchtbar, weil sie erneut ins Fettnäpfchen getreten war.

»Wir sind nicht mit Kindern gesegnet, aber wir haben viele Neffen und Nichten. Ich bin sehr stolz darauf, ihre Tante zu sein.«

»Ich wette, die haben Sie sehr lieb«, sagte Ivy. »Die können von Glück reden, Sie zur Tante zu haben.«

Win winkte ab, aber man sah ihr an, dass sie sich freute.

»Wollt ihr eines Tages Kinder haben, du und dein Jim?«, fragte sie.

»Ich bin erst siebzehn«, antwortete Ivy. Aber sie musste sich eingestehen, dass sie schon darüber nachgedacht hatte. Oder genauer gesagt, sie machte sich deshalb Sorgen. Sie nahm einen Schluck Tee und zwang sich, ihre neue Freundin anzulächeln.

»Jim sagt, dass wir irgendwann heiraten.« Da war sie

wieder, diese grauenhafte Angst, ihn nie wiederzusehen. Niemals seine Frau zu werden. Plötzlich war ihr übel, und sie schob ihren Teller beiseite, ohne ihren Kuchen wie sonst bis auf den letzten Krümel zu verzehren.

»Genug?«

Ivy nickte.

Win sah sie forschend an.

»Dann zeig mir doch mal, wie ihr zwei Kontakt haltet, du und dein Jim, ja?«

Zusammen bummelten sie über die Brücke zurück in die Gärten. Dennis, der eben dabei war, seine Arbeit zu beenden, sah erschöpft aus.

»Schöner Abend, was?«, rief er ihnen zu, als sie an ihm vorbeigingen.

»Wunderschön … und danke«, rief Ivy zurück. Sie hatte zwar leise Gewissensbisse, war aber trotzdem stolz auf das, was sie taten.

Sie führte Win an der Hinterseite des Gärtnerhäuschens vorbei zu einer Stelle, die früher einmal ein verwilderter Teil der Anlagen gewesen war.

Hier holte sie tief Luft und erklärte, indem sie Wins neugierigem Blick auswich, was los war.

»Ich hab nie richtig Lesen und Schreiben gelernt, als ich klein war«, sprudelte es aus ihr heraus. »Ich bin immer meinem Vater hinterhergelaufen, auf dem Markt oder bei seinen Spaziergängen hier in den Kew Gardens. Für Buchstaben und so hab ich mich nie interessiert. Als ich anfing, hier zu arbeiten, hat unser Freund Bernie mir angeboten, mir Unterricht zu geben, und das hat er auch, aber es hat nicht gereicht, um Briefe zu schreiben oder zu lesen.«

»Verstehe«, sagte Win.

»Und als Jim sich dann gemeldet hat, hatte ich furchtbare Angst, weil ich dachte, wir würden nichts mehr voneinander hören, und ich wusste doch, dass er mir schrecklich fehlen würde. Aber wie gesagt, Jim ist schlau, und er hat sich was einfallen lassen.«

»Und zwar?«

Ivy trat einen Schritt beiseite und enthüllte mit einer schwungvollen Gebärde das kleine Stück Garten, vor dem sie gestanden hatte.

»Bitte sehr!«, sagte sie. »Mein Garten der Briefe!«

Hinter ihr erstrahlte ein buntes Farbenmeer. Hier gab es neben winzigen Setzlingen auch größere Pflanzen, zahlreiche Blumen und einige Kräuter. Es wirkte nicht unbedingt methodisch, aber die kleine Anlage wurde offensichtlich liebevoll gepflegt, und Ivy schien sehr stolz darauf zu sein.

»Was ist das?«, fragte Win. »Hast du das angelegt?«

»Jim schreibt mir keine Briefe. Er weiß, dass es keinen Zweck hat, weil ich sie sowieso nicht lesen könnte. Stattdessen schickt er mir Sachen aus Frankreich, die ich säen oder einpflanzen kann.«

»Oh«, hauchte Win. »Hinreißend!«

Ivy hatte bis jetzt niemandem anvertraut, was sie da in ihrem eigenen kleinen Garten zog, aber jetzt stellte sie fest, dass sie es kaum erwarten konnte, Win alles darüber zu erzählen.

»Die Pflanzen haben alle eine bestimmte Bedeutung«, erklärte sie. »Wir haben uns oft über die Sprache der Blumen unterhalten, Jim und ich. Früher haben die Leute so was gemacht – sich kleine Blumensträuße geschickt, die eine geheime Botschaft enthielten.«

Win ging ein Licht auf. »Das hast du also gemeint, als du gesagt hast, rote Rosen stehen für Trauer!«, rief sie.

»Na ja, stimmt, aber das war nicht besonders nett von mir«, gab Ivy zu.

»Und all diese Blumen bedeuten etwas?«

Ivy schlug die Hände zusammen. »Ja, aber die Bedeutung erkenne ich erst, wenn sie wachsen. Jim schickt mir Samen, wissen Sie? Oder Blumenzwiebeln oder Knollen. Und ich setze sie hier in die Erde, und wenn sie aufgehen, weiß ich, was er mir sagen will.«

Win sah sich staunend um. »Jede Pflanze hier hat eine bestimmte Bedeutung?«

»Ja.«

»Zum Beispiel?«

Ivy hüpfte zu einer Stelle mit rosa Nelken. »Die hat er mir zuerst geschickt. Es waren die ersten Pflanzensamen für mich. Ich wusste nicht recht, was ich damit machen sollte, aber dann habe ich Mac gefragt, ob ich sie irgendwo anpflanzen darf, und er hat gemeint, ich kann dieses Stückchen Erde hier nehmen. Ich habe sie ausgesät, und irgendwann sind diese Nelken rausgekommen.«

»Und sie bedeuten?«

»Ich werde dich nie vergessen.«

»Oh.« Wins Augen füllten sich mit Tränen. »Wie süß! Was noch?«

»Er hat mir Hyazinthenzwiebeln geschickt«, fuhr Ivy fort. »In ein paar Wochen pflanze ich sie ein, dann blühen sie zu Weihnachten. Ich weiß es nicht genau, aber ich denke mal, es sind blaue, weil sie für Beständigkeit in der Liebe stehen. Und das hier ist Heliotrop.« Sie zeigte Win einen kleinen grünen Strauch. »Ich glaube nicht, dass er vor dem nächsten Jahr blühen wird, aber ich kann genug sehen, um es zu erkennen.«

»Was symbolisiert Heliotrop?«

»Ewige Liebe.«

Win war sprachlos vor Begeisterung. »So etwas Romantisches habe ich noch nie gesehen«, sagte sie. »Nicht zu fassen!«

Ivy freute sich, dass ihr Garten der Briefe solchen Anklang fand. »Ich weiß. Ich habe wirklich Glück, meinen Jim gefunden zu haben.«

»Hast du ihm auch Samen geschickt?«

Sie schüttelte den Kopf. »Hätte nicht viel Sinn, oder? Wo sollte er sie dort schon aussäen?«

»Und was schickst du ihm dann?«

»Ich zeige es Ihnen.«

Ivy setzte sich auf eine Bank und zog ihr Skizzenbuch aus ihrer Tasche. Seit sie es von Bernie geschenkt bekommen hatte, hatte sie es emsig mit Zeichnungen von Blumen und gepressten Pflanzen gefüllt, und mittlerweile war es prallvoll.

Ganz vorsichtig schlug sie eine Seite auf, die sie gekennzeichnet hatte, und zeigte Win, was sich darin befand: ein gepresster Farnwedel auf einem Bogen Briefpapier.

»Das schicke ich ihm morgen.«

»Hat es auch eine geheime Bedeutung?«

Ivy nickte. »Bande der Liebe«, antwortete sie. »Bande, die nie zerreißen.«

Win zückte ein Taschentuch, in dessen Ecke die Initialen WLR eingestickt war, und betupfte sich die Augen. »Das ist einfach ergreifend«, sagte sie. »Ergreifend.«

»Ich presse Blumen und Blätter in einem Buch, das Bernie mir geschenkt hat, und wenn sie getrocknet sind, packe ich sie in einen Briefumschlag und schicke sie an Jim. Manchmal male ich auch etwas. Ich zeichne die Blumen, die ich aus den Samen gezogen habe, und meinen kleinen Garten. Ich möchte, dass er sieht, was er mir geschenkt hat.«

Sie zeigte Win ihr Skizzenbuch und die unzähligen Zeichnungen, die es enthielt. Win blätterte fasziniert in den Seiten und stieß fast bei jedem Bild einen Seufzer aus.

»Meine Güte«, sagte sie. »Das ist wirklich allerhand.« Sie nickte. »Ich glaube, dein Jim ist ein sehr fürsorglicher Mensch, Ivy. Lass ihn bloß nie gehen.«

Eine dunkle Vorahnung beschlich Ivy bei diesen Worten, und sie erschauerte. »Nein, bestimmt nicht«, sagte sie. »Aber das liegt nicht unbedingt bei mir, oder?«

Einen Moment lang herrschte Schweigen, als die beiden Frauen daran dachten, wie hilflos sie waren, dann rang Win sich ein Lächeln ab.

»Könntest du mir vielleicht helfen, meinem Archie etwas zu schicken?«

»Na klar. Was wollen Sie ihm denn sagen?«

»Bleib stark?«, schlug Win vor. »Gibt es eine Pflanze, die das aussagt?«

Ivy nickte. »Ist ein bisschen schräg, für Stärke steht nämlich Thymian. Dann wird Ihr Brief auch gut duften.«

»Reizend«, murmelte Win. »Wie ist es mit Patriotismus? Gibt es irgendetwas in dieser Richtung? Ich könnte ihm sagen, dass er für England stark bleiben muss.«

Ivy hatte nie daran gedacht, zwei Pflanzen zu kombinieren, um eine längere Nachricht zu verfassen. Die Idee gefiel ihr, und das sagte sie Win.

»England ist natürlich eine Rose, da könnten Sie ihm eine schicken. Und wenn Sie ihn ermutigen wollen, patriotisch zu sein, brauchen Sie Brunnenkresse.«

»Könntest du welche für mich zeichnen?«

»Nicht nötig«, sagte Ivy. »Die blüht jetzt in Hülle und Fülle. Sollen wir ein paar Zweige pflücken gehen?«

»Wird es Mac nichts ausmachen?«

»Nicht, wenn er es nicht weiß.«

Mit einem lausbübischen Grinsen führte Ivy Win zum Küchengarten, wo sie einen Thymianzweig abschnitt. »Riechen Sie mal dran«, sagte sie und hielt ihn Win hin.

Win atmete tief ein und lächelte. »Wundervoll!«

Vom Küchengarten wanderten sie weiter zu dem prachtvollen Rosarium, wo Ivy Win zum ersten Mal gesehen hatte, und wählten eine rote Knospe aus, nicht das tiefdunkle

Blutrot, sondern ein helleres Scharlachrot, das »Ich liebe dich« bedeutete und zugleich für England stand.

»Voll erblühte Rosen sind schwer zu pressen, weil die Blütenblätter leicht abfallen«, erklärte Ivy. »Aber mit einer Knospe geht es sehr gut, außerdem hält sich die Farbe länger.«

Win nickte. »Einfach faszinierend«, sagte sie. »Was kommt als Nächstes?«

»Brunnenkresse.«

Sie wanden sich durch die Pflanzen zu den Randbeeten, und Ivy kauerte sich über die Kresse.

»Gelb dürfte mit dem Rot der Rose und dem grünen Thymianzweig am besten aussehen«, meinte sie.

»Ganz meine Meinung.«

Ivy schnippelte ein paar Blüten ab. »Die kann man auch essen«, sagte sie zu Win. »Aber das möchte ich nicht. Sie sind viel zu hübsch, um in meinem Bauch zu landen.«

Win lachte, und Ivy freute sich. Es machte Spaß, sich mit dieser gescheiten und warmherzigen Frau zu unterhalten.

»Was nun?«

»Jetzt binden wir die Pflanzen mit einem Stück Band zu einem kleinen Strauß zusammen. Haben Sie ein schweres Buch? Eine Bibel vielleicht oder einen Atlas?«

»Ja.«

»Wenn Sie daheim sind, stecken Sie das Sträußchen zwischen die Seiten und legen noch ein paar andere Bücher obendrauf. Oder irgendeinen anderen schweren Gegenstand.« Sie runzelte die Stirn, als sie daran dachte, wie sie zu

Hause Blumen presste. »Ich lege meine unter die Matratze. Meine Schwester und ich teilen uns ein Bett, da kommt also einiges an Gewicht zusammen.«

Die Worte waren kaum aus ihrem Mund, als Ivy ihre scherzhafte Bemerkung schon bereute. Es stimmte, sie und ihre Schwester schliefen im selben Bett, aber das musste Win nicht wissen. Bestimmt war eine feine Dame wie sie schockiert von der Vorstellung, dass sich zwei schlaksige junge Mädchen – fast schon Erwachsene – ein Bett teilen mussten, weil nicht genug Geld oder Platz für eine weitere Schlafstelle vorhanden war.

Aber Win nickte nur. »Das müsste klappen«, sagte sie und hängte sich bei Ivy ein.

»Danke, Liebes«, sagte sie. »Du hast heute etwas ganz Besonderes mit mir geteilt, und ich bin hingerissen.«

Kapitel 21

Erst eine Woche lang arbeiteten die Frauen nun nur drei Viertel ihrer üblichen Zeit, und schon machten sich die Auswirkungen bemerkbar. Die Staudenrabatten waren stark mit Unkraut durchsetzt, etliche Salatköpfe im Gemüsegarten hätten schon vor Tagen geerntet werden sollen, und die Himbeeren hingen schwer an den Ranken, weil niemand sie gepflückt hatte. Dennis, der gute Junge, tat sein Möglichstes, und Mac arbeitete unentwegt, aber dennoch waren die Rasenflächen ungepflegt, die Glyzinien hätten zurückgeschnitten, viele verblühte Blumen gekappt werden müssen. Die Frauen zwangen sich, all die Dinge, die danach schrien, erledigt zu werden, zu ignorieren. Es war nicht leicht, aber sie trösteten sich damit, dass es sich im Endeffekt lohnen würde. Und waren nicht all das ungeerntete Gemüse, die verrottenden Früchte und das wuchernde Unkraut der schlagende Beweis, dass der Beitrag, den die Frauen in den Kew Gardens leisteten, wesentlich mehr wert war, als die Männer dachten? Louisa vertraute darauf, dass einige wenige Tage vernachlässigter Grünanlagen reichen würden, um Mac zu knacken.

Anders war auch, wie viel Zeit die Frauen auf einmal hatten. Es war ein seltsames Gefühl, und Louisa stellte fest, dass sie nicht recht etwas mit sich anzufangen wusste.

»Was machst du eigentlich, wenn du frei hast?«, fragte sie Ivy, als sie sich nach der Arbeit umzogen. Ivy war jeden Tag verschwunden und hatte dabei so etwas wie »das Beste aus der freien Zeit machen« gemurmelt, und Louisa hätte gern gewusst, womit sie sich beschäftigte.

Ivy lächelte Louisa an.

»Ich muss dir was zeigen«, sagte sie.

Neugierig folgte Louisa ihrer Freundin am Küchengarten vorbei zu einer Stelle, wo nichts angepflanzt wurde. Das heißt, es war noch ein Fleck kahler Erde gewesen, als Louisa es zum letzten Mal aus der Nähe gesehen hatte. Jetzt war es ein Garten geworden.

»Du meine Güte«, hauchte sie. »Was ist das?«

»Mein Garten der Briefe.«

Louisa war verwirrt. »Briefe?«

»Jim schickt mir aus Frankreich Pflanzensamen, und ich säe sie hier aus. All die Pflanzen haben Botschaften – du erinnerst dich doch noch an die Blumensprache, die wir gelernt haben?«

»Das ist unglaublich, Ivy«, sagte Louisa. »Unglaublich schön.«

Sie war den Tränen nahe. Seit jenem ersten Brief hatte Ivy sie nicht mehr gebeten, ihr etwas vorzulesen, und sie hatte sich die ganze Zeit gefragt, wie Ivy und Jim miteinander kommunizierten. Jetzt wusste sie es.

»Hat das sonst noch jemand gesehen?«

»Nur Mac, er hat mir diese Stelle überlassen, und Win auch.«

Louisa war ein wenig gekränkt, dass Win, die Neue in ihrer Gruppe, diesen kleinen Garten noch vor ihr gesehen hatte. Ivy schien ihrer Freundin anzusehen, dass sie verletzt war, denn sie drückte ihr tröstend den Arm.

»Ich habe es Win gezeigt, weil sie im selben Boot sitzt, oder? Weil doch ihr Archie bei der Küstenpatrouille ist. Ich habe ihr geholfen, Blumen mit einer Botschaft für ihn zu pflücken und zu pressen.«

»Du hast Jim gepresste Blumen geschickt?«

»Ja.« Ivy sah stolz aus.

Louisa umarmte sie. »Das ist wirklich eine wunderbare Idee. Darf ich mich umschauen?«

»Nur zu!«

Der Garten war nicht groß, und die Blumen standen kunterbunt durcheinander, wahrscheinlich weil Ivy beim Einsetzen nicht gewusst hatte, um welche Pflanzen es sich handelte, aber der Gesamteindruck war wunderschön.

»Hat es Win gefallen?«, fragte Louisa, während sie die Nelken bewunderte.

»O ja. Ich glaube, sie ist einsam, Lou. Sie hat mir erzählt, dass sie gern Kinder gehabt hätte, aber es hat nicht geklappt. Mir tut sie leid.«

Louisa spürte die Anwandlung von Trauer und Hilflosigkeit, die sie immer empfand, wenn sie an ihre eigene Kinderlosigkeit erinnert wurde. Der Schmerz, den sie fühlte, galt ebenso ihrem eigenen verlorenen Kind wie Wins unerfülltem Wunsch, eine Familie zu gründen.

»Nachher findet in Wandsworth ein Treffen der WSPU statt«, sagte sie spontan. »Sollen wir Win nicht fragen, ob sie mitkommen will?«

Ivy grinste. »Gute Idee!«

Die drei Frauen stiegen in den Bus, der Richtung Osten fuhr.

»Wie spannend«, sagte Win und betrachtete die anderen Fahrgäste. »Ich bin noch nie Bus gefahren. Müssen wir dem Fahrer nicht sagen, wo wir hinwollen, so wie ich es mache, wenn ich morgens mit dem Taxi zur Arbeit fahre?«

Ivy und Louisa mussten beide lachen.

»Der Bus hält an bestimmten Haltestellen, und man steigt einfach da aus, wo man seinem Ziel am nächsten ist«, erklärte Louisa.

»Wie ist es möglich, so was nicht zu wissen?«, scherzte Ivy, der man die Zuneigung, die sie für die ältere Frau empfand, deutlich ansehen konnte. »Ich weiß, Sie sind was Besseres, aber auch feine Damen müssen von hier nach da kommen.«

»Normalerweise fährt Archie mich.«

»Er hat ein Auto?« Louisa war beeindruckt.

»O ja, er liebt all diese technischen Dinge – Automobile, Eisenbahnen, Schiffe. Stellen Sie ihm nie eine Frage nach Booten, Louisa, wenn Ihnen Ihre geistige Gesundheit etwas wert ist. Er wird reden wie ein Wasserfall und kein Ende finden.«

»Ich freue mich schon darauf, ihn kennenzulernen«, sagte Louisa.

»Oh, er wird entzückt von euch sein. Ich habe ihm in meinen Briefen alles von euch erzählt. Wir hoffen, dass er im Herbst Urlaub bekommt, vielleicht trefft ihr ihn dann einmal.«

»Hoffentlich«, sagte Ivy und spähte mit zusammengekniffenen Augen durch das schmutzige Busfenster. »Wir sind fast da, Win.«

Sie griffen nach ihren Taschen, Louisa drückte auf die Klingel, was Win mit einem »Unerhört gescheit, Liebes« kommentierte, und an der nächsten Haltestelle stiegen sie aus.

Das Treffen fand im Rathaus an der Kreuzung zweier Geschäftsstraßen statt. Da es sich um ihre persönliche Ortsgruppe handelte, ging Louisa voran und führte sie in einen mittelgroßen Raum im ersten Stock.

Drinnen befanden sich fünfzehn bis zwanzig Frauen unterschiedlichen Alters. Louisa winkte Caro von der League of Peace zu, und die junge Frau eilte sofort zu ihnen, um sie zu begrüßen.

»Darf ich vorstellen, meine Freundinnen Ivy Adams und Lady Ramsay.«

»Sagen Sie bitte Win zu mir, Liebes«, bat Win und schüttelte Caros Hand.

Caro umarmte Louisa. »Wie ich höre, hast du ganz schön Eindruck auf Teddy gemacht.«

Wie immer, wenn dieser Name fiel, glühten Louisas Wangen. »Ach ja?«, sagte sie obenhin. »Wer hat das gesagt?«

Caro grinste. »Teddy.«

Louisa versuchte, ein Lächeln zu unterdrücken, aber es gelang ihr nicht. »Er ist sehr nett. Ich bin gern mit ihm zusammen.«

»Tja, er denkt ganz offensichtlich dasselbe von dir«, sagte Caro. »Er war richtig aufgedreht, als ich ihn das letzte Mal gesehen habe.«

Teddy und aufgedreht? Das konnte Louisa sich eigentlich nicht vorstellen, aber es freute sie trotzdem, das zu hören. Sie war wirklich gern mit ihm zusammen, und obwohl sie nach allem, was sie im Lauf der Jahre mit Reg erlebt hatte, die Aussicht auf eine neue Romanze ein wenig verunsicherte, lösten sich all diese Ängste in Teddys Gegenwart in Luft auf. Sie hatte ihm sogar erzählt, was mit Reg und ihrem Baby und ihrer Mutter passiert war – Dinge, über die sie kaum jemals sprach –, und er war so lieb und verständnisvoll gewesen, dass er ihr dadurch noch mehr ans Herz gewachsen war.

»Träumst du, Lou? Gleich geht es los«, sagte Ivy, stupste Louisa an und riss sie so aus ihren Tagträumen. »Komm, setzen wir uns hin.«

Sie nahmen alle Platz, und Louisa stellte belustigt fest, wie freudig erregt Win war, weil sie an dieser Versammlung teilnehmen durfte.

»Erwarten Sie sich nicht zu viel«, flüsterte sie ihr zu. »Momentan geht es bei uns eher ruhig zu. Wir machen keine Kampagnen, keine Aktionen, im Grunde gar nichts mehr. Wir halten den Laden praktisch nur am Laufen, bis der Krieg vorbei ist.«

»Es ist einfach schon himmlisch, bei all diesen gescheiten Frauen zu sein«, flüsterte Win zurück. »All diese klugen Köpfe, die für die gute Sache arbeiten. Das ist doch fantastisch, nicht wahr?«

Louisa lachte. »Das ist es ganz bestimmt.«

Bei der heutigen Versammlung ging es hauptsächlich darum, was man machen konnte, damit die Anliegen der Suffragetten in diesen schweren Zeiten, wo die Gedanken aller nur um den Krieg kreisten, in der Öffentlichkeit nicht in Vergessenheit gerieten.

»Es ist ein Balanceakt«, sagte die Frau, die das Treffen leitete. »Wir wollen, dass sich die Menschen an uns und an das, wofür wir stehen, erinnern, aber wir wollen uns nicht dem Vorwurf aussetzen, die Aufmerksamkeit von den Soldaten und den Leuten, die Kriegsarbeit leisten, abzulenken.« Sie blickte sich im Saal um. »Hat jemand Vorschläge?«

Neben Louisa hob Win die Hand. »Ich habe eine Idee.«

Louisa und Ivy schauten einander an. Ivy riss die Augen weit auf, Louisa zuckte nur mit den Schultern. Wins Idee, dachte sie, kann perfekt oder auch völlig daneben sein, beides ist möglich.

»Könnten Sie bitte aufstehen, damit jeder Sie sehen kann? Und würde es Ihnen etwas ausmachen, mir Ihren

Namen zu nennen? Ich glaube, wir haben Sie hier bei uns noch nicht gesehen, oder?«

Win stand auf und machte einen komischen kleinen Knicks vor den Frauen, die sich alle zu ihr umgewandt hatten. Louisa unterdrückte ein Lachen.

»Hallo«, sagte Win munter. »Ich bin Lady Winifred Ramsay, aber es wäre mir lieb, wenn mich alle Win nennen würden.«

Ein leises Raunen erhob sich im Saal. Die Suffragetten waren zwar stolz darauf, jede Frau, vom Ladenmädchen bis zur Prinzessin, in ihren Reihen aufzunehmen, aber dennoch beeindruckt von einem Titel. Und wer konnte es ihnen verübeln?, fragte sich Louisa. Es war eine traurige Tatsache, dass die Oberschicht nach wie vor mehr Einfluss hatte als die Arbeiterklasse. Wenn diese Menschen sich dafür entschieden, ihren Einfluss für das Wahlrecht der Frauen geltend zu machen, umso besser.

Win räusperte sich. »Ich bin heute mit meinen Freundinnen Ivy und Louisa hier. Wir arbeiten alle in den Kew Gardens. Die meisten männlichen Gärtner sind mittlerweile an der Front, und wir sind für sie eingesprungen. Es ist allein schon deshalb eine wichtige Arbeit, weil die Gärten in der Tat ein Juwel in der Krone unserer Nation darstellen, aber auch in Bezug auf den Krieg, da wir immer mehr Nahrungsmittel anbauen. Vor Kurzem musste meine Freundin Louisa feststellen, dass die weiblichen Arbeitskräfte für die gleiche Tätigkeit weit weniger Lohn bekommen als ihre männlichen Kollegen.«

Wieder ging ein Murmeln durch den Raum, diesmal mit missbilligendem Unterton. Win nickte.

»Das ist tatsächlich schlimm, meine Lieben. Diese Frauen arbeiten den ganzen Tag schwer dafür, die Anlagen in Ordnung zu halten, während die Männer weg sind, und trotzdem wird ihre Leistung nicht entsprechend honoriert.« Sie lächelte. »Also haben wir eine Kampagne für gleiche Bezahlung gestartet, und zwar indem wir nur die Stunden arbeiten, für die wir bezahlt werden. Wir bekommen drei Viertel des Lohns, den die Männer beziehen, das heißt, wir beschränken uns auf drei Viertel der vorgesehenen Arbeitszeit.«

Im Raum herrschte Stille. Alle starrten Win an, und sie wurde ein wenig unsicher.

»So ist es doch, nicht wahr, meine Süßen?« Sie sah zu Louisa und Ivy, die beide ehrfürchtig zu ihr aufblickten. »Das machen wir, stimmt's?«

»Ja«, sagte Louisa. »Genau das machen wir.«

Oben auf der Bühne schlug die Vorsitzende die Hände zusammen. »Das ist einfach genial«, sagte sie.

Win fand ihre Selbstsicherheit wieder und lächelte. »Und deshalb ist mir der Gedanke gekommen, wie wichtig es ist, sich dafür einzusetzen, dass Frauen, die Männerarbeit leisten, gebührend entlohnt werden«, sagte sie. »Frauen, die Busse fahren oder als Schaffnerinnen arbeiten oder in Fabriken, bei der Bahn, bei der Feuerwehr – eben alle. Wenn wir in diesem Punkt für dieselben Rechte kämpfen, muss das Wahlrecht einfach folgen, nicht wahr?«

Lauter Jubel brach aus, und alle Frauen klatschten Beifall. Win setzte sich wieder auf ihren Platz, und Ivy und Louisa klopften ihr anerkennend auf die Schulter.

»Gut gemacht«, raunte Louisa ihr zu. »Einfach großartig.«

Als sich der Lärm allmählich legte, schaute die Vorsitzende die drei Gärtnerinnen aus Kew direkt an. »Was können wir tun, um zu helfen?«

Win grinste. »Ich hatte gehofft, dass Sie das fragen würden.«

Was Win sich wünschte, war die Unterstützung – und zwar eine demonstrative und sehr lautstarke Unterstützung – der Suffragetten.

»Unsere Aktion zeigt bereits Wirkung«, erklärte sie. »Aber die Verantwortlichen stellen sich stur; sie geben keinen Zoll nach. Ich dachte, ein wenig Protest von Ihrer Seite könnte eventuell bewirken, dass ihnen die Sache peinlich wird und sie letzten Endes doch nachgeben.«

Die Suffragetten erklärten sich bereit, den Gärtnerinnen der Kew Gardens zu helfen, und Louisa und Ivy übernahmen die Organisation, indem sie entschieden, dass die Frauen vor dem Hauptgebäude, wo die leitenden Angestellten arbeiteten, aufmarschieren sollten. Sie suchten passende Spruchbänder und Transparente heraus und arbeiteten das ganze Wochenende hart an den Vorbereitungen.

Als am Montag der Morgen anbrach und sie, ein wenig verschlafen nach den langen Nächten, in Kew eintrafen, stellten sie erfreut fest, dass sich schon etliche Frauen vor dem Park eingefunden hatten.

»Ich habe einen Termin bei der Direktion vereinbart«, sagte Louisa zu den Frauen, die ihre Spruchbänder fest umklammert hielten und schon darauf zu brennen schienen, endlich anzufangen. »Es wäre unserer Sache wirklich sehr dienlich, wenn ihr hier ein bisschen Krach schlagen könntet, während ich da drinnen bin.«

»Na klar«, rief Caro. »Legen wir los, Leute!«

Die Frauen fingen an, vor dem Eingang zum Park auf und ab zu marschieren, dabei ihre Transparente zu schwenken und »Gleicher Lohn für gleiche Arbeit!« zu rufen. Als die übrigen Gärtnerinnen zur Arbeit kamen, waren sie alle restlos begeistert über diese tatkräftige Unterstützung und bedankten sich im Vorbeigehen bei den Suffragetten.

»Wunderbar!«, rief Harriet, als sie die Anlagen betrat. »Gut zu wissen, dass wir nicht allein sind.«

»Wir können uns revanchieren, wenn Frauen in anderen Arbeitsbereichen uns brauchen«, sagte Louisa. »Wir können für gleiche Bezahlung für alle kämpfen.«

»Das machen wir!«

Louisa schaute den Suffragetten noch einen Moment lang zu, bevor sie zum Hauptgebäude ging und die weit geschwungene Holztreppe zu den Büros hinaufschritt. Mac erwartete sie oben. Auch er wirkte übermüdet.

»Guten Morgen«, sagte er.

Sie lächelte. »Guten Morgen.«

»Bevor wir da reingehen, wollte ich Ihnen noch sagen, dass Sie recht haben«, sagte Mac barsch und ohne Louisa anzuschauen. »Ihr Mädels solltet auf jeden Fall den gleichen Lohn bekommen wie die Männer, und es ist nicht in Ordnung, dass man euch das nicht zugesteht. Ihr habt meine Unterstützung.«

»Ehrlich?«

»Ehrlich.«

Louisa warf beide Arme um ihn und drückte ihn an sich. Er machte sich rasch von ihr los.

»Schluss damit«, sagte er verlegen. »Gehen wir rein?«

Er klopfte an die Tür, und zusammen betraten sie das Büro. Der Direktor von Kew war ein Mann namens Sir David Prain. Heute war er nicht zugegen, und Louisa hatte auch nicht erwartet, ihn zu sehen. Stattdessen stand sie zwei älteren Herren gegenüber, bei deren Anblick sich ihr Magen vor Nervosität zusammenzog.

»Ah, Mrs Taylor«, sagte einer der beiden, der graues Haar und einen flauschigen Backenbart hatte. »Was ist denn das für ein Wirbel da draußen?«

»Das sind die Frauen von der WSPU, Sir«, antwortete Louisa. »Sie unterstützen uns bei unserer Kampagne für gerechte Bezahlung.«

Die beiden Männer wechselten einen Blick und runzelten die Stirn.

»Es hat sich also schon herumgesprochen?«

»O ja. Ich glaube, Frauen in anderen Berufsbereichen

denken mittlerweile ebenfalls daran, in ähnlicher Form wie wir aktiv zu werden.«

Mac räusperte sich. »Wenn ich ein Wort sagen dürfte.«

»Bitte, Mr MacMillan.«

»Anfangs war ich nicht überzeugt von der Idee, weibliche Gärtner einzustellen«, sagte Mac. Er klang, als hätte er seinen Text einstudiert, und dafür liebte Louisa ihn umso mehr. »Aber meine Mädels haben bewiesen, dass sie dieser Herausforderung gewachsen sind. Sie arbeiten schnell, sind stark, kreativ und begabt. Sie sind genauso gut wie die Männer – in mancher Hinsicht sogar besser. Während der letzten Wochen haben die Frauen drei Viertel ihrer üblichen Zeit gearbeitet, um die Tatsache zu unterstreichen, dass sie nur drei Viertel des Lohns, den Männer erhalten, verdienen, und ich kann Ihnen sagen, ihre Arbeitsstunden haben uns gewaltig gefehlt. Mir ist unbegreiflich, warum sie weniger bezahlt bekommen. Völlig unbegreiflich.«

Eine Pause entstand, und die beiden leitenden Angestellten wechselten erneut einen Blick.

»Aber Männer sind Ernährer. Sie haben Familien zu erhalten.«

»Wir sind im Krieg«, erinnerte Mac die beiden. »Die meisten Frauen sind jetzt, da viele Ehemänner an der Front kämpfen, selbst Ernährer.«

»Würden Sie uns bitte einen Moment entschuldigen?«, sagte der andere Mann. Er war jünger und trug sein Haar glatt nach hinten gekämmt.

»Natürlich.«

Sie rückten mit ihren Stühlen ein Stück weiter, steckten die Köpfe zusammen und unterhielten sich halblaut, während Louisa angestrengt die Ohren spitzte. Sie sah Mac an, und er breitete die Hände aus, als wollte er »Keine Ahnung« sagen, und sie lächelte. Das Warten war schier unerträglich.

Schließlich wandten sich die Männer wieder zu Louisa und Mac um.

»Wir haben uns geeinigt«, sagte der mit dem Backenbart. »Ihre weiblichen Gärtner bekommen denselben Lohn wie die Männer.«

Louisa hätte am liebsten die Hände in die Luft geworfen und vor Freude gejubelt, aber stattdessen nickte sie höflich.

»Das freut mich zu hören, Sir«, sagte sie. »Danke.«

Der jüngere Mann beugte sich über ein Hauptbuch, das vor ihm auf dem Schreibtisch lag, griff nach seinem Füller und fing an zu schreiben. Der ältere schob seinen Stuhl zurück und erhob sich. Die Besprechung war offensichtlich beendet. Allerdings nicht, was Louisa anging.

»Da wäre noch etwas«, sagte sie.

Der jüngere Mann stieß einen Seufzer aus und legte seinen Füller hin. »Ja?«

»Eine unserer Gärtnerinnen wird überhaupt nicht bezahlt. Ich gehe davon aus, dass sie in die Entscheidung ›Gleicher Lohn für alle‹ mit einbezogen wird?«

Der Mann schnalzte mit der Zunge. »Klingt nach einer ehrenamtlichen Helferin. Sie zu bezahlen könnte schwierig werden …«

»Ihr Name ist Lady Winifred Ramsay«, warf Louisa ein.

Die Männer sahen einander an, und der Ältere nickte kurz.

»Na schön«, sagte er. »Lady Ramsays Name wird ebenfalls auf die Lohnliste gesetzt.«

Louisa schenkte ihm ihr schönstes Lächeln. »Vielen Dank!«

Draußen vor dem Büro fielen Mac und sie sich in die Arme und hüpften auf und ab wie aufgeregte Schulkinder.

Louisa war vor Begeisterung über ihren Erfolg völlig aus dem Häuschen. »Wir haben es geschafft, Mac!«, quietschte sie.

»Das ist wahr«, räumte er ein. »Sie, Ivy, Win und die übrige verflixte Bande da draußen.« Er zeigte durch das große Fenster auf dem Treppenabsatz, hinter dem man die Transparente der Suffragetten, die beim Marschieren auf und ab wippten, sehen konnte.

Louisa nickte. »Erstaunlich, was man alles erreichen kann, wenn man die Köpfe zusammensteckt«, sagte sie.

Mac zog eine Augenbraue hoch. »Gilt das auch für Rasenmähen und das Abschneiden verwelkter Petunien?«

Louisa eilte mit einem leisen Lachen die Treppe hinunter. »Ich mache mich gleich an die Arbeit«, versprach sie. »Sobald ich den anderen erzählt habe, was sie wirklich wert sind!«

Kapitel 22

Eine Zeit lang war Win die Heldin des Tages, ihre Beliebtheit bei den Gärtnerinnen ein für alle Mal gefestigt. Auf einen milden September folgte ein verregneter Oktober, und die Gärtnerinnen von Kew arbeiteten schwerer und mit größerem Einsatz denn je, um den Boden und die Pflanzen auf den Winter vorzubereiten. Obst und Gemüse wurde geerntet und anschließend eingekocht oder eingelegt und in Gläser abgefüllt. Kartoffeln wurden ausgegraben und neue Knollen für die nächste Ernte im kommenden Frühjahr gepflanzt.

Alles lief gut, fand Ivy, wenn sie von der Leere in ihrem Herzen absah, die sonst Jim ausfüllte. Er hatte ihr noch mehr Pflanzensamen geschickt, winzige schwarze Körnchen, die sie an jedem freien Fleck in ihrem Garten der Briefe verstreut hatte. Sie hoffte, dass sie den Winter überstehen würden. Ansonsten konzentrierte sie sich darauf, ihren kleinen Garten zu hegen und zu pflegen, und versuchte das nagende Unbehagen in ihrem Inneren zu ignorieren, das ihr sagte, dass es noch etwas anderes gab, worüber sie sich Sorgen machen sollte. Wenn sie nicht daran dachte, war es vielleicht nicht wahr. Denn wenn es stimmte und sie … Nein, daran wollte sie jetzt nicht denken. Noch nicht.

Es freute sie, dass Win sich so gut bei ihnen eingelebt hatte. Die ältere Frau und sie waren gute Freundinnen geworden und verbrachten viel Zeit miteinander und trösteten sich damit über die Trennung von ihren Männern hinweg. Und Louisa traf sich häufig mit Teddy, der ein Leuchten in ihre Augen gezaubert hatte, das Ivy entzückte.

Doch dann änderte sich alles.

An einem stürmischen Tag Anfang Oktober schlenderten die drei Frauen in Richtung Aufenthaltsraum, um sich nach einem Vormittag, den sie in matschigen Beeten verbracht hatten, eine Tasse Tee zu gönnen. Louisa erzählte ihnen von ihrer Absicht, Bernie zu besuchen.

»Ich weiß, dass alle bei der Apfelernte und der Herstellung von Cider sehr eingespannt waren«, erklärte sie gerade. »Aber jetzt ist wieder ein wenig Ruhe eingekehrt, und ich dachte, ich fahre für ein Wochenende hinunter.« Sie holte Luft. »Und ich dachte, ich könnte Teddy mitnehmen.«

»Du willst ihn also deinen Eltern vorstellen«, stichelte Ivy. »Das ist ein großer Schritt, Lou.«

Louisa kicherte wie ein Schulmädchen. »Ich will ihm bloß unseren Hof zeigen, mehr nicht.«

»Also ich finde ihn wundervoll«, sagte Win. »So ein charmanter Mann!«

»Das ist er wirklich.«

»Reg wird aber nicht da sein, oder?« Ivy mochte sich gar nicht ausmalen, was passieren könnte, wenn Louisas gewalttätiger Ehemann ihrem neuen Verehrer begegnete. Aber ihre Freundin schüttelte den Kopf.

»Er ist noch in Folkestone. Ich glaube, seine Schwester hält ihn zurzeit an der kurzen Leine.«

»Geschieht ihm recht«, murmelte Win, die Reg zwar nie begegnet war, aber unerschütterlich zu Louisa hielt.

»Bernie klingt sehr glücklich«, sagte Ivy. »Der letzte Brief von ihm, den du neulich vorgelesen hast, war so schön.«

»Da hast du recht. Er arbeitet hart, aber er und Matthew scheinen gut miteinander auszukommen, und er hat im Dorf auch keinerlei Probleme. Entweder wissen die Leute nicht, dass er ein Verweigerer ist, oder es kümmert sie nicht.«

Sie plauderten noch eine Weile weiter, aber als sie am Eingang des Verwaltungsgebäudes vorbeigingen, erschien Mac. Auf seinem Gesicht lag ein eigenartiger Ausdruck, den Ivy nicht recht zu deuten wusste.

»Win«, sagte er. »Percy im Büro müsste kurz mit Ihnen sprechen.«

»Mit mir?« Win blinzelte ihn durch den Nieselregen an. »Sind Sie sicher?«

Mac schluckte. »Ja.«

Win zuckte mit den Schultern. »Ich komme gleich nach, meine Süßen«, sagte sie zu Ivy und Louisa und bog in das Gebäude. Aber Mac hielt Ivy am Arm fest, als die beiden Frauen zum Aufenthaltsraum weitergehen wollten.

»Wartet hier«, sagte er. »Sie wird euch brauchen.«

Ivys Magen sackte ihr in die Kniekehlen, und sie spürte eine Eiseskälte, die nichts mit dem Regen zu tun hatte.

»Mac?«, sagte sie erschrocken.

Aber er schüttelte den Kopf. »Steht mir nicht zu, darüber zu sprechen.«

Louisa und Ivy standen am Fuß der ausladenden Holztreppe, wo Louisa noch vor wenigen Wochen nach ihrem erfolgreichen Kampf um gerechte Entlohnung ein Freudentänzchen aufgeführt hatte. Jetzt schien die Treppe zu wuchtig und pompös für Freude.

Sie sprachen nicht miteinander, aber Louisa nahm Ivys Hand, und die junge Frau drückte sie dankbar. Mac stand schweigend neben ihnen und drehte nervös seinen Hut in seinen Händen.

Irgendwann war von oben das Geräusch einer zufallenden Tür zu hören, dann hallten Schritte durch das stille Gebäude. Ivy schaute rasch zu Louisa, deren Augen sich bereits mit Tränen füllten.

Win kam langsam die Stufen herunter. Sie trug ihren Kopf hoch erhoben, aber ihr Gesicht war kreidebleich, die Miene wie versteinert. Als sie am Fuß der Treppe anlangte, nickte sie ihren wartenden Freundinnen zu.

»Meiner Nachbarin Edith fiel auf, dass der Postbote heute Morgen ein Telegramm für mich abgeben wollte«, sagte sie mit leiser, bebender Stimme. »Sie war so freundlich, dem jungen Mann mitzuteilen, er solle es hierherbringen, falls es um etwas Wichtiges ginge …« Sie schluckte.

»In dem Telegramm steht, dass Archies Schiff vor zwei Tagen von einem U-Boot angegriffen wurde. Es heißt, die Männer hätten tapfer gekämpft, aber das Schiff wäre trotz ihrer Bemühungen gesunken. Es heißt, es gäbe keine Spuren von Überlebenden.« Sie hob den Kopf noch höher und holte tief und zittrig Atem. »Es heißt, Admiral Lord Archibald Ramsay wäre auf See geblieben.«

Sie taumelte, und Louisa und Ivy streckten gleichzeitig die Arme nach ihr aus. Sie klammerte sich an die beiden, aber sie weinte nicht.

»Bringt sie nach Hause«, raunte Mac ihnen zu. Er fuhr sich mit einer Hand über die Augen, kramte dann in seiner Jackentasche und drückte Louisa einen Shilling in die Hand. »Nehmt ein Taxi.«

Louisa blieb bei Win, deren Augen vom Schock geweitet waren, während Ivy zum Aufenthaltsraum rannte, um ihre Mäntel und Taschen zu holen. Dann nahmen sie ein Taxi zu Wins Wohnung auf der Wimbledon Hill Road.

Ihr Zuhause befand sich in einem neu errichteten gelben Ziegelbau mit schwarz gerahmten Fenstern. Die gläserne Eingangstür war nicht abgesperrt, und zum Glück lag Wins Wohnung im Erdgeschoss, denn Ivy glaubte nicht, dass ihre Freundin die Kraft gehabt hätte, Treppen hinaufzusteigen.

Win fummelte ungeschickt mit ihrem Schlüssel herum, bis Louisa ihn ihr sanft aus der Hand nahm und die Tür aufsperrte. Hinter dieser Tür befand sich die schönste Wohnung, die Ivy je betreten hatte. Der Salon hatte eine hübsche zartrosa gemusterte Tapete und ein wuchtiges, weiches Sofa. Auf dem imposanten Kamin stand neben einer Uhr die gerahmte Fotografie einer sehr viel jüngeren Win mit einem gutaussehenden Mann in Marineuniform. Vermutlich Archie, dachte Ivy, der vor Mitleid mit ihrer Freundin ganz elend war.

»Setz dich hin«, drängte sie Win. »Setz dich!«

Louisa berührte Ivy leicht am Arm und deutete mit einer Kopfbewegung auf Win, die immer noch ihren feuchten, schlammbespritzten Overall trug. Sie hatte sich in dem Moment, als sie regulär als Gärtnerin in Kew zu arbeiten begann, von ihren schicken Kleidern und Hüten verabschiedet, wofür Ivy sie noch mehr liebte, weil es bedeutete, dass Win jetzt wirklich eine von ihnen war. Aber Louisa hatte natürlich recht: Es war keine gute Idee, all den Schmutz in Wins bezauberndem Zuhause zu verteilen.

»Ivy, könntest du vielleicht Wins Morgenmantel und Hausschuhe suchen?«, fragte Louisa. »Sind die Sachen im Schlafzimmer, Win?«

Win nickte. Seit sie Kew verlassen hatten, war kein Wort über ihre Lippen gekommen.

Ivy drückte ihr die Hand und lief dann den Flur hinunter, um das Schlafzimmer zu suchen. Zuerst öffnete sie die Tür zum Badezimmer – todschick! – und zu einer Besenkammer, bevor sie fündig wurde und das große, luftige Schlafzimmer entdeckte. Darin standen ein breites Bett mit einer Tagesdecke in hellen Farben und einer schweren Kopfleiste aus dunklem Holz und ein dazu passender Schrank, und an einem Haken an der Tür fand sich Wins Morgenmantel. Als Ivy ihn herunternahm, versetzte es ihr einen Stich, dass auch Archies Morgenmantel dort hing. Unter dem Bett entdeckte sie Wins Hausschuhe und brachte die Sachen Louisa.

»Komm, wir ziehen dich um«, sagte Louisa zu Win. Wie eine Mutter mit ihrem Kind half sie der älteren Frau, die beschmutzten Sachen auszuziehen, und legte sie vorsichtig zusammen, damit kein Schlamm auf den Teppich fiel. Win ließ alles über sich ergehen, indem sie gehorsam die Arme ausstreckte, damit Louisa ihr behilflich sein konnte, aus dem Overall zu steigen.

Ivy streifte ihr den Morgenmantel über, während Louisa Wasser und einen Schwamm holte und behutsam Wins Hände reinigte. Dann kuschelte Win sich aufs Sofa und schlief zur Überraschung ihrer beiden Freundinnen sofort ein.

»Meine Mum sagt immer, Schlaf ist die beste Medizin«, bemerkte Ivy leise. Sie standen vor dem großen Fenster am hinteren Ende des Salons. Es ging auf einen Park hinaus, und sie konnten sehen, wie die Blätter vom Wind von den Bäumen geweht wurden.

»Ich fürchte, hier ist mehr als Schlaf erforderlich, um die Wunde zu heilen.«

Win wachte auf, als der Nachmittag allmählich in den Abend überging. Louisa und Ivy saßen still im Salon. Ivy stellte einen Brief an Jim zusammen, indem sie eine Skizze ihres Gartens, wie er vor einigen Wochen in voller Blüte ausgesehen hatte, beilegte, und Louisa hatte in Wins gut ausgestatteten Bücherregalen ein altes Buch von Robert Louis Stevenson entdeckt und schwelgte in einer spannenden Geschichte über Piraten.

»Meine Süßen«, sagte Win, als sie die Augen aufschlug und die beiden sah. »Ihr seid hier.«

Sie setzte sich auf und blinzelte. Ihr Haar war dort, wo es auf dem Kissen gelegen hatte, auf die Seite gerutscht und völlig zerzaust, und die Schminke um ihre Augen war verschmiert. Win anders als perfekt zu sehen bereitete ihr seelischen Schmerz, stellte Ivy fest.

»Wir wollten dich nicht allein lassen«, sagte sie und schob den Brief an Jim in ihr Skizzenbuch. »Wir wollten nicht, dass du aufwachst, und niemand ist da.«

Win rang sich ein schwaches Lächeln ab.

»Das war wirklich sehr fürsorglich von euch.«

»Hast du Hunger?«, sagte Louisa und legte *Die Schatzinsel* beiseite. »Ich kann dir ein Sandwich machen.«

Win schüttelte den Kopf. »Vielleicht eine Tasse Tee?«

»Ich setze den Kessel auf.« Louisa stand auf, um in die Küche zu gehen, hielt aber auf halbem Weg inne und legte tröstend eine Hand auf Wins Schulter. Win hob ihren Arm und tätschelte Louisas Hand, als wollte sie ihr sagen, wie froh sie war, sie beide hier zu haben.

»Können wir irgendwas für dich tun?«, fragte Ivy. »Gibt es jemanden, der benachrichtigt werden muss? Hat Archie Geschwister?«

»Einen Bruder. Ich muss ihm wohl schreiben.«

»Das kann doch Louisa machen.« Zum hundertsten Mal wünschte Ivy, sie könnte schreiben.

»Das wäre nett. Ich glaube nicht, dass ich die richtigen Worte finden könnte.« Wins Augen füllten sich mir Tränen, und Ivy war froh. Win hatte bisher nicht geweint, und Ivy hatte befürchtet, sie würde ihren Kummer in sich hineinfressen.

»Ich sage Lou Bescheid. Sonst noch jemand?«

Win blinzelte die Tränen aus ihren Augen und holte tief Luft. »Hunderte, Liebes.«

»Gibt es vielleicht ein paar Leute, die wir verständigen und sie darum bitten könnten, die Nachricht weiterzugeben? Ein paar Freunde, die es anderen mitteilen? Für dich wäre es viel zu belastend, es immer wieder und wieder zu erzählen.«

Win sah erschöpft aus, aber sie nickte. »Ich gebe dir mein Adressbuch und kreuze ein paar Namen an«, sagte sie. »Danke, Liebes.«

Es klopfte an der Wohnungstür, und Win schrak zusammen. »Wer mag das sein?«

»Ich gehe nachschauen.«

Vor der Tür stand eine kleine Frau mit lackschwarzem Haar.

»Ich bin Edith«, stellte sie sich vor. »Ich war hier, als der Postbote das Telegramm gebracht hat.«

»Danke«, sagte Ivy. »Es war sehr aufmerksam von Ihnen, daran zu denken, worum es gehen könnte.«

Die Frau biss sich auf die Lippe. »Geht es ihr halbwegs gut?«

Win erschien in der Tür zum Salon. Sie hatte sich die Haare glattgestrichen und die Schminke unter ihren Augen abgerieben.

»Edith, meine Liebe«, sagte sie und fasste ihre Nachbarin an den Händen. »Danke für deine Anteilnahme.«

»Es tut mir so leid«, sagte Edith.

»Ich werde ihn schrecklich vermissen.«

»Gibst du mir Bescheid, falls ich irgendetwas für dich tun kann?«

»Gewiss, meine Liebe. Aber einstweilen sind meine Freundinnen aus Kew bei mir, und ich muss irgendwie zurechtkommen.«

Sie küsste Edith auf die Wange, komplimentierte sie aus der Wohnung und machte hinter ihr fest die Tür zu. Dann lehnte sie sich an die Türfüllung und schloss kurz die Augen. Ivy beobachtete sie besorgt.

»Win?«, sagte sie.

Win öffnete die Augen und richtete sich auf.

»Mir geht's gut, Liebes.«

»Dir muss es nicht gut gehen«, sagte Ivy, die daran dachte, wie verzweifelt sie gewesen war, als Jim fortging. »Du musst dich nicht unseretwegen zusammenreißen.«

»Wo bleibt nur Louisa mit dem Tee?«, fragte Win.

Da Louisa und Ivy nicht wollten, dass Win in dieser Situation allein war, blieben sie den Rest des Tages bei ihr. Und als der Abend zur Nacht wurde, führten sie in der Küche im Flüsterton ein Gespräch.

»Wir können Sie nicht allein lassen«, sagte Ivy.

»Ganz meine Meinung. Sie hat sich bisher tapfer gehalten, aber ich denke, es ist nur eine Frage der Zeit, bis sie zusammenbricht.«

»Ich bleibe hier.« Ivy traf ihre Entscheidung, ohne auch nur eine Sekunde zu überlegen.

»Sicher?«

Sie nickte. »Ist ja bloß für eine Nacht.«

Louisa vergewisserte sich, dass Win im Bett lag, bevor sie ging und Ivy einen Abschiedskuss gab.

»Wir sehen uns morgen früh«, sagte sie. »Versuch, sie dazu zu bringen, etwas zu essen.«

»Ich pass schon auf sie auf.«

Win, die sich zu freuen schien, dass jemand bei ihr blieb, hatte Ivy eines ihrer Nachthemden geliehen, das noch viel schöner als Ivys bestes Kleid war, und sie gebeten, es sich im Gästezimmer bequem zu machen. Dann war sie in ihr Schlafzimmer gegangen und hatte leise die Tür geschlossen.

Als Louisa gegangen war, stand Ivy unschlüssig vor Wins Tür und fragte sich, ob sie anklopfen sollte.

»Win?«, flüsterte sie. Keine Antwort. »Win? Ich leg mich jetzt schlafen, aber falls du was brauchst, ich bin gleich nebenan.«

Wieder kam keine Antwort. In der Hoffnung, dass Win schlief, ging Ivy ins Gästezimmer, zog ihre Sachen aus und schlüpfte in das weiche Nachthemd. Es war ein Hochgenuss, den Stoff auf ihrer Haut zu spüren, und sie konnte nicht widerstehen, sich kurz im Kreis zu drehen, bevor sie ins Bett stieg.

»Wie ein Hochzeitskleid«, murmelte sie und hatte schon im nächsten Moment Gewissensbisse, weil Win einmal ein Hochzeitskleid und eine Hochzeit und einen Ehemann gehabt hatte, und jetzt war ihr Mann für immer fort.

Sie kuschelte sich unter die Decke. Auf einmal fühlte sie sich todmüde und unendlich traurig. Als sie einschlief, hörte sie durch die Tür vom Nebenzimmer leises Schluchzen.

Kapitel 23

Am nächsten Morgen wachte Ivy früh auf. Sie hatte tief und fest geschlafen. Es war einfach himmlisch, ein Bett ganz für sich allein zu haben, und sie fühlte sich deshalb ein wenig schuldbewusst. In der Wohnung war kein Laut zu hören, was, wie Ivy hoffte, bedeutete, dass Win sich irgendwann in der Nacht in den Schlaf geweint hatte. Sie stand auf und machte sich auf die Suche nach Tee und Toast. Tee fand sie im Küchenschrank, einen Laib Brot in der Brotdose, und sie schnitt gerade dicke, unregelmäßige Scheiben ab, als Win hereinkam. Wieder tat es Ivy weh, ihre Freundin so verändert zu sehen. Ihr Haar hing in wirren Strähnen offen auf ihre Schultern, ihr Gesicht war ungeschminkt und fleckig, ihre Augen verschwollen, sicher vom Weinen. Sie sah alt und müde aus und unsagbar traurig.

»Ich dachte, du möchtest vielleicht etwas essen«, sagte Ivy. »Ein bisschen Toast, was meinst du?«

Win verzog das Gesicht. »Eine Scheibe vielleicht.«

»Komm, setz dich, dann bring ich dir was. Wie wär's mit 'ner Tasse Tee? Ich brühe gerade welchen auf.«

»Das wäre wunderbar, Liebes.«

Win setzte sich an den kleinen Tisch vor dem Küchenfenster und starrte in den Park hinaus. Ivy mochte gar nicht daran denken, wie oft sie dort zusammen mit Archie gefrühstückt hatte.

Wins Gedanken schienen in eine ähnliche Richtung zu gehen. »In Dover hat Archie immer in der Orangerie gefrühstückt, auch wenn es in Strömen gegossen hat. Du kannst dir vorstellen, wie laut es da drin war, wenn der Regen auf das Glasdach prasselte.«

Ivy nickte.

»Kann ich«, sagte sie, obwohl sie in Kew bisher nur in der Orangerie gearbeitet, nicht aber dort gefrühstückt hatte. Auf dem Herd pfiff der Kessel, und sie fasste ihn vorsichtig mit einem Geschirrtuch am Griff, goss ein wenig kochendes Wasser in die Kanne, schwenkte es herum und schüttete es wieder aus, bevor sie den Tee hineingab und noch einmal aufgoss.

»Die Kanne anwärmen«, bemerkte Win beifällig.

Ivy lächelte. »Meine Mum würde mir den Kopf abreißen, wenn ich Tee in einer kalten Kanne aufgießen würde.«

»Im Schrank ist ein Toastständer«, sagte Win. Ivy fand ihn und stellte den warmen Toast hinein.

»Marmelade und Butter sind in der Speisekammer. Tut mir leid, ich sollte dir helfen, aber mir fehlt einfach die Kraft.«

»Kein Problem. Macht mir Freude, wenn ich was für dich tun kann.«

Als Ivy die Teekanne auf den Tisch stellte, nahm Win ihre Hand.

»Bleibst du hier?«, fragte sie.

»Na klar. Wegen dem einen Tag wird Mac keinen Aufstand machen.«

Aber Win schüttelte den Kopf.

»Ich rede nicht von heute. Ich meine, willst du hier einziehen? Ich kann den Gedanken nicht ertragen, ganz allein in dieser Wohnung zu sein. Und du verstehst, wie mir zumute ist, Ivy. Dein Jim ist weg, deshalb weißt du, wie es mir geht. Ich dachte, vielleicht könnten wir einander Gesellschaft leisten.«

Ivy starrte sie an. »Du willst, dass ich hier bei dir wohne?«

»Glaubst du, deine Mutter hätte etwas dagegen?«

»Nein, ich glaube, meine Mum würde vor Begeisterung Luftsprünge machen. Und meine Schwester wäre so was von froh, dass sie wahrscheinlich meine Sachen für mich packen würde.«

»Dann ist es abgemacht.« Win sah Ivy hoffnungsvoll an. »Oder?«

Ivy beugte sich spontan vor und umarmte ihre Freundin. »Abgemacht!«

Sie setzte sich an den Tisch und bestrich für Win eine Scheibe Toast mit Marmelade. »Versuch das zu essen«, sagte sie. »Vielleicht kommst du dann wieder ein bisschen zu Kräften.«

Win knabberte gehorsam an ihrem Toast.

»Was möchtest du heute machen?«, fragte Ivy. »Gibt es Sachen, die du erledigen musst?«

»Ich möchte zur Arbeit gehen.«

»Ach, Win, ich weiß nicht, ob das eine gute Idee ist.«

»Es ist besser so. Dann bin ich wenigstens beschäftigt. Ich bin nicht die einzige Frau, die ihren Mann verloren hat, und in den Gärten gibt es viel zu tun, ehe der Frost einsetzt.«

»Bist du sicher?«

»Ganz sicher.« Sie schluckte den letzten Bissen Toast hinunter und stand auf. »So, und jetzt mache ich mich fertig.«

Ivy räumte den Tisch ab und spülte leicht benommen das Geschirr ab. Sie freute sich wirklich sehr, bei Win wohnen zu dürfen, sei es auch nur für kurze Zeit, und ihrer Freundin zu helfen, so gut sie konnte. Gerade jetzt, nachdem Archie nicht mehr da war, und sie selbst … Sie schüttelte den Kopf. Jetzt war nicht der richtige Zeitpunkt, an ihre eigenen Schwierigkeiten zu denken. Im Moment ging es vor allem darum, sich um Win zu kümmern.

»Fertig?«

Win stand in der Tür. Sie war wieder ihr altes Selbst. Ihr Haar war gebürstet und adrett aufgesteckt, sie trug eines ihrer eleganten Kleider, und sie hatte Rouge und einen Hauch Lippenstift aufgelegt.

»Du siehst hübsch aus«, sagte Ivy überrascht.

»Kopf hoch, Brust raus und lächeln, wie Archie immer sagt.«

Ivy lächelte. »Und du bist sicher, dass du klarkommst?«

Einen Moment lang war Wins resoluter Gesichtsausdruck wie weggewischt, und Ivy erhaschte einen Blick auf die gebrochene Frau, die sich dahinter verbarg.

»Ach, Liebes, ich bin mir nicht sicher, ob ich je wieder klarkommen werde«, sagte sie. Dann kehrte ihre Entschlossenheit zurück. »Aber ich bin Lady Winifred Ramsay, und ich werde meinen Archie nicht enttäuschen.«

Ivy bot ihr ihren Arm, und Win nahm ihn an.

»Dann ab an die Arbeit!«

Schon bald entwickelte sich eine Routine in ihrem Tagesablauf. Jeden Morgen bereitete Ivy Tee und Toast und überredete Win, etwas zu sich zu nehmen. Dann fuhren sie zusammen nach Kew, und zwar nun, da Ivy dabei war, mit dem Bus. Sie konnte sich einfach nicht mit dem Gedanken anfreunden, sich den Luxus eines Taxis zu gönnen, wenn es eine gute Buslinie gab. Tagsüber arbeiteten sie hart – Ivy zumindest. Win war wieder in ihre alte Gewohnheit verfallen, durch den Rosengarten oder das Palmenhaus zu schlendern, aber Mac erhob keine Einwände. Er freute sich, sie in der Nähe zu haben – das taten alle – und war damit zufrieden, ihr fürs Erste leichte Aufgaben zu übertragen. Ivy dachte daran, was ihr geholfen hatte, als Jim fortging, und beschloss, Win einige der Samen zu überlassen, die er ihr in seinem letzten Brief geschickt hatte, was jetzt schon wieder mehrere Tage zurücklag, obwohl sie vermied, sie zu zählen, weil sie dann möglicherweise in Panik geraten würde.

Es waren die winzigen schwarzen Körnchen, die Jim ihr geschickt hatte, durch die sie auf diese Idee gekommen war. Ivy hatte festgestellt, dass es sich um Samen von Mohnblumen handelte, auch wenn ihr die Bedeutung – Trost oder Vorstellungskraft oder sogar Reichtum, wenn es sich um gelbe Mohnblumen handelte – eher belanglos erschien. Aber dann war eines Tages vor ein paar Wochen Mac gekommen, um Ivys Garten der Briefe zu besichtigen und ihr etwas zu erzählen.

»Ich bin gestern Abend im Pub mit einem Burschen ins Gespräch gekommen«, hatte er gesagt. »Er war in Frankreich und ist zurzeit auf Heimaturlaub.«

Ivy versteifte sich vor Angst, es könnten schlechte Nachrichten kommen, aber Mac legte tröstend einen Arm um ihre Schultern.

»Er hat mir erzählt, dass die Schlachtfelder mit Mohn praktisch übersät sind. Anscheinend wachsen die Blumen in der aufgewühlten Erde. Er hat gesagt, für die Soldaten stellt es eine Art Zeichen der Hoffnung dar, dass etwas so Schönes an einem so gottverlassenen Ort wachsen kann.«

»Hoffnung«, wiederholte Ivy. »Das hat Jim also gemeint.«

»Das nehme ich an, ja.«

»Ist es zu spät, um sie auszusäen?«, hatte sie mit einem Blick auf den bleifarbenen Himmel, der noch mehr Regen ankündigte, gefragt.

»Nein, nicht wenn du sie vor Ende des Monats einsetzt«, hatte Mac zu ihrer Erleichterung gesagt. »Bring sie jetzt in die Erde, und nächsten Sommer wirst du hier eine wahre Pracht vorfinden.«

Ivy hatte die meisten Samen ausgesät, aber es waren so viele gewesen, dass sie einige aufbewahrt hatte, und jetzt war sie froh darüber. Sie packte sie in ein Papiertütchen und gab es Win.

»Du kannst einen Teil von meinem Garten der Briefe für dich haben und dort zum Andenken an Archie Mohn aussäen«, sagte sie. »Und als Symbol für die Hoffnung auf glücklichere Zeiten.«

Win hatte dankbar genickt, und jetzt traf man sie öfter dabei an, wie sie sich im Garten der Briefe zu schaffen machte und ein Auge auf alles hatte, was dort wuchs und gedieh. Ivy hatte befürchtet, Wins Anwesenheit könnte ihr lästig werden, aber so war es nicht. Das Gefühl des Verlustes vereinte die beiden Frauen.

Nach der Arbeit gingen sie heim. An Abenden, wenn sie nicht mit ihrer Arbeit für die Friedensliga beschäftigt war oder sich nicht mit Teddy traf, kam Louisa zu Besuch. Getrieben von dem Wunsch, die Leere ihrer Tage sinnvoll auszufüllen, widmete sich Win mit großem Enthusiasmus der Sache der Suffragetten und hatte in dieser Organisation viele neue Freundinnen gefunden.

»Janet meint, wir sollten sofort wieder aktiv werden, wenn der Krieg vorbei ist«, erzählte sie Ivy nach einem ihrer Treffen. »Wäre das nicht fantastisch, Liebes?«

Ivy rutschte unbehaglich auf dem Sofa hin und her.

»Hängt davon ab, was geplant ist«, murmelte sie.

»Und Freitag halten wir am Busbahnhof einen Protestmarsch ab, um dafür zu demonstrieren, dass weibliche Fahrer und Schaffner die gleiche Bezahlung wie ihre männlichen Kollegen erhalten«, fuhr Win fort. »Unser Kampf in Kew hat andere inspiriert, zu den Waffen zu greifen. Symbolisch gesprochen, versteht sich.«

Aber auch wenn Win sich tagsüber kaum etwas anmerken ließ, konnte Ivy sie jede Nacht in ihrem Schlafzimmer weinen hören. Und jeden Morgen waren ihre Augen gerötet, ihr Gesicht tränenverschmiert.

»Sie wird auf ihre Art damit fertig«, sagte Louisa, als Ivy ihr anvertraute, wie sehr sie sich um Win sorgte. »So sind manche Frauen eben – nach außen hin stark wie ein Löwe. Sie will sich nicht anmerken lassen, dass sie mit ihrem Verlust nicht zurechtkommt.«

»Sie kommt zurecht«, wandte Ivy ein. »Ich bin bloß besorgt, weil sie so schrecklich traurig ist.«

»Die Wunde ist noch frisch. Mit der Zeit wird es leichter für sie werden«, sagte Louisa. »Teddy sagt, inzwischen gibt es Tage, an denen er nicht mehr so viel an Philip denkt. Aber dann passiert irgendetwas, das ihn so eindringlich an seinen Sohn erinnert, und dann tut es genauso weh wie in dem Moment, als er von Philips Tod erfuhr. Man kann nicht voraussagen, wann so etwas geschieht. Deshalb müssen wir jetzt immer für sie da sein.«

Bei der Vorstellung, man könnte sich irgendwann an den Verlust eines geliebten Menschen gewöhnen, war es Ivy kalt über den Rücken gelaufen.

Der November war gekommen und mit ihm Nachtfröste und frühe Dunkelheit. Da es jetzt auf dem Hof weit weniger zu tun gab, wollte Louisa am folgenden Wochenende Bernie besuchen und kam deshalb zu Ivy und Win, um sich zu erkundigen, ob sie ihr vielleicht etwas für ihn mitgeben wollten. Mit einer Zeichnung, die Ivy angefertigt hatte und die das herbstliche Kew zeigte, in der Tasche, blieb Louisa noch zum Tee bei den beiden.

»Willst du uns heute Abend nicht etwas vorlesen?«, fragte Ivy ihre Freundin, als sie in den Salon zurückgingen, wo Win vor dem Kamin saß. Louisa, die von den prall gefüllten Bücherregalen der Ramsays hingerissen war, hatte sich angewöhnt, ihren beiden Freundinnen etwas vorzulesen, wenn sie zu Besuch kam. Sie waren eben bei der Hälfte von Jane Eyre angelangt, und Ivy war restlos begeistert von dem Buch.

»Du könntest versuchen, es selbst zu lesen«, sagte Louisa. Seit Bernie nicht mehr da war, hatte Ivy es aufgegeben, Lesen und Schreiben zu lernen. Sie hatte einfach nicht das Herz dazu.

»Das will ich aber nicht.«

Win blickte auf. »Ich könnte es dir beibringen.«

»Wirklich?«

»Ich bin zwar keine Lehrerin, aber gemeinsam könnten wir uns irgendwie durchschummeln, was meinst du?«

»Das fände ich sehr schön.«

Win setzte ihre Brille auf. »Wie viel kannst du lesen?«, fragte sie. »Welche Wörter kennst du?«

Sie griff nach der Zeitung, die neben ihr auf einem Beistelltisch lag, und hielt sie Ivy vors Gesicht. »Kannst du die Schlagzeile lesen?«

Ivy warf einen Blick darauf. Einige wenige Worte erkannte sie. »Es hat was mit der Front zu tun«, sagte sie.

»Und was?«

Als Ivy versuchte, die Wörter zu entziffern, füllten sich ihre Augen mit Tränen.

»Da steht irgendwas von Gas«, sagte sie. »Setzen sie noch mehr Giftgas gegen unsere Soldaten ein, Win?«

Win drehte die Zeitung um und überflog rasch den Artikel, bevor sie das Blatt hastig zusammenfaltete und weglegte.

»Nein, nein«, sagte sie. »Nicht so wie in Ypern. Du musst dir keine Sorgen machen.«

Aber Ivy fiel auf, wie Win und Louisa einen besorgten Blick wechselten, und ihr Herz schlug schneller vor Angst.

»Was?«, sagte sie. »Was passiert da? Ist Jim in Gefahr? Er ist in Frankreich.«

Louisa legte einen Arm um Ivy und zog sie an sich. »Jim geht es gut«, sagte sie ruhig. »Das weißt du, weil du dauernd von ihm hörst, stimmt's? Er hat dir diese Mohnsamen geschickt. Es geht ihm gut.«

Aber Panik stieg in Ivy auf. »Ich weiß nicht«, sagte sie. »Ich weiß nicht, ob es ihm gut geht.«

Win schaute sie betroffen an. »Liebes, ich weiß, wie dir zumute ist. Mir war auch immer ganz elend vor Angst um

Archie, wenn ich in der Zeitung Nachrichten über den Krieg gelesen habe.«

»Und dann ist das Schlimmste passiert!«, rief Ivy. »Archie ist gefallen.«

»Aber es gibt keinen Grund zu der Annahme, dass Jim etwas zustoßen wird, nicht den geringsten«, sagte Win.

Ivy holte tief Luft. »Doch, den gibt es …«

Win wurde kreidebleich, und Louisa drückte Ivy noch fester an sich. »Was ist passiert?«, fragte sie. »Was hast du uns verschwiegen?«

»Er hat seit Wochen nicht geschrieben. Seit er mir die Mohnblumensamen geschickt hat, nicht mehr.«

Louisa runzelte die Stirn und versuchte nachzurechnen. »Wann war das noch … Anfang Oktober?«

»Ende September«, wisperte Ivy. »Es ist fünf Wochen und drei Tage her.« Wem hatte sie vormachen wollen, sie würde die Tage nicht zählen?

»Warum hast du nichts gesagt?«, fragte Win. Dann nickte sie. »Wegen Archie, richtig? Du wolltest mir Aufregungen ersparen, während ich um ihn trauere.«

Ivy rang sich ein kleines Lächeln ab. »Ich habe mich schrecklich gefühlt, weil ich mich so schrecklich um Jim gesorgt habe, während du damit fertigwerden musstest, was Archie tatsächlich zugestoßen ist.«

»Ach, du Dummerchen«, sagte Win. »Bitte unterdrücke nie wieder deine Gefühle, um meine zu schonen. Nie wieder!«

Louisa hatte nachgedacht. »In Frankreich ist auch

Herbst, vielleicht gibt es keine Blumensamen mehr, die er schicken könnte?«

Ivy stürzte sich förmlich auf diesen winzigen Funken Hoffnung. »Vielleicht.« Aber gleich darauf kehrte die Verzweiflung zurück. »Aber es gibt dort doch bestimmt Bäume, oder? Und wenn er nichts hat, was er mir schicken kann, hätte er mir einfach schreiben können. Er weiß doch, dass Louisa mir seine Briefe vorlesen würde.«

Eine Weile herrschte Schweigen, während sich alle drei Frauen den Kopf zerbrachen, welchen guten Grund es für das Schweigen von Ivys Liebsten geben könnte.

»Und du hast ihm wie üblich Zeichnungen und getrocknete Pflanzen geschickt?«

»Ja, alle paar Tage. Ich könnte es nicht ertragen, wenn er glaubt, dass ich nicht mehr an ihn denke.«

Obwohl sie sich krampfhaft bemühte, ihre Tränen zu unterdrücken, fing sie an zu weinen.

»Ich hab solche Angst, dass ihm was passiert ist. Ist er in einen Gasangriff geraten? Liegt er vielleicht irgendwo da drüben im Schlamm? Der Gedanke, dass Jim tot ist, will mir einfach nicht aus dem Kopf.«

»Ganz ruhig«, beschwichtigte Louisa sie und wiegte Ivy wie ein kleines Kind in ihren Armen. Win stand auf, setzte sich auf der anderen Seite neben Ivy und legte eine Hand auf ihren Arm, damit sie spürte, dass auch sie bei ihr war.

»Du willst das vielleicht nicht hören«, sagte Win nach einer Weile. »Aber wenn ihm etwas zugestoßen wäre, würdest du es erfahren. Dieses Telegramm zu lesen war der schlimmste Augenblick in meinem Leben, aber wenigstens habe ich jetzt Gewissheit.«

Aber Ivy schüttelte den Kopf. »Mir würde es bestimmt keiner sagen. Man würde Jims Mum verständigen.«

»Sie würde es dir sagen, Ivy. Sie würde dich nicht im Ungewissen lassen.« Louisas Miene war ernst. »So ist es doch, oder?«

Ivy zuckte mit den Schultern. »Keine Ahnung. Sie war immer richtig nett zu mir, aber vielleicht wohnt sie gar nicht mehr in London. Ich weiß es nicht.«

»Wir könnten sie doch besuchen«, schlug Louisa vor. »Nur um sicherzugehen.«

Ivy nickte. »Da ist noch was«, flüsterte sie.

»Was denn?«

Ivy stand auf und trat zur Anrichte, wo sie ihr Skizzenbuch hingelegt hatte, setzte sich dann wieder aufs Sofa und blätterte in dem Buch, bis sie die richtige Seite gefunden hatte.

»Das ist der Brief, den ich für Jim vorbereitet habe. Ich wollte ihn morgen zur Post bringen, aber ich dachte, ich zeige ihn lieber zuerst euch.« Wieder holte sie tief Luft. »Weil ihr das auch wissen müsst.«

Sie schlug die Seite auf, die sie mit ihrem Finger markiert hatte, und zeigte ihnen ein kleines Bündel getrockneter weißer Blumen. Winzige Blüten mit zarten Rändern.

»Die habe ich schon vor einer Ewigkeit gepresst, noch bevor Jim wegging«, sagte sie. »Ich hätte mir nie träumen lassen, dass ich sie eines Tages brauchen würde.«

Win beugte sich vor, um mehr sehen zu können.

»Schleierkraut?«, sagte sie. »Wofür steht es?«

Aber Louisa war ihr einen Schritt voraus. Sie sah aus, als würden Ivys Blumen lediglich bestätigen, was sie bereits geahnt hatte.

»Man nennt es auch Baby's Breath, nicht wahr, Ivy?«

Ivy konnte ihrer Freundin nicht in die Augen schauen. Stattdessen starrte sie auf das Skizzenbuch in ihrem Schoß und nickte nur.

»Erwartest du ein Kind, Ivy? Ein Kind von deinem Jim?«

Eine dicke Träne lief Ivys Wange hinunter. Sie wischte sie nicht weg, sondern legte beide Hände auf ihren Bauch, auf das Baby, von dem sie jetzt wusste, dass es in ihr wuchs.

»Ja.«

Sie zwang sich, den Kopf zu heben und erst Louisa und dann Win anzuschauen, voller Angst, Missbilligung in ihren Augen zu sehen. Aber stattdessen sah sie Liebe und Zuneigung und Güte – und deshalb musste sie gleich noch mehr weinen.

»Ich weiß nicht, was ich tun soll«, schluchzte sie. »Ich weiß nicht, was ich tun soll.«

Louisa nahm die eine Hand ihrer jungen Freundin, Win die andere.

»Gemeinsam kriegen wir das hin«, sagte Louisa. »Alles wird gut, du wirst schon sehen.«

Ivy ließ ihren Kopf an Louisas Schulter sinken. Sie war so erfüllt von Dank für diese Unterstützung, dass sie zu bersten glaubte. Aber sie bezweifelte, dass Louisa mit ihren

Worten recht hatte. Sie war unverheiratet und erwartete ein Baby, und sie hatte seit Wochen nichts mehr vom Vater des Kindes gehört. Der Himmel allein wusste, was Mac sagen würde, wenn er dahinterkam – oder ihre Mutter. Ivy erschauerte bei der Vorstellung, jemand könnte ihrem schändlichen Geheimnis auf die Spur kommen, und gleichzeitig hätte sie vor Schmerz schreien können, wenn sie auch nur an die vage Möglichkeit dachte, Jim könnte auf irgendeinem Schlachtfeld in Frankreich sterben, ohne jemals zu wissen, dass er Vater werden sollte.

»Alles wird gut«, sagte Louisa wieder.

Aber Ivy schüttelte nur den Kopf. Sie glaubte nicht, dass irgendetwas gut werden würde, nie, nie wieder.

Kapitel 25

»Ich bin ratlos«, gestand Louisa Teddy, als sie am nächsten Tag im Zug nach Kent saßen. »Ivy ist so unglücklich, einfach völlig niedergeschmettert. Sie und Win schenken einander viel Trost, und wir haben ihr beide versprochen, ihr zur Seite zu stehen. Aber leicht wird es nicht.«

Teddy nahm ihre Hand, und sofort verspürte sie in ihrem Inneren eine wohlige Wärme.

»Ich glaube, zurzeit ist gar nichts leicht«, sagte er. »Aber ich glaube auch, dass Ivy sich glücklich schätzen kann, dich und Win zu haben.«

Louisa legte ihren Kopf an seine Schulter. Sie fand, dass sie es war, die sich glücklich schätzen konnte, Teddy begegnet zu sein, zu einer Zeit, da sie längst geglaubt hatte, nie wieder Liebe zu finden. Sie hatten beide tragische Verluste und großen Schmerz erlitten, aber sie fanden Kraft beieinander, und Louisa hielt unendlich viel von diesem traurigen, sanften und gütigen Mann. Sie war sich nicht sicher, wie es weitergehen würde, denn schließlich war sie nach wie vor

Regs gesetzmäßige Ehefrau. Aber sie hatte festgestellt, dass es ihr nichts ausmachte, nicht wirklich. Stattdessen lebte sie, indem sie jeden Tag nahm, wie er kam, freute sich an Teddys Nähe und machte das Beste aus der Zeit, die sie miteinander verbringen konnten. Deshalb fuhr er jetzt auch mit ihr nach Kent. Sie hatte das Wochenende nicht ohne ihn verbringen wollen, und so bereitwillig, wie er zugestimmt hatte, sie zu begleiten, schien er genauso zu empfinden wie sie.

Natürlich war sie ein bisschen beunruhigt wegen der Möglichkeit, zufällig Reg zu treffen, aber Bernie und Matthew hatten ihr beide versichert, dass er immer noch bei seiner strengen Schwester in Folkestone war.

Matthew holte sie am Bahnhof mit Pferd und Wagen ab, was Louisa nach all der Zeit, die sie nun schon in London lebte, recht altmodisch vorkam. Altmodisch, aber vertraut und anheimelnd. Sie stellte Teddy ihrem Bruder vor, der ihn eher mit Zurückhaltung betrachtete, bis Teddy die Bemerkung fallen ließ, dass er als Kind mehrmals den Sommer bei einem Hopfenbauern verbracht hatte. Und schon waren sie die besten Freunde.

Louisa lächelte in sich hinein, als der Wagen über die schmalen Wege auf den Hof zu rumpelte. Männer waren doch wirklich sehr einfach gestrickt.

»Bernie scheint sich hier gut eingelebt zu haben«, bemerkte sie, als sie sich ihrem alten Zuhause näherten.

Matthew nickte eifrig. »Zugegeben, ich war ein bisschen skeptisch, als ich ihn zum ersten Mal sah«, sagte er mit einem Lachen. »Mit seinen langen Haaren und den komischen O-Beinen. Also, ich dachte mir: Wen zum Kuckuck hat Lou mir da angehängt?«

Louisa grinste. »Aber?«

»Aber er lernt schnell, und er ist wirklich interessiert, verstehst du? Er hat tonnenweise Zeug darüber gelesen, wie man das Land besser nutzen und die Erträge steigern kann, und sich einiges einfallen lassen, um mehr Geld aus der Ernte herauszuschlagen. Er ist ein echter Gewinn.«

Er machte eine Pause, während er den Wagen um eine Ecke lenkte, und fuhr dann fort: »Jenny findet ihn großartig, und die Kinder lieben ihn. Er hat Lettie geholfen, das Alphabet zu lernen.«

»Und er schläft in der Scheune?«

»Das hat er, aber Jenny hat für ihn die alte Stiefelkammer ausgeräumt. Jetzt hat er dort sein Bett, und da drinnen ist es auch schön warm, weil die Kammer gleich neben der Küche ist. Sieht nach einem harten Winter aus.«

Louisa nickte. Sie und die anderen in Kew hatten schon über das verheerende Wetter in den vergangenen Wochen gesprochen – heute war einer von den seltenen trockenen Tagen –, und alle waren derselben Meinung gewesen wie ihr Bruder.

»Freut mich, dass es so gut klappt«, sagte sie. »Und Mum und Dad? Geht es ihnen gut?«

»So gut wie eh und je«, antwortete Matthew. »Sie fühlen sich wohl im Cottage, obwohl Mum ohnehin die meiste Zeit hier ist, um Jenny zu helfen.«

Da ihr Bruder inzwischen den Großteil der Arbeit erledigte, waren ihre Eltern aus dem großen Bauernhaus ausgezogen und hatten es Matthew, Jenny und ihren Kindern als eigenes Zuhause überlassen. Jetzt wohnten sie in einem kleinen Cottage in der Nähe, und Louisa würde sie heute zum ersten Mal, seit sie nach London gezogen war, wiedersehen. Der Briefwechsel mit ihrer Mutter hatte einiges dazu beigetragen, die Spannung zwischen ihnen zu lockern, aber sie war trotzdem nervös bei der Vorstellung, ihre Eltern in Fleisch und Blut vor sich zu sehen.

Matthew lenkte den Wagen in die Einfahrt zum Hof, und dort vor dem Haus stand Jenny. Sie sah ein bisschen älter aus, hatte aber auf den Lippen immer noch dasselbe breite Lächeln, an das Louisa sich erinnerte, und trug ein Kleinkind auf der Hüfte. Zwei größere Kinder jagten einander um ihre Mutter herum, und Louisas Eltern saßen auf einer Bank vor dem Haus. Plötzlich war jede nervöse Anspannung verflogen. Matthew zügelte das Pferd, aber noch bevor der Wagen stehen blieb, war Louisa schon abgesprungen und rannte zu ihrer Mutter und ihrem Vater. Alle umarmten einander, ein paar Tränen flossen, es gab Entschuldigungen auf beiden Seiten, kurz, alles wurde gesagt und getan, um die Entfremdung, die zwischen ihnen entstanden war, zu überbrücken.

Irgendwann fiel Louisa auf, dass Jenny, Teddy und die Kinder verlegen herumstanden, und sie löste sich von ihren Eltern und wischte sich die Augen.

»Meine Lieben, ich darf euch meinen Freund Edward Armitage vorstellen. Er ist der Mann, der Bernie geholfen hat, offiziell als Kriegsdienstverweigerer anerkannt zu werden und hier zu arbeiten. Und das sind meine Eltern George und Nora Hamilton und Matthews Frau Jenny.«

»Teddy, wenn ich bitten darf«, sagte Teddy, während er allen die Hand schüttelte. »Freut mich sehr, euch alle kennenzulernen.«

Jenny stellte die älteren Kinder vor, Lettie und Roddy, die Louisa schüchtern begrüßten, sich offensichtlich aber nicht an sie erinnern konnten, und das Baby, das Ellen hieß.

»Meine Güte, es ist komisch, wieder hier zu sein«, sagte Louisa, als Jenny sie alle ins Haus bat, um Tee zu trinken. »Alles ist vertraut und doch ganz anders.«

»Ich bin froh, dass es dir gelungen ist, dich mit deinen Eltern auszusöhnen«, sagte Teddy halblaut zu Louisa. »Familie ist unglaublich wichtig.«

Sie nickte. »Ich habe eine Weile gebraucht, um zu mir zu finden und die Reaktion meiner Mutter zu verdauen. Aber die Zeit bei den Suffragetten hat mir die Augen geöffnet. Ich verstehe jetzt, dass sie sich Sorgen um mich gemacht hat. Sie war überzeugt, dass ich mich allein nicht durchschlagen könnte, dass jede Frau einen Mann braucht und selbst ein Mann wie Reg besser ist als gar keiner.«

»Trotzdem hätte sie dir beistehen sollen, als du sie um Hilfe gebeten hast.«

Wieder nickte Louisa. »Stimmt, das hätte sie. Aber ich weiß, wie schrecklich sie sich fühlt, weil sie es nicht getan hat. Jetzt können wir beide das alles hinter uns lassen und nach vorn schauen.«

Teddy drückte ihre Hand. »Weise Worte.«

»Tante Louisa, Mummy hat einen Kuchen gebacken«, rief Roddy, der zu ihnen gehüpft kam und Louisa an die Hand nahm. »Komm, schau ihn dir an! Es sind Kirschen obendrauf.«

Gerührt, wie schnell er sie als Familienmitglied akzeptierte, ließ sie sich von ihm in die geräumige Küche führen, die genau wie alles andere im Haus dieselbe und dennoch anders war. Die große Feuerstelle und der Herd waren unverändert, aber es gab einen neuen Tisch, und auf einem der Stühle rekelte sich eine hübsche getigerte Katze – jedenfalls tat sie das, bis Roddy sie anstupste, worauf sie verärgert fauchte, auf den Steinboden sprang und hochmütig zur Hintertür hinaustrippelte.

»Tee?«, fragte Jenny lächelnd.

»Sehr gern.«

Während alle darauf warteten, dass das Wasser kochte, wurde angeregt über Kew und über Landwirtschaft geplaudert. George, der Vater von Matthew und Louisa, stellte alle möglichen Fragen zu den Gemüsebeeten in den Gärten, und Louisa strahlte vor Stolz, als sie Tipps weitergab, wie sich mehr Kartoffeln ernten ließen und welche Sorten man während des Winters ziehen konnte. Sie fühlte sich noch mehr wie eine richtige Gärtnerin, als ihr Vater aufstand, Papier und Bleistift holte und anfing, sich Notizen zu allem, was sie sagte, zu machen.

»Wir haben unser Angebot wirklich stark erweitert, aber es könnte immer noch viel mehr sein«, sagte George, während er den Bleistiftstummel hinter seinem Ohr hervorzog. »Die Dorfbewohner können weiß Gott alles brauchen, was an Nahrung zu bekommen ist.«

Louisa hatte gedacht, dass der Krieg hier im Südwesten der Britischen Insel sehr weit weg zu sein schien, im Gegensatz zu London, wo es überall Hinweise auf den Konflikt gab: Soldaten auf Heimaturlaub, Plakate und Aufrufe und dergleichen. Aber anscheinend hatte sie sich geirrt, und die giftigen Klauen des Krieges hatten jeden Teil Englands erreicht, selbst diesen winzigen Winkel von Kent.

»Ist es sehr schlimm?«, fragte sie.

Nora erschauerte. »Praktisch alle Männer sind weg«, sagte sie. »Die Bauern sind natürlich hiergeblieben, aber es gibt keine Landarbeiter mehr, keine Hilfskräfte, auch nicht für andere Tätigkeiten. Erinnerst du dich noch an Peter vom Pub? Den Rothaarigen? Er ist fort.«

»Ist er denn nicht noch zu jung?« Louisa versuchte, sich an ihn zu erinnern, aber das einzige Bild, das sie heraufbeschwören konnte, war das eines kleinen Jungen mit Sommersprossen und einem wirren Schopf roter Haare.

»Sechzehn«, sagte ihre Mutter. »Er war kaum vierzehn Tage an der Front, als er fiel.«

Teddy zuckte zusammen, und Louisa warf ihm einen verstohlenen Blick zu, um sich zu vergewissern, ob alles in Ordnung war. Er nickte ihr fast unmerklich zu.

»Teddy hat seinen Sohn Philip verloren«, sagte sie zu

ihrer Mutter, während sie spürte, wie Teddy unter dem Tisch unauffällig nach ihrer Hand griff und sie drückte. »Er kam gleich am Anfang des Krieges ums Leben.«

»Das tut mir sehr leid«, sagte Nora mitfühlend, und Teddy neigte kurz den Kopf.

»Und der Ehemann einer Arbeitskollegin, der bei der Dover Patrol war, ist auf See geblieben. Sein Schiff wurde von einem U-Boot versenkt.«

»Verdammte Hunnen«, murmelte ihr Vater. »Verdammter Krieg.«

»Das ist zum Teil der Grund, warum ich so froh bin, dass ihr Bernie helfen konntet«, fuhr Louisa fort. »Niemand, der der Überzeugung ist, dass es falsch ist, Kriege zu führen, sollte gezwungen werden, in diese Hölle zu gehen.«

»Haben Sie Bernie deshalb geholfen? Wegen Ihres Sohnes?«, fragte Nora, die Teddy interessiert musterte. Louisa fragte sich, ob ihre Mutter vielleicht sehen konnte, dass Teddy und sie unter dem Tisch Händchen hielten, und ließ Teddys Finger los.

»So ist es«, sagte Teddy verhalten. Er sprach immer langsamer und behutsamer, wenn er über Philip sprach, und fast klang es so, als hätte er auswendig gelernt, was er antworten sollte, wenn er nach seinem Sohn gefragt wurde. Vielleicht war es ihm dadurch möglich, nicht an das Grauen hinter seinen Worten zu denken. »Philip wollte nicht in den Krieg, aber ich habe ihn dazu gedrängt, für König und Vaterland zu kämpfen. Als er fiel, fühlte ich mich schrecklich. Ich fühle mich immer noch schrecklich.«

Nora tätschelte seinen Arm. »Sie dürfen sich keine Vorwürfe machen«, sagte sie. »Wir Eltern machen alle Fehler.« Ihr Blick begegnete dem ihrer Tochter, und Louisa lächelte, weil ihr klar war, dass diese Worte eine Art Entschuldigung darstellten.

Die Tür ging auf, und Lettie und Roddy schrien gleichzeitig: »Bernie, Bernie!«

Louisa wandte den Kopf, und tatsächlich, da stand Bernie, kräftiger, gesünder und gebräunter, als sie ihn je gesehen hatte.

Sie lief zu ihm und umarmte ihn. »Du siehst blendend aus, Bernie!«

Er strahlte sie an. »Du auch«, sagte er, während er sie auf Armlänge von sich weghielt und sie betrachtete. »Irgendwas scheint dir sehr gut zu bekommen.«

Er spähte kurz zu Teddy und bedachte Louisa mit einem vielsagenden Lächeln. Sie schnitt eine Grimasse, um ihm zu verstehen zu geben, sich nicht weiter zu diesem Thema zu äußern, weil sie schließlich immer noch eine verheiratete Frau war, und er begriff sofort.

»Und Teddy«, sagte er. »Schön, Sie zu sehen.«

Die Männer gaben einander die Hand, dann wuselte Jenny um Bernie herum, schenkte ihm Tee ein und schnitt ihm ein gewaltiges Stück vom Kirschkuchen ab.

»Alles in bester Ordnung auf dem oberen Feld«, sagte Bernie zu Matthew. »Es kann jederzeit bepflanzt werden. Und ich habe das Laub im Obstgarten zusammengekehrt.«

»Prima.«

Louisa hörte den beiden lächelnd zu. »Du scheinst dich gut eingelebt zu haben, Bernie.«

»Ich liebe es«, gestand Bernie, den diese Tatsache selbst ein bisschen zu überraschen schien. »Hier ist alles, was ich an Kew so sehr geliebt habe – das Gefühl der Verbundenheit mit der Erde, das bewusste Erleben der Jahreszeiten –, und dazu noch das Wissen, dass ich meinen Beitrag leiste, verstehst du? Mich nicht einfach verkrieche.«

»Und wie du deinen Beitrag leistest«, sagte Matthew. »Ohne Bernie hätten wir unseren Gemüseanbau nie derartig ausweiten können.«

»Willst du mich nicht herumführen?«, fragte Louisa Bernie.

»Liebend gern.«

Also schlüpften Louisa, Teddy und Bernie in ihre Mäntel und Stiefel und gingen hinaus.

»Fangen wir oben an und arbeiten uns nach unten vor?«, fragte Bernie. Der Hof lag auf einem Hügel, deshalb waren die verschiedenen Flächen von jeher nach der oberen beziehungsweise unteren Lage benannt worden.

»Gehen wir!«

Während Bernie ihnen erklärte, was als Nächstes angebaut werden sollte, schlenderten sie den Pfad zum oberen Feld hinauf.

»Kohl natürlich«, sagte er. »Noch mehr Kartoffeln und vielleicht Blumenkohl. Aber es ginge noch einiges mehr.«

Sie bewunderten die Felder, die Hopfenstangen und

die Obstgärten, wo die Bäume im Moment keine Früchte mehr trugen, aber, wie Bernie versicherte, eine gute Ernte geliefert hatten, und hörten sich Bernies Idee an, den Versuch zu wagen, Pilze zu züchten.

»Also wirklich, da rede ich euch die ganze Zeit die Ohren voll«, sagte er schließlich, als sie am Ententeich vorbei zu den neuen Hühnerställen gingen. »Wie geht es Ivy? Sie schickt mir immer noch Zeichnungen, Gott segne sie.«

Louisa hielt inne. »Können wir uns vielleicht irgendwo hinsetzen?«

Bernie zeigte auf einen Heuballen neben dem Hühnerstall, und sie ließen sich alle darauf nieder.

»Was ist los?«

Louisa verzog das Gesicht. »Ivy fühlt sich sehr elend. Sie bekommt keine Nachrichten mehr von Jim.«

Bernie wurde blass. »Nein!«

»Doch, leider. Deshalb ist die arme Ivy natürlich überzeugt, dass er tot ist, aber unsere Win, die Ärmste, hat vor Kurzem ihren Archie verloren, und sie ist sich absolut sicher, dass Ivy offiziell benachrichtigt worden wäre, wenn Jim tatsächlich gefallen wäre.«

»Gott, wie furchtbar«, sagte Bernie erschüttert. »Was für eine schreckliche Geschichte.«

»Aber das ist noch nicht alles.«

»Nicht?«, fragte Bernie erschrocken.

Louisa schaute sich nach allen Richtungen um, um sich zu überzeugen, dass sich keine kleinen Kinder in der Nähe herumtrieben und etwas von ihrem Gespräch aufschnappen konnten, und fuhr fort: »Sie ist in anderen Umständen. Ivy erwartet ein Kind.«

»Guter Gott!«

Louisa nickte. »Ich weiß.«

»Was wird sie tun?«

»Sie wird das Baby bekommen«, sagte Louisa mit einem leisen Lächeln. »Und dann werden Win und ich ihr helfen.«

»Und was ist mit Jim?«

»Irgendwann werden wir es hoffentlich erfahren. Ivy und ich wollen seine Mutter besuchen. Vielleicht weiß sie mehr.«

»Er könnte durchaus noch am Leben sein«, meinte Teddy. »Viele Männer landen im Lazarett, wo niemand weiß, wer sie sind, sodass ihre Familien oft monatelang nichts von ihnen hören.«

»Genau«, stimmte Louisa zu. »Er könnte verwundet sein. Es kann auch einen anderen Grund geben, warum keine Briefe mehr von ihm kommen. Das muss nicht unbedingt heißen, dass er tot ist.« Sie schluckte. »Er könnte noch am Leben sein«, wiederholte sie.

Bernie nickte. »Mag sein, dass ich Näheres in Erfahrung bringen kann«, sagte er. »Aber ich will nicht zu viel versprechen.«

»Wirklich und wahrhaftig?«, sagte Louisa. Sie war für jede Unterstützung dankbar, die sie bekommen konnte. »Danke, Bernie!«

Kapitel 25

Bernie war fast vor Stolz geplatzt, als er Louisa und Teddy auf dem Hof herumführte. Anfangs hatte er sich ein bisschen gehemmt gefühlt, weil es sich immerhin um Louisas ehemaliges Zuhause handelte, doch sie hatte so viele Fragen gestellt und ein derart großes Interesse bewiesen, dass es ihm schon bald richtig Freude machte, ihr und Teddy zu zeigen, was er geleistet hatte.

Aber die Nachricht von Ivy und Jim hatte ihn ernüchtert. Er wusste, dass Jim Ivy Pflanzensamen geschickt hatte, und hatte diesen Einfall großartig gefunden. Und ihm war klar, dass irgendetwas passiert sein musste, wenn Jim jetzt nichts mehr von sich hören ließ. Zum Glück hatte er, genau wie er Louisa gesagt hatte, eine Idee, wie man herausfinden könnte, was vorgefallen war.

Der Rest des Nachmittags verlief in ungetrübter Freude. Zu sehen, wie nahe Louisa und Teddy einander waren, machte Bernie sehr froh, und er fragte sich, ob es nicht irgendeine Möglichkeit gab, dass sie ein richtiges Paar werden konnten. Könnte Louisa sich nicht von Reg scheiden lassen? Er hatte von Ehepaaren gehört, die das machten, aber noch nie jemanden persönlich kennengelernt, der eine Scheidung hinter sich hatte. Es war mehr als unfair, dass Louisa in ihrem Leben nicht wirklich vorankam, während Reg unten in Folkestone tun und lassen konnte, was er wollte.

»Wie kommst du mit den Einheimischen zurecht?«, fragte Louisa, als sie auf Matthew warteten, der Pferd und Wagen holte, um sie zum Bahnhof zu bringen. Sie und Teddy hätten über Nacht bleiben können, aber da Louisa unsicher war, wie ihre Eltern darauf reagieren würden, hatte sie beschlossen, es bei diesem einen Tag zu belassen – fürs Erste. Sie war überzeugt, dass sie schon bald wiederkommen würde.

Bernie dachte über ihre Frage nach. Da war zum Beispiel Mrs Lannister vom Postamt, die immer sehr freundlich zu ihm war, und dann die Männer im Pub, die anfänglich zurückhaltend waren, ihn jetzt aber als einen der ihren akzeptierten. Er lächelte. »Die Leute hier sind alle sehr nett.«

Louisa fixierte ihn mit ihrem strengsten Blick. »Stimmt das auch, Bernie?«

Er knickte sofort ein. »Doch, es stimmt, sie sind nett. Aber …«

»Aber?«

»Sie wissen nicht, dass ich ein Verweigerer bin.«

Teddy zuckte leicht zusammen. Dieses Wort war mittlerweile zu einer Beleidigung geworden. Bernie hatte sogar schon gehört, wie es ein paar Dorfkinder als Schimpfwort benutzten.

»Sag doch nicht so was!«

Bernie zuckte mit den Schultern. »Es ist die Wahrheit.«

»Wirst du es ihnen erzählen?«

»Matt meint, das muss niemand wissen, und ich neige dazu, ihm recht zu geben.«

Louisa und Teddy wechselten einen Blick. Bestimmt machen sie sich Sorgen, ob es mir gelingt, mein Geheimnis zu hüten, dachte Bernie.

»Wenn du dir sicher bist …«

»Das bin ich.«

Matthew fuhr mit dem Wagen vor, und Louisa hob ihre Tasche auf.

»Pass gut auf dich auf, Bernie«, sagte sie und küsste ihn auf die Wange.

Bernie hatte an diesem Abend noch einige Arbeiten zu erledigen, aber gleich nach dem Essen lief er in sein Zimmer und machte sich daran, seinen Plan in die Tat umzusetzen.

Er war sehr glücklich auf Matthews Hof, und ein richtiges eigenes Zimmer zu haben gab ihm noch mehr das Gefühl, hier zu Hause zu sein. Die kleine Kammer war nichts Großartiges, im Grunde nur rohe Ziegelwände und ein eisernes Bettgestell. Aber Matthew und er hatten aus Holzbrettern und Ziegelsteinen Bücherregale gebaut, und aus einer alten Tür, die Bernie in der Scheune entdeckt, abgeschmirgelt und gestrichen hatte, war eine Schreibtischplatte geworden. Diese Dinge machten den Raum zu seinem ganz persönlichen Bereich.

Jetzt setzte sich Bernie an seinen Schreibtisch und zog einen Notizblock heran. An derselben weniger bekannten Privatschule zu unterrichten, die er selbst als Kind besucht hatte, war vielleicht nicht die beste aller Entscheidungen gewesen, hatte aber doch einige Vorteile mit sich gebracht, und er hatte die Absicht, das gute alte Netzwerk für seine Zwecke einzusetzen.

Nachdenklich klopfte er mit dem Bleistift auf seine Unterlippe. Wer könnte ihm möglicherweise helfen? Er würde mit seinem alten Schulfreund Wally anfangen. Soweit Bernie informiert war, arbeitete er inzwischen im Kriegsministerium. Und er schuldete ihm einen Gefallen, weil Bernie einige Fäden gezogen hatte, seinen Sohn in St Richard's unterzubringen, nachdem Wally vergessen hatte, ihn auf die Warteliste setzen zu lassen.

Er notierte Wallys Namen auf dem Notizblock.

Dann wäre da noch Tobias Jacksons Vater. Tobias studierte inzwischen in Oxford, was bis zu einem gewissen, nicht unbeträchtlichen Grad der Empfehlung zu verdanken war, die Bernie ihm gegeben hatte. War sein Vater nicht Feldmarschall? Vielleicht war er auch befördert worden, seit Bernie zum letzten Mal etwas von ihm gehört hatte. Ja, der Mann war mit Sicherheit von Nutzen. Wie hieß er noch gleich? Er hielt inne und trommelte mit dem stumpfen Ende seines Bleistifts auf die Tischplatte. Jackson. Jackson …

»David«, sagte er laut und schrieb den Namen auf. Wer noch? Was war mit diesem lästigen Knaben, der im Unterricht nur mürrisch, wortkarg und verdrossen gewesen war, aber im Chor wie ein Engel gesungen hatte? Sylvester Irgendwas. War sein Vater nicht Abgeordneter? Vielmehr, war er inzwischen nicht sogar Minister? Irgendwo war ihm der Name vor Kurzem aufgefallen.

Plötzlich wusste er wieder, wo er ihn gesehen hatte. Er eilte in die Küche und entdeckte die Zeitung vom Vortag unter der schlafenden Katze. Er musste diese hochheben, um an die Zeitung heranzukommen, und sie maunzte verärgert.

»Psst!« Er kraulte sie unter dem Kinn, bevor er sie wieder auf den Stuhl setzte. Sie rollte sich zusammen und schlief weiter, und Bernie ging zurück in sein Zimmer.

Hastig blätterte er die Seiten durch, bis sein Blick auf das Foto fiel, das er gesucht hatte.

Das war er: Marcus Francis-Evans. Du meine Güte, der Mann war im Kriegskabinett! Bernie hatte in St Richard's nicht viel mit Sylvester zu tun gehabt. Der Junge interessierte sich nicht sonderlich für die Sprachen des klassischen Altertums, sondern hatte seine Zeit lieber damit verbracht, Klavier zu spielen und zu singen. Konnte er jetzt Sylvesters Vater um Hilfe bitten? Warum sollte der Mann ihm helfen? Vermutlich konnte er sich nicht einmal an Bernie Yorke, ehemaliger Lehrer an der Schule seines Sohns, erinnern.

Aber an Vivi würde er sich bestimmt erinnern, an die schöne, begabte Musiklehrerin Vivienne.

Bei dem Gedanken an sie drehte sich ihm der Magen um. Ausgeschlossen, dass er Kontakt zu ihr aufnehmen und sie um einen Gefallen bitten würde. Oder?

Er dachte an Ivy, die schwanger und allein war und um ihren Jim bangte. Und er dachte daran, wie sie und Jim sich um ihn gekümmert hatten, als sie ihn in der Krypta von St Anne's versteckten und dort mit Nahrung versorgten. Und da wusste er, wie schwer es ihm auch fallen würde, mit Vivienne in Verbindung zu treten, er würde es tun. Für Ivy.

Am nächsten Tag lag auf Bernies Schreibtisch ein Stapel Briefe, jeder entweder an einen alten Freund oder den Vater eines ehemaligen Schülers adressiert. In allen Schreiben hatte er kurz erklärt, dass eine gute Freundin von ihm den Kontakt zu ihrem Verlobten – das klang besser als Liebsten, fand er – verloren hatte und verzweifelt darauf wartete, irgendetwas über ihn zu erfahren.

»Diese junge Frau ist erstaunlich«, schrieb er. »Sie ist gütig und stellt immer die Gefühle anderer über ihre eigenen. Sie hat sich um mich gekümmert, als ich völlig am Ende war, und ich glaube, sie hat mir das Leben gerettet. Ich hoffe, Sie können mir nun, da sie selbst in größter Not ist, weiterhelfen.«

Dann hatte er die Empfänger diskret an die Gefälligkeiten erinnert, die er ihnen im Lauf der Jahre erwiesen hatte.

»Wie ich höre, zeichnet sich Tobias in Oxford durch hervorragende Leistungen aus und wird schon jetzt als zukünftiger Premierminister gehandelt«, schrieb er zum Beispiel. Oder: »Ich hoffe, Lawrence genießt seine Zeit in St Richard's und findet dort gute Freunde, genau wie wir es getan haben.«

In seinem Brief an Marcus Francis-Evans schrieb er lediglich, wie viel Ivy ihm bedeutete und was sie für ihn getan hatte. Dann versiegelte er den Umschlag und steckte ihn zusammen mit einer Nachricht an Vivienne in einen zweiten Briefumschlag. Vier Versuche waren notwendig gewesen, ehe es ihm gelang, ein ausgewogenes Verhältnis zwischen dem beiläufigen Ton, mit dem man sich bei einem alten Freund meldet, und einem gewissen Ernst zu finden, mit dem er ihr in Erinnerung rief, dass ihre Grausamkeit und Missachtung seiner Gefühle ihn um seinen Arbeitsplatz und beinahe auch um seinen Verstand gebracht hätten.

»Ich habe mich gefragt, ob ich Dich als ehemaliger Freund und Kollege um einen Gefallen bitten könnte«, hatte er geschrieben. »Ich weiß, dass Du ein gutes Verhältnis zur Familie Francis-Evans hattest und das bemerkenswerte Talent ihres Sohns Sylvester gefördert hast. Darf ich Dich bitten, den beigelegten Brief an seinen Vater weiterzuleiten und ihn eventuell darauf hinzuweisen, dass er von höchster Wichtigkeit ist?

Ansonsten hoffe ich, Du bist glücklich und zufrieden. Es freut Dich sicher zu hören, dass ich die unerfreuliche Episode in St Richard's hinter mir gelassen habe und gegen niemanden aus dieser Zeit einen Groll hege.«

Er schob die Briefe in seine Jackentasche und ging zu Matthew, um ihn zu fragen, ob es in Ordnung wäre, wenn er kurz zum Postamt ginge.

Matthew hatte nichts dagegen, und Jenny bat ihn, ein paar Sachen für sie einzukaufen. Bernie hüllte sich in seinen Mantel – auch heute war wieder ein stürmischer Tag –, zog sich die Mütze auf und marschierte die Straße zum Dorf hinunter.

Mrs Lannister begrüßte ihn wie einen alten Freund und plapperte munter drauflos, während er Briefmarken auf die Umschläge klebte.

»Also, Sie erraten nie, wen mein Mann heute Morgen gesehen hat!«, rief sie. Bernie gab einen nichtssagenden Laut von sich, der ebenso gut »Ach du meine Güte, wen denn?« wie »Das ist mehr ehrlich gesagt schnurz« hätte bedeuten können. Mrs Lannister erzählte ihm ständig von Leuten, die er nicht kannte. Er fasste es als Kompliment auf, wenn sie nie daran dachte, dass er in Cassingham neu war.

»Reg Taylor«, verkündete sie triumphierend.

Bernie erschrak. Er hörte auf, seine Briefmarken abzulecken, und blickte auf. »Reg Taylor?«

»Unkraut vergeht nicht. Mein Stevie sagt, dass er jetzt irgendwo unten an der Küste wohnt, in Dover, glaube ich.«

»Folkestone«, sagte Bernie.

»Genau, Folkestone. Bei seiner sauertöpfischen Schwester. Kein Wunder, dass er mit eingezogenem Schwanz hierher zurückgeschlichen kommt – bei der wird er nicht viel zu lachen haben.«

»Wie ist er denn so?« Es interessierte Bernie, mehr über Louisas Mann zu erfahren, aber er hatte das Gefühl, dass er Matthew lieber nicht danach fragen sollte.

Mrs Lannister sah ihn stirnrunzelnd an. »Kennen Sie ihn nicht?«

»Er war schon weg, bevor ich herkam.«

»Ach ja.« Sie stieß ein glucksendes Gelächter aus. »Ich vergesse immer wieder, dass Sie kein geborener Hamilton sind. Jetzt gehören Sie einfach dazu.«

Bernie freute sich, das zu hören, aber er brannte trotzdem darauf, mehr über Reg zu erfahren.

»Wie ist er?«, wiederholte er.

Mrs Lannister beugte sich über den Ladentisch und stützte nachdenklich ihr Kinn auf ihre Hand. »Reg ist einer von denen, die glauben, die Welt schuldet ihnen was.«

Bernie nickte. Von dieser Sorte hatte er im Lauf seines Lebens genug Leute kennengelernt.

»Und er ist ein Trinker. Und wenn er trinkt, weiß man nie, was er als Nächstes macht. Er ist grob, und er ist schnell mit den Fäusten dabei. Aber wenn er nüchtern ist, ist er ein netter Kerl. Unterhaltsam. Beliebt bei den Burschen im Dorf.«

»Arme Louisa«, murmelte Bernie halblaut, aber Mrs Lannister, die Ohren wie ein Luchs hatte, hörte ihn.

»Ohne ihn ist sie besser dran, wenn Sie mich fragen. Ich hab sie immer dafür bewundert, dass sie einfach so weggegangen ist. Ganz schön mutig.«

»Das ist sie.«

Mrs Lannister richtete sich auf und signalisierte damit, dass die Unterhaltung beendet war. »Schätze, Sie werden Reg früh genug kennenlernen«, sagte sie. »Über kurz oder lang wird er sich irgendwo blicken lassen. Weil er irgendwas will, jede Wette.«

Matthew sagte dasselbe, als Bernie ihm die Neuigkeit erzählte.

»Wahrscheinlich taucht er hier bei uns auf«, sagte er. Er lag flach auf dem Rücken unter dem Wagen, um eines der Räder zu reparieren. Bernie konnte sein Gesicht nicht sehen, aber er hörte dem Ton seiner Stimme an, dass er nicht sonderlich überrascht war. »Er kommt immer her, wenn er etwas will. Er war so aufgebracht, als Louisa ihn verließ, dass er sich einbildet, wir wären ihm etwas schuldig. Er sieht einfach nicht ein, dass sie ihn wegen des Babys verlassen hat.«

Es gefiel Bernie, dass Matthew auf seine ruhige Art unerschütterlich zu Louisa hielt.

»Wirst du ihm helfen?«

Matthew schwieg einen Moment. »Ich würde ihn im Winter in der Scheune schlafen lassen, denke ich. Bei so rauem Wetter sollte niemand nachts im Freien sein. Aber ansonsten, nein, ich glaube nicht, dass wir ihm helfen werden. Ich finde, es ist an der Zeit, dass er selbst seinen Weg geht.«

»Ein guter Gedanke.« Bernie bewunderte Matthews Gerechtigkeitssinn, der mit seinem eigenen Glauben als

Quäker an Toleranz übereinstimmte. »Er könnte sich doch zur Armee melden. Jetzt werden auch verheiratete Männer genommen. Und er hat keine Arbeit.«

»Ich kann mir nicht vorstellen, dass sie ihn finden«, sagte Matthew. »Aber er ist sowieso schon zu alt, was ein Glück für ihn ist, aber noch mehr Glück für die Armee, wenn du mich fragst. Ich möchte nicht mit ihm in ein und demselben Schützengraben sitzen.«

Matthew schob sich unter dem Wagen hervor und schaute Bernie an.

»Wenn er irgendwo auftaucht, dann am ehesten im Pub. Ich geh später noch auf einen Sprung hin. Kommst du mit?«

Bernie trank so gut wie keinen Alkohol. Gelegentlich gönnte er sich einen Schluck Brandy, wenn er einen Schock erlitten hatte – während der unglückseligen Vorfälle mit Vivienne war es eine ganze Menge Brandy gewesen –, aber er gesellte sich nur selten zu den Männern in der Dorfschenke. Heute allerdings war er in Versuchung, weil er zu gern den Mann gesehen hätte, vor dem Louisa davongelaufen war.

»Warum nicht?«, sagte er zu Matthew. »Danke.«

Kapitel 26

Später am Abend machten sich Bernie und Matthew auf den Weg ins Pub. Weil es in Cassingham und Umgebung etliche Bauernhöfe gab, waren immer noch einige Männer im Dorf, und im Pub herrschte normalerweise recht viel Betrieb. Bernie kannte Matthews Freunde und auch die Knechte und die meisten anderen Dorfbewohner. Alle begrüßten ihn wie einen alten Kumpel und luden ihn auf einen Drink ein. Er bat um ein kleines Bier, und nach einer Weile entspannte er sich und genoss die Gesellschaft der anderen, das Reden und das Lachen. Es war schön, unter Menschen zu sein, statt allein in seinem Zimmer zu sitzen und zu lesen, was er zwar auch gern tat, aber nicht unbedingt jeden Abend.

Nach ungefähr einer Stunde stupste Matthew ihn an. »Ich hab's gewusst«, sagte er und deutete mit einer Kopfbewegung zur Eingangstür. »Reg.«

Der Mann, der gerade hereingekommen war, hatte eine rötliche Gesichtsfarbe und schütteres Haar. Bernie wusste, dass er erst Anfang vierzig war, aber er sah älter aus. Leicht unsicher auf den Beinen, trat er durch die Tür wie ein heimgekehrter Held.

»Seht mal, wer wieder da ist, Jungs«, rief er.

Die Männer blickten alle auf, und Bernie glaubte zu sehen, dass mehr als einer von ihnen zusammenzuckte. Aber ein paar der älteren Landarbeiter lächelten und klopften Reg auf die Schulter, und jemand spendierte ihm einen Drink.

Reg blieb eine Weile an der Theke stehen, wo er im Handumdrehen sein erstes Bier hinunterkippte, und erzählte allen und jedem, was er in Folkestone alles erlebt hatte. Bernie begann zu verstehen, was Mrs Lannister gemeint hatte, als sie sagte, Reg glaubte, die Welt schulde ihm etwas.

»Tja, und dann hab ich ihm gesagt, wo er sich seinen dämlichen Job hinstecken kann«, sagte Reg und johlte vor Lachen. Er schob sein leeres Bierglas über die Theke. »Füll noch mal nach, Jeanie.«

Jeanie, die junge Frau hinter der Theke, schob das Glas zurück. »Erst wenn du mir dein Geld gezeigt hast.«

Bernie verkniff sich ein Lächeln. Er mochte Jeanie, die es ganz und gar nicht schätzte, wenn ihr jemand dumm kam. Sie hatte einen Sohn, einen kleinen Jungen mit traurigen Augen namens Peter, der seinen Vater schrecklich vermisste, seit dieser an der Front war. Bernie setzte sich manchmal mit Peter hin und las ihm vor oder unterhielt sich einfach mit dem Jungen. Ein nettes Kind.

Reg seufzte. »Bin im Moment ein bisschen knapp bei

Kasse, Jeanie-Schätzchen«, sagte er. »Ich gleich die Rechnung später aus. Tu ich das nicht immer?«

Jeanie funkelte ihn böse an. »Nein, tust du nicht. Nie!«

Reg wandte den Kopf. »Hört ihr das, Jungs? Sie sagt, ich zahle meine Schulden nicht. Spendiert einer von euch einem alten Freund noch einen Drink?«

Einen Moment lang herrschte Schweigen, und Bernie dachte schon, niemand würde ihn einladen. Aber schließlich nickte einer der Landarbeiter Jeanie zu.

»Setz es auf meine Rechnung«, sagte er resigniert. Jeanie nickte und füllte Regs Humpen. Bernie konnte sehen, wie Reg versuchte, in Jeanies Dekolleté zu spähen, als sie das Bier zapfte, und runzelte angewidert die Stirn. Matthew interpretierte seinen Gesichtsausdruck anscheinend korrekt, denn er grinste Bernie an.

»Ein Haufen Mist, genau das ist der Kerl«, sagte er.

Bernie lachte leise in sich hinein.

Aber dann änderte sich die Situation. Reg griff nach seinem vollen Bierglas, drehte sich um und hob es in Richtung der Anwesenden. Erst jetzt fiel sein Blick auf Matthew und Bernie, die an einem Tisch in der Ecke saßen.

»Matt«, rief er. »Mein Bruder ist hier, Leute, und er grüßt mich nicht mal.«

»Ich bin nicht dein Bruder«, stieß Matthew zwischen zusammengebissenen Zähnen hervor und fügte dann hinzu: »Hallo, Reg.«

Reg kam zu ihnen geschlendert. Matthew forderte ihn nicht auf, sich an ihren Tisch zu setzen.

»Wie läuft's denn so auf dem Hof?«, fragte Reg. »Eine ganz schöne Schufterei, schätze ich mal, nachdem jetzt die meisten Männer an der Front sind. Ich hab gehört, Alex ist auch weg.«

Matthew nickte und schaute in sein Glas. »Ja. Eine Weile war es ziemlich hart.«

»Kannst du Hilfe brauchen?«

Matthew atmete tief ein und hielt dem Blick aus Regs rotgeränderten Augen stand. »Du kannst den Winter über in der Scheune wohnen, aber im Frühjahr musst du weg«, sagte er. »Und nein, ich brauche keine Hilfe, weil jetzt Winter ist und wir nicht mehr so viel zu tun haben. Und ehrlich gesagt, Reg, du bist für uns eher eine Belastung. Am Ende kostest du mich immer Geld. Außerdem haben wir jetzt Bernie.«

Regs Augen wurden schmal. »Wer ist Bernie?«

Bernie hob kurz die Hand. »Hallo«, sagte er nervös. »Ich bin Bernie.«

Reg heftete seine blutunterlaufenen Augen auf Bernie, der unwillkürlich vor der Alkoholfahne zurückwich, die ihm entgegenschlug. Reg hatte bereits ein paar Bier gekippt, seit er die Kneipe betreten hatte, und schon da war er nicht nüchtern gewesen. In Bernies unerfahrenen Augen sah er aus wie jemand, der auf Streit aus war. Matthew schien derselben Meinung zu sein. Er stand auf und legte eine Hand auf Regs Arm.

»Na komm, ich lade dich auf einen Drink ein«, sagte er.

Reg schüttelte ihn ab. »Gleich«, sagte er. »Erst mal will

ich mir den Heini anschauen, der mir meinen Job weggenommen hat.«

Bernies Herz schlug schneller. Konfrontationen und Aggressionen waren ihm in jeder Form zuwider.

»Was kann er, was ich nicht kann?«, fragte Reg Matthew, ohne den Blick von Bernie zu wenden. »Er ist klein und mickrig. Ein kümmerlicher Bursche wie der kann Apfelkörbe bestimmt nicht so leicht schleppen wie ich.«

»Du würdest dich wundern«, entgegnete Matthew. »Jedenfalls lässt er keine Äpfel fallen, so wie du. Bernie ist stärker, als er aussieht, er ist fitter als du, jünger als du, er versäuft seinen Lohn nicht wie du, und er ist nüchtern.«

Reg schnaubte. »Nüchtern.« Wieder musterte er Bernie. »Und jünger.«

Bernie erstarrte, als Reg beide Fäuste auf die Tischplatte krachen ließ.

»Jünger«, wiederholte Reg. »Jung genug, um eingezogen zu werden, oder?«

Bernie wusste nicht, was er sagen sollte. Hilflos sah er zu Matthew, aber der zuckte nur mit den Schultern.

Reg spürte, dass er einen wunden Punkt getroffen hatte, und bohrte nach. »Na, und warum?«

»Warum was?«

»Warum bist du nicht eingerückt?«

Bernie schämte sich nicht, aus Gewissensgründen den Kriegsdienst zu verweigern, und er wusste, dass auch er durch die Arbeit auf dem Bauernhof seinen Beitrag leistete. Aber jetzt, konfrontiert mit Regs Zorn und dem Wissen, was dieser Mann Louisa angetan hatte, brachte er kein Wort heraus.

»Du bist ein Verweigerer«, brüllte Reg triumphierend. Ein bisschen Spucke flog ihm aus dem Mundwinkel und landete vor Bernie auf dem Tisch. »Ein verdammter Drückeberger!«

Er packte Bernie am Pullover und zog ihn hoch. »Ich sollte dich jetzt sofort vor die Tür zerren und dir eine kräftige Abreibung verpassen«, knurrte Reg. »Ich sollte dir die Seele aus dem Leib prügeln.«

Bernie fand endlich seine Stimme wieder. »Ach ja?«, sagte er. »Warum nicht, nur zu. Oder schlagen Sie nur Frauen?«

Regs Gesicht wurde noch eine Spur röter. »Ich bin ein richtiger Kerl. Kein erbärmlicher Waschlappen wie du.«

Bernie, der auf einmal einen Mut in sich spürte, von dem er nie geglaubt hätte, ihn zu besitzen, lachte dem Mann ins Gesicht. »Ich mag ein Kriegsdienstverweigerer sein«, sagte er, »aber wenigstens habe ich noch nie eine Frau geschlagen. Ich habe nie meine eigene Frau grün und blau geschlagen oder sie so schwer verletzt, dass sie ihr Kind verloren hat.«

Jetzt war Regs Gesicht hochrot. Er verdrehte seine Hand, sodass sie Bernies Pullover noch fester packte und enger um seinen Hals schlang. Bernie hob den Kopf, um ein bisschen freier atmen zu können, rührte sich aber nicht von der Stelle.

»Louisa hat mir alles über Sie und das, was Sie getan haben, erzählt«, sagte er. »Sie haben Ihr Erbe vertrunken, das Land, für das Ihr Vater ein Leben lang schwer geschuftet hat. Sie haben Ihre Ehe durch Ihre Trinkerei zerstört und Ihr Baby getötet. Ich bin jedenfalls lieber ein Verweigerer als ein Kindsmörder.«

Reg ließ ihn abrupt los. Bernie taumelte zurück und musste sich am Tisch festhalten, um nicht das Gleichgewicht zu verlieren.

»Hört euch bloß die Lügen an, die der da über mich erzählt«, rief Reg in die Runde. Alle standen oder saßen wie erstarrt und beobachteten stumm die Auseinandersetzung. Alles, was Bernie außer Regs Gelalle hörte, waren sein eigener Atem und sein Herzschlag. »Der bildet sich ein, er kann Gemeinheiten über mich verbreiten, dabei ist er in Cassingham ein Neuer, und ich lebe von klein auf hier, genauso wie vor mir mein Vater und mein Großvater. Welcher Mann redet so einen Scheiß?«

Matthew trat einen Schritt vor und stand jetzt direkt neben Bernie.

»Ein guter Mann«, sagte er. »Ein aufrichtiger Mann. Ein besserer Mann als du, Reg Taylor.«

Reg geriet vor Wut ins Stottern. »Ein Feigling und ein Drückeberger, meinst du wohl!«

»Bernie arbeitet schwer in der Landwirtschaft, so wie du es eigentlich auch solltest. Seine Bemühungen tragen dazu bei, die Familien in unserem Dorf zu ernähren. Was hast du bisher geleistet, Reg?«

Bernie wurde warm ums Herz, als er hörte, wie Matthew für ihn eintrat. Reg stammelte etwas über Familie und eigene Angelegenheiten.

Hinter der Theke meldete sich Jeanie mit erhobener Stimme zu Wort. »Bernie ist immer so nett zu meinem Peter, er kümmert sich rührend um ihn, seit mein Kenneth nicht mehr da ist. Er ist ein Schatz.«

»Peter ist ein guter Junge«, wehrte Bernie ab.

Mrs Lannister, die auf der Suche nach ihrem Stevie in das Pub gekommen war und neben der Tür gestanden hatte, eilte jetzt auf Reg zu und piekte ihn in die Rippen.

»Du solltest dir lieber ein Beispiel an Bernie nehmen«, rief sie. »Letzte Woche hat er Stevie geholfen, das Strohdach zu decken. Und er wollte dafür nicht mal Geld nehmen!«

»Es hat mich einfach interessiert, diese Technik zu lernen«, warf Bernie ein, aber Mrs Lannister machte eine wegwerfende Handbewegung.

Ernie, der Wirt des Pubs, ein stämmiger Mann mit dichten Augenbrauen, vor dem Bernie sich insgeheim ein bisschen fürchtete, tauchte neben Reg auf.

»Na schön«, sagte er. »Ich denke, das reicht jetzt.«

Bernie ließ die Schultern hängen. »Tut mir leid. Ich gehe wohl lieber.«

Aber Ernie ließ seine Hand schwer auf Bernies Schulter fallen. »Du gehst nirgendwohin«, brummte er, und Bernie blieb wie angewurzelt stehen. Sein Herz schlug noch schneller, und er wagte nicht, einen Muskel zu rühren.

Ernie streckte einen Arm aus und packte Reg am Kragen. »Bernie ist jetzt ein Teil von Cassingham«, sagte er. »Er ist einer von uns, und er tut, was er kann, um zu helfen. Du hingegen bist ein verabscheuungswürdiger Nichtsnutz, einer, der seine Frau geschlagen und sein eigenes Kind auf dem Gewissen hat, und wenn ich dich hier noch einmal sehe, versetz ich dir einen Tritt in den Hintern, dass dir Hören und Sehen vergeht. Verstanden?«

Reg schien unter Ernies finsterem Blick in sich zusammenzuschrumpfen. Er nickte, drehte sich ohne ein weiteres Wort um und schlich hinaus.

»Tja, damit sind meine Einnahmen für diese Woche wohl im Keller«, scherzte Ernie. Er schlug Bernie so kräftig auf den Rücken, dass dieser beinahe vornübergekippt wäre. »Was willst du trinken, mein Junge?«

Am nächsten Morgen stellte Bernie fest, dass er die Ereignisse des Vorabends einfach nicht aus dem Kopf bekam.

»Weißt du, wo Reg hingegangen sein könnte?«, fragte er Matthew. »Ist er vielleicht in deiner Scheune?«

»Wahrscheinlich.« Matthew zuckte mit den Schultern. »Ich sollte ihn wirklich wegschicken.«

Aber Bernie schüttelte den Kopf. »Nein, jetzt noch nicht.«

»Bernie, der Kerl ist ein Trinker und ein einziges Ärgernis. Er muss weg.«

»Er hat eine zweite Chance verdient.«

»Die hatte er schon, und auch eine dritte und vierte Chance, und er hat jede einzelne davon vermasselt.«

Aber Bernie ließ nicht locker.

»Kann ich kurz mit ihm reden?«, fragte er. »Mal sehen, ob ich irgendwie zu ihm durchdringe.«

»Wenn du das wirklich willst.« Matthew wirkte skeptisch. »Aber das ist definitiv das letzte Mal. Wenn er mit der Trinkerei aufhört und mit anpackt, kann er bleiben. Wenn nicht, muss er gehen, egal, wie schlecht das Wetter ist.«

»Danke«, sagte Bernie.

Matthew verdrehte die Augen, aber auf eine gutmütige Art. »Es ist die alte Scheune hinter den Hopfenstangen.«

Also trottete Bernie durch Regen und Wind zur Scheune, wo Reg auf einem alten Apfelfass hockte und eine Zigarette rauchte.

»Na, sieh mal einer an«, bemerkte er, als Bernie näher kam. »Blödmann Bernie, der Drückeberger.«

Ohne sich von den unfreundlichen Worten abschrecken zu lassen, stellte Bernie für sich ein Fass auf und setzte sich zu Reg.

»Matthew will Sie rausschmeißen«, sagte. »Er findet, Sie sollten weiterziehen.«

»Und du bist da, um mir beim Packen zu helfen, was?«

Bernie lächelte. »Nein«, sagte er. »Ich habe ihn überredet, Sie nicht wegzuschicken.«

»Warum solltest du das tun?«

»Weil jeder Mensch eine zweite Chance verdient und weil jeder irgendetwas zu geben hat.«

Reg schnaubte. »Und damit war er sofort einverstanden, was, einfach so?«

»Nein. Es gibt gewisse Bedingungen.«

»Hätte ich mir denken können.«

»Wenn Sie es schaffen, sich vom Alkohol fernzuhalten, und auf dem Hof mithelfen, können Sie bleiben.«

Bernie erwartete von Reg eine aggressive Reaktion, aber was tatsächlich kam, war weit eher Resignation.

»Und genau das kann ich eben nicht, verstehst du«, sagte er. »Ich hab so oft versucht, mit dem Saufen aufzuhören, aber es wird von Mal zu Mal schwerer.«

»Wenn Sie wollen, helfe ich Ihnen.«

Reg blickte auf, und der jüngere Mann spürte einen Anflug von Mitgefühl, als er den Ausdruck von Hoffnung in diesen blutunterlaufenen Augen sah. »Wirklich?«

»Es wird nicht leicht.«

»Das weiß ich.«

»Dann kommen Sie mit. Holen Sie Ihre Sachen, Sie werden eine Weile fort sein.«

»Wo soll's denn hingehen?«

Bernie überlegte, ob er es Reg sagen oder ihn lieber einfach mitnehmen sollte, entschied sich dann aber für Offenheit.

»Zur Heilsarmee in Maidstone«, sagte er. »Das sind gute Leute, Reg, gütig und fürsorglich. Und sie verstehen Menschen wie Sie und Ihre Probleme. Sie können Ihnen helfen – wenn Sie dazu bereit sind.«

Reg nickte. »Das bin ich.«

»Dann los!«

Mit gesenktem Kopf sammelte Reg seine Habseligkeiten ein, die in der Scheune verstreut lagen, und gab Bernie eine halb leere Flasche Whisky, die er irgendwo hervorgekramt hatte.

»Würdest du die für mich wegwerfen, Bernie?«

»Natürlich.«

Sie gingen zusammen von der Vorderseite der Scheune in Richtung Hopfenfeld, als Reg unvermittelt stehen blieb.

»Könntest du noch was für mich tun?«, fragte er.

Bernie beäugte ihn misstrauisch. »Und was?«

Reg holte tief Luft, und einen flüchtigen Moment lang glaubte Bernie, Tränen in den Augen des anderen zu sehen. Aber wahrscheinlich täuschte er sich.

»Kannst du Louisa sagen, dass es mir leidtut? Das mit dem Baby. Und alles andere auch.«

Bernie schüttelte den Kopf. »Das können Sie selbst machen, Reg, wenn es Ihnen besser geht.«

»Wenn es mir besser geht«, wiederholte Reg benommen. »Wenn es mir besser geht.«

»Kommen Sie«, sagte Bernie. »Je eher wir dort sind, desto eher werden Sie gesund.«

Reg trottete durch die langen Reihen der Hopfenstangen, und nach kurzem Zögern folgte Bernie ihm.

1917

Kapitel 27

Louisa starrte auf die krakelige Handschrift auf dem Briefumschlag. Reg war im Schreiben nie besonders gut gewesen, und das Gemisch von abwechselnd kleinen und großen Buchstaben verriet ihr auf den ersten Blick, wer der Absender des Briefs war. Aber warum schrieb er ihr? Was könnte er ihr zu sagen haben?

Sie war allein im Aufenthaltsraum der Gärtner in Kew. Der Januar hatte viel Schnee gebracht, und sie brauchte ein Paar trockene Handschuhe. Ihre eigenen waren nass vom Freischippen der Wege, und ihre Finger waren eiskalt. Den Brief hatte sie zusammen mit ein paar anderen vorgefunden. Viele der Angestellten ließen sich ihre Post nach Kew schicken, weil sie dort praktisch den ganzen Tag verbrachten und diese Regelung durchaus sinnvoll war. Was für Louisa hingegen gar keinen Sinn machte, war die Tatsache, dass Reg ihr einen Brief geschrieben hatte.

Sie zog einen Stuhl zurück, setzte sich an den Tisch und drehte den Umschlag in ihren Händen hin und her. Sie hasste es, dass jede Erinnerung an Reg all die alten Gefühle aufleben ließ – die Angst, die ohnmächtige Wut, die Hilflosigkeit. Wenn sie wohlwollend gestimmt war, was dieser Tage häufiger vorkam, sah sie ein, dass ihr Leben durch Regs Handeln zwar in eine völlig unerwartete Richtung gelenkt worden war, aber keinesfalls in eine schlechte. Sie hatte ihre Freunde hier in Kew und die Suffragetten und jetzt auch noch Teddy. Sie musste unwillkürlich lächeln, als sie an ihren Verehrer dachte. Aber ihr Baby hatte sie nicht. Und sie litt gelegentlich immer noch unter Albträumen, in denen sie wieder auf Regs Hof war, seinen Schritten lauschte, die die Treppe hinaufkamen, und allein an seiner Gangart einzuschätzen versuchte, ob er betrunken war. Wieder betrachtete sie stirnrunzelnd den Brief.

»Mach ihn einfach auf, Louisa«, sagte sie zu sich selbst. »Wie schlimm kann es schon sein?«

Sie wusste von Matthew, dass Reg kurz in Cassingham aufgetaucht und bald wieder verschwunden war. Wie ihr Bruder es darstellte, hatte Bernie irgendetwas mit Regs Verschwinden zu tun, auch wenn Louisa sich beim besten Willen nicht vorstellen konnte, in welcher Weise. Sie hatte nicht nachgefragt. Bei Reg war es manchmal besser, keine schlafenden Hunde zu wecken.

Sie atmete tief ein, schob einen Finger unter den Falz und zog den Brief heraus. Der Umschlag enthielt nur ein einzelnes Blatt Papier, das mit Regs unsicheren Schriftzügen bedeckt war. Einige Wörter waren durchgestrichen, und ein kleiner Tintenklecks zierte den Briefbogen. Louisa blinzelte, als ihr Blick auf die Adresse fiel, die oben auf dem Briefkopf stand. Die Missionsstation der Heilsarmee in Maidstone?

»Was in aller Welt …?«, murmelte sie, während sie zu lesen begann.

Liebe Louisa!
Ich schreibe, um dir zu sagen, wie leid mir all das Unrecht tut, das ich dir im Lauf der Jahre angetan hat. Ich lebe jetzt in Maidstone und arbeite in der Mission. Das sind gute Leute hier, und sie haben mir geholfen, mit dem Trinken aufzuhören, und mir begreiflich gemacht, dass ich mein Leben ändern muss. Dein Freund Bernie hat ein ernstes Wort mit mir geredet, nachdem wir im Pub aneinandergeraten waren, und obwohl ich zuerst sauer war, ist mir jetzt klar, dass er richtig gehandelt hat. Er ist ein netter Kerl, wenn auch ein bisschen schrullig, und ich verdanke ihm viel.
Louisa, es ist nicht leicht, in nüchternem Zustand darüber nachzudenken, was ich getan habe. Ich war früher ein übler Bursche und ein schlechter Ehemann. Und wenn ich daran denke, wie ich dich behandelt habe, leide ich Qualen. Es tut mir leid, dass ich dich geschlagen habe. Und es tut mir wirklich schrecklich leid, dass du das Kind verloren hast, Louisa. Unser Kind. Ich weiß, nichts, was ich jetzt sagen könnte, wird das jemals wieder in Ordnung bringen, aber du sollst wis-

sen, dass ich jeden Tag daran denke und mir wünsche, die Dinge wären anders gelaufen.
Ich nehme es dir nicht übel, dass du fortgegangen bist, kein bisschen. Und ich könnte es dir auch nicht verdenken, wenn du diesen Brief in Fetzen reißt und nie wieder einen Gedanken an mich verschwendest. Aber ich musste dir einfach sagen, wie leid mir alles tut.
Dein Ehemann Reg

Louisa saß eine ganze Weile am Tisch und las Regs Brief wieder und wieder. Sie dachte an den grauenhaften Tag, als er völlig die Beherrschung verloren und immer wieder auf sie eingeschlagen hatte, obwohl sie laut schrie, dass sie sein Kind im Leib trüge. Und als sie Bauchkrämpfe bekam und Blutungen einsetzten, hatte sie so lange geweint, dass ihre Augen von all den Tränen zugeschwollen waren und sie kaum etwas sehen konnte. Der Tag, an dem sie ihr totes Kind zur Welt brachte, war der schlimmste ihres Lebens gewesen. Sie war damals in der Mitte der Schwangerschaft gewesen, ihr Bauch war erst leicht gewölbt. Aber die Wehen waren schlimm gewesen, und noch schlimmer der Schmerz in ihrem Inneren. Sie hatte das Baby nie zu sehen bekommen. Die Hebamme hatte es eingewickelt und weggetragen, noch bevor Louisa wusste, wie ihr geschah. Es gab keine Beerdigung, keine Trauerfeier, kein Grab, das sie besuchen konnte. Doch für Louisa war es ein richtiger Todesfall gewesen.

Sie atmete tief ein. Konnte sie Reg jetzt vergeben? Sie erforschte behutsam ihre Gefühle und stellte fest: Nein, sie konnte es nicht. Wahrscheinlich würde sie ihm nie verzeihen, was er getan hatte. Aber zu wissen, dass es ihm leidtat und auch er an ihr ungeborenes Kind dachte, half ein wenig. Sie lächelte, ein trauriges kleines Lächeln. Sie war froh, dass er aufgehört hatte zu trinken, und froh, dass es Bernie gewesen war, der Reg dabei geholfen hatte. Ein wirklich bemerkenswerter Mann, dieser Bernie.

»Was ist das?«

Louisa blickte auf und sah direkt in Ivys sehnsüchtige Augen.

»Ist es ein Brief? Ein Brief von Jim?«

Den ganzen Winter über war kein Wort von Jim gekommen, nur endlose Berichte von der Front über die schrecklichen Bedingungen und die Giftgasangriffe und dazu täglich die Listen der Gefallenen. Sie hatten Jims Mutter besucht und erfahren müssen, dass auch sie nichts von ihrem Sohn gehört hatte, was einerseits eine Erleichterung war, andererseits beunruhigend. Die Lage schien mehr als düster, und sosehr Louisa und Win sich auch bemühten, es gelang ihnen kaum, Ivy aufzumuntern.

»Leider nein, Liebes«, sagte Louisa betrübt, weil sie die Hoffnungen ihrer Freundin zerstören musste. »Der Brief ist von Reg.«

Ivy zwang sich zu einem Lächeln. »Blöd, immer noch dran zu glauben, dass er mir schreibt«, sagte sie. »Aber ich kann einfach nicht anders.«

Louisa streckte ihren Arm aus und nahm Ivys Hand. »Ich weiß.«

Eine kleine Pause entstand, während Ivy verarbeitete, was Louisa gerade gesagt hatte.

»Von Reg?«, fragte sie.

»Man sollte es nicht für möglich halten, oder?«

»Und was schreibt er?«

»Dass es ihm leidtut.«

Ivy schnaubte, und Louisa schmunzelte.

»So ähnlich habe ich zuerst auch reagiert«, sagte sie, »aber dann habe ich seinen Brief noch ein paar Mal durchgelesen, und ich glaube, er meint es tatsächlich ehrlich. Das ist Bernies Verdienst.«

Ivy machte ein verdutztes Gesicht. »Ach ja? Dann lies ihn mir mal vor!«

Sie ließ sich auf einen Stuhl sinken und lockerte beim Hinsetzen ihr Taillenband. Sie war so klein und schmal, dass sich ihre Schwangerschaft bisher leicht hatte verbergen lassen, aber jetzt wurde sie allmählich runder, und Louisa war überzeugt, dass sie unter Übelkeit litt, auch wenn Ivy sich nie beklagte.

»Bereit?«

Ivy nickte, und Louisa las ihr den Brief vor.

»Du meine Güte«, sagte Ivy, als Louisa fertig war. »Den Tag sollte man sich rot im Kalender anstreichen, was?«

»Allerdings.«

»Was sagst du dazu?«

»Ich kann ihm beim besten Willen nicht verzeihen.«

Ivy strich sanft mit einer Hand über ihren leicht gewölbten Bauch. »Kann ich dir nicht verdenken.«

Louisa nickte. »Aber vielleicht ist es an der Zeit, all das hinter mir zu lassen.«

»Du solltest irgendwas anpflanzen«, schlug Ivy vor. »Als Andenken an dein Kind.«

Louisa blinzelte die Tränen weg. »Das ist eine sehr schöne Idee.«

Ivy dachte nach. »Lilien«, sagte sie. »Sie sind ein Symbol für Mutterliebe.«

Louisa war so gerührt, dass sie kein Wort herausbrachte.

»Ich überlasse dir einen kleinen Winkel meines Gartens«, sagte Ivy.

»In einer Ecke gibt es eine Stelle, wo die Sonne genau zur richtigen Zeit drauffällt. Wir pflanzen die Knollen im Frühling.«

»Danke«, sagte Louisa, und Ivy lächelte sie an.

»Wir sind jetzt eine Familie, Lou, und müssen aufeinander achtgeben.«

Louisa fixierte sie mit einem strengen Blick. »Übrigens, da wir gerade beim Thema sind …«

Ivy, die an Louisas Ton sofort erkannte, was jetzt kommen würde, warf den Kopf in den Nacken.

»Ich will nicht«, sagte sie.

»Ivy, schau dir deine Taille an. Irgendjemand wird es in nächster Zeit spitzkriegen. Du musst es deiner Mutter sagen, und Jims Mutter am besten gleich auch.«

»Ich weiß«, sagte Ivy. »Ich hab bloß solche Angst davor,

was sie sagen werden. Mum wird sich Sorgen wegen des Geldes machen …«

»Dafür gibt es keinen Grund«, fiel Louisa ihr ins Wort. »Das weißt du. Win hat gesagt, dass du mit dem Baby so lange bei ihr wohnen kannst, wie du willst. Und ich werde helfen, wann immer ich kann. Dieses Kind wird eine Mutter und zwei sehr hingebungsvolle Patentanten haben.«

Ivy lächelte.

»Ich weiß«, sagte sie. »Aber es ist falsch, oder? Ein Kind zu kriegen, ohne verheiratet zu sein, meine ich, und niemand weiß, wo Jim ist und ob er überhaupt je wieder zurückkommt. Ich mache mir Sorgen, was die Leute sagen werden.«

»Das verstehe ich. Ich komme gern mit, wenn du es deiner Mutter sagst. Wäre dir das recht?«

»Ja, sehr sogar. Sie wird nicht so sauer werden, wenn du dabei bist.«

»Jims Mutter musst du vielleicht doch noch nichts sagen. Warte, bis das Baby da ist«, meinte Louisa nachdenklich. »Wenn dir das lieber ist. Aber irgendwann musst du es ihr erzählen.«

Ivy zuckte mit den Schultern. »Ich weiß.«

»Weißt du was?« Louisa beugte sich verschwörerisch über den Tisch.

»Was denn?«

»Ich wette, du bist nicht das einzige Mädchen in dieser Situation.«

Ivy schaute sie erstaunt an. »Wirklich?«

»Natürlich nicht. Überleg doch mal: alle Männer weg an der Front, tränenreiche Abschiede und keine Zeit für Hochzeiten. Ich schätze, es werden jede Menge Kriegsbabys zur Welt kommen.«

Ivy lächelte. »Wahrscheinlich.«

»Und du hast recht, ideal ist es nicht, aber weißt du, wenn das Schlimmste eintritt und Jim nicht zurückkommt …«

Ivy zuckte zusammen, und Louisa hatte sofort ein schlechtes Gewissen. Wieder nahm sie Ivys Hand. »Wenn er nicht heimkommt, kaufen wir dir einen Ehering und du nennst dich Mrs.«

»Aber …«, wandte Ivy ein.

Louisa winkte ab. »Wir schaffen das, wir drei.«

»Vier«, sagte Ivy.

»Vier.«

Louisa schwieg kurz. Da war noch etwas, das sie zu sagen hatte, aber sie musste die richtigen Worte finden.

»Du musst es Mac sagen.«

»Nein.«

»Ivy!«

»Nein, kommt nicht infrage. Unser Mac ist doch ein richtiger Moralapostel. Für ihn gibt's nur Schwarz und Weiß. Er wird schrecklich enttäuscht von mir sein.« Ivys Augen füllten sich mit Tränen. »Und das ertrag ich nicht.«

Louisa schüttelte den Kopf. »Mac vergöttert dich, Ivy. Und Jim hat er auch sehr gern. Er mag schockiert sein, aber bestimmt nicht enttäuscht.«

Ivy verzog das Gesicht. »Ich will nicht.«

»Ivy, du bist jetzt schon ständig müde und abgespannt, und das wird mit der Zeit noch schlimmer werden. Du kannst dich nicht mehr richtig bücken. Du bist schnell außer Atem. Ich habe gesehen, wie du neulich die Schubkarre die Rampe hinaufgeschoben hast, und ich war entsetzt. Im Moment sind die Wege sehr glitschig, und du schiebst eine Karre herum. Wenn du nun ausgerutscht und auf deinen Bauch gefallen wärst?« Louisa hörte, wie ihre Stimme brach, und atmete tief durch, um ruhiger zu werden. »Ich habe einfach Angst, dass dir etwas passiert. Ich habe mein Kind wegen Regs Gewalttätigkeit verloren. Dein Kleines erscheint mir wie ein Wunder, und ich könnte es nicht ertragen, noch ein Kind zu verlieren, auch wenn es nicht mein eigenes ist.«

Ivy schlang beide Arme um ihren Bauch. »Mir geht's gut«, beteuerte sie, aber ihre Stimme klang unsicher. »Du musst dir keine Sorgen um mich machen.«

»Aber ich mache mir nun mal Sorgen.«

»Ich muss arbeiten, Louisa«, sagte Ivy. »Wenn ich das allein durchziehen und ohne Jim ein Kind großziehen will, brauche ich Geld. Babys brauchen was zum Anziehen und einen Platz zum Schlafen, und wenn sie größer sind, brauchen sie Schuhe und Bücher und Unmengen Essen, wenn ich sehe, was meine kleinen Brüder verputzen. Es ist eine Lebensaufgabe, oder? Und ich weiß, dass du und Win mir zur Seite steht, und glaub mir, ohne euch wäre ich verloren, aber ich will nicht ewig auf euch angewiesen sein.«

»Ich kann dich verstehen«, erwiderte Louisa, und sie

meinte es ernst. Sie begriff, worauf Ivy hinauswollte. Wer wusste schon, was die Zukunft bringen würde? Leben konnten von einem Moment auf den anderen ausgelöscht, Babys geboren, Beziehungen aufgebaut werden. Ivy war jung, aber sie war vernünftig, und dass sie sich auf ihr Leben als Mutter vorbereitete, war richtig. Louisa dachte eine Minute nach.

»Du könntest weiterarbeiten«, sagte sie langsam. »Solange Mac das Sagen hat, können wir dafür sorgen, dass du Aufgaben übernimmst, die körperlich nicht so anstrengend sind. Du kannst Pflanzen bestellen und die Wege kehren und die Hecken stutzen, meinst du nicht? Im Augenblick ist sowieso nicht viel zu tun, weil es so kalt ist. Es dürfte kein Problem sein, deinen Zustand zu berücksichtigen.«

Ivy überlegte. »Stimmt, es gibt einiges, was ich machen kann. Was ich zurzeit noch machen kann, meine ich.«

»Siehst du? Alles in Ordnung. Du musst es nur Mac sagen.«

»Ich denke darüber nach, das reicht doch, ja?«

Louisa verdrehte die Augen. »Fürs Erste reicht es«, sagte sie. »Aber ich werde nicht lockerlassen.«

»Schon gut, das stört mich nicht«, entgegnete Ivy mit einem schwachen Lächeln. »Das zeigt mir, dass dir etwas an mir liegt. Na schön, gehen wir lieber wieder raus, bevor Mac sich wundert, wo wir bleiben.«

Sie stand stöhnend auf und rieb sich den Rücken. »Uff!«

»Mach das öfter, dann weiß bald jeder Bescheid, dass du ein Baby bekommst«, scherzte Louisa.

Ivy streckte ihr die Zunge heraus, und Louisa freute sich, ihre Freundin so munter zu sehen. Ivys Lage war nicht rosig, das stand fest, aber Louisa vertraute darauf, dass sie gemeinsam alle Schwierigkeiten bewältigen würden. Das hoffte sie zumindest.

Sie legte Regs Brief in ihren Spind, nahm sich ein Paar trockene Handschuhe und hängte sich bei Ivy ein.

»Na, dann mal los, mein Pummelchen«, sagte sie. »Packen wir's an!«

Kapitel 28

Später am Tag lag Ivy nach einem langen Arbeitstag erschöpft in Wins Wohnung auf dem Sofa und überlegte, ob Louisa möglicherweise recht hatte. Vermutlich sollte sie Mac tatsächlich die Wahrheit über ihre Schwangerschaft gestehen, aber ihr fielen beim besten Willen nicht die richtigen Worte ein. Bisher hatte sie noch nicht ein einziges Mal laut ausgesprochen, dass sie ein Kind erwartete. Ich könnte ihm einfach ein bisschen Schleierkraut in die Hand drücken, dachte sie. Dann geht ihm vielleicht genauso wie Louisa und Win ein Licht auf.

Sie seufzte und schob die Kissen hinter ihrem Kopf zurecht, um es bequemer zu haben. Win gefiel es nicht, wenn sie sich auf dem Sofa rekelte, weil sie fand, es gehörte sich nicht. Aber Ivy war müde und genoss es, sich der Länge nach ausstrecken zu können, und sie fand es schön, durch das Fenster auf den Park zu schauen. Ihr Schlafzimmer lag nach hinten hinaus und hatte eine andere Aussicht.

Win war ausgegangen. Ivy wusste nicht, wohin, aber sie

nahm an, dass ihre Freundin wieder bei einem Treffen der Suffragetten war. Seit Archies Tod hatte Win sich mit großem Elan in den Kampf für die Rechte der Frauen gestürzt. Sie traf sich regelmäßig mit ihren neuen Freundinnen und plante große Dinge für die Zeit nach dem Krieg. Falls dieser Krieg überhaupt jemals ein Ende nehmen würde – im Moment schien jeder Tag schlimmere Neuigkeiten zu bringen.

Ivy fühlte, wie sich das Baby bewegte, und legte die Hände auf ihren Bauch. »Hallo«, wisperte sie. »Hallo, Baby!«

Sie war kurz davor einzunicken, als ein Klopfen an der Tür sie aufschreckte. Sie setzte sich auf. Wer mochte das sein? Louisa wollte den Abend mit Teddy verbringen, das wusste Ivy, und außer ihr kam nie jemand zu Besuch. Vielleicht hatte Win ihre Schlüssel vergessen. Ivy hievte sich von der Couch und trottete zur Wohnungstür. Und dort draußen im Hausflur stand eine Gruppe Suffragetten, alle mit Bündeln, Taschen und Schachteln bepackt. Im Hintergrund entdeckte sie Win, die sehr zufrieden mit sich zu sein schien.

»Hallo!«, rief sie. »Lässt du bitte alle herein?«

Ivy trat benommen zur Seite und beobachtete, wie die Frauen mitsamt ihren Mitbringseln in die Wohnung marschiert kamen.

»Was soll das? Was hat das zu bedeuten?« Ivy hatte keine Ahnung, was hier vorging.

Harriet, eine von Louisas Freundinnen bei den Suffragetten, die Win besonders ins Herz geschlossen hatte, ging mit einem Wäschekorb voller Stoff an ihr vorbei. Sie lächelte Ivy an. »Schau es dir an«, sagte sie.

Ivy folgte ihr in den Salon.

»Das ist alles für dich«, erklärte Harriet. »Für dein Baby.«

Ivy blieb der Mund offen stehen. »Woher wisst ihr …«

Win lächelte verschämt. »Ich habe es ihnen gesagt.«

Ivy war verwirrt. »Was ist das alles?«

Harriet stellte ihren Korb auf den Boden. »Das sind Babysachen. Natürlich ist nichts davon neu, aber alles ist frisch gewaschen und geflickt. Sachen, die unsere Kleinen getragen und aus denen sie herausgewachsen sind. Du wirst jede Menge brauchen, du wirst dich wundern, wie schmutzig sich Säuglinge machen können.«

Ivy fehlten die Worte.

»Und das sind Windeln«, sagte eine andere Frau, die, soweit Ivy wusste, Elizabeth hieß. Sie hielt ein Stoffbündel hoch. »Ein paar sind ein wenig fadenscheinig, aber es wird schon gehen.«

»Kleidung für dich!« Eine andere Frau – Sophie – hielt einen prall gefüllten Beutel hoch. »Ein paar weiter geschnittene Kleider und Röcke. Wir dachten, du möchtest deinen Umfang vielleicht ein bisschen kaschieren, und ein paar größere Sachen sind dabei ganz hilfreich.«

Ivy blinzelte ein paar Mal, um zu verhindern, dass die Tränen, die ihr in die Augen gestiegen waren, übers Gesicht liefen. »Das ist alles für mich?«

»Das ist noch nicht alles«, sagte Harriet, trat beiseite und zeigte auf eine hübsche, mit violetten und grünen Blumen bemalte Holzwiege. »Lucys Mann ist Schreiner. Er hat sie für dich aus Holzresten angefertigt. Und Mary hat die Blumen gemalt.«

Lucy und Mary hoben beide ihre Hände. Jetzt ließ Ivy ihren Tränen freien Lauf.

»Die Farben der Suffragetten«, schluchzte sie. »Ihr habt die Blumen in den Farben der Suffragetten gemalt.«

Mary schmunzelte. »Na klar!«

Win kam zu Ivy und nahm sie in die Arme. Ivy ließ sich an ihre Schulter sinken und weinte hemmungslos.

»Ich bin nicht traurig«, sagte sie zu den Frauen. »Ich bin nicht traurig, ich bin einfach nur glücklich.«

Nachdem sie sich wieder beruhigt hatte, setzte sie sich hin und putzte sich geräuschvoll die Nase. Win nahm auf ihrer einen, Harriet auf der anderen Seite auf dem Sofa Platz, während sich Mary, Lucy, Sophie und Elizabeth auf den Boden hockten.

»Warum tut ihr das für mich?«, fragte Ivy.

»Weil du Hilfe brauchst«, antwortete Harriet schlicht. »Du brauchst Hilfe, und wir sind in der Lage, sie dir zu geben.«

»Als ich ihnen erzählt habe, dass du schon so lange nichts mehr von deinem Jim gehört hast, haben sich alle große Sorgen gemacht«, berichtete Win. »Und dann ist mir irgendwann das mit dem Baby rausgerutscht. Tut mir leid, Ivy, ich weiß, du wolltest es geheim halten, aber mir ist eine Bemerkung entschlüpft, und unsere Harriet hier hat zwei und zwei zusammengezählt.«

Ivy griff nach der Hand ihrer Freundin. »Schon gut.«

»Win hat uns erzählt, dass dir alles ein bisschen über den Kopf wächst, weil du doch nichts von Jim weißt und arbeiten musst und so, und deshalb haben wir uns gedacht, wir tun für dich, was wir können. Als ich es den anderen gesagt habe, wollte jede etwas beisteuern.«

Ivy schenkte den Frauen ein Lächeln und schniefte. »Danke«, flüsterte sie. Wieder schnäuzte sie sich die Nase. »Vielen, vielen Dank.«

Harriet tätschelte ihr Knie. »Wir wissen, was du im Lauf der Jahre alles für unsere Sache geleistet hast. Olive hat mir erzählt …«

Ivy, die ahnte, was Harriet sagen wollte, fiel ihr rasch ins Wort. »Nichts«, sagte sie hastig. »Gar nichts habe ich geleistet.« Sie hatte nie jemandem gebeichtet, was sie als junges Ding in jener dunklen Nacht getan hatte, und sie wollte auf keinen Fall, dass es Win zu Ohren kam. Wenn Win es wusste, wäre es nur eine Frage der Zeit, bis Louisa es erfuhr, und Ivy war sich nicht sicher, wie ihre Freundin, die Kew so sehr liebte, diese Neuigkeit aufnehmen würde.

Andererseits liebte Louisa auch die Suffragetten. Vielleicht hätte sie ja doch Verständnis?

Harriet sah Ivy besorgt an. »Geht es dir nicht gut?«

Ivy zwang sich zu einem Lächeln. »Ich bin einfach überwältigt. Nicht zu fassen, was ihr da ausgeheckt habt!«

»Es sind doch nur ein paar gebrauchte Sachen. Du hast es verdient, Ivy. Dein Baby hat es verdient.«

Ivy griff in die Tasche mit Babysachen und zog einen winzigen Strickpullover heraus.

»Schaut euch bloß an, wie klein das ist!«, hauchte sie. »Es ist entzückend.«

»Das hat mein Albie getragen«, sagte Mary. »Jetzt ist er größer als ich. Kaum zu glauben, was?«

Ivy gluckste in sich hinein. »Ich kann mir nicht vorstellen, dass mein Kind je so groß wird wie dein Albie, nicht mit Jim und mir als Eltern.«

»Wir wissen, wie schlimm es für dich ist, keine Ahnung zu haben, wo dein Jim steckt oder was ihm möglicherweise zugestoßen ist«, sagte Elizabeth mit sorgenvoll gerunzelter Stirn. »Wir wissen leider alle schon, wie das ist. Win hat Archie verloren, Sophies Neffe ist gefallen und mein Bruder auch. Wir wollen dir helfen, für dich da sein, wenn das Baby zur Welt kommt. Wir sind keine Blutsverwandten, aber wir sind eine Familie.«

Ivy empfand in diesem Moment eine so überwältigende Zuneigung für diese Frauen, dass ihr beinahe schwindelig wurde. Elizabeth hatte recht, sie waren eine große Familie. Die Frauen, die jetzt hier bei ihr waren und ihr versprachen, sich um sie zu kümmern, waren wie Schwestern. Es war ein großes Glück, sie zu kennen. Plötzlich schien die Sorge, die nun schon seit Monaten auf ihr lastete, ein wenig leichter geworden zu sein. Alles wird gut, dachte sie. Selbst wenn Jim – was Gott verhüten mochte! – nicht zurückkehrte, würde sie nicht untergehen. Weil sie ein Baby bekam, ein winziges Geschöpf, entstanden aus der Liebe von Jim und ihr, und weil sie ihre Suffragetten-Schwestern hatte, die zu ihr halten würden, komme, was da wolle.

»Ich denke, wir können jetzt alle einen Tee vertragen«, verkündete Win. »Ich gehe schnell welchen machen. Und ich glaube, es müssten noch Butterkekse da sein, falls Ivy nicht alle verputzt hat.«

»Hab ich«, gestand Ivy. »Aber Edith hat frische Kekse mitgebracht.«

Win eilte davon, um Tee zu kochen, und Elizabeth und Sophie gingen mit, um ihr zu helfen. Ivy fing an, die Taschen zu öffnen und all die Sachen zu bewundern, die die Frauen zusammengestellt hatten.

»Der ist schön«, sagte sie und hielt einen locker geschnittenen Rock hoch. »Könnte bei der Arbeit echt praktisch sein.«

Harriet runzelte die Stirn. »Win sagt, du hast es in Kew niemandem erzählt.«

»Nein.«

»Findest du nicht, es wäre an der Zeit, damit herauszurücken?«

Ivy drückte ein Paar winzige gestrickte Schuhe an ihre Brust. »Nein.«

»Ivy?«

»Du klingst wie Louisa.«

Harriet lächelte. »Louisa ist eine sehr kluge Frau.«

»Sie hat Angst, es könnte dem Baby schaden, wenn ich körperlich hart arbeite.«

Harriet nickte. »Da hat sie recht. Es dauert jetzt nicht

mehr lange, bis du so weit bist, und du willst doch sicher kein Risiko eingehen.«

»Aber ich hab Angst davor, es Mac zu sagen. Was, wenn er mich feuert?«

»Was ist, wenn dich wer feuert?« Win, die gerade mit dem Teetablett hereinkam, hatte Ivys Worte gehört.

»Mac«, erklärte Ivy. »Ich habe Harriet gerade gesagt, dass ich mich davor fürchte, ihm das mit dem Baby zu gestehen. Weil ich Angst habe, meinen Job zu verlieren.«

»Papperlapapp, Liebes«, sagte Win. »Mac betet dich an. Und das darf er auch, denn du bist anbetungswürdig.«

»Ja, jetzt betet er mich an«, sagte Ivy düster. »Aber vielleicht ändert er seine Meinung, wenn er erfährt, dass ich schwanger und nicht verheiratet bin.«

»Ganz sicher nicht.«

Harriet und Mary hatten miteinander getuschelt, und jetzt blickte Harriet mit einem kecken Grinsen auf.

»Und wenn es zum Schlimmsten kommt und er dich wirklich vor die Tür setzt«, sagte sie, wobei ihr Grinsen noch breiter wurde, »dann starten wir eine neue Kampagne, damit du deine Arbeit zurückbekommst. Wir werden vor dem Park auf und ab marschieren, wie damals, als es um die Löhne ging.«

Ivy lachte. »Zuzutrauen wär's euch.«

»Darauf kannst du wetten.«

»Also mach dir keine Sorgen«, sagte Mary. Sie war eine Frau Ende fünfzig oder Anfang sechzig, hatte Grübchen, wenn sie lächelte, und mehr Energie als weit jüngere

Frauen. »Wir sind da, um dich in jeder erdenklichen Weise zu unterstützen. Und dein Baby wird eine ganze Schar von Tanten haben, die jederzeit bereit sind, es im Arm zu halten und in den Schlaf zu wiegen und ihm die Leviten zu lesen, wenn es frech wird.«

Ivy lächelte sie an. »Dann wird mein Baby das glücklichste Baby in London sein«, sagte sie. »So wie ich das glücklichste Mädchen bin.«

»Sagst du es ihm?«, wollte Harriet wissen. »Los, sag es Mac, und bring ihn dazu, Rücksicht auf deinen Zustand zu nehmen. Komm schon, du weißt, dass du es tun musst.«

Ivy holte tief Luft. »Na gut, ich sag's ihm. Gleich morgen.«

Kapitel 29

Als Ivy am nächsten Morgen aufwachte, war ihr schlecht vor Aufregung. Sie probierte verschiedene Varianten aus, Mac die Neuigkeit beizubringen.

»Ich kriege ein Baby«, sagte sie laut, während sie ihr Gesicht im Spiegel anschaute und versuchte, ihre rote Lockenmähne zu bändigen. »Ich bin schwanger.«

Louisa war entzückt, als Ivy ihr mitteilte, dass sie es Mac noch am selben Tag sagen wollte.

»Du weißt, dass du das Richtige tust«, sagte sie. »Wenn du es erst mal hinter dir hast, wird es dir gleich besser gehen.«

»Ich weiß nicht, was ich sagen soll, obwohl ich es geübt habe.«

»Sag ihm einfach, dass du ein Kind – Jims Kind! – erwartest, und ich verspreche dir, er wird sich freuen.«

»Das kannst du nicht versprechen«, entgegnete Ivy düster.

»Soll ich dich begleiten, wenn du zu ihm gehst?«

Ivy wäre nichts lieber gewesen, als Louisa an ihrer Seite zu haben, aber sie wusste, dass sie sich zusammennehmen und diese Sache allein bewältigen musste, deshalb schüttelte sie den Kopf. »Ich komm schon klar.«

Sie kamen gerade von der Bushaltestelle – Win fing heute später mit der Arbeit an, weil sie sich den Tag für ein Treffen mit einer Gruppe freigenommen hatte, die eine Gedenkstätte für die Dover Patrol errichten lassen wollte – und näherten sich dem Eingangstor.

»Machst du es jetzt gleich?«

Ivy biss die Zähne zusammen. »Ich denke schon, ja.«

»Ist besser, es schnell hinter sich zu bringen.«

Ivy nickte und zog scharf den Atem ein, als sie ein Stück vor ihnen Mac sah, der gerade in den Aufenthaltsraum ging.

»Jetzt?«, fragte sie.

»Jetzt.«

Ivy konnte nicht sehr schnell gehen, weil das Baby auf ihre Lunge drückte und sie kurzatmig machte, aber sie beeilte sich, so gut sie konnte, holte noch einmal tief Luft und stieß die Tür zum Aufenthaltsraum auf. Mac blickte auf, als sie hereinkam, und lächelte sie an.

»Morgen, Ivy.«

»Kann ich kurz mit Ihnen sprechen, Mac?«

»Was ist los? Geht es um Jim? Hast du was von ihm gehört?«

»Nein«, erwiderte Ivy. »Nein, hab ich nicht. Aber irgendwie geht's schon um Jim.«

Mac zog einen Stuhl für sie zurück. »Schieß los!«

Ivy hätte heulen können, weil er so nett war, aber sie wandte den Blick ab und zwang sich zu sprechen.

»Bevor Jim wegging, haben er und ich …« Ihre Stimme verebbte. Mac musste nicht alles wissen. Sie versuchte es noch einmal.

»Ich bin schwanger«, sagte sie schnell und senkte den Blick auf ihren Bauch. »Ich bekomme ein Baby. Jims Baby.«

Mac sagte kein Wort. Ivy wappnete sich innerlich für seine Missbilligung und hob langsam den Kopf. Zu ihrem ratlosen Erstaunen sah sie Tränen in seinen Augen.

»Sind Sie böse?«, fragte sie mit unsicherer Stimme. »Sind Sie jetzt enttäuscht von mir? Ich fürchte, ich habe alle enttäuscht.« Eine Träne fiel auf ihre krampfhaft verschränkten Hände, und sie wischte sie weg. »Es tut mir so leid.«

Eine Pause entstand, dann beugte Mac sich vor und nahm Ivys Hand.

»Natürlich bin ich nicht enttäuscht, Ivy.« Er schniefte. »Ich bin froh.«

»Froh?«

»Ich liebe Jim, als wäre er mein eigener Sohn«, sagte Mac. »Der Bursche ist hier bei mir, seit er ein kleiner Bengel war, und ich habe ihm alles beigebracht, was er weiß – und jetzt weiß er mehr als ich. Und er fehlt mir, Ivy. Ich habe schreckliche Angst, dass er nicht heimkommt.«

Ivy nickte nur. Sie befürchtete, all die Gefühle, die sich in ihrem Inneren angestaut hatten, würden hervorbrechen, wenn sie den Mund öffnete.

»Und jetzt sagst du mir, dass du sein Kind erwartest.

Einen Teil von ihm. Und du glaubst, ich wäre enttäuscht?« Er stupste sie an. »Du könntest mich nie enttäuschen. Keines meiner Kew-Mädels könnte mich jemals mit etwas anderem als Stolz erfüllen.«

Da war sich Ivy nicht sicher, aber sie war so froh über seine Reaktion, dass sie jeden unangenehmen Gedanken verdrängte. »Louisa hat gleich gesagt, dass Sie es gut aufnehmen würden.«

»Eine sehr gescheite Frau.«

Ivy grinste. »Das ist sie.«

»Hattest du wirklich Angst davor, was ich sagen würde?«

»Ich dachte, Sie finden womöglich, dass ich als unverheiratete schwangere Frau Schande über die Kew Gardens bringe.«

Mac tätschelte ihre Hand. »Niemand muss wissen, dass du nicht verheiratet bist«, sagte er. »Wir erzählen einfach allen, dass du und Jim euch habt trauen lassen, bevor er an die Front geschickt wurde.«

Ivy blinzelte. »Im Ernst?«

»Wir passen schon auf dich auf«, sagte er. »Mach dir keine Sorgen.«

Ivy konnte kaum glauben, wie nett jeder zu ihr war. »Aber was werden die Leute sagen?«

Mac schnaubte. »Das interessiert mich nicht. Und mal ganz ehrlich, du bist nicht das erste Mädchen, das in so eine Situation geraten ist.«

»Meint Louisa auch.«

»Na bitte, ich sag's ja. Eine gescheite Frau.«

Wieder lächelte Ivy. »Und Sie glauben nicht, dass die Leute reden werden?«

»Wer ohne Sünde ist, der werfe den ersten Stein.« Plötzlich grinste er. »Was hättest du gemacht, wenn ich dich rausgeschmissen hätte?«

»Die Suffragetten haben gesagt, sie würden dafür demonstrieren, dass ich meinen Job wiederbekomme, so wie damals bei der Kampagne für gleiche Löhne.«

Macs Gesicht sprach Bände. »Ach, wirklich? Verflixte Weiber!« Aber seine Augen lächelten.

»Sie haben Ihre Ansichten geändert.«

Er schnitt eine Grimasse, nickte aber. »Könnte nicht behaupten, dass ich mit den Methoden der Frauenrechtlerinnen einverstanden bin, aber sagen wir mal so, ihren Argumenten kann ich mich nicht verschließen.« Er machte eine Pause. »Aber das behältst du bitte für dich!«

Ivy lachte schallend. Sie fühlte sich wie befreit und war überglücklich, dass Mac auf ihrer Seite war und ihre Lage auf einmal sehr viel rosiger aussah. Wenn nur Jim da wäre und sehen könnte, wie sehr sich Mac über das Baby freute. Ob Jim überhaupt wusste, dass ein Kind unterwegs war? Hatte er den Brief mit dem Schleierkraut bekommen? Das würde sie vielleicht nie erfahren.

»Wann ist es so weit?«

»Im Frühling.«

»Also nicht mehr lange. Nicht zu fassen, dass du es die ganze Zeit vor mir verheimlicht hast.«

»Ich wusste nicht, wie ich es Ihnen sagen soll.«

»Nächstes Mal kommst du früher zu mir.«

Bei der Vorstellung, es könnte ein nächstes Mal geben, lachte Ivy laut auf, und auch Mac musste grinsen. Dann machte er wieder ein ernstes Gesicht.

»Wir müssen achtgeben, dass du nicht zu schwer arbeitest. Was hast du dir bloß dabei gedacht, einfach so weiterzumachen?«

»Ich brauch das Geld.«

»Wohnst du immer noch bei Win?«

Sie nickte. »Und die Suffragetten helfen mir auch. Sie haben mir Kleidung und eine Wiege geschenkt. Die sollten Sie mal sehen, Mac.«

»Verflixte Weiber«, sagte er mit einem Lächeln.

Nachdem diese Last endlich von ihren Schultern war, verbrachte Ivy den Tag recht vergnügt damit, im Gewächshaus Ordnung zu schaffen. Es war keine sonderlich schwere Arbeit. Sie konnte Pausen einlegen, wenn ihr danach war, und die Wärme im Inneren des Gebäudes genießen, statt draußen in der bitteren Winterkälte zu frieren. Sie fühlte sich sehr viel besser, seit sie wusste, dass die Suffragetten ihr helfen würden und Mac zu ihr hielt. Nur zwei Dinge lagen ihr immer noch auf der Seele: zum einen natürlich die verzweifelte Hoffnung, doch noch etwas von Jim zu hören, zum anderen das Geständnis, das sie vor Win und Louisa unbedingt ablegen musste.

An diesem Abend saß Ivy zusammen mit Win und Louisa in Wins Salon.

»Ich wollte euch sagen, wie dankbar ich euch bin und wie froh und dass ich wirklich nicht wüsste, was ich ohne euch machen würde«, sagte sie.

Win nahm ihre Hand. »Liebes, das gilt genauso umgekehrt. Ohne dich wäre ich verloren gewesen, als ich von Archies Tod erfuhr.«

Louisa nickte. »Du hast zu mir gehalten, als ich bei Bernie diesen furchtbaren Fehler begangen habe. Und du hast mir keine Vorwürfe gemacht, als Reg auftauchte und Ärger machte und Jim sich deshalb freiwillig zur Armee meldete. Du bist eine großartige Freundin, Ivy. Wie Win gesagt hat, es gilt genauso umgekehrt.«

Ivy seufzte. »So denkt ihr vielleicht nicht mehr, wenn ihr gehört habt, was ich zu sagen habe.«

Louisa und Win wechselten einen Blick, und fast hätte Ivy ihre Meinung geändert. Fast.

Sie holte Luft. »Vor ein paar Jahren sah es bei uns daheim echt trübe aus. Dad war mal wieder auf einer seiner ausgedehnten Sauftouren, meine kleine Schwester Elsie war noch nicht lange auf der Welt, und Mum steckte bis zu den Ellbogen in schmutziger Wäsche und Windeln, und dazu liefen ihr noch ständig die Jungs um die Füße … ihr könnt euch nicht vorstellen, wie das war. Ich ging nicht zur Schule, aber das hat keinen gekümmert. Ich war ein richtig wildes Ding. Und dann lernte ich eines Tages eine gewisse Olive kennen. Sie hielt auf der Straße eine Ansprache darüber, dass Frauen genauso klug sind wie Männer, aber nie die Chance bekommen, es zu beweisen. Und ich dachte an unsere Mum, die sich halb zu Tode schuftete, und an Dad, der sich einfach verdrückte, wenn ihm danach zumute war. Wir kamen ins Reden, und sie war sehr nett zu mir. Unheimlich nett.«

Louisa sah aus, als käme ihr diese Geschichte bekannt vor. »Eine Suffragette?«, fragte sie.

»Richtig.«

»Aber?« Win runzelte die Stirn. »Das ist noch nicht alles, oder?«

Ivy nickte. »Das war 1913. Die Stimmung bei der WSPU wurde immer aufgeheizter. Alle möglichen Sachen passierten, Frauen, die politisch links oder rechts oder Zentrum waren, wurden verhaftet, Fensterscheiben eingeschlagen, Steine geworfen. Ihr erinnert euch bestimmt noch daran.«

Ein leichtes Funkeln trat in Louisas Augen. Sie nickte. »O ja!«

»Olive wollte unbedingt Aufmerksamkeit erregen. Damals hing ich ständig in Kew rum. Ich kannte Mac und Jim, und ich war dauernd hier und lag ihnen in den Ohren, dass sie mir etwas über Pflanzen beibringen und erlauben sollten, ihnen zu helfen. Als Olive das erfuhr, kam ihr eine Idee.«

Louisa, die anscheinend anfing, zwei und zwei zusammenzuzählen, starrte Ivy an.

»Das Orchideenhaus?«

»Nein!« Ivy schrie es fast. »Nein, niemals! Ich könnte nie Pflanzen einfach so zerstören.«

»Dann also der Teepavillon?«

Ivy wurde heiß vor Scham. »Der Teepavillon.«

»Oh, Ivy!«, rief Louisa.

Win machte ein verdutztes Gesicht. »Wie bitte? Ihr müsst mir das schon näher erklären, meine Süßen. Vergesst nicht, ich saß damals glücklich und zufrieden mit Archie in Dover und hatte nicht die leiseste Ahnung von Suffragetten oder den Dingen, die sie hier in London anstellen.«

»Wir haben Paraffin in der Krypta von St Anne's versteckt«, fuhr Ivy fort. »Und als es dunkel wurde, sind wir reingeschlichen, haben es uns geholt und Stoffstreifen damit getränkt. Anscheinend ist das die beste Methode, um ein Feuer richtig gut in Gang zu bringen. An dem Abend fand eine Probe im Glockenläuten statt, und eine von den Glöcknerinnen war eine Suffragette. Die hat die Glocken extra laut geläutet, damit uns auch bestimmt niemand hören konnte. Ich hab Olive und eine andere Frau namens Lilian mit in den Garten genommen und zum Teepavillon geführt. Sie haben die Stofffetzen rund ums Haus verteilt und den Pavillon in Brand gesteckt. Ich war entsetzt, das könnt ihr mir glauben. Ich hätte nie gedacht, dass es so schlimm werden und das Feuer sich so schnell ausbreiten würde.«

»Hast du dir dabei den Arm verbrannt?«, fragte Louisa. »Stammt daher die Narbe?«

Ivy schob ihren Ärmel hoch und zeigte ihnen die Brandwunde, die sie stets verbarg. Louisa musste die Narbe irgendwann aufgefallen sein, als sie sich im Aufenthaltsraum umzogen. Sie war jetzt blassrosa, nicht mehr so tiefrot wie anfangs, aber die Haut war runzelig und durchscheinend, und ganz würde die Narbe nie verschwinden. Ivy betrachtete sie als Schandmal für die furchtbare Tat, an der sie beteiligt gewesen war.

»Das hab ich verdient«, sagte sie.

Wins Augen wurden schmal. »Nein«, erwiderte sie und sah Ivy direkt an. »Nein, das hast du nicht, Liebes.«

»Ich hätte das nicht tun dürfen.«

»Vermutlich nicht, aber du warst damals blutjung. Und du dachtest, du würdest etwas für die Frauen tun, zu denen du aufgeblickt hast.«

»Und denk doch dran, wie es damals zuging, Ivy«, warf Louisa ein. »Die Stimmung war aufgeheizt, und fast geriet die Lage außer Kontrolle. Ein paar Wochen später starb Emily Davison, weißt du noch? Eine schlimme Sache.«

Win nickte. »Ja, ich kann mich erinnern, wie schrecklich das war. Diese arme Frau, die einem Pferd unter die Hufe geraten ist.«

»Ganz furchtbar«, stimmte Louisa ihr zu. »Obwohl wir so schwer kämpften, kamen wir keinen Schritt weiter, und irgendwann waren wir kurz davor zu verzweifeln.« Sie schüttelte den Kopf und schaute Ivy an. »Den Teepavillon anzuzünden war falsch, keine Frage. Aber ich verstehe, warum es passiert ist, und es war nicht deine Schuld.«

Ivy ließ langsam den Atem entweichen. Wieder mal davongekommen!

»Soll ich es Mac sagen?«

»Nein!«, riefen Louisa und Win gleichzeitig. »Lass es sein, Ivy«, fügte Louisa hinzu. »In diesem Fall schweigst du besser.«

»Aber ich fühle mich schrecklich.«

»Die Sache mit den Orchideen und dem Teepavillon ist ihm furchtbar an die Nieren gegangen. Weißt du noch, wie wir an unserem ersten Tag in Kew unsere Abzeichen verstecken mussten? Es hat lange gedauert, bis Mac bereit war, uns und unser Engagement für die Suffragetten zu akzeptieren, Ivy. Mute ihm das nicht zu.«

»Ich sollte trotzdem dafür bestraft werden. Ich sollte es irgendwie wiedergutmachen.«

»Aber nicht, indem du es Mac beichtest.«

Win machte ein nachdenkliches Gesicht. »Ich bin Louisas Meinung«, sagte sie. »Liebes, ich verstehe, warum du den Wunsch hast, ein Geständnis abzulegen, aber ich habe wirklich nicht das Gefühl, dass es gut wäre. Du fühlst dich danach vielleicht besser, aber Mac wohl kaum, denke ich.«

»Was soll ich dann tun?«

»Mein Archie hat immer gesagt, wenn du etwas Falsches getan hast, musst du es wieder in Ordnung bringen.«

»Ich kann den Pavillon nicht wieder aufbauen«, sagte Ivy.

»Nein. Aber ich bin überzeugt, es gibt andere Formen der Wiedergutmachung. Lieber Himmel, du arbeitest schon so lange in Kew – allein das, was du in den Gärten geleistet hast, sollte ausreichen.«

»Das ist aber nicht genug«, meinte Ivy.

»Dann lassen wir uns eben etwas anderes einfallen.«

»Wirklich?«

Louisa pflichtete Win bei. »Wirklich. Einstweilen aber bleibt das unser Geheimnis. Niemand sonst muss es wissen.«

Ivy nickte. »Na gut«, sagte sie. »Ich behalte es für mich. Einstweilen.«

Kapitel 30

Ivy war bedrückt. Es war inzwischen März, und noch immer war keine Nachricht von Jim gekommen, die Geburt ihres Babys stand kurz bevor, und je näher der Termin rückte, desto größer wurde Ivys Verzweiflung, weil sie überzeugt war, ihr Kind würde nie seinen Daddy kennenlernen. Sie selbst wurde gut betreut. Daheim sorgten Win und Louisa für sie, die Suffragetten kamen häufig zu Besuch, um ihr etwas zu essen oder Babyschühchen zu bringen oder einfach nur fröhlich mit ihr zu plaudern und sie von ihrer Angst um Jim abzulenken, und Mac wachte während der Arbeitszeit über sie.

Er wies sie an, körperliche Anstrengungen auf jeden Fall zu vermeiden, was Ivy anfangs auf die Nerven gegangen war, bis sie merkte, wie viel besser sie sich nach einem Tag ohne strapaziöse Arbeiten fühlte. Und da es immer noch bitterkalt und der Boden gefroren war, gab es in den Gärten ohnehin nicht viel zu tun. Heute bereiteten Louisa und die anderen die Gemüsebeete vor, während Win die

Tulpen, die in dicken Büscheln wuchsen, teilte und Mac die Glyzinien stutzte. Ivy war im Gewächshaus gewesen, um dort nach den Setzlingen zu schauen, aber da diese Aufgabe nicht viel Zeit in Anspruch nahm, war sie nach draußen in ihren Garten der Briefe gegangen. Im Winter hatte er ein bisschen dürftig ausgesehen, aber nun begann zu Ivys Freude einiges wieder zu wachsen. Narzissen brachen durch den Boden, Hyazinthen, die zu Weihnachten geblüht hatten, zeigten sich jetzt in noch größerer Zahl als im Dezember – und sie waren blau, wie Ivy gehofft hatte, und somit das Symbol für ewige Liebe. Sie hatte eine Stelle vorbereitet, wo Louisas Lilien wachsen konnten, wenn es keinen Frost mehr gab, und in der Ecke, in der sie die winzigen schwarzen Samenkörner, die Jim ihr geschickt hatte, ausgesät hatte, lugten schon die Stängel der Mohnblumen hervor, ganz wie Ivy es sich erhofft hatte. Schon jetzt sah sie die leuchtenden Farben der Blüten in ihrem kleinen Garten vor sich, und sie konnte gut nachvollziehen, warum diese Blumen den Soldaten Hoffnung machten, wenn sie sie auf den trostlosen Schlachtfeldern blühen sahen. Wo einmal blanke Erde gewesen war, würden bald bunte Farbtupfer auftauchen. Ivy strich über ihren Bauch, als sie spürte, wie sich das Baby in ihr bewegte. Wo nichts als Leid gewesen war, würde neues Leben entstehen.

Mac hatte eine Bank in ihren kleinen Garten gestellt, und jetzt setzte sie sich hin, um sich ein wenig auszuruhen und darüber nachzudenken, wie es weitergehen sollte. Sie hatte das Gefühl, auf die Geburt ihres Kindes gut vorbereitet zu sein. Inzwischen hatte sie allen, die es wissen mussten, davon erzählt. Jims Mutter war zuerst schockiert gewesen, dann gerührt und erfreut und hatte Ivy an ihre Brust gedrückt und versprochen, ihr auf jede erdenkliche Art und Weise zu helfen. Sie hatte sie sogar eingeladen, zu ihr zu ziehen, aber Ivy fühlte sich bei Win sehr wohl und konnte sich nicht vorstellen, bei Eltern zu wohnen, die nicht ihre eigenen waren, mit Brüdern, mit denen sie nicht aufgewachsen war.

Mit ihrer eigenen Mutter war es nicht ganz so glattgegangen. Ivy hatte ihr die Neuigkeit mitgeteilt, als sie zusammen zu einem Treffen von Sylvia Pankhursts Federation gingen, in der Hoffnung, ihre Mutter würde in der Öffentlichkeit ihr Temperament zügeln.

»Ich bekomme ein Baby«, hatte sie gesagt.

Ihre Mutter blieb abrupt stehen und starrte sie an. »Ach Gott, Ivy«, sagte sie. »Wirst du heiraten?«

Ivy biss sich auf die Lippe. »Es ist Jims Baby, Mum. Natürlich ist es Jims Baby.«

»Aber Jim ist in Frankreich. Oder …«

Ivy würgte ein Schluchzen hinunter. »Das weiß ich.«

»Also keine Hochzeit?«

»Keine Hochzeit.«

»Und wie sieht es mit Geld aus? Es ist nicht billig, Kinder allein großzuziehen, und leicht ist es auch nicht, das weiß niemand besser als ich.«

»Alles wird gut, Mum. Es gibt Leute, die mir helfen. Win hat gesagt, ich kann bei ihr bleiben, solange ich will, und

Lou steht mir auch zur Seite – sie nennt sich schon Tante Louisa –, und sogar Mac ist unglaublich lieb.«

Ihre Mutter hatte sie skeptisch angesehen. »Ach ja?«

»Es ist nicht das, was ich mir gewünscht hätte, aber es ist nun mal passiert, und ich muss das Beste daraus machen.«

Genau in dem Moment beschloss das Baby, sich hin und her zu drehen, und Ivy legte eine Hand auf ihren Bauch.

»Tritt es?«, fragte ihre Mutter.

Ivy nahm die Hand ihrer Mutter und legte sie auf die Stelle, wo das Baby zappelte. »Kannst du es fühlen?«

Ein breites Lächeln trat auf das Gesicht ihrer Mutter. »Ein Baby ist immer ein Geschenk.«

»Gerade jetzt«, sagte Ivy. »Wenn Jim vielleicht …«

Ihre Mutter nickte. »Gerade jetzt.«

Sie gingen weiter. Ivy war erleichtert, dass ihre Mutter die Nachricht so gut aufgenommen hatte.

»Ist dir übel?«, wollte ihre Mum wissen.

»Speiübel.«

»Dachte ich mir. Du bist ziemlich grau im Gesicht. Du bekommst ein Mädchen.«

»Ein Mädchen?«, sagte Ivy. »Ich stelle mir immer einen kleinen Jungen wie Jim vor.«

Ihre Mutter krauste die Nase und musterte sie von oben bis unten. »Nee, das wird ein Mädchen, glaub mir. Dein Haar ist platt, du hast jede Menge Pickel, und du siehst völlig fertig aus. Mädchen nehmen ihren Müttern das gute Aussehen.«

Ivy verdrehte die Augen. Niemand verstand es so gut, sie zu verletzen, wie ihre Mutter.

»Danke.«

»Wirst schon sehen.«

Man konnte zwar nicht behaupten, dass Ivys Mutter begeistert gewesen wäre, aber sie hatte akzeptiert, dass sie Großmutter werden würde, und sie erwies sich als halbwegs hilfreich, indem sie Ivy Tipps für die Geburt und das Stillen gab und ihr erklärte, wann man das Baby schlafen legte und wann man es aufweckte. Meistens wurden ihre Ratschläge von kaum verschleierten abfälligen Bemerkungen begleitet, aber willkommen waren sie trotzdem.

Und somit war alles bereit. Die Wiege stand in Ivys Zimmer bei Win, die Babysachen lagen im Schrank, und sie war bei einem Arzt gewesen. Sie musste nur noch wenige Wochen warten, bis sie ihren Sohn oder ihre Tochter zum ersten Mal sah.

»Junge oder Mädchen?«, flüsterte sie, während sie sanft ihren Bauch rieb. »Junge oder Mädchen?«

»Ich glaube, es ist ein Junge«, sagte eine Stimme.

Ivy, deren Hand noch auf ihrem Bauch ruhte, erstarrte. Sie konnte kaum glauben, was sie gerade gehört hatte. Bildete sie sich das ein, genauso wie sie sich die leuchtenden Blüten der Mohnblumen eingebildet hatte? Langsam, um das Trugbild nicht zu zerstören, hob sie den Kopf und sah Jim.

Jim. Ihren Jim.

Sie blinzelte. Sie musste völlig übermüdet sein, wenn sie etwas sah, das gar nicht da war.

Aber nein, da war wirklich ein Mann. Er trug Uniform und stützte sich auf einen Gehstock. Sein Haar war kürzer, als sie es von früher kannte, und eine breite Narbe verlief quer über eine Seite seines Kopfs und seiner Wange. Aber er lächelte.

»Ivy«, sagte er.

Sie wagte kaum zu atmen, als sie aufstand.

»Jim?«

»Ich bin's.«

Mit zwei Schritten hatte er ihren Garten der Briefe durchquert, und das war ein Glück, denn Ivy war plötzlich so schwindelig, dass sie umgefallen wäre, wenn nicht Jims starke Arme sie gehalten hätten. Schon lagen seine Lippen auf ihren, streichelten seine Hände ihren gerundeten Bauch. Sie weinte, und er weinte, und sie küssten sich und lachten und schluchzten auf einmal.

»Du bist es wirklich«, schniefte Ivy. »Du bist es. Mein Jim.«

»Ich bin es. Ich bin hier.«

»Ich dachte, du wärst tot. Ich dachte, ich würde dich nie wiedersehen. Ich dachte, unser Baby würde nie seinen Vater kennenlernen.«

Jim küsste ihr die Tränen vom Gesicht, strich ihr die Haare aus der Stirn und küsste sie noch einmal, und dann beugte er sich vor und legte seine Lippen ganz behutsam auf ihren Bauch.

»Hallo, Baby«, sagte er.

Ivy fuhr mit ihren Fingern durch sein geschorenes Haar und berührte die hellrote Narbe an seinem Kopf.

»Was ist da passiert?«, fragte sie. »Was ist dir passiert?«

Sie setzten sich auf die Bank, und Jim legte einen Arm um Ivy, die sich an seine Brust schmiegte, ohne darauf zu achten, wie kratzig der Stoff seiner Uniform war.

Jim starrte in die Ferne. »Wir sind aus dem Schützengraben geklettert, um unsere Gegner anzugreifen«, begann er. Seine Stimme klang seltsam, als wäre sie voller Tränen, Zorn und Trauer zugleich. »Ivy, so eine Angst hab ich in meinem ganzen Leben noch nicht gehabt. Noch nie! Es war, als würde ich im Körper von jemand anderem stecken. Mein Kopf rief mir zu, auf keinen Fall diese Leiter hinaufzuklettern und nicht auf die feindlichen Waffen zuzulaufen, aber meine Beine bewegten sich einfach weiter. Wenn ich stehen geblieben wäre, hätten unsere Offiziere mich erschossen, das wusste ich. Wir hatten keine Wahl, wir mussten los, als wir das Signal hörten, das Pfeifen.« Er machte eine Pause. »Da draußen ist das Pfeifen wie eine Sterbeglocke. Du hörst es im Wind, und du weißt, dass es für Hunderte Jungs das Signal ist, einfach so.«

Ivy schlang ihre Finger in seine, sagte aber kein Wort. Ihr war klar, dass Jim darüber reden, all das loswerden musste. Vielleicht würde er nie wieder darüber sprechen, aber in diesem Augenblick brauchte er es, die Dinge zu erklären, die er erlebt, die er getan hatte.

»Wir rannten quer durchs Niemandsland«, fuhr Jim fort.

»Der Schlamm war fürchterlich. Große, tiefe Lachen voll mit glitschigem Matsch. Ein Junge neben mir rutschte aus, und er war sofort weg, unter der Schlammschicht, und die anderen, die nach ihm kamen, trampelten einfach über die Stelle, wo er gerade noch gewesen war. Ich konnte nicht stehen bleiben, konnte ihm nicht helfen.«

»Nein, natürlich nicht.«

»Wir versuchten, schneller zu laufen, und in meinen Ohren rauschte es. Ich konnte Schüsse hören, aber es klang, als wären sie sehr weit weg. Alles schien sich in Zeitlupe zu bewegen. Direkt vor mir sah ich einen Kumpel von mir, George. Da war er und drehte sich um, um mir etwas zuzurufen, und dann war sein Kopf weg.« Seine Stimme brach. »Er blieb aufrecht stehen, Ivy. Eine Sekunde stand George ganz still da, obwohl ihm der Kopf weggeschossen worden war. Dann sackte er vornüber in den Schlamm und war weg. Ich sehe es manchmal immer noch vor mir, wenn ich die Augen zumache. Sein Gesicht, als er sich zu mir umwandte, und wie es dann explodierte, als die Kugel ihn traf.«

Ivy spürte, wie eine Träne ihre Wange hinunterlief. Niemand sollte etwas so Grauenhaftes erleben. Niemand.

»Und dann waren wir plötzlich bei den Deutschen. Einer tauchte vor mir aus dem Qualm auf, und ich hatte meine Waffe in der Hand, und ich dachte: ›Das ist er, das ist der Moment, in dem ich jemanden töte‹, und es war mir völlig egal, verstehst du? Weil ich gesehen hatte, was sie mit George gemacht hatten, und ich war so wütend, dass ich ihnen genau dasselbe antun wollte. Aber dann sah ich diesem Deutschen in die Augen, und er sah aus wie ich. Er war genau wie ich. Das gleiche Alter. Das gleiche Haar. Er war wie ich, Ivy. Und ich konnte nicht abdrücken. Wir standen einfach da und starrten uns mit gezogenen Waffen an, aber keiner von uns schoss. Und dann explodierte eine Granate.«

Ivy fuhr zusammen. »Und dann?«

Jim zuckte mit den Schultern. »Ich weiß es nicht. Ich erinnere mich an nichts mehr, nur dass ich in einem Feldlazarett wieder zu Bewusstsein kam. Niemand wusste, wer ich war. Anscheinend hatte es mich – und den Deutschen – voll erwischt, und man fand uns beide einen Tag später im Schlamm. Unsere Uniformen waren nur noch Fetzen, meine Jacke war so zerrissen, dass sie zuerst nicht mal wussten, ob ich Engländer oder Deutscher war. Es war großes Glück, dass unsere Jungs mich gefunden haben, Ivy, und nicht die Deutschen.«

»Was ist aus dem deutschen Soldaten geworden?«

Jim schluckte. »Er ist tot. Er bekam eine Infektion und starb, noch bevor ich zu mir kam. Sie wussten seinen Namen nicht, deshalb konnten sie niemanden verständigen. Seine Eltern fragen sich bestimmt, was aus ihm geworden ist. Sie werden es nie erfahren.«

»Wie lange warst du ohne Bewusstsein?«

»Einige Tage und dann ungefähr eine Woche lang abwechselnd mal wach, mal bewusstlos. Ich kann mich an absolut nichts erinnern, aber anscheinend habe ich auf

Englisch vor mich hin gebrabbelt, und deshalb wussten sie, dass ich Engländer war.«

»Gott sei Dank«, hauchte Ivy.

»Vierzehn Tage war ich in dem Feldlazarett, dann wurde ich in ein Krankenhaus in der Nähe der Küste verlegt und von dort schließlich in ein Sanatorium in Surrey.«

»Warum hat uns niemand verständigt?«, fragte Ivy. »Deine Mutter ist völlig mit den Nerven am Ende.«

Jim schnitt eine Grimasse. »Ich hatte eine Kopfverletzung.« Behutsam strich er über seine Narbe. »Sie mussten mich operieren, um die Granatsplitter zu entfernen. Als ich wieder zu mir kam, wusste ich weder, wie ich hieß, noch woher ich kam.«

Bei der Vorstellung, dass Jims Schädel mit Metallsplittern durchsetzt gewesen war, lief Ivy ein Schauer über den Rücken.

»Auch als ich in Surrey war und es mir allmählich besser ging, dauerte es eine Weile, bis mein Gedächtnis zurückkehrte. Eine Zeit lang konnte ich mich nur erinnern, dass ich Jim hieß. Den Nachnamen wusste ich nicht mehr.«

»Und dann ist es dir wieder eingefallen?«

»Na ja, von da an wurde es ein bisschen komisch«, sagte Jim. »Ein Typ namens Walter Boniface kam mich besuchen. Er sagte, er wäre vom Kriegsministerium und dass man dort glaubte, ich könnte ein gewisser James Dobson sein.«

»Woher wusste er das?«

Jim schüttelte langsam den Kopf. »Keine Ahnung. Aber er hatte kaum meinen Namen gesagt, als mir auch schon alle möglichen Sachen wieder einfielen. Ich konnte mich an dich erinnern und an meine Familie.«

»Wann war das?« Ivy versuchte zu begreifen, was passiert war.

»Erst letzte Woche. Ich wollte die Krankenschwestern dazu bringen, dich zu benachrichtigen, aber Mr Boniface meinte, er wollte vorher lieber noch ein, zwei Dinge überprüfen. Und dann tauchte ein anderer Mann auf und sagte, er hätte dafür gesorgt, dass ich entlassen und draußen ein Wagen für mich bereitstehen würde.«

»Ein Wagen?« Ivy kam aus dem Staunen nicht heraus. »Wer war das?«

»Ein Abgeordneter. Ein richtig feiner Pinkel und sehr einflussreich. Einer von den Typen, die Sachen anpacken und in die Tat umsetzen, weißt du? Du kennst die Sorte. Eine von den Krankenschwestern hat gesagt, dass sie sein Bild in der Zeitung gesehen hat. Sein Name war Marcus Francis-Evans, und er hat gesagt, dass er einem Freund einen Gefallen tut.«

Ivy schüttelte den Kopf. »Nicht zu glauben!«

Jim grinste, sein vertrautes schiefes Grinsen, das sie so lange nicht mehr gesehen hatte.

»Ich weiß. Es ist mir auch egal. Ich bin hier bei dir und bei unserem Baby.«

Er legte eine Hand auf ihren Bauch. Plötzlich fiel Ivy etwas ein. »Hast du es gewusst? Dass ich ein Baby bekomme, meine ich. Hast du das Schleierkraut bekommen, das ich dir geschickt habe?«

»Nein«, sagte er bekümmert. »Ganz schön schlau von dir. Nein, Mr Francis-Evans hat es mir erzählt.«

»Was?« Ivy verstand gar nichts mehr. »Wie in aller Welt konnte er das wissen?«

Das schien Jim nicht weiter zu interessieren. Er küsste sie noch einmal.

»Zeig mir den Garten«, sagte er. »Zeig mir, was du aus den Samen gezogen hast, die ich dir geschickt habe.«

Hand in Hand wanderten sie durch das kleine Fleckchen Erde, das Ivy mit Jims Gaben in einen blühenden Garten verwandelt hatte.

»Ich hatte gehofft, dass es blaue Hyazinthen sind«, sagte Jim erfreut, als sie stehen blieben und die Blüten betrachteten. »Und ich kann kaum glauben, dass die Mohnblumen jetzt schon sprießen. Was für ein Glück, dass der Frost sie nicht zerstört hat.«

»Darüber bin ich auch froh«, stimmte Ivy ihm zu. »Vielleicht hat der Mohn geahnt, dass du heimkommst.«

Während sie durch den kleinen Garten schlenderten, berichtete Ivy Jim, was es Neues von Louisa und Bernie gab, und auch, wer Win war und wie sehr sie Ivys Leben verändert hatte. Sie erklärte ihm, dass sie jetzt bei Win wohnte, erzählte ihm, dass diese Archie verloren hatte, und fügte hinzu, dass sie ihrer neuen Freundin Mohnsamen geschenkt hatte, um den Kummer über den Tod ihres Ehemanns ein wenig zu lindern.

Jim lächelte. »Deine Win scheint eine außergewöhnliche Frau zu sein.«

»O ja, das ist sie.« Ivy kam ein Gedanke. »Ob sie wohl etwas damit zu tun hat, dass diese vornehmen Typen dich aufgespürt haben? Sie kennt alle möglichen Leute.«

»Mag sein«, sagte Jim. »Aber mir ist sie noch nie begegnet.«

»Wir fragen sie einfach. Sie sind so gut zu mir gewesen, Jim. Sie und Louisa.«

Sie zeigte ihm die Stelle, wo Louisa zum Andenken an ihr verlorenes Baby Lilien anpflanzen wollte, und er lächelte.

»Ich werde sie wirklich vermissen«, sagte Ivy. »Die Samen, meine ich. Ich habe nichts mehr zu pflanzen.«

»Na, wer weiß.« Jim humpelte zur Bank zurück, wo er seine Tasche abgelegt hatte, und kramte eine Weile darin herum.

»Bitte sehr!«, sagte er und hielt triumphierend etwas hoch, das er zwischen den Fingerspitzen hielt.

Ivy kniff die Augen zusammen. »Was ist das?«

»Eine Eichel. Ich habe sie auf dem Schlachtfeld gefunden, und ich wollte sie dir schicken. Ich hatte sie sicherheitshalber in meinen Stiefel gesteckt, und aus irgendeinem Grund hat mein Schuhwerk die Explosion besser überstanden als meine Uniform. Möchtest du sie einpflanzen? Ich dachte, sie könnte hier in Kew wachsen, groß und stark, als Erinnerung an all die Männer, die wir verloren haben.«

»Ja«, sagte Ivy, die auf einmal eine großartige Idee hatte. »Pflanzen wir sie. Aber nicht hier.«

»Sondern?«

»Komm mit!«

Sie nahm seine Hand und führte ihn aus ihrem Garten der Briefe über den Rasen zu der Stelle, wo nur noch ein Haufen dunkler Asche zeigte, was von dem Teepavillon übrig geblieben war.

»Hier«, sagte sie.

»Warum hier?«

»Asche ist ein guter Dünger.« Sie holte tief Luft. »Und ich möchte etwas wiedergutmachen.«

Jim runzelte die Stirn. »Und was?«

Ivy antwortete nicht. »Ich kann mich nicht bücken«, sagte sie und zeigte auf ihren Bauch. »Kannst du es machen?«

Jim kauerte sich auf den Boden, wischte mit einer Hand die Asche weg, die so lange unberührt hier gelegen hatte, und grub ein kleines Loch. Dann ließ er die Eichel in die Vertiefung fallen und bedeckte sie wieder mit Erde und Asche.

»Das hätten wir«, sagte er.

Ivy hielt ihm ihren Arm hin.

»Ich finde, wir sollten jetzt zu Mac gehen«, sagte sie. »Er wird vor Freude an die Decke springen, wenn er dich sieht. Und unterwegs erzähle ich dir, warum ich den Baum ausgerechnet hier pflanzen wollte.«

Jim nahm ihren Arm, und sie machten sich auf den Weg zum Hauptgebäude, ganz langsam, weil Ivy durch ihren Bauch schwerfällig geworden war und weil Jims Bein wehtat.

»Es war 1913, als es bei uns daheim wirklich trübe aussah …«, begann Ivy.

Kapitel 31

»Ich finde«, sagte Jim, »wir sollten heiraten.«

Sie waren bei Win zu Hause, hatten dank Bernie einen köstlichen Sonntagsbraten verzehrt und saßen jetzt im Salon. Bernie war vor einigen Tagen ganz unerwartet aufgetaucht, schwer beladen mit guten Dingen, die Matthew schickte: ein Hühnchen, einen Sack Kartoffeln, einen Blumenkohl, einen Kopf Weißkohl und sechs Flaschen Bier, aus Matthews eigenem Hopfen gebraut.

Ein paar Tage nach Jims Ankunft war Bernie in den Aufenthaltsraum gestürmt und hatte mit seinem unerwarteten Erscheinen Louisa und Mac, die gerade ein Auftragsformular für Obststräucher studierten, ebenso aufgeschreckt wie Ivy, die in Kew eigentlich nichts mehr zu tun hatte, aber trotzdem noch gern dorthin kam.

»Ist er wieder da?«, rief er. »Ist Jim wieder da?«

Ivy rappelte sich mühsam hoch. »Ja, er ist wieder da.«

»Wo ist er?«

»Bei seiner Mum und seinem Dad.«

»Und geht es ihm gut? Ist er verwundet?«

»Ein bisschen mitgenommen, und er hat eine schlimme Narbe am Kopf, aber ansonsten geht es ihm gut.«

Bernie stieß einen Seufzer der Erleichterung aus und stellte seine Taschen ab, um Ivy zu umarmen. »Gott sei Dank!«

Sie erwiderte seine Umarmung, ließ ihn dann wieder los und musterte ihn aus zusammengekniffenen Augen.

»Woher hast du es gewusst?«, fragte sie.

»Was?«

»Dass Jim wieder da ist. Louisa hat es dir geschrieben, ich weiß, aber sie hat den Brief erst gestern aufgegeben.«

Bernie zuckte mit den Schultern. »Ein Zufallstreffer?«

»Bernie, steckst du dahinter? Hast du diese Leute dazu gebracht, Jim zu suchen und nach Hause zu bringen?«

Leichte Röte stieg in Bernies Wangen. »Ich habe ein paar alten Bekannten geschrieben, nur um zu sehen, ob sie irgendetwas tun können.«

»Ich dachte, Win hätte ihre Hand im Spiel, aber als ich sie gefragt habe, wusste sie von nichts.« Ivy war entzückt. »Du warst es!«

Louisa sah ihn fragend an. »Wem hast du geschrieben?«

»Einem alten Schulfreund namens Wally.«

»Walter Boniface«, sagte Ivy. »Er hat rausgefunden, dass Jim im Sanatorium in Surrey war und sich nicht an seinen Namen erinnern konnte, und hat ihn besucht.«

Bernie grinste. »Er hatte schon immer eine Schwäche für Rätsel, der gute alte Wally. War auch ein Genie bei kniffligen Kreuzworträtseln.«

»Und was ist mit Marcus Francis-Evans?«

Louisa blinzelte. »Er ist im Kriegskabinett, nicht wahr? Bist du mit ihm etwa auch zur Schule gegangen?«

»Nein. Sein Sohn war in St Richard's, auch wenn ich ihn kaum kannte. Der Junge war sehr musikalisch, und ich hatte weder mit dem Chor noch mit dem Orchester etwas zu tun.«

»Trotzdem hat er sich gut genug an dich erinnert, um dir einen so großen Gefallen zu tun?« Ivy war beeindruckt.

Bernie senkte den Blick. »Ich habe Vivienne gebeten, ihn zu fragen.«

Louisa und Ivy starrten ihn fassungslos an. Mac, der keine Ahnung hatte, warum sie so überrascht waren, zuckte lediglich mit den Schultern und wandte sich wieder seiner Bestellung zu.

»Du hast Vivienne darauf angesprochen?«

»Ich habe einen Brief an Francis-Evans geschrieben und ihn gefragt, ob er helfen könnte. Dieses Schreiben habe ich einem Brief an Vivienne beigelegt.«

»Was hast du ihr gesagt?« Ivy war bewusst, wie schwer Bernie dieser Schritt gefallen sein musste.

»Bloß, dass ich ihr nichts nachtrage, und sie gebeten, mir zu helfen.«

»Hat sie geantwortet?«

Er lächelte schwach.

»Auf eine sehr typische Vivienne-Art. Sie schickte mir eine Ansichtskarte aus Worthing – die Stadt ist nicht weit von der Schule entfernt – und kritzelte auf die Rückseite, dass sie meinen Brief weitergeleitet habe und hoffe, es gehe mir gut.«

Louisa lachte. »Oje, hätte ich nur einen Bruchteil ihres Selbstbewusstseins!«

»So wie du bist, gefällst du mir wesentlich besser«, sagte Bernie. »Wally erzählte mir, dass er einen Mann aufgespürt hätte, bei dem es sich um Jim handeln könnte, und als ich ihm sagte, dass Francis-Evans auch Bescheid wüsste, setzte er sich sofort mit ihm in Verbindung. Gestern bekam ich einen Brief, in dem stand, dass Jim auf dem Weg nach Hause wäre.«

Ivy warf beide Arme um Bernie. »Du zauberhafter, ganz besonderer, umwerfender Mann!«, rief sie. »Ich kann nicht glauben, dass du das für uns getan hast!«

»Du hast dich um mich gekümmert, als ich Hilfe brauchte«, sagte er schlicht. »Ich habe nur eine Gefälligkeit erwidert.«

Mac schob seinen Stuhl zurück, stand auf und hielt Bernie befangen seine Hand hin.

»Ich muss mich entschuldigen«, brummte er. »Für all den Ärger, den ich verursacht habe. Ich bin froh, dass für Sie alles gut ausgegangen ist.«

Bernie schüttelte kraftvoll Macs Hand.

»Nicht nötig«, sagte er. »Aber trotzdem danke. Ich weiß das zu schätzen.«

Matthew hatte Bernie ein paar Tage frei gegeben, damit er Jim treffen und sich jetzt in der Jahreszeit, in der auf dem Hof nicht viel zu tun war, eine kleine Pause gönnen konnte.

Bernie war bei Mac und seiner Familie untergekommen. Mac lag viel daran, den Schaden, den er seiner Meinung nach Bernie zugefügt hatte, wiedergutzumachen.

An diesem Tag hatten sich alle bei Win eingefunden, um bei einem Festmahl, das natürlich Louisa zubereitet hatte, zu feiern. Win wagte sich nur selten in ihre Küche. »Ich bin fürs Kochen nicht geschaffen, meine Süßen«, war ihr Standardspruch.

»Wie bitte?« Ivy sah Jim an. »Wie war das?«

»Ich hab gesagt, wir sollten heiraten.«

Sie musterte ihn. Dank einer Woche nahrhafter Mahlzeiten bei seiner Mutter waren seine Wangen voller geworden, und er war nicht mehr so blass. Die Narbe auf Gesicht und Schädel zeichnete sich immer noch deutlich ab, aber seine Augen waren voller Liebe und Sehnsucht. Sie lachte.

»Nein«, gluckste sie, »wir können nicht heiraten.«

Jim machte ein betroffenes Gesicht. »Warum nicht?«

Ivy lehnte sich zurück, sodass ihr gewaltiger Leib hervortrat, und zeigte auf ihren Bauchnabel.

»Deshalb. Ich bezweifle, dass es in ganz London auch nur einen einzigen Geistlichen gibt, der mich in diesem Zustand traut.«

»Meine Süßen, ich könnte mich ein bisschen umhören«, bot Win an. »Bestimmt kennt irgendwer jemanden, der die Trauung vollzieht. Vielleicht gegen eine kleine Gebühr?«

Bernie räusperte sich. »Ich glaube, auch hier könnte ich möglicherweise helfen.«

»Mit einer Gebühr?« Zweifelnd betrachtete Win Bernies wettergegerbtes Gesicht, seine etwas zu langen Haare und seine abgetragene Kleidung.

Er lachte. »Mit einem Pfarrer.«

Jim setzte sich auf. »Wirklich?«

»Wirklich. Ihr wisst ja, dass ich mich in der Krypta von St Anne's versteckt habe. In der Zeit hab ich Reverend Miller recht gut kennengelernt. Wir haben uns oft unterhalten, wenn ich mich um die Gräber gekümmert habe, und ich hatte immer den Verdacht, dass er von meinem Versteck in der Krypta wusste, obwohl er es natürlich nie direkt gesagt hat. Das war einer der Gründe, warum ich ihm helfen wollte, den Friedhof seiner Kirche in Schuss zu halten.«

»St Anne's?«, keuchte Ivy. »Das wäre perfekt!«

Mac schüttelte den Kopf. »Sie sind wirklich eine Marke, Bernard Bernie Yorke.«

Bernie lachte. »Ich bin einfach der Überzeugung, man sollte anderen helfen, so oft es geht.«

»Na, diesem Grundsatz bleiben Sie eindeutig treu.«

»Was meinst du, Ivy?« Jim drehte sich zu ihr um. »Willst du mich heiraten? In der Kirche am Kew Green?«

Ivy konnte kaum fassen, wie schnell sich Verzweiflung in Seligkeit verwandelt hatte. Nie wieder wollte sie sich so niedergeschlagen fühlen wie in der Zeit, als sie dachte, Jim wäre tot. Nie, nie wieder. Sie wollte, dass er für immer bei ihr und dem Baby blieb.

Sie lächelte ihn an. »Ja, ich will.«

Jim stieß einen Juchzer aus, Louisa und Mac jubelten vor Freude, und Win fing an zu weinen.

»Ich freue mich so sehr für dich, Liebes«, sagte sie, als Ivy ihr einen besorgten Blick zuwarf. »Das wird die wundervollste Hochzeit aller Zeiten.«

»Du brauchst ein Kleid«, rief Louisa aufgeregt. »Hast du irgendetwas, das sich für den Anlass eignet?«

Ivy verzog das Gesicht. »Nichts, in das ich noch hineinpasse.«

»Weißt du was, ich habe immer noch mein altes Hochzeitskleid«, sagte Louisa. »Keine Ahnung, warum ich es all die Jahre aufgehoben hat, wenn man bedenkt, wie schrecklich meine Ehe war. Vielleicht können wir für dich umändern.«

»Da brauchst du aber 'ne Menge Stoff, um das hier zu bedecken«, gab Ivy zu bedenken und streckte ihren Bauch vor.

»Ich habe meins auch noch«, warf Win ein. »Warum machen wir nicht einfach aus beiden ein neues Kleid für Ivy? Die Suffragetten helfen sicher. Harriet ist sehr geschickt im Nähen.«

Bernie stand auf. »Ich spreche am besten gleich mit Reverend Miller«, sagte er. »Wie wär's mit Freitag in einer Woche?«

»Vielleicht lieber ein bisschen früher«, keuchte Ivy, als das Baby ihr einen so festen Tritt verpasste, dass sie nach Luft schnappen musste. »Ich glaube, das Kleine hier hat's eilig.«

»Dann diesen Freitag?«

»Perfekt.«

»Moment mal«, sagte Mac und stand ebenfalls auf. »Ich komme mit. Ich will gleich mal nachschauen, was wir noch in unseren Vorratskammern in den Gärten haben. Mal sehen, ob wir nicht ein gutes Essen für eine kleine Feier nach der Trauung zustande bringen.«

Er und Bernie gingen hinaus.

»Komm, Louisa, sehen wir mal nach, wo mein Kleid ist und was man daraus machen kann«, schlug Win vor. Sie und Louisa gingen in Wins Schlafzimmer, und Ivy und Jim blieben allein zurück.

»Bist du dir auch sicher?«, fragte Jim. »Ich will dich zu nichts drängen. Ich weiß, dass die letzte Woche ziemlich stürmisch war.«

Ivy fühlte, dass sie sich in ihrem ganzen Leben noch nie einer Sache so sicher gewesen war. »Ich wüsste nicht, was ich lieber täte, als dich zu heiraten, Jim Dobson.«

Das dachte Ivy immer noch, als der Freitag kam und sie, Louisa, Win und Bernie vor der Kirchentür von St Anne's standen. Die Glocken läuteten laut, aber statt Ivy wie sonst immer ein schlechtes Gewissen zu machen, erfüllte sie der Klang mit Freude und Zuversicht.

In der Kirche warteten ihre Mutter und ihre Geschwister. Vielleicht würde ihr Vater irgendwann auftauchen, vielleicht auch nicht, Ivy kümmerte es nicht sonderlich. Sie hatte jetzt eine neue Familie. Jims Eltern und Brüder waren hier, sämtliche Gärtner und Gärtnerinnen von Kew,

Louisas Teddy und die Suffragetten. Win hatte recht behalten: Harriet hatte ein bildschönes Kleid für Ivy geschneidert. Vielleicht war es nicht ganz das, was sie sich selbst ausgesucht hätte, aber es herrschte Krieg, und mit ihrer momentanen Figur war es nicht gerade leicht, sie einzukleiden. Unter diesen Umständen war es ein großer Erfolg. Ivy strich den Stoff über ihrem Bauch glatt und freute sich daran, wie der Seidenrock um ihre Beine wirbelte.

»Bereit?«, fragte Louisa.

»Bereit.«

Bernie bot ihr seinen Arm, und Ivy nahm ihn. »Dann sehen wir mal zu, dass wir dich unter die Haube bringen«, sagte er.

Es war eine wunderschöne Zeremonie. Der Gesang klang freudiger und heiterer, als Ivy ihn je zuvor gehört hatte, Reverend Miller war reizend, Jim sah in seiner neuen Uniform blendend aus, und eine der Suffragetten – vielleicht Louisa – hustete an der Stelle, an der Ivy geloben sollte, ihrem Mann stets zu gehorchen, so laut, dass bestimmt niemand, schon gar nicht der Pfarrer, mitbekam, wie sie diese Worte ausließ.

Und nun war sie Mrs Ivy Dobson, und bald würden sie eine Familie sein. Jim würde mit ihr bei Win wohnen, bis er vollständig genesen war. Ivy hoffte inständig, dass er als Invalide endgültig aus der Armee ausscheiden durfte, statt wieder in den Schützengräben zu landen. Teddy hatte versprochen, ihnen in dieser Angelegenheit zu helfen, was unglaublich nett von ihm war.

Win hatte eisern darauf bestanden, dass sie bei ihr blieben, bis das geklärt war. Vermutlich, dachte Ivy, weil sie sich einerseits unheimlich auf das Baby freut, andererseits aber auch Angst vor dem Alleinsein hat. Auf diese Weise konnten sie alle füreinander da sein, wie eine richtige Familie.

»Gehen wir rüber in die Gärten?«, schlug Mac vor, als sie aus der Kirche strömten. »Ich hab eine Überraschung für euch.«

Ivy und Jim wechselten einen Blick. Sie hatten nicht mit weiteren Überraschungen gerechnet.

Aber als sie in den Gartenanlagen eintrafen, wartete dort ein Fotograf auf sie.

»Ich dachte, wir sollten eine Erinnerung an diesen denkwürdigen Tag haben«, sagte Mac. »Das ist Henry, ein alter Freund von mir. Er ist ein Fachmann in Sachen Fotografie.«

Ivy küsste Mac auf die Wange. »Danke«, sagte sie. »Was für eine wunderbare Idee!«

Sie stellten sich alle für das Foto auf. Ivy und Jim in der Mitte, Bernie an Ivys Seite und neben ihm Win. Louisa stand zusammen mit Mac neben Jim.

»Gleich kommt das Vögelchen!«, rief Henry, und schon flammte das Blitzlicht auf.

»Können wir noch eins machen?«, fragte Ivy.

»Von Ihnen und Jim?«

Sie errötete. »Eigentlich hätte ich gern eins mit Win und Louisa.«

Henry grinste. »Na klar«, sagte er. »Stellt euch auf.«

Arm in Arm strahlten Ivy, Louisa und Win in die Kamera. Sie waren die Kew-Mädels, hatten einander an diesem wunderschönen Ort gefunden und waren für immer durch die Bande der Freundschaft vereint. Ivy spürte, wie ihr Baby trat, und dachte: Vielleicht werde ich ihm oder ihr eines Tages dieses Foto zeigen und von meinen Freundinnen und der gemeinsamen Zeit in Kew erzählen. Es war nicht immer leicht gewesen, und wer konnte schon sagen, was die Zukunft bringen würde? Aber eins wusste sie: Den Gärtnerinnen der Kew Gardens würde es gut ergehen, und wenn die nächste Herausforderung ihren Weg kreuzte, würden sie sich ihr gemeinsam stellen.

Nachwort

»Kew ist eine der bedeutendsten botanischen Gartenanlagen der Welt, und dieses Land braucht Kew.«

SIR DAVID ATTENBOROUGH,
NATURFORSCHER

Die Royal Botanic Gardens in Kew, einem südwestlichen Stadtteil von London, wurden im Jahr 1759 als botanische Gärten angelegt und sind heute eine weltbekannte wissenschaftliche Einrichtung und eine der führenden Anlagen dieser Art. Mit ihren Sammlungen aus aller Herren Länder, weltweiten Partnerschaften und einer Fläche von 132 Hektar sind sie anerkanntes Weltkulturerbe der UNESCO und eine Stätte der Bildung, Inspiration und Spitzenforschung. Keine Institution vermag besser zu demonstrieren, warum Pflanzen und Pilze den Schlüssel für die Lösung einiger der größten Probleme darstellen, denen sich unser Planet heute stellen muss, von Ernährungsgefährdung bis zum Biodiversitätsverlust.

Die Kew Gardens sind eine der größten Touristenattraktionen im Land und ziehen jährlich Millionen Besucher aus dem In- und Ausland an. Dank der ungeheuren Zahl an Mitarbeitern bleiben die Gärten als Ort der Natur und der Schönheit, der Nachhaltigkeit und des Kulturerbes erhalten.

Zum Weiterlesen

Um mehr über die Kew Gardens und ihre Geschichte zu erfahren, empfehle ich *The History of the Royal Botanic Gardens Kew* von Ray Desmond und *The Story of Kew Gardens in Photographs* von Lynn Parker und Kiri Ross-Jones.

Einige Bücher, die mich während der Arbeit an dieser Geschichte inspirierten, waren *The Country Diary of an Edwardian Lady* von Edith Holden, das die Grundlage für Ivys Aufzeichnungen bildete, sowie *My Growing Garden* von J. Horace McFarland, das mir als Vorbild für Bernies fiktives Buch *Mein Gartenjahr* diente.

Zur Geschichte der Suffragetten empfehle ich *Suffragette. Die Geschichte meines Lebens* von Emmeline Pankhurst und *The Suffragettes in Pictures* von Diane Atkinson.

Virginia Woolfs Erzählung *Kew Gardens*, eine anregende Schilderung der Gärten Anfang des zwanzigsten Jahrhunderts, eignet sich perfekt als begleitende Lektüre.

Unsere Leseempfehlung

640 Seiten
Auch als E-Book erhältlich

816 Seiten
Auch als E-Book erhältlich

795 Seiten
Auch als E-Book erhältlich

London 1904: Lady Celia Lytton betört die englische Society mit ihrer Intelligenz und Schönheit zugleich. Sie ist die perfekte Gastgeberin, veröffentlicht im eigenen Verlag einen Bestseller nach dem anderen und genießt ihr junges Familienglück – ein privilegiertes Leben. Doch dramatische Ereignisse kündigen sich an, und als ihr Mann Oliver in den Krieg eingezogen wird, können die Lyttons nicht mehr die Augen vor der Realität verschließen. Die makellose Fassade bekommt erste Risse, und Celia beginnt zu verstehen, dass sie einen Preis zahlen muss, für die Entscheidungen, die sie getroffen hat, und die Geheimnisse, die sie bewahrt …

www.goldmann-verlag.de
www.facebook.com/goldmannverlag

GOLDMANN
Lesen erleben

Unsere Leseempfehlung

448 Seiten
Auch als Hörbuch.erhältlich

416 Seiten
Auch als Hörbuch erhältlich

Königsberg und Masuren Ende des 19. und Anfang des 20. Jahrhunderts: Drei Familien verwickeln sich in Intrigen, Liebesaffären und verhängnisvollen Entscheidungen. Eine Welt im Wandel bestimmt ihr Schicksal.

www.goldmann-verlag.de
www.facebook.com/goldmannverlag

GOLDMANN
Lesen erleben